Uma Prova de Amor

Emily Giffin

Uma Prova de Amor

"A princípio, foi uma mudança sutil, como costumam ser as mudanças nos relacionamentos; fica difícil saber quando de fato começou."

Tradução
Maria Angela Amorim De Paschoal

Novo Conceito

6ª Impressão — 2015

Produção Editorial:
Equipe Novo Conceito
Impressão e Acabamento Ideal 150115

Este livro segue as regras da Nova Ortografia da Língua Portuguesa.

Dados Internacionais de Catalogação na Publicação (CIP)
(Câmara Brasileira do Livro, SP, Brasil)

Giffin, Emily
Uma prova de amor / Emily Giffin ; tradução Maria Angela Amorim de Paschoal. -- Ribeirão Preto, SP : Novo Conceito Editora, 2013.

Título original: Baby proof
ISBN 978-85-8163-021-2

1. Ficção norte-americana I. Título.

13-01865 CDD-813

Índices para catálogo sistemático:
1. Ficção : Literatura norte-americana 813

Novo Conceito
Rua Dr. Hugo Fortes, 1.885 — Parque Industrial Lagoinha
14095-260 — Ribeirão Preto — SP
www.grupoeditorialnovoconceito.com.br

Para meu pai, com gratidão

AGRADECIMENTOS

Agradeço à minha família e aos meus amigos pelo seu amor e apoio durante esse ano que passou. Um agradecimento especial a Mary Ann Elgin, Sarah Giffin e Nancy LeCroy Mohler, que, como sempre, contribuíram com seus valiosos comentários desde o comecinho da história. Não existem melhores mãe, irmã e amiga do que essas.

Meu eterno apreço à minha extraordinária editora, Jennifer Enderlin, e para todos da St. Martin's Press, incluindo Kim Cardascia, Sally Richardson, Matthew Shear, George Witte, Jeff Capshew, Andy Lecount, Tom Siino, Gina Wynn, Brian Heller, Christine Jaeger, Jeff Cope, Jeff Willmann, Rob Renzler, Matt Baldacci, Carrie Hamilton-Jones, Nancy Trypuc, Anne Marie Tallberg, Josh Zacharias, John Murphy, Dori Weintraub, Tommy Semosh, Jenn Taber, Christina Ripo, Harriet Seltzer, Christina Harcar, Kerry Nordling, Mike Storrings, Elizabeth Catalano, Kelly Too e Nicole Liebowitz. Obrigada também a Kari Atwell e às boas pessoas da H. B. Fenn.

Um agradecimento especial para Lisa Reed, Julie Portera, Allyson Wenig Jacoutot, Jennifer New, Eric Kiefer, Brian Spainhour, Selina Cicogna e Stephen Lee pela sua amizade e generosas contribuições a este livro. Sou muito grata a Stephany Evans, uma excelente agente e uma amiga ainda melhor. Tenho muita sorte de ter Carrie Minton, a melhor assistente do mundo.

Um especial agradecimento a todos os maravilhosos clubes de livros e livrarias que visitei, e a todos os leitores espalhados mundo afora que compareceram às noites de autógrafos e que dedicaram seu tempo mandando-me e-mails tão gentis e inspiradores.

E, finalmente, agradeço ao meu marido, Buddy Blaha, e aos nossos filhos, Edward e George, por fazerem tudo isso valer a pena.

Uma Prova de Amor

CAPÍTULO 1

Eu nunca quis ser mãe. Mesmo quando eu era pequena e brincava de boneca com minhas duas irmãs, sempre fazia o papel da tia Cláudia boazinha, que dava banho, trocava fraldas, embalava seus bebês de plástico e depois ia embora, à procura de coisas mais animadas para fazer no quintal ou no porão. Os adultos achavam meu comportamento em relação à maternidade "engraçadinho" e sorriam de maneira condescendente para mim, assim como sorriam para os meninos que insistiam em dizer que todas as garotas tinham piolho. Para eles, eu era apenas uma menina levada e impetuosa que um dia iria se apaixonar e entrar na linha.

Aqueles adultos estavam parcialmente corretos. Eu realmente superei minha fase de molecagens e realmente me apaixonei; várias vezes, na verdade, começando pelo meu namorado do colegial, Charlie. Mas quando Charlie olhou profundamente em meus olhos, no final do baile de formatura, e me perguntou quantos filhos eu queria ter, respondi, com firmeza, "zero".

— Nenhum? — Charlie pareceu assombrado, como se eu tivesse acabado de lhe confessar um segredo terrível e sombrio. — Por que não?

Eu tinha muitas razões e as expliquei direitinho naquela noite, mas nenhuma delas o satisfez. E Charlie não foi o único. Entre os diversos namorados que vieram depois dele, nenhum parecia entender ou aceitar minha decisão. E, embora meus relacionamentos terminassem por outras razões, sempre senti que bebês eram um dos fatores. Ainda assim, eu realmente acreditava que um dia iria encontrar o cara certo, aquele que me amaria do jeito que sou, incondicionalmente, sem promessas de filhos. Estava disposta a esperar por ele.

Porém, quando cheguei aos 30 anos, já estava começando a aceitar o fato de que talvez ficasse sozinha. De que talvez nunca experimentasse a sensação que a gente tem quando sabe que encontrou o "Príncipe Encantado". Em vez de me sentir infeliz comigo mesma ou de colocar alguém que não fosse especial em minha vida, concentrei minhas energias em coisas que podia controlar com mais facilidade: minha carreira como editora numa grande empresa; viagens fascinantes; me divertir com bons amigos e escritores interessantes; belas noites acompanhadas de um bom vinho e de conversas brilhantes. Resumindo, estava satisfeita com a minha vida e dizia para mim mesma que não precisava de um marido para me sentir completa e realizada.

Então, conheci Ben. Lindo, gentil e engraçado. Parecia bom demais para ser verdade, especialmente depois que fiquei sabendo que ele pensava *o mesmo* que eu sobre ter filhos. O assunto surgiu na noite em que nos conhecemos, num encontro às cegas maquinado por nossos amigos em comum, Ray e Annie. Estávamos no Nobu, batendo um papo descontraído enquanto comíamos sashimi e tempurá de camarão apimentado, quando um menininho nos chamou atenção. Ele não devia ter mais do que 6 anos e estava sentado à mesa ao lado. O menino estava súper na moda, usava um bonezinho preto Kangol e uma camiseta polo da Lacoste com a gola virada para cima. Sua postura era ereta e aprumada e ele mesmo estava fazendo seu pedido de sushi, com a pronúncia correta e tudo mais, sem nenhuma ajuda dos pais. Com certeza não era a primeira vez que ele estava num restaurante japonês. Na verdade, acho que ele estava mais acostumado a comer sushi do que misto-quente.

Ben e eu o observamos e demos um sorriso daquele jeito que as pessoas dão quando olham para crianças e filhotinhos, e então, sem querer, deixei escapar:

— Se tiver que ter filhos, tem que ser um assim.

Ben se inclinou sobre a mesa e sussurrou:

— Você está se referindo ao cabelo tigelinha e às roupas da moda?

— Não. Do tipo que a gente pode levar a um restaurante japonês no meio da semana — falei séria. — Não estou nem um pouco interessada em comer iscas de frango empanado no T.G.I. Friday's. Jamais!

Ben pigarreou e deu um sorrisinho.

— Então, você não quer morar num condomínio residencial longe do centro e comer no Friday's ou você não quer ter filhos? — ele perguntou, enquanto eu olhava para seus dentes ligeiramente tortos e seu sorriso sexy.

— Nenhuma das alternativas. As duas. Todas as alternativas anteriores — respondi. Para o caso de não ter sido bem clara, acrescentei: — Não quero comer no Friday's, não quero morar num condomínio *e* não quero ter filhos.

Era muita coisa para se dizer logo de cara, principalmente na nossa idade. Ben e eu tínhamos, ambos, 31 anos — idade suficiente para saber que o assunto filhos era um tabu para a maioria dos homens num primeiro encontro. Um tabu se você de fato *quiser* ter filhos. Se você não quiser tê-los, mencionar o assunto é o mesmo que anunciar que você é amiga íntima de Anna Kournikova, e que você e ela adoram *ménage à trois*, particularmente nos primeiros encontros. Em outras palavras, o cara provavelmente não vai achar que você pertence à classe de garota para casar, mas com certeza vai ficar animado em querer *sair* com você por algum tempo. Sair com uma mulher de 31 anos que não quer ter filhos significa ter uma relação sem pressão, e a maioria dos caras solteiros adora uma relação sem pressão, por isso vão atrás de mulheres na faixa dos 20. Com elas, eles não se sentem forçados a entrar numa relação mais séria.

Por outro lado, eu reconhecia que poderia ser automaticamente desqualificada como candidata para um relacionamento de longo prazo, como já tinha acontecido com vários caras no meu passado recente. Afinal de contas, a maioria das pessoas, mulheres *e* homens, consideram o fato de alguém não querer ter filhos uma justificativa séria para um rompimento. Para dizer o mínimo, eu me arriscava a ser considerada fria e egoísta, duas características que não ficavam no topo da lista das coisas "que todo homem quer".

No entanto, no confuso mundo dos encontros, eu tinha decidido ser franca, me colocar e me posicionar. Era uma boa vantagem não querer ter filhos. Eu não estava lutando com aquele infame relógio biológico. Nem estava preocupada se um dia teria ou não minha própria família. Portanto, como consequência, podia me dar ao luxo de ser completamente honesta. Abrir o jogo até mesmo num primeiro encontro.

Então, depois que mencionei a questão dos filhos com Ben, prendi a respiração, temendo ver aquele olhar crítico que já conhecia tão bem. Mas Ben estava todo sorridente e exclamou:

— Nem eu! — com aquele tom maravilhado e feliz que as pessoas usam quando se deparam com uma coincidência inacreditável. Como daquela vez que encontrei minha professora do 3º ano num pub em Londres. Talvez a chance de se estar num primeiro encontro e descobrir que nenhuma das partes está interessada em ter filhos não seja tão pequena quanto se sentar num banquinho de bar do outro lado do oceano, bebericando uma cerveja, olhar para cima e ver uma professora que você não encontrava há duas décadas. Mas certamente não é todo dia que você encontra alguém que gostaria de ter um relacionamento significativo e monogâmico e que também optou por não participar do que parece ser uma escolha automática de ter a experiência no mundo mágico da paternidade. O semblante de Ben pareceu registrar e compreender tudo isso.

— Você já notou como os casais discutem as vantagens de ter filhos mais cedo *versus* ter filhos mais tarde? — ele me perguntou com seriedade.

Concordei com a cabeça enquanto tentava descobrir a cor de seus olhos — uma combinação agradável de verde-claro e cinza contornado por um círculo escuro. Ele era bonito, e, além do nariz fino, dos cabelos grossos, do corpo musculoso e forte, havia aquela coisa incandescente intangível que minha melhor amiga, Jess, costuma chamar de "ter brilho". Seu rosto era alegre e luminoso. Ele era o tipo de homem que você encontraria no metrô e gostaria de conhecer, e seus olhos focariam imediatamente o dedo anelar da mão esquerda dele.

Ben continuou:

— E como a principal característica de cada situação é a liberdade? A liberdade que chega cedo ou tarde?

Concordei com a cabeça novamente.

— Bom — ele falou, e fez uma pausa para tomar um gole de vinho. — Se a melhor parte de ter filhos mais cedo é resolver logo a questão, e a melhor parte de ter filhos mais tarde é adiar o trabalho duro, não é normal pensar que *não* ter filhos em qualquer ocasião é a melhor das soluções?

— Concordo plenamente — falei, erguendo meu copo para celebrar sua filosofia. Imaginei nós dois desafiando as forças da natureza juntos (aquela coisa do homem querer espalhar sua semente e da mulher querer ter uma vida crescendo dentro de si) e revirando as regras da sociedade que muitos de meus amigos estavam seguindo cegamente. Sabia que estava dando asas à minha imaginação, idealizando tudo isso com um homem que havia acabado de conhecer, mas, quando você chega aos 31 anos, reconhece imediatamente se um cara tem potencial ou não. E Ben tinha potencial.

Claro que o restante do nosso jantar correu excepcionalmente bem. Não houve pausas embaraçosas na conversa, nenhuma bandeira vermelha foi levantada, nenhuma mania irritante veio à tona. Ele fez perguntas interessantes, deu boas respostas e deixou transparecer seu interesse por mim sem ser ansioso demais. Então, o convidei para subir ao meu apartamento para um drinque, algo que nunca faço num primeiro encontro. Ben e eu não nos beijamos naquela noite, mas nossos braços se tocaram enquanto ele folheava um álbum de fotos que estava na minha mesinha de centro. Sua pele parecia faiscar quando entrava em contato com a minha e eu tinha que respirar fundo todas as vezes que ele virava uma página.

No dia seguinte, Ben me ligou, conforme tinha prometido. Fiquei meio tonta quando vi seu nome aparecer no identificador de chamadas e mais tonta ainda quando ele falou: "Só queria dizer para você que foi, de longe, o melhor primeiro encontro que já tive".

Dei uma risadinha e respondi: "Concordo. Na verdade, foi melhor do que a maioria dos meus segundos, terceiros e quartos encontros".

Conversamos por quase duas horas e, quando finalmente nos despedimos, Ben disse exatamente o que eu estava pensando: que aquela ligação parecia ter durado apenas cinco minutos. Que ele poderia ficar conversando comigo para sempre. *Quem me dera*, me lembro de ter pensado.

Então, veio o sexo. Esperamos apenas duas semanas, o que ia contra todos os conselhos-padrão dos amigos, da família e de reportagens de revistas. Não que eu tivesse urgência ou um apetite sexual voraz (embora isso contribuísse bastante). Foi mais por não haver razão para adiar. Quando sei que algo está certo, acredito em ir atrás, entrar de cabeça. Nossa primeira vez não foi nem rápida nem estranha ou embaraçosa, marcas costumeiras das primeiras vezes. Muito pelo contrário: nossos corpos se encaixaram com perfeição e Ben sabia do que eu gostava sem nem mesmo ter que me perguntar. Era o tipo de sexo que faz você desejar ser um poeta ou compositor. Ou pelo menos ser uma mulher que mantém um diário, algo que não fazia desde criança, mas uma prática que retomei prontamente no dia seguinte.

Ben e eu rapidamente descobrimos que tínhamos muito mais em comum do que nossa visão sobre ter filhos e muito mais que nos aproximava do que aquela química louca. Tínhamos um histórico semelhante. Nós dois crescemos em Nova York, com duas irmãs mais velhas e pais que se divorciaram quando já tinham certa idade. Ambos éramos esforçados, altamente empreendedores e apaixonados por nossas carreiras. Ben era arquiteto e adorava construções tanto quanto eu adorava livros. Gostávamos de viajar para lugares desconhecidos, comer comidas exóticas e extrapolar um pouquinho na bebida. Adorávamos cinema e bandas que não estavam na moda, sem a pretensão de sermos intelectuais. Aproveitávamos para dormir até tarde nos fins de semana, líamos jornal na cama e tomávamos café à noite. Tínhamos a mesma combinação de bagunceiros e loucos por limpeza, de sentimentais e pragmáticos. Ambos acreditávamos que um relacionamento que não tivesse um pouco de mágica não valia a pena.

Resumindo, nos apaixonamos, todas as coisas se encaixavam no lugar certo. E não era uma alegria sem sentido que vem quando a gente quer acreditar desesperadamente que encontrou o par perfeito. Nosso relacionamento era tão bom, honesto e verdadeiro que, em determinado momento, comecei a acreditar que Ben era minha alma gêmea, a única pessoa que poderia estar ao meu lado. Era algo em que nunca tinha acreditado antes de conhecer Ben.

Lembro-me do dia em que me conscientizei de tudo isso. Ainda era relativamente o começo de nosso relacionamento, mas bem depois de já termos trocado nossos primeiros "Eu te amo". Estávamos fazendo um piquenique no Central Park. Havia muita gente à nossa volta tomando sol, lendo, jogando Frisbee, rindo, e, apesar disso tudo, nos sentíamos completamente sozinhos. Todas as vezes em que estava ao lado de Ben, parecia que o resto do mundo sumia. Tínhamos acabado de comer nosso almoço, frango frito frio e salada de batatas, e estávamos deitados de barriga pra cima, de mãos dadas, olhando para um belo e azul céu de verão, quando começamos aquela conversa séria e cautelosa sobre antigos amores. Sobre as pessoas e experiências que nos levaram até aquele momento que estávamos vivendo.

Já havíamos feito algumas breves referências às nossas histórias anteriores, e eu estava bem ciente de que ambos estávamos silenciosamente fazendo aquelas comparações inevitáveis, colocando nosso relacionamento em contexto. *Ela é mais assim e menos daquele jeito. Ele é melhor ou pior nisso*. Faz parte da natureza humana agir assim, a menos que seja o primeiro relacionamento. Deve ser por isso que nosso primeiro relacionamento parece especial e permanece sagrado para sempre. Mas, à medida que você fica mais velho e mais cínico, mais complicada e complexa fica essa prática. Você começa a perceber que nada é perfeito, que existem trocas e sacrifícios. O pior é quando alguém do seu passado atropela a pessoa que você é no presente, e você tem que refletir: se eu soubesse *disso*, talvez não o tivesse deixado ir embora.

Estava me sentindo assim em relação ao meu namorado de faculdade, Paul. Meu relacionamento com Paul estava longe de ser perfeito, no entanto, há mais de uma década não encontrava ninguém que conseguisse superar o que tínhamos vivido juntos.

Mas com Ben, as coisas eram diferentes. Eu estava mais feliz do que nunca. Contei isso a ele e me lembro de ele me perguntar *por que* agora era diferente, *por que* eu estava mais feliz. Pensei bastante, desejando que minha resposta fosse precisa e completa. Comecei a detalhar desajeitadamente o que havia feito meu relacionamento com Paul fracassar e passei um tempão enumerando suas qualidades e atributos específicos. Então, listei para Ben as coisas nas quais ele era melhor e, mais importante ainda, no que era melhor *para mim*. Eu disse:

— Você beija melhor. Tem o temperamento mais estável. É mais generoso, mais inteligente e mais justo.

Ben acenou com a cabeça e ficou tão sério que me lembrei de algo mais e acrescentei:

— *E* ainda você recicla! — Só para brincar um pouco. (A verdade era que Paul não reciclava nada, coisa que revelava muito sobre sua personalidade.) À medida que falava, tinha a sensação clara de que eu não estava capturando a real essência do que eu sentia. Era bem frustrante, pois queria que Ben soubesse como era especial para mim.

Desisti de continuar falando sobre meu ex e perguntei a Ben a mesma coisa sobre sua ex-namorada, Nicole. Eu tinha começado a montar uma imagem bem detalhada dela baseada em trechos de conversas. Sabia que ela era descendente de vietnamita e se parecia com uma boneca de porcelana. ("Devo" ter bisbilhotado nas gavetas dele uma vez e achei uma foto ou duas.) Ela era designer de interiores e tinha conhecido Ben em um grande projeto de um museu no Brooklin. Seu livro favorito era *Cem Anos de Solidão*, que também era o livro favorito de

Ben (isso me irritava profundamente). Ela fumava e eles fumaram juntos durante muito tempo até ele largar. Viveram juntos por três anos e namoraram por quase seis. O relacionamento deles foi intenso, cheio de altos bem altos e baixos bem baixos. Eles tinham terminado no inverno passado e eu ainda não sabia por quê. Então, é claro que eu tinha muito medo de ele estar comigo só para se recuperar do término. O nome Nicole me deixava tomada por um ciúme maluco.

— Por que esse relacionamento é diferente? — perguntei a Ben e, então, me preocupei por estar fazendo suposições demais. — Ou será mesmo que *é*... diferente?

Nunca esquecerei o modo como ele me olhou, com os olhos claros e quase transparentes. Ele mordeu o lábio inferior, um de seus hábitos mais sensuais, e disse:

— Na verdade, essa não é uma pergunta difícil. Eu simplesmente amo mais você. É isso. E não estou falando isso porque ela faz parte do passado e você do presente. É o que eu *sinto*. Em termos absolutos. Quero dizer, eu a amava. De verdade. Mas amo você muito mais. E o que eu sentia por ela não chega nem perto do que eu sinto por você.

Foram as melhores palavras que já ouvi, e por uma razão muito simples: eu sentia *exatamente* o mesmo. A pessoa que me amava era a pessoa que eu também amava, o que pode ser considerado um milagre. *É* um completo milagre.

Não foi nenhuma surpresa quando Ben me pediu em casamento algumas semanas depois. E então, após sete meses, quando comemorávamos nosso primeiro encontro, fugimos para nos casar e trocamos as alianças numa praia bem romântica em St. John. Essa escapada não caiu bem com nossas famílias, mas queríamos que esse dia fosse apenas nosso. Logo depois que fizemos nossos juramentos, me lembro de olhar para o mar e pensar que éramos apenas nós dois, com a vida toda se estendendo à nossa frente.

Nada iria mudar, a não ser a chegada de algumas rugas, de alguns cabelos brancos e as lembranças doces e felizes.

Claro que o assunto de ter filhos surgiu com frequência irritante naqueles dias de recém-casados, mas apenas quando respondíamos a algumas perguntas grosseiras sobre nossos planos de procriar e formar uma família: da família de Ben, de minha família, de amigos, mulheres passeando com seus filhos no parque, até mesmo de nossa faxineira.

— Não vamos ter filhos — um de nós respondia casualmente e então tínhamos que tolerar a conversa inevitável que se seguia, sobre como as crianças podiam enriquecer nossa vida.

Uma vez, numa feira de livro, uma editora se aproximou e me disse que, se eu não tivesse filhos, minha vida "seria vazia e sem significado". Isso é que é um comentário radical! Acho que lhe respondi: "Bom, nossa, acho que eu deveria me matar agora, não é?". Ela fingiu que não me ouviu e continuou a falar sobre seus filhos.

Outra coisa comum era o sacudir de cabeça daqueles que acreditavam que estávamos, na verdade, escondendo uma verdade dolorosa: nossa incapacidade de conceber. Como certa vez em que uma amiga da faculdade de Ben me entregou um cartão com os dados de sua clínica de fertilização escritos no verso. Entreguei o cartão a Ben, que prontamente anunciou à sua amiga que ele tinha feito uma vasectomia logo depois do nosso casamento. Isso não era verdade, eu estava tomando pílula, mas o jeito como ele falou a deixou envergonhada e ela calou a boca.

E a pergunta mais intrigante que nos faziam era a seguinte: "Quem vai tomar conta de vocês quando estiverem velhos?". Ben e eu respondíamos que um ia cuidar do outro. E, por incrível que pareça, nos faziam outra pergunta: "Mas e quando um de vocês morrer?". Nesse ponto, as coisas realmente ficavam engraçadas.

Vez ou outra, mencionava que as casas de repouso estavam cheias de pessoas cujos filhos nunca apareciam para visitá-las, que filhos não eram garantia de nada. Você podia ter um filho que se tornaria um artista malsucedido e pobre. Ou um filho que se tornasse um adulto egoísta e mal resolvido. Ou um filho que precisasse de atenção especial e fosse incapaz de cuidar de si mesmo, muito menos de pais idosos. Fim da questão; Ben e eu concordamos que nos preocupar sobre cuidados no futuro era, afinal de contas, uma razão egoísta e idiota para procriar. Era melhor trabalhar duro e economizar nosso dinheiro do que sobrecarregar uma geração futura.

Com o tempo, aprendemos a não discutir sobre o assunto. Era muito mais fácil assim. Trocávamos olhares e discutíamos mais tarde. Ficávamos irritados com a suposição de algumas pessoas de mente estreita de que filhos eram uma dádiva, mas, ao mesmo tempo, nos divertíamos com a sensação libertadora de estarmos numa união sem filhos. Nosso relacionamento tinha tudo a ver com liberdade, possibilidades e aventura. Estávamos juntos porque *queríamos* estar juntos. Não porque precisássemos de um parceiro para a maternidade ou paternidade, ou porque os filhos nos estivessem prendendo, nos engaiolando durante dezoito anos de obrigação constante.

Então, depois de dois anos que estávamos casados, algo mudou.

A princípio, foi uma mudança sutil, como costumam ser as mudanças nos relacionamentos; fica difícil saber quando de fato começou. Mas, relembrando, acho que tudo começou quando fizemos uma viagem para esquiar com Annie e Ray, o casal que tinha nos apresentado. Eu conhecia Annie desde nossos tempos de farra da faculdade e percebi que ela só estava tomando água mineral. No começo, ela explicou que estava tomando antibiótico para uma sinusite, mas isso nunca tinha feito Annie diminuir seu ritmo beberrão antes; então, a fiz falar a verdade. Ela estava grávida de oito semanas.

— Foi planejado? — deixei escapar, pensando que, com certeza, tinha sido um acidente. Minha amiga adorava sua carreira como cineasta de documentários e se dedicava a um milhão de causas diferentes. Ela nunca tinha demonstrado interesse em ter filhos e eu não conseguia imaginá-la no papel de mãe, abrindo mão de seu tempo para um filho.

Annie e Ray entrelaçaram as mãos e acenaram juntos.

— Mas pensei que você não quisesse ter filhos! — declarei.

— Não queríamos ter filhos imediatamente — Annie explicou. — Mas estamos prontos. Embora eu ache que a gente nunca está completamente pronto! — Ela deu uma risadinha estridente, como uma garotinha de escola, e seu rosto ficou corado.

— Hum... — assenti.

Ben me deu um chute por baixo da mesa e disse:

— Bem, parabéns, pessoal! Essa notícia é ótima! — Então, ele me deu um olhar firme e comentou: — Não é uma notícia maravilhosa, Cláudia?

— Sim, maravilhosa... — respondi, mas não conseguia deixar de me sentir traída. Ben e eu estávamos prestes a perder nossos companheiros de viagem preferidos, nossos amigos mais íntimos, que eram tão livres e descompromissados quanto nós, sem bebês e todos seus infindáveis apetrechos.

Terminamos o jantar e a conversa foi dominada pelo assunto de filhos e imóveis em Westchester.

Mais tarde, quando estávamos sozinhos no quarto, Ben me repreendeu por não ter dado mais apoio aos nossos amigos.

— Você podia pelo menos ter *fingido* estar feliz por eles — ele falou. — Em vez de ficar perguntando sobre controle de natalidade.

— Fiquei tão chocada! — repliquei. — Você sabia que queriam ter filhos?

Ben negou com a cabeça, com uma expressão de inveja no rosto.

— Não. Mas acho ótimo.

— Não vai me dizer que você também quer filhos agora? — perguntei, brincando.

Ben respondeu prontamente, mas suas palavras pareciam falsas e sem consistência.

— Claro que não — ele respondeu. — Não seja ridícula!

Nos meses seguintes, as coisas foram ficando mais complicadas. Ben ficou interessado demais nos progressos da gravidez de Annie. Ele ficou admirando as fotos do ultrassom e até mesmo chegou a grudar uma delas na porta de nossa geladeira. Falei para ele que nós não éramos o tipo de família que "grudava fotos na geladeira".

— Deus do céu, Cláudia! Relaxa! — Ben replicou, parecendo agitado enquanto retirava a imagem borrada em preto e branco e a jogava dentro de uma gaveta. — Você realmente deveria ficar feliz por eles. São nossos melhores amigos, pelo amor de Deus!

Algum tempo depois, pouco antes de Annie e Ray terem seu bebê, Ben e eu planejamos uma viagenzinha de fim de semana para o mesmo resort onde havíamos casado. Era começo de janeiro, quando a súbita ausência da decoração de Natal e dos turistas deixava a paisagem de Manhattan vazia e desoladora, e Ben disse que não ia aguentar até o começo de março para nossa planejada viagem para Belize. Me lembro de jogar alguns shorts e um biquíni vermelho novo dentro da minha sacola de couro e comentar como era agradável essa espontaneidade no nosso relacionamento, a liberdade de poder viajar a qualquer momento, sem planejar.

Ben respondeu:

— Sim. Existem coisas maravilhosas na nossa vida a dois.

Essa frase soou melancólica, posso até mesmo dizer sinistra, mas não fiz nenhum comentário. Nem mesmo o pressionei para conversar quando vi que ele estava estranhamente taciturno durante nosso voo para o Caribe.

Não me preocupei de verdade até mais tarde, quando estávamos nos acomodando no quarto, desempacotando as malas e frasqueiras. Parei momentaneamente para inspecionar a vista do mar pela janela e, quando me virei para minha mala, vi o olhar de Ben refletido no espelho. Sua boca estava franzida numa carranca. Entrei em pânico, lembrando o que minha irmã Maura tinha falado certa vez sobre homens que traem. Ela era uma especialista no assunto, já que o marido dela, Scott, tinha sido infiel com pelo menos duas mulheres, isso era o que ela sabia. "Preste atenção se estão muito grosseiros ou muito gentis. Por exemplo, se eles começarem a mandar flores e dar joias sem nenhum motivo aparente", ela tinha me dito. "Ou levar você para uma viagem romântica. É a culpa que está por trás de tudo. Eles estão tentando compensar alguma coisa." Tentei me acalmar, falando para mim mesma que estava sendo paranoica. Nós sempre dávamos essas escapadas, não precisávamos de uma razão.

Ainda assim, queria esquecer as imagens insistentes de Ben se esfregando numa amante suada e atraente, então, me sentei na cama, chutei as sandálias e disse:

— Ben, vamos conversar. O que está acontecendo?

Ele engoliu em seco e se sentou ao meu lado. A cama balançou levemente com o peso dele e o movimento me deixou ainda mais nervosa.

— Não sei como dizer isso — Ben falou com a voz trêmula. — Vou ser direto, então.

Concordei com a cabeça, me sentindo meio enjoada.

— Vá em frente.

— Acho que, afinal de contas, quero ter filhos.

Fiquei aliviada e dei uma risada.

— Você quase me mata de susto! — Dei mais uma risada, ainda mais alta, e fui pegar uma bebida no frigobar.

— Estou falando sério, Cláudia.

— De onde veio essa ideia? É por causa da Annie e do Ray?

— Talvez. Não sei bem. É que... É uma sensação que eu tenho — Ben falou, fechando a mão sobre o coração.

"Pelo menos ele não está me traindo", pensei. Uma traição dessa magnitude não poderia ser apagada ou esquecida. Esse desejo passageiro por um filho certamente iria embora. Mas enquanto Ben continuava a enumerar sua lista de razões do porquê ter um bebê seria uma coisa boa, como mostrar o mundo para ele, fazer as coisas de um jeito melhor do que nossos pais haviam feito, meu alívio começou a ceder lugar para outra coisa. Senti que estava perdendo o controle. Uma sensação de que algo estava desaparecendo.

Tentei ficar calma enquanto argumentava com um discurso eloquente. Disse a ele que essa questão de paternidade não tinha nada a ver com a gente. Que nosso relacionamento havia sido construído basicamente em cima da gente e a ideia de sermos três era absurda, seria como uma multidão. Salientei que não poderíamos mais fazer viagens de última hora. Estaríamos presos em casa o tempo todo.

— Mas teríamos *outras* coisas — Ben argumentou. — E se nós estamos deixando escapar algo fantástico? Nunca ouvi alguém dizer que se arrependeu de ter um filho.

— Será que iriam admitir, se esse fosse o caso? — eu disse.

— Talvez não — Ben concordou. — Mas a questão é que não acho que se arrependeram.

— Discordo *totalmente*... Se não, por que haveria escolas em período integral, internatos? A simples existência de internatos prova alguma coisa, não é? — perguntei. Estava brincando sobre os internatos, mas Ben não deu risada.

Dei um suspiro e decidi mudar de assunto por completo, me concentrar apenas na diversão da viagem. Mostrar a Ben o que estaríamos perdendo se tivéssemos filhos.

— Vamos nos vestir para o jantar — falei, ligando o CD player e colocando "One Love" para tocar, pensando que não havia nada como um pouco de Bob Marley para nos deixar com um estado de espírito solto e desencanado de filhos.

No entanto, apesar dos meus esforços para que a gente se divertisse, o resto do nosso fim de semana transcorreu com uma tensão crescente. As coisas pareciam estar forçadas entre nós, e o humor de Ben transitou do silencioso para o lúgubre. Na nossa terceira e última noite na ilha, pegamos um táxi para Asolare, um restaurante com uma vista incrível para Cruz Bay. Comemos em quase completo silêncio fazendo apenas comentários sobre o pôr do sol e sobre como a lagosta estava perfeita. Quando a garçonete trouxe o café e o sorbet, olhei para Ben e disse:

— Sabe o que mais? Nós fizemos um *acordo*.

Assim que pronunciei essas palavras, percebi como soavam ridículas. Casamento nunca é um negócio fechado. Nem mesmo quando se tem filhos, embora isso com certeza ajudaria se fosse o caso. E a ironia de tudo pareceu terrivelmente triste.

Ben tocou a orelha e falou:

— Quero ser pai.

— Tudo bem. Tudo bem — respondi. — Mas você quer um bebê mais do que quer ser meu marido?

Ele estendeu o braço e colocou sua mão sobre a minha.

— Quero as duas coisas — ele falou, enquanto apertava meus dedos.

— Certo. Não dá para ter as duas coisas — falei, tentando esconder a raiva em minha voz.

Esperava que ele dissesse que é claro que me escolheria. Que essa era a única coisa do mundo da qual ele realmente tinha certeza.

— E então? O que você escolhe? — perguntei.

Não era para ser um teste, porém, de repente, pareceu ser um. Ben ficou olhando um tempão para sua xícara de cappuccino. Então, afastou sua mão da minha e colocou lentamente três cubinhos de açúcar na xícara.

Quando finalmente me olhou, percebi que havia uma mistura de culpa e tristeza nos seus olhos verde-claros e acinzentados; eu sabia a resposta.

CAPÍTULO 2

Quando voltamos para casa, Ben e eu "decidimos dar um tempo e pensar um pouco sobre tudo". Na verdade, Ben é quem decidiu que era isso que devíamos fazer, estas foram suas palavras exatas. Tenho que morder minha língua para evitar falar que não tenho absolutamente nada para pensar. Foi ele que mudou radicalmente seu ponto de vista sobre algo tão fundamental em nosso relacionamento. É ele quem precisa pensar bastante sobre tudo.

Voltei para minha rotina de sempre, indo para o trabalho e voltando para Ben à noite, e eu lia e ele desenhava até a hora de dormir. Nesse meio-tempo, tentava me convencer de que meu marido estava apenas passando por uma fase, um tipo de crise de meia-idade ao contrário. Alguns homens se arrependem de se casar cedo demais e ter filhos ainda muito jovens; Ben está simplesmente questionando nossa decisão de não ter filhos nunca. Fico me dizendo que é normal, talvez seja até saudável reavaliar a vida. Ben levaria algum tempo e com certeza voltaria à razão e reafirmaria nossas escolhas.

Resisto à vontade de discutir o problema com minha família ou meus amigos, pois, de certo modo, acredito que falar sobre essa questão vai solidificar nossas dificuldades. Então, em vez disso, ignoro o problema, esperando que se resolva sozinho.

Mas isso não acontece.

Num sábado à tarde, Ben aponta uma menininha de cabelos dourados, olhos azuis e pele clara na rua e diz:

— Ela se parece com você. — Então, caso eu não tivesse entendido o que ele queria dizer, ele completou: — Se nós tivéssemos uma filha, seria parecida com ela.

Apenas o olhei.

Alguns dias depois, enquanto ele assistia a um jogo do Knicks na televisão, disse que queria ter um filho, pois, do contrário, não tinha sentido saber tudo o que ele sabia sobre esportes e nem ter aquelas coisas que guardava desde que era menininho.

— Não que eu não pudesse ensinar coisas de esporte para nossa filha também — Ben acrescenta.

De novo, não digo nada.

Na semana seguinte, ele anuncia que ter um filho único seria algo problemático.

— Por que você acha isso? — perguntei.

— Porque eu gostaria de ter dois e você acha que não quer ter nem um — ele fala como se tivéssemos seis anos de idade e estivéssemos decidindo quantos doces comprar.

— Eu *sei* que não quero ter um filho — falei e abri a caixinha com as pílulas anticoncepcionais que estavam sobre a pia.

Ben franziu a testa e disse:

— Que tal se você parasse de tomar essas coisas? Não podemos simplesmente ver o que acontece? Ver o que nos espera?

Digo a ele que esse plano mais parece a abordagem dos Cientistas Cristãos em relação à medicina moderna.

Ele me olha, desconcertado.

— Tenho uma ideia melhor — digo. — Vamos dar as mãos e pular da janela para ver se vamos morrer.

E, então, tomo minha pílula.

O comentário mais descarado de Ben acontece num domingo quando estamos almoçando em Rye com a mãe dele, Lucinda, e suas duas irmãs, Rebecca e Megan, seus maridos e filhos. Assim que terminamos de comer e passamos para a sala de visitas da casa onde Ben cresceu, fico pensando o que sempre penso quando nos reunimos com a família dele: como nossas famílias, mais especificamente nossas mães, podem ser tão diferentes? Minha família é instável; a família de Ben é calma. Minha mãe não é maternal e é excêntrica; a mãe de Ben é carinhosa e simples. Eu observo Lucinda agora, tomando chá na sua xícara de porcelana, e penso que ela parece uma mulher dos anos 1950, o tipo de mãe que ficava em casa assando biscoitos e esperando os filhos voltarem da escola. Ela viveu para seus filhos, tanto que Ben uma vez comentou que essa era uma das razões que levou os pais dele ao divórcio. Foi um caso clássico de ninho vazio, em que eles perceberam que não havia mais nada em comum entre eles a não ser os filhos.

Então, como costuma acontecer com frequência, o pai de Ben começou uma vida nova, com uma mulher bem mais jovem, enquanto Lucinda *continua* a viver para seus filhos e, agora, para os netos (as irmãs de Ben têm duas filhas cada uma). Ben é claramente seu favorito, talvez porque seja o único menino. Portanto, ela está desesperada para que a gente mude de ideia sobre ter um filho, mas é muito educada para fazer algum comentário ou criticar nossa escolha. Ao contrário, ela sempre faz comentários alegres e joviais sobre o assunto. Como quando compramos um carro novo, ela sentou no banco de trás e comentou: "Tem bastante espaço para uma cadeirinha aqui!".

Sempre fico com a sensação de que ela está fazendo esses comentários para mim e que ela me culpa pela nossa decisão. Ben costumava dizer que eu estava paranoica, mas agora tenho certeza de que estou certa.

Rebecca e Megan são mães em tempo integral e isso não facilita as coisas para mim. Elas demonstram um interesse genuíno no meu mundo de editoração e, frequentemente, selecionam os romances que edito para seus clubes de livros. Mas sei que elas desejariam que eu desse um tempo na minha carreira e desse um bebê para seu irmão caçula.

Então, embora a família de Ben seja agradável e fácil de conviver, temo passar algum tempo com eles porque eles fazem eu me sentir na defensiva. Claro que me sinto mais na defensiva agora que Ben e eu não estamos mais de acordo. E tenho uma sensação apavoradora de que vão perceber isso e irão se aproveitar dessa fraqueza e partir para o ataque.

Dito e feito! Enquanto os adultos conversam e observam as sobrinhas de Ben brincar com suas Barbies, Rebecca faz um comentário sobre como seria bom um priminho para destoar um pouco das meninas. Eu respondi rapidamente, olhando para Megan:

— Então, Meg, é melhor você se apressar!

O marido de Megan, Rob, balança a cabeça e fala:

— Deus me livre, de jeito nenhum! Fechamos a fábrica!

E Megan concorda, dizendo:

— Duas crianças é o suficiente. Duas está *perfeito*. Além do mais... Não saberia o que fazer com um menino!

Lucinda alisa a saia e lança para Ben um olhar inocente e esperançoso.

— Então, acho que está na hora de vocês dois terem um menino — ela cantarola alegremente. — Além do quê, este é o único modo de continuar o nome da família!

Sinto a tensão aumentar, ao mesmo tempo que estranho como ela pode se importar tanto com um nome que pertence ao seu ex-marido. Mas digo apenas:

— Eu também não saberia o que fazer com um menino... Nem com uma menina! — Então dou uma risada como se tivesse feito uma piada inteligente.

Todos me acompanham com um risinho educado.

Com exceção de Ben, que aperta meu joelho e diz:

— Você vai saber o que fazer, Cláudia. Vamos descobrir *juntos*.

A alegria na sala é palpável. Sua família praticamente começa a aplaudir, eles ficam desnorteados com esse comentário vindo do seu único filho e irmão.

Lucinda se curva para frente e fala:

— Vocês têm algo para nos dizer?

Ben sorri e diz:

— Ainda não.

Eu me seguro até ficarmos sozinhos no carro, na volta para casa.

— Ainda não? — grito e digo que nunca me senti tão traída.

Ben fala para eu não ser tão dramática, que foi apenas um modo de se expressar.

— Um modo de se expressar? — falo, indignada.

— Sim — ele responde. — Pelo amor de Deus, Cláudia! Relaxa, tá?

Decido, naquele instante, que chegou a hora de falar com meu fiel trio, ou seja, minhas duas irmãs mais velhas, Daphne e Maura, e minha melhor amiga, Jess. Depois de pensar um pouco, desconsidero minhas irmãs, pelo menos por enquanto. Embora saiba que elas sempre querem o melhor para mim, tenho certeza de que não vão ficar do meu lado dessa vez.

A motivação de Maura será maior porque ela não quer que eu perca Ben, muito mais do que ela acha que eu deva ter um bebê. Ela respeita minha decisão de não querer ter filhos. Ela tem três filhos, os quais ela ama profundamente, e que eu amo intensamente também, mas penso que, em alguns momentos de introspecção, ela deve se arrepender da sua decisão de tê-los. Ou pelo menos de tê-los tido com Scott. Frequentemente eu a ouço dizer que a maior decisão que uma mulher pode fazer na vida não é com quem se casar, mas quem será o pai de seus filhos. "Não é algo que você possa desfazer", ela diz. "É um elo para a vida toda." Verdade seja dita, acho que Maura fez uma péssima escolha nas duas frentes. Ela é um bom exemplo de alguém que deu muita importância para a paixão, o glamour e a aparência, em vez de escolher um homem bom, honesto e confiável. Chamo isso de "fenômeno da garota do Ensino Médio". A maioria das meninas dessa idade não quer nem saber dos garotos quietos e meio nerds, e corre atrás dos caras atléticos, populares e brincalhões. Se agarram um desses, acreditam que são as criaturas mais felizes da Terra. Conseguiram o primeiro prêmio. No entanto, quando elas voltam para a reunião de vinte anos de formatura, reconhecem as escolhas erradas. O rapaz agradável, quieto e ligeiramente nerd, se tornou um marido perfeito, um pai dedicado e um companheiro leal, ao contrário do cara atlético, musculoso e brincalhão, que fica pelos cantos se agarrando com Misty, a vagabunda ex-líder de torcida.

Essa é mais ou menos a versão da história dos relacionamentos equivocados de Maura. Ela namorou um cara chamado Niles enquanto estava na casa dos 20 anos e chegou bem perto de se casar com ele. Porém, quando Niles começou a falar com ela sobre alianças de noivado, ela surtou e chegou à conclusão de que ele era "muito chato e previsível". Ela disse que não poderia se casar com alguém que não fazia seu coração disparar todos os dias. Na época, apoiei sua decisão. Eu acreditava em achar o amor verdadeiro, não em se acomodar, o que é algo em que ainda acredito do fundo do meu coração. Mas, em retrospecto, eu sei que Maura estava confundindo amor com desejo e um cara legal com chatice. Niles a tratava bem e estava ansioso para assumir um compromisso duradouro. Assim sendo, ela acreditou que ele não valia a pena ou que, no mínimo, ele era totalmente desinteressante. Para falar a verdade, também acho que a aparência de Niles contou muito na sua decisão, embora ela nunca vá admitir isso. Maura estava atraída por Niles, mas ele não era o tipo de homem que chamava a atenção das outras mulheres quando chegava a um bar. Maura queria alguém sexy. Maura queria impressionar. Então, não foi surpresa para ninguém quando seu primeiro namorado depois do fim do relacionamento com Niles foi o alto, maravilhoso e sensacional Scott. Claro que há muitos caras altos, maravilhosos e sensacionais que são fiéis à esposa, mas acredito que a maioria deles traia sua cara-metade.

De qualquer modo, *Scott* é infiel e acho que a opinião de Maura sobre o meu relacionamento tem a ver com o fato de que ela fez a escolha errada. Que, segundo as palavras de Daphne, ela escolheu o "Sexy Scott" em vez do "Niles Legal". A essa altura, Maura passou anos invejando meu relacionamento com Ben, um relacionamento bastante ideal do lado de dentro e, portanto, que parecia ainda mais perfeito do lado de fora.

Ela nunca invejou minha felicidade, mas Ben é uma lembrança constante daquilo que ela poderia ter tido e que ela queria, desesperadamente, que eu valorizasse e cuidasse. Então, tenho certeza de que ela vai me dizer que eu deveria ter um bebê para ficar com Ben. Que eu deveria fazer *qualquer coisa* para continuar com ele. E eu realmente não quero ouvir isso.

Os motivos de Daphne para eu ficar com Ben têm menos a ver com meu relacionamento com ele e tudo a ver com sua obsessão por filhos. É o filtro pelo qual ela vê o mundo à sua volta. Ela e seu marido, Tony, têm tentado engravidar por quase dois anos. Eles tentaram por um ano do jeito tradicional: beber uma garrafa de vinho, cair na cama e rezar para a menstruação não vir. Depois dessa fase, eles passaram a comprar monitores de fertilidade, a fazer tabelas de ovulação e a discutir sobre os picos de fertilidade no mês. Ela agora está tomando medicamentos e pesquisando clínicas de fertilidade.

Sofro ao ver minha irmã passar por isso todos os meses, ao ver como essa luta a transformou, como está ficando cada vez mais amarga à medida que suas amigas, uma a uma, vão tendo bebês. Ela fica particularmente ressentida quando outras pessoas ficam grávidas com facilidade e chegou a ponto de se afastar de sua amiga Kelly por completo, depois que ela ficou grávida de gêmeos, durante a lua de mel, um menino e uma menina. Quando Maura falou para Daphne que ela deveria ficar feliz pela Kelly (o que era verdade, mas foi um comentário desnecessário), minhas irmãs tiveram uma discussão enorme. Daphne desligou o telefone na cara de Maura e me ligou imediatamente, tentando me manipular para que eu ficasse do lado dela. Então, quando Maura me ligou na outra linha, ansiosa para me contar sua versão dos fatos, Daphne gritou: “Não ouse atender a chamada dela!”. E então, começou a defender freneticamente seu lado da questão. Ela insistiu que a discussão com Kelly não tinha nada a ver com a benção que Kelly teve com os gêmeos, e que tudo tinha acontecido só porque Kelly declarou que iria chamar sua filha de Stella. “Esse nome é meu”, Daphne deve ter dito pelo menos umas dez vezes. Resisti à vontade de cair na risada e falar: “Não, seu nome é Daphne”, mas, em vez disso, convenci minha irmã de que esse nome não era bom por causa do seu sobrenome (o sobrenome do marido de Daphne era Sacco). Disse a ela que Stella Sacco parecia nome de stripper, e que, se eu recebesse no meu escritório o currículo de uma “Stella Sacco”, imediatamente o poria de lado e nem veria que ela era uma bolsista do Fullbright. Seguiu-se uma longa conversa sobre nomes de bebês, um assunto que eu acho ridículo e cansativo, a menos que você esteja com nove meses e prestes a dar à luz. Discutir nomes de crianças quando você nem está grávida é quase tão ridículo quanto exigir exclusividade de um nome. Claro que eu compartilhei esses comentários com Maura quando liguei de volta para ela, mas disse que, apesar de tudo, tínhamos que apoiar Daphne. Já estou acostumada a intermediar a paz entre minhas irmãs, e elas fazem o mesmo comigo. Talvez essa seja a dinâmica natural entre três irmãs. Somos muito unidas, mas às vezes ficamos duas contra uma, e as alianças mudam constantemente.

Então, por isso tudo, simplesmente considerar que minhas irmãs poderiam ficar do lado de Ben e ainda poderiam tentar me convencer a ter um filho é demais para eu poder suportar. Preciso de alguém que me apoie firme e incondicionalmente. Alguém que deixe de lado seus próprios preconceitos. É aí que minha melhor amiga, Jess, sempre entra.

Jess e eu nos conhecemos em nosso primeiro ano na faculdade de Princeton, quando nos unimos contra nossas respectivas companheiras de quarto, ambas escandalosas alunas de teatro chamadas Tracy. Uma noite, pouco antes do feriado de Ação de Graças, Jess embebedou as duas Tracy com vodca e suco de oxicoco, e as convenceu a trocar de quarto. Ela foi tão eficiente que fez as Tracy acreditarem que tinha sido ideia *delas*. A minha Tracy até deixou um pedido de desculpas escrito à mão. No dia seguinte, Jess empacotou suas roupas, livros e edredom, e os levou pelo corredor em caixas de plástico e sacos de lixo; acabamos morando juntas pelos próximos catorze anos (quase tanto tempo quanto eu vivi em casa), durante todo o período da faculdade e depois no nosso primeiro e apertado apartamento em Manhattan, entre a 92nd e a York Street.

Nós o reformamos várias vezes com o passar dos anos, até conseguirmos nosso espaçoso e ensolarado loft na Park Avenue South, que, devido ao estilo kitsch de Jess, fazia as pessoas o compararem com o apartamento dos personagens de *Friends*. Cada uma de nós teve seus namorados, mas ninguém por quem valesse a pena trocar o que tínhamos juntas.

Até Ben aparecer.

Jess e eu choramos no dia em que me mudei para a casa de Ben, e brincamos falando que a nossa separação parecia um divórcio. Continuamos a nos falar todos os dias, algumas vezes mais de uma vez por dia, mas houve uma mudança definitiva na nossa amizade. Em parte, era simplesmente porque nos víamos menos. Nós não tínhamos mais aqueles bate-papos tarde da noite e de manhã bem cedo antes do trabalho, e não dava para ter essas conversas pelo telefone. Por outro lado, foi uma mudança inevitável de lealdade. Ben se tornou a pessoa com quem eu mais conversava, aquele que eu procurava no momento de crise ou de celebração. Já conheci mulheres casadas que colocam suas amigas na frente do marido e, embora admire esse tipo de fidelidade feminina, também acredito que isso possa ser uma dinâmica perigosa. Algumas coisas devem ser sagradas num casamento. Jess e eu nunca discutimos as mudanças no nosso relacionamento, mas eu sabia que ela entendia. Também acho que ela se afastou um pouco, acho que para respeitar meu relacionamento e talvez por uma ponta de orgulho. Ela cultivou um novo círculo de amigas, mulheres solteiras na casa dos trinta anos, todas procurando o amor.

Às vezes, sentia uma pontinha de saudade quando via Jess ir se encontrar com as meninas para tomar uma sangria no Village ou fazendo as coisas que costumávamos fazer juntas. Mas, na maior parte do tempo, eu não invejo sua posição. Este ano completamos 35 anos, e posso garantir que a chegada desse marco a está deixando estressada. Ela não está desesperada para se casar, mas ela quer ter filhos um dia. E está ciente de que seus óvulos têm data de validade (palavras dela, não minhas).

O que torna ainda mais frustrante quando eu vejo minha melhor amiga representar repetidamente o papel que cairia perfeitamente num romance de Jackie Collins. Ela sempre se envolve com homens indisponíveis: galinhas, homens casados ou caras que moram do outro lado do país e não têm a mínima intenção de se mudar para Manhattan. Na verdade, atualmente ela está enrolada num relacionamento de dois anos com um cara chamado Trey, que se encaixa em todas as alternativas acima. Eu sei, é difícil ser um galinha casado, mas Trey tira tudo isso de letra, com o maior charme. A verdade é que Trey não contou para Jess que ele era casado até ela se apaixonar por ele, mas ela já teve pelo menos um ano para poder digerir a notícia e seguir em frente.

Resumo da história: Jess tem um dedo podre para homens e sempre teve. Até na faculdade ela ficava a fim do garoto rebelde, aquele tipo que você podia imaginar parado na frente de um juiz respondendo a uma acusação de estupro. É estranho, porque Jess tem absoluto controle em todas as outras partes da vida. Ela é segura, divertida e a mulher mais inteligente que eu conheço. Formou-se com honras em Princeton, sem precisar estudar demais, e depois tirou seu MBA em Columbia. Agora, ela é investidora financeira, arrasa num mundo dominado pelos homens e ganha tanto dinheiro quanto os atletas profissionais e artistas de cinema. Para completar, parece modelo. É alta, tem os cabelos louros e curtos, e um corpo esbelto. Ela parece muito mais uma modelo de passarela do que de lingerie, o que segundo minha irmã Maura é o problema de Jess. "Os homens não gostam de mulheres tão magras", ela costuma dizer. "Mulheres é que gostam." (Maura tem uma coleção de teorias superficiais sobre relacionamentos. Aqui estão algumas de suas pérolas: "O mais atraente de um casal sempre tem o poder"; "As mulheres deveriam se casar com homens pelo menos sete anos mais velhos, para eliminar a diferença de envelhecimento"; "Homens carecas e baixinhos têm que ser bem-dotados".)

De qualquer modo, decidi que chegou a hora de me abrir com Jess.

Então, nos encontramos no dia seguinte para almoçar numa lanchonete no meio do caminho entre o meu escritório e o dela. Pedimos sanduíches no balcão e, então, pegamos sacos de batatas Lay's e garrafas de água mineral Evian e fomos nos sentar numa mesa perto da janela. Havia cinco operários da construção civil sentados atrás de nós e, quando um deles se levantou para ir embora, Jess comentou que ele tinha "um traseiro perfeito". Ela parecia um homem descarado comentando o corpo de uma mulher. Dei uma checada na traseira da calça Levi's dele e concordei que era tentador. Depois, delicadamente comecei a falar do meu dilema.

Jess ouviu com atenção, com empatia. Já fazia um bom tempo que eu não precisava de conselhos dela sobre relacionamentos. Dava para perceber que ela gostou de se afastar um pouco da angústia que estava sentido em relação a Trey quando ela disse, com seu sotaque do Alabama, que ainda não havia perdido depois de tantos anos na Costa Leste:

— Tenho certeza de que você e Ben vão resolver isso. *Não* entre em pânico.

— Ainda não entrei em pânico — confessei. — A questão é... Talvez eu esteja um pouco... Afinal de contas, ter filhos não é uma coisa que a gente possa negociar, sabe?

Jess concordou com a cabeça e cruzou as longas pernas.

— É isso mesmo.

— Então, espero que seja apenas uma fase — concluí.

Jess levantou o pãozinho do seu sanduíche de salada de frango e enfiou umas batatinhas fritas dentro.

— Tenho certeza de que é só uma fase — ela afirmou. — Alguma coisa pela qual ele está passando.

— Sim — falei, olhando para o meu sanduíche de peru. Estava sem apetite desde nossa volta do Caribe.

— Lembra do violão dele? — ela perguntou, revirando os olhos. Jess adora fazer gozação com o Ben e ele faz a mesma coisa com ela, o que é um sinal da afeição entre eles. Ela deu uma risada e falou:

— O velho Benny Van Halen arrasou por alguns meses, não foi?

Também ri, relembrando o dia em que Ben e eu passamos em frente a uma lojinha no Village, chamada Guitar Salon. Ficava numa mansão charmosa, toda iluminada, e estava convidativa naquele dia chuvoso. Entramos e olhamos tudo o que tinha e, depois de alguns minutos, Ben decidiu que tinha que ter seu próprio violão *vintage*. Era literalmente a primeira vez que ele tinha demonstrado o mais leve interesse por qualquer instrumento musical, mas, a essa altura, eu estava acostumada ao interesse rápido dele por uma grande variedade de coisas e assuntos. Ben é uma daquelas pessoas que consegue se entusiasmar por muitas, muitas coisas: astronomia, filmes, coleção de relógios antigos, o que você imaginar. Fiquei o observando e esperei com paciência enquanto ele fazia uma centena de perguntas ao proprietário da loja. Depois, ele passou um tempão experimentando os violões, dedilhando pelas cordas e até mesmo tentando tocar. Uma hora mais tarde, ele estava pagando uma pequena fortuna por um violão espanhol de 1956, feito de madeira de jacarandá, e um pacote de aulas dadas por alguém de certa fama no mundo do violão clássico de Nova York.

Por meses, Ben praticou violão com fervor cativante e rapidamente aprendeu o básico e adquiriu calos impressionantes. No meu aniversário, ele me fez uma surpresa e tocou com perfeição "I Can't Help Falling in Love With You", uma música que confesso, timidamente, me deixa derretida, especialmente porque sempre achei que o Ben é um pouco parecido com um Elvis Presley mais jovem, só que com o cabelo claro.

Porém, pouco tempo depois, Ben perdeu o interesse em seu novo hobby e aposentou seu violão num canto empoeirado debaixo de nossa cama. Recentemente, ele o colocou à venda no eBay. Jess me garantiu que a fixação dele pela paternidade também não vai durar muito.

— O único problema é — eu falei — que Ben *adquiriu* um violão antes de desistir da ideia de se tornar um músico talentoso.

— É mesmo... — ela falou, enquanto rolava a tela de e-mail no seu BlackBerry. Jess é perfeita em multitarefas. Ela digita furiosamente uma resposta enquanto pergunta: — E não tem como ter uma criança temporariamente, tem?

— Por isso que o bebê do Ray e da Annie viria a calhar — falei, relembrando a semana em que fiquei na casa de minha irmã, logo depois de ela ter cada um de seus três bebês. Todas as três visitas, no início, eram emocionantes, já que não há nada tão significativo ou especial quanto conhecer um novo membro de sua família. Também adorava passar um tempo tranquilo e íntimo com minha irmã, que geralmente é muito ocupada com suas múltiplas obrigações sociais em Bronxville. Maura e eu tivemos nossas melhores conversas naquele ambiente aconchegante, com um novo bebê, nós duas de roupão e chinelinhos, sem nem ao menos escovar os dentes. Ainda assim, as obrigações noturnas com o bebê, para as quais eu me voluntariava, eram sempre brutais, e quando eu ia embora da casa dela, estava exausta, esgotada, mas tanto que chegava a doer meus ossos. Honestamente, não sei como as mulheres conseguem fazer isso durante semanas ou meses.

— Esse moleque já nasceu ou o quê? — Jess pergunta.

Eu dei um sorriso ao ouvir as palavras dela. Para alguém desesperada para ser mãe, ela vai ter que amenizar seu vocabulário.

— Está para nascer — falei. — Então, vamos esperar que não seja nada que algumas horas com um bebê de carne e osso não possa curar.

Como se fosse combinado, Raymond Gage Jr. chegou na manhã seguinte, depois de catorze horas de trabalho de parto e uma cesariana de emergência. Ben me liga no trabalho para dar a notícia.

— Annie e Ray querem que a gente vá lá imediatamente — ele comenta, animado.

O convite para ir ao hospital me surpreende. Annie e Ray são nossos amigos íntimos, mas nunca pensei que fôssemos tão íntimos. Pensei que fôssemos amigos do tipo "venha ver o bebê assim que formos para casa". Apesar de tudo, deixando a polêmica de lado, estava ansiosa para conhecer o bebê deles.

Então, depois do trabalho, pego o metrô até o Roosevelt Hospital, onde me encontro com Ben na lojinha de presentes do hospital. Ele já escolheu alguns balões e um cartão que nós assinamos no elevador, enquanto subimos até a ala da maternidade. Fomos em direção ao quarto 1231. A porta está enfeitada com uma enorme cegonha em tom azul pastel segurando uma plaquinha em que está escrito *É um menino!*, assim como metade das portas daquele corredor.

Por causa do longo trabalho de parto que Annie vivenciou, estava esperando encontrar um ambiente mais calmo, mas demos de cara com uma festa movimentada e barulhenta. O quarto estava repleto de flores, presentes e pelo menos uma dúzia de amigos e parentes tirando fotos do bebê e disputando para segurá-lo no colo.

Há até algumas garrafas de champanhe, que Ray esconde atrás de suas costas todas as vezes que uma enfermeira passa perto dele.

Ray e Annie estão radiantes enquanto contam os detalhes do momento em que a bolsa estourou, a corrida de táxi até o hospital e a briga deles pouco antes de Annie tomar a anestesia peridural, quando Ray admitiu ter esquecido a câmera de vídeo em casa. Nós demos risada, ouvimos as histórias e admiramos Raymond Jr., que parece uma cópia do pai (e eu não costumo ver essas semelhanças).

Todo mundo se diverte e sei como essa celebração está refletindo no Ben. Ele está tomado pela emoção e claramente animado pelos nossos amigos; mas eu também vejo que ele está inquieto e pensativo. Não exatamente triste, mas o mais perto de estar triste sem estar realmente triste. Sua expressão me lembra a de uma madrinha em um casamento enquanto ouve o vigésimo brinde da noite.

Exatamente quando íamos segurar Raymond Jr., um pouquinho cada um, a enfermeira de amamentação entra e Ray pede educadamente que todos, por favor, saiam do quarto. Fico surpresa que Annie – que, caso houvesse nascido alguns anos antes, estaria queimando sutiãs em protesto – se importasse com sua privacidade. Bom, não dizem por aí que um bebê muda tudo? Demos nossos parabéns mais uma vez para Annie e Ray e dissemos que logo entraríamos em contato.

No metrô, a caminho de casa, tenho esperança de que Ben perceba que a festa não vai durar muito. Que assim que você traz o bebê para casa e algumas semanas passam, o champanhe e as visitas param de aparecer e você está sozinha no meio da noite.

Caso ele não tivesse percebido isso, espero algumas semanas e, então, ligo para Ben e sugiro inocentemente que nós nos ofereçamos para cuidar do bebê para Annie e Ray. Dar a eles uma chance de saírem sozinhos. Ben acha que é uma ótima ideia. Ligamos para nossos amigos, que aceitam, agradecidos, a oferta.

Então, na sexta-feira seguinte, Ben e eu pegamos um táxi para a casa de Annie e Ray, e subimos as escadas até o terceiro andar (enquanto eu comento o quanto deve ser difícil arrastar um carrinho de bebê para cima e para baixo naquela escadaria). Estou esperando encontrar um casal de pais exaustos, uma casa bagunçada, o cheiro de leite azedo misturado com o fedor de fraldas sujas. Mas Ray aparece na porta, barbeado e elegante, e eu noto desanimada que o apartamento deles está impecável. Uma música de Neil Young, "Good To See You", está tocando um pouco mais alto do que você poderia esperar em uma casa com um bebezinho, que está dormindo angelicalmente na sua cadeirinha.

— Aonde vocês vão hoje à noite? — pergunto, ansiosa para que eles saiam logo. Deixem o bebê sozinho comigo e com Ben. Deixem bem clara nossa grande incompetência.

— Mudança de planos — Annie fala empolgada. Noto que ela está linda. Seu cabelo está preso em um elegante coque e ela ainda tem aquele brilho da maternidade.

— O quê? Estão cansados demais para sair? — pergunto.

— Não. Vamos sair todos juntos. Temos uma mesa para quatro no Pastis esperando por nós! — Ray declara.

Silenciosamente, me arrependo de ter vestido uma calça jeans simples, uma regata preta básica e sapatilhas. Não posso nem mesmo protestar justificando que estou vestindo roupas para fazer meu papel de babá. Não que meus amigos aceitariam uma desculpa do tipo "estou usando sapatilhas".

— Têm certeza? — digo. — Nós queríamos que vocês ficassem um pouco sozinhos.

— Não! Sentimos falta de vocês! — Annie fala, me abraçando.

— Então, quem vai cuidar do Ray Jr.? — Ben pergunta.

— Ele vai junto! — Annie cantarola.

— De verdade? — pergunto.

Annie concorda com a cabeça.

— Ele dorme o tempo todo, vai ficar bem! — Ray fala isso levantando a cadeirinha de seu filho como se para provar o que está dizendo. — Ei! Vocês querem segurá-lo um pouquinho antes de a gente sair? Ainda temos alguns minutos... ele não vai acordar.

— Claro. Deixa eu lavar minhas mãos primeiro — digo isso me lembrando da obsessão de minha irmã com germes depois que seu primeiro filho nasceu.

Vou até a pia da cozinha e lavo as mãos, pensando na minha estratégia. Será que eu deveria sacudi-lo um pouquinho e tentar acordá-lo? Será que eu deveria fingir que não sei segurá-lo para provar que bebês não são minha especialidade? Seco minhas mãos e decido que esses truques são óbvios demais. Então, gentilmente, pego o bebê dos braços estendidos de Ray. Aninho sua delicada cabecinha na minha mão livre e sento no sofá ao lado de Ben. Nós dois olhamos encantados para Raymond Jr., que está vestindo um macacãozinho branco de cashmere e um bonezinho combinando. Ele continua dormindo profundamente e tenho certeza de que ele vai ferrar minha estratégia e fazer o papel de um bebê perfeito.

Depois de alguns minutos de conversa, Ben fala:

— Posso?

Annie sorri.

— É claro!

Ben está à vontade e tira o bebê dos meus braços com facilidade. Raymond Jr. abre um dos olhos e olha para Ben. Então, ele boceja, encolhe os joelhos até o peito e cai no sono novamente. Ben parece fascinado.

— Eles não ficam um encanto juntos? — Annie diz.

Concordo, irritada com o fato de minha amiga ter usado a palavra *encanto*. É o primeiro sinal de que ela mudou. A velha Annie nunca teria usado uma palavra como *encanto*, a menos que estivesse fazendo uma piada.

Ben acaricia delicadamente o rosto de Raymond Jr.

— Não dá para acreditar como a pele dele é macia!

É claro que ele não tem acne nem eczema de bebê, eu penso.

Ben continua se deliciando.

— Olhe, Cláudia. Olhe como os dedinhos dele são pequenininhos!

Raymond Jr. segura o dedão de Ben e imagino como eu posso competir com um truque desse tipo. O garoto é *bom*.

— Ele chora? — Ben pergunta.

Annie responde que não muito, pois ele é um bebê bastante tranquilo.

Naturalmente.

— Nós realmente temos muita sorte — Ray comenta. — Na verdade, nós é que temos que acordá-lo à noite para mamar.

— Isso é bem incomum — falo, olhando nervosa para Ben.

Todo mundo ignora meu comentário enquanto Ray pega de volta seu filho, o coloca na cadeirinha e a leva escada abaixo até a rua, onde ele acha um táxi quase instantaneamente. Espero que o bebê conte como uma quinta pessoa, acima do limite legal de um táxi, mas o motorista não reclama.

O restante da noite segue tranquilamente, com Raymond Jr. dormindo pacificamente no restaurante barulhento. Nosso bate-papo é normal e agradável, e eu quase esqueço que tem uma criança dormindo debaixo da mesa. Quando todo o resto falha, espero ver um embaraçoso seio para fora da roupa, mas Annie mostra uma discreta mamadeira e explica que decidiu que amamentar no peito não era para ela.

A não ser pela palavra *encanto*, não tenho nada a dizer sobre Annie, Ray ou o bebê.

A caminho de casa, naquela noite, Ben pergunta o que achei do Raymond Jr.

Digo que ele é muito bonitinho, uma gracinha.

— Mas? — Ben indaga, pois meu tom sugere um *mas*.

Começo a falar sobre como é raro um bebê dormir tanto. Falo para Ben que todas as crianças da minha irmã tinham cólicas e que a maioria dos bebês dá muito mais trabalho do que Raymond Jr. Meu monólogo não é exatamente sutil, mas nem a resposta de Ben é sutil. Ele faz uma oferta crucial e nada prática: que ele teria "responsabilidade total e completa durante as noites" caso nosso bebê fosse do tipo difícil. Como se ele acreditasse que a única coisa que me impede de ter filhos é meu desejo de dormir oito horas por noite. Ele continua com um discurso sobre sua empresa ter uma política liberal de licença de paternidade, e que ele gosta da ideia de ser um pai que fica em casa.

— Um pai que fica em casa? Você ama sua carreira!

Ben dá de ombros.

— Eu amaria nosso bebê também... a questão é, *você* não teria que mudar *nada* em sua rotina, Cláudia — ele rebate. Então, repete sua afirmação, com a mesma ênfase no *você* e no *nada*.

— Eu ouvi quando você falou a primeira vez — digo.

Naquela noite, por volta das 3 horas da manhã, me encontro acordada e preocupada. Penso seriamente em sacudir Ben e dizer: "Sua vez de cuidar do bebê, querido". Porque uma coisa é você falar sobre acordar no meio da noite. Outra bem diferente é ter que fazer isso quando a única coisa que você quer é dormir.

Mas decido agir diferente. Afinal de contas, do jeito que as coisas estão acontecendo comigo ultimamente, Ben talvez se levantasse, assoviasse e ainda começasse a falar em nomes de bebês.

CAPÍTULO 3

Os comentários de Ben sobre bebês chegam ao ponto do suborno e continuam a ser disparados ao longo dos dias seguintes. Digo a mim mesma para ter calma, não brigar, dar um tempo. Digo a mim mesma que eu deveria esperar pelo menos o tempo que ele levou tocando violão, na esperança de que bebês sejam só sua atual fixação. Ou talvez ele esteja um pouco inquieto, enfadado ou procurando por algo para preencher um vazio. Isso viria ao encontro de uma de minhas teorias que responde à pergunta: por que alguns casais, mesmo aqueles que não nasceram para ser pais, têm filhos? A teoria é que parte da atração por crianças deve ter a ver com o foco da nossa sociedade nos *primeiros*. Como referências e rituais de passagem. Temos nosso primeiro beijo, primeiro namoro, formatura da escola, faculdade, formatura da faculdade, primeiro emprego, casamento, primeira casa. Ter um filho parece ser algo natural, o próximo passo a seguir na evolução da vida, o único grande momento que nos resta viver. Ou talvez os casais simplesmente desejem indiretamente vivenciar todos esses primeiros passos novamente por meio de seus filhos. Reviver os grandes acontecimentos e corrigir seus erros. Não estou dizendo que todos os casais têm filhos por esse motivo, a maioria parece *mesmo* querer vivenciar toda essa experiência, mas acho que alguns são assim.

Caso Ben se encaixe nessa categoria, vou me esforçar para trabalhar um pouco menos e me certificar de que nossa vida de casal seja a mais completa e divertida possível. Vou ver se consigo fazer todas as coisas que sempre fizemos juntos, mas com maior intensidade e frequência. Vou fazer reservas em novos restaurantes, vamos ouvir música incrível e ver arte fabulosa. Planejo dar escapadas de fim de semana para a região de Berkshires e para os Hamptons.

Mais importante ainda, vou seguir o conselho de Jess e manter nossa vida sexual mais vigorosa. Jess acredita que o sexo é a panaceia para qualquer problema, e é por isso que ela está convencida de que Trey vai largar a esposa logo (segundo a própria Jess, ela é *incrível* na cama).

Certa noite, vesti minha melhor lingerie e iniciei o tipo de noite de amor que vale uma vida inteira. Durante todo o tempo, sinto nossa forte atração química, a parte do nosso relacionamento que estava faltando desde a viagem para St. John. Tenho certeza de que o esforço vai virar as coisas para o meu lado.

Depois de tudo, minha mente está abençoadamente vazia. Mas, de repente, volto a pensar em bebês. Resisto à vontade de salientar o óbvio — que uma criança poderia colocar em risco nossa vida sexual. Que nós teríamos pouco tempo ou energia para o sexo. Que não poderíamos mais nos colocar em primeiro lugar. Ben deve estar pensando a mesma coisa quando dá um beijo na minha testa e balbucia:

— Amo você, Cláudia... Bons sonhos.

— Para você também — falo, me sentindo sonolenta.

Foi aí que Ben se vira para o lado e diz:

— Cláudia, se tivermos um filho, prometo que você será a primeira mulher na história do mundo a não perder nenhum minuto de sono.

Ben não costuma conversar depois que a gente faz amor, então fico particularmente irritada por ele estar quebrando o padrão tipicamente masculino com essa pérola. Sinto meus músculos se retesarem ao dizer:

— Pelo amor de Deus, Ben! Não estamos falando de um cachorrinho de estimação. Estamos falando de um bebê!

— O que você quer dizer com isso?

— Você age como se estivesse se oferecendo para levar um maldito beagle para passear no meio da noite! Estamos falando de um bebê aqui!

— Eu sei disso — ele diz.

— Um bebê vai mudar *completamente* minha vida. *Nossa* vida.

— Sei disso — Ben responde. — Mas nossa vida vai mudar para melhor. Prometo.

— Você não pode me *prometer* uma coisa dessa — contesto. — É uma promessa ridícula e impossível de cumprir. Você não tem ideia do que ter um filho vai fazer conosco. Além do mais, existem muitas, *muitas* outras razões pelas quais eu não quero filhos, além do meu amor por uma boa noite de sono.

— Ok. Como o quê? — Ben pergunta.

— Já discutimos isso antes — falo, sem querer repetir meus motivos ou analisá-los mais de perto. — Muitas vezes.

Contudo, ele me pressiona e começo com um motivo simples e superficial. Digo a ele que não quero ficar grávida.

— Mulheres grávidas são lindas — ele diz.

Reviro meus olhos.

— Além do mais, você só vai ficar grávida por *nove* meses. Um grão de areia no mar da vida.

— Para você é fácil falar. Não quero ser *invadida* desse modo, não importa que o período seja curto... e eu gosto de malhar —

argumento. Sei que esse motivo não se sustenta muito, especialmente porque eu não frequento a academia há semanas.

— Você pode malhar quando estiver grávida, sabe disso — ele explica.

— Sim, tudo bem. Eu vejo aquelas mulheres esbaforidas caminhando na esteira. Elas parecem extremamente infelizes... E você sabe que eu estou pensando em correr a maratona de Nova York. Talvez o ano que vem. É uma coisa que eu sempre quis fazer — digo, o que, na teoria, é verdade.

Correr uma maratona é um dos meus objetivos de vida. Mas, até agora, nunca passei dos dois quilômetros. Não sou naturalmente muito atlética, ao contrário de Ben, que corre e nada sem esforço. Ainda assim, quando vejo alguém mais velho ou deficiente atravessar a linha de chegada todos os anos, imagino que eu também possa fazer isso. Algum dia.

— Bem, sempre tem a possibilidade de adotarmos um bebê — ele comenta.

— Essa não é a questão, e você sabe disso. A gravidez é o *menor* dos problemas.

— Tudo bem — ele diz. — Então, não precisamos ter um bebê imediatamente. Isto é, podemos esperar alguns anos. Não preciso ter um filho *agora*. Só quero que você me diga que vai pensar um pouco e considerar a *ideia*.

Vejo uma saída e fico tentada a ganhar tempo. Eu poderia "pensar sobre o assunto" por alguns anos e então só *dizer* que parei de tomar a pílula. Iria esperar nós chegarmos aos 40 anos e torcer para que a infertilidade nos atingisse. Resolver o problema naturalmente. Mas me recuso a ser desonesta. Não existe relacionamento *sem* honestidade. Então, lhe digo a verdade: que eu não vou mudar de ideia.

Ben parece ignorar completamente minha afirmação e pede para que eu lhe dê uma outra razão.

Faço a vontade dele e digo:

— Certo. Eu gosto de morar na cidade.

Ele se senta na cama e fala:

— Podemos ter um filho na cidade.

Fico admirando a linha dos seus ombros enquanto digo:

— Isso não é fácil. Iríamos precisar arrumar um lugar maior e não podemos bancar isso.

— Bom, você nunca se sente meio cansada de morar em Manhattan? Nós dois crescemos em bairros residenciais, afinal de contas. Não seria legal voltar para nossas raízes? Ter um quintal novamente? Árvores e esquilos, e um pouco de silêncio e paz?

— Ok, agora você está parecendo um louco falando — arremato. — Nós dois adoramos morar na cidade.

— Eu sei, mas...

— Eu não quero me mudar — falo, me sentindo apavorada só de pensar nisso. Fico imaginando SUVs, reuniões de pais e mestres, filminhos de partidas de futebol, jantares de família no Olive Garden. A essa altura, já estou sentada também. — Eu não vou me mudar para um bairro residencial de classe média.

— Tudo bem — ele fala, concordando com a cabeça. — Nós poderíamos criar um filho em Manhattan. Muita gente faz isso. Nós só teríamos que arrumar um apartamento maior e cuidar da parte financeira. Portanto, esse não é um motivo válido. Fale outro.

Solto a respiração, bufando, e digo:

— Ok. Minha carreira.

Deixei os motivos mais importantes para o final. Eu tinha trabalhado muito, muito mesmo, para arriscar tudo por causa de filhos. Já vi isso acontecer muitas vezes, mesmo com as editoras que estavam determinadas a chegar ao topo. Elas têm que sair mais cedo do trabalho, não podem sacrificar seus fins de semana e inevitavelmente perdem um pouco da ousadia e da ambição. Sempre acontece isso.

Não sei por quê; não sei se as prioridades mudam ou se elas simplesmente não têm mais a mesma energia para lutar. Não sei e não pretendo descobrir... Não quero me juntar à fila de mulheres que trabalham fora e estão sempre com uma aparência miserável e infeliz, que lutam para ter tudo e terminam frustradas, exaustas e culpadas.

— Qual o problema com a sua carreira? — ele pergunta, todo inocente.

— Um filho iria impactá-la — explico.

— Já lhe disse, posso ficar em casa por um tempo. Ou podemos contratar uma babá. Você não tem que largar seu emprego. Você nem mesmo vai precisar trabalhar meio período. Existem muitas mães que trabalham fora. Você pode ter as *duas* coisas.

— Mas eu não quero as duas coisas. Entende? É isso que você parece não compreender. Ter as duas coisas significa não fazer nenhuma direito.

— Mas você seria uma mãe incrível, Cláudia! — ele diz.

— Eu não *quero* ser mãe — digo com o máximo de convicção que consigo transmitir. — Sinto muito que isso me faça parecer egoísta. Mas o que eu acho muito pior, muito mais egoísta, é ter um filho quando não se está totalmente comprometido com isso. E eu simplesmente não compartilho desse seu plano, Ben.

— Não agora? — ele fala se recostando na cama.

— Não agora — digo. — E nem nunca.

Ben me lança um olhar frio. Então, ele balança a cabeça, se afasta de mim e fala com o rosto encostado no travesseiro:

— Tudo bem, Cláudia. Acho que está tudo claro para mim agora.

Na manhã seguinte, nos preparamos para o trabalho em silêncio. Ben sai primeiro, sem nem me dar um beijo de despedida. Ele se recusa a retornar qualquer uma de minhas mensagens durante o dia todo. Fico tão perturbada que cancelo um almoço importante com um agente literário de alto nível e sou ríspida ao telefone com uma de minhas autoras mais meigas e aplicadas, por causa de um atraso na entrega de seu manuscrito.

— Você sabe que, se eu não receber isso logo, não conseguirei reunir tudo e mandar para os revisores, certo? — digo, odiando o tom estridente da minha voz.

Uma das coisas das quais eu me orgulho no trabalho é que eu *nunca* desconto meus problemas nem nos meus assistentes nem nos autores. Odeio pessoas que deixam a vida particular se imiscuir na vida profissional, e se até mesmo uma simples conversa sobre filhos pode influenciar no meu trabalho, não consigo nem imaginar o que poderia acontecer se eu tivesse um filho de verdade.

Naquela noite, reli um manuscrito e percebi que não gostei dele tanto quanto gostei quando o adquiri. É uma história de amor excêntrica e eu não consigo deixar de pensar se minha mudança de atitude tem a ver com o que está acontecendo no meu casamento. Entro em pânico só de pensar que é este o caso. Eu não quero mudar de modo algum. Não quero que minha vida mude. Caio no sono no sofá, preocupada com Ben e esperando que ele volte para casa. A certa altura, ouço-o entrar cambaleando no apartamento e percebo quando ele chega perto do sofá. Abro meus olhos e olho para ele. Seu cabelo está bagunçado e ele está cheirando a conhaque e cigarro, mas, mesmo assim, ainda é um gato. Tenho uma vontade repentina e incontida de agarrá-lo e puxá-lo para os meus braços. Com cheiro de cigarro e tudo mais.

— Oi — ele fala, conseguindo com dificuldade soletrar as duas letras.

— Onde você esteve? — pergunto com suavidade.

— Fora.

— Que horas são?

— Duas e pouco.

Então, ele solta uma frase irônica. Fala algo sobre aproveitar as vantagens de uma vida sem filhos. Noto que ele usou a palavra *sem filhos* em vez da nossa velha expressão *livre de filhos*. De repente, fico com raiva novamente.

— Muito maduro, Ben — digo, enquanto me levanto e vou até o banheiro —, se embebedar quando colocamos as cartas na mesa. Bela jogada para alguém que acha que vai ser um pai fantástico.

Foi algo duro e injusto de se dizer. Ben pode ser chamado de qualquer coisa, menos de irresponsável. Mas eu não volto atrás. Simplesmente deixo as palavras pairarem no ar entre nós.

Os olhos dele se estreitam. Então, ele pigarreia e fala:

— Vai se foder, Cláudia.

— Não, vai se foder *você*, Ben — falo, passando ao lado dele e batendo a porta do banheiro atrás de mim. Minhas mãos tremem ao abrir a tampinha da pasta de dente.

Enquanto escovo meus dentes, penso no que acabamos de dizer. Foi uma primeira vez. Nós nunca dizemos coisas assim um para o outro. Embora já tenhamos tido discussões acaloradas, nunca nos xingamos ou nos ofendemos. Sempre nos sentimos superiores aos casais que agem assim. Então, os *foda-ses* tornaram-se um símbolo instantâneo de nosso impasse e de nossa separação iminente. Pode parecer melodramático ligar a separação de um casal a algumas palavras ríspidas, mas sei que chegamos ao nosso ponto de não ter mais volta.

Cuspo um pouco da pasta, imaginando o que eu deveria fazer a seguir. Tem que ser algo mais importante, algo mais significativo do que dormir no sofá. Tenho que mencionar a palavra *divórcio* ou sair de casa. Vou até o quarto e mexo no armário procurando minha mala grande. Posso sentir Ben me observando enquanto coloco as roupas ao acaso dentro dela. Camisetas, roupas de baixo e algumas peças para usar no trabalho. Enquanto arrumo a mala freneticamente, me sinto como se estivesse vivenciando o papel da esposa furiosa.

A certa altura, mudo de ideia. Não quero sair do meu apartamento no meio da noite. Mas sou muito orgulhosa para voltar atrás. Parece uma tolice muito grande empacotar uma mala e não ir a lugar algum. É como desligar o telefone na cara de alguém bufando de raiva e ligar de volta imediatamente. Não dá para fazer isso. Então, caminho calmamente até a porta, com a mala na mão, esperando que Ben tente me impedir. Me curvo, segurando a respiração enquanto calço meus tênis, dando nó duplo nos cadarços, ganhando tempo para que ele possa dizer algum tipo de desculpa. Quero que ele se ajoelhe, peça desculpas e diga o quanto me ama. E eu também vou fazer o mesmo.

Em vez disso, ele fala com a voz fria como o gelo:

— Adeus, Cláudia.

Olho nos olhos dele e sei que chegou ao fim. Então, não tenho outra escolha a não ser me levantar, abrir a porta e partir.

CAPÍTULO 4

A única vantagem de largar seu marido no meio da noite é que só leva alguns segundos para conseguir um táxi. Na verdade, posso escolher entre dois, ambos vindo na minha direção na esquina da 73rd e a Columbus Street. Os motoristas, sem sombra de dúvida, veem a minha mala e pensam imediatamente que vão conseguir uma bela corrida até o aeroporto, então, entro em um e digo:

— Oi. Me desculpe. Só vou até o começo da Fifth. — Então, falo abruptamente: — Acabei de ter uma briga enorme com meu marido. Acho que vamos nos divorciar.

Ben sempre achou engraçado eu gostar de conversar com os motoristas de táxi. Ele diz que é coisa de turista e que não sou tão aberta e espontânea com estranhos. Ele está certo em ambas as afirmações, mas, por algum motivo, não consigo me segurar quando estou em um táxi.

O motorista me olha de relance pelo espelho retrovisor. Só consigo ver os olhos dele, o que não é bom, porque eu sempre achei que a boca de uma pessoa revela mais sobre o que ela está pensando. Ele também não entende bem inglês ou é terrivelmente deficiente no departamento empatia, pois ele não diz nada a não ser:

— Onde, na Fifth?

— No décimo segundo quarteirão. Lado leste — digo, enquanto meus olhos procuram ler o nome dele no cartão atrás do assento. É Mohammed Muhammed. Tenho que segurar as lágrimas quando lembro que Ben me contou uma vez, lá pelo nosso quarto encontro, que encontrar um motorista de táxi chamado Mohammed ou Muhammed, não importa se é o primeiro nome ou sobrenome, é o mesmo que jogar uma moeda, uma possibilidade de cinquenta por cento. Obviamente, era um exagero grosseiro, mas, desde aquela noite, nós sempre olhávamos o crachá e sorríamos quando acertávamos. Era algo que acontecia pelo menos uma vez por semana, mas foi a primeira vez que acertei em dobro. De repente, tenho uma vontade enorme de dar meia-volta e voltar para casa. Tocar no rosto de Ben, beijar suas bochechas, seus olhos e dizer a ele que, com certeza, o crachá desse homem é um sinal de que devemos consertar as coisas e, de algum modo, seguir adiante juntos.

Em vez disso, procuro o telefone na minha bolsa para poder avisar a Jess que estou a caminho. Lembro que o deixei recarregando na cozinha. Murmuro "merda", lembrando que talvez ela não escute o porteiro tocar o interfone. Isso seria um problema, já que Jess tem o sono pesado. Penso por um minuto em ir direto para um hotel, mas tenho receio de que se ficar sozinha vou desmoronar por completo. Então, continuo a caminho.

Felizmente, Jess escuta a campainha do interfone e, em poucos minutos, estou na casa dela, aconchegada no sofá, relembrando minha briga com Ben enquanto ela faz uma torrada com canela e um enorme bule de café, que é o máximo que ela sabe fazer na cozinha (e eu também). Ela traz uma xícara para cada uma, a minha pura e a dela cheia de açúcar, e diz que está na hora de termos uma conversa séria.

Então, ela hesita antes de acrescentar:

— E o assunto dessa conversa é "Por que Cláudia não quer um filho?". — Ela me lança um olhar tímido.

— Ah, vamos lá! *Você* também! — digo.

Ela concorda com a cabeça como uma professora rígida e diz:

— Só quero relembrar seus motivos.

— Você já *sabe* meus motivos.

— Ótimo, mas eu quero escutá-los novamente. Finja que sou sua terapeuta. — Ela senta ereta, cruza as pernas, segurando sua caneca com o dedinho e o dedão esticados. — E esta é a nossa primeira sessão.

— Então, agora preciso de um terapeuta só porque não quero ter filhos? — Sinto que estou ficando defensiva e emotiva demais, como tem acontecido ultimamente.

Jess balança a cabeça.

— Não. Não porque você não quer ter filhos. Mas porque seu casamento está com problemas. Agora, vamos lá. Seus motivos, madame!

— Por que eu preciso ter *motivos*? Quando alguém decide ter um bebê, ninguém sai por aí perguntando seus *motivos*.

— É verdade — Jess comenta. — Mas esse é um assunto *completamente* diferente sobre o papel da mulher na sociedade.

Na minha cabeça, escuto Ben falando sobre pessoas que dizem *completamente* diferente em vez de dizerem *totalmente* diferente. E exatamente como eu fiz quando vi o nome Mohammed Muhammed no táxi, caio em lágrimas e desabo, pensando no quanto eu ia ter saudades dele e de suas observações ridículas.

— Não chore, meu bem — Jess fala, dando tapinhas na minha perna.

Tento segurar as lágrimas, respiro fundo e digo:

— Estou tão cansada de todo mundo achar que eu tenho que ter filhos para ser feliz. Acreditei que Ben era diferente, mas ele é igualzinho a todos os outros. Ele me enganou.

— Entendo...

Percebo que Jess não está concordando comigo, então, digo:

— Você está do lado dele, não está? Você acha que eu deveria engolir essa e ter um bebê!

— Eu não estou... *julgando* seus sentimentos em relação a não ter filhos. Sou a última pessoa que poderia julgar as escolhas de vida de alguém, certo? — Dou de ombros e ela continua: — Acho que sua decisão é perfeitamente legítima. É a escolha certa para um monte de mulheres... Acho que, de certo modo, é uma escolha muito *corajosa*... Porém, também acho que deveríamos conversar sobre isso. Não quero que você se arrependa.

— Sobre não ter filhos ou sobre perder Ben?

— Ambas as coisas — ela replica. — Porque, neste momento, parecem ser a mesma coisa.

Assoo o nariz e concordo.

— Tá bom.

Jess se aproxima do sofá e diz:

— Então, vá em frente. Não deixe pedra sobre pedra.

Tomo um gole do café, penso por um segundo e, em vez de repetir meus motivos de sempre, digo:

— Já lhe contei sobre um estudo de ratos que não têm o gene Mest?

Ela balança a cabeça.

— Não. Não me lembro.

— Bom, tem esse estudo no qual uns cientistas descobriram que os ratos que não têm esse gene específico, o gene Mest, têm uma reação anormal em relação aos seus recém-nascidos. Basicamente, sem esse gene, eles não têm o instinto materno e, portanto, não alimentam nem cuidam de suas crias como os outros ratos fazem.

— E daí? Você está querendo dizer que não tem o gene Mest?

— Só estou dizendo que algumas mulheres provavelmente não têm esse... instinto materno... Acho que não tenho.

— De jeito nenhum? Nem um pouquinho? — ela pergunta. — Porque eu ouvi falar que muitas mulheres achavam que não tinham esse instinto até elas terem seu próprio filho. E, então, *voilà*! O instinto aparece.

— Será que isso é verdade? — pergunto. — E se ele não aparecer?

— Bom. Acho que existem muitos estilos bem-sucedidos de maternidade. Você não tem que ser uma Betty Crocker ou uma June Cleaver para ser uma boa mãe.

— Tudo bem. Mas e se eu me arrepender de ter tido um filho? O que eu faço?

Jess franze as sobrancelhas, parecendo estar concentrada.

— Você é muito boa com crianças — ela diz. — Parece gostar de verdade delas.

— Eu *realmente* gosto de crianças — falo, lembrando dos meus sobrinhos e de Raymond Jr. Como foi gostoso aninhar seu corpinho quente e sentir aquele cheirinho suave de bebê. — Mas não tenho absolutamente nenhuma vontade de ter o meu próprio filho em tempo integral. E acredito piamente que, se tivesse um, ia acabar ficando com raiva de Ben. Pior ainda, acho que ficaria ressentida com meu próprio filho. Isso não é justo para ninguém.

Jess assente de novo, adotando aquela expressão séria de terapeuta que quer dizer "continue, estamos fazendo progresso".

— Gosto da minha vida do jeito que ela é. Gosto do nosso estilo de vida. Da nossa liberdade. Não consigo me imaginar constantemente preocupada como os pais costumam ficar... Preocupação com a síndrome da morte súbita, com queda de escadas, com acidentes com motoristas bêbados... Essa preocupação é constante durante dezoito anos. De certo modo, ela *nunca* desaparece. Você se preocupa com seus filhos *para sempre*. É o que todos dizem.

Jess concorda.

— E, falando a verdade, Jess, quantas pessoas casadas com filhos parecem estar felizes de verdade? — pergunto, lembrando-me de Maura e de como seu casamento começou a ficar abalado depois que sua primeira filha, Zoe, chegou ao mundo. E o relacionamento deles foi ficando cada vez pior depois que mais dois filhos vieram. Não sou minha irmã, e Ben não é Scott, mas não parece incomum que um relacionamento mude depois que os filhos entram em cena. Existe um esgotamento de tempo, de energia, de dinheiro, de paciência. Você não pode mais colocar seu relacionamento em primeiro lugar. Então, para melhor ou para pior, a dinâmica entre as duas pessoas muda e toma nova forma. Uma forma que, às vezes, parece ter mais a ver com sobrevivência do que com aproveitar a vida.

— Entendo o que você quer dizer. — Jess parece tímida e diz: — Trey sempre se refere à família dele como "a corda em volta do pescoço".

— Encantador — digo. — Era isso mesmo que eu queria dizer.

— Não acho que ele se refira ao filho — Jess fica na defensiva —, mas em relação a ela.

Jess se esforça para não dizer o nome da esposa de Trey, Brenda. Acho que isso a faz se sentir menos culpada. Ela continua:

— Mas eu não acho que ele se sentiria do mesmo modo se tivesse se casado com a pessoa certa... E não acho que você e Ben iriam acabar desse modo. Acredito que os filhos trazem os problemas à tona. Vocês não têm problemas sérios. Vocês manteriam um bom casamento *com* filhos.

Sei que vou irritar Jess, mas me arrisco e digo a ela que a esposa de Trey provavelmente achava que também teria um bom casamento *com* um filho, no começo do relacionamento. Trey deveria achar isso também. Jess tensiona a mandíbula em protesto, mas continuo:

— Tenho certeza de que quando Maura e Scott ficavam se agarrando na Jacuzzi dele, e em todos os cômodos de seu apartamento de solteiro, ela nunca teria pensado que um dia ele a trairia. Que as coisas ficariam tão... *deprimentes*.

Jess continua:

— Esses casos são as exceções. A maioria dos casais fica ainda *mais feliz* depois dos filhos.

— Não acho. Os infelizes parecem ser a regra... Você se lembra da situação da Daphne — digo.

— Daphne parece ter um casamento sólido — Jess diz.

— Eles têm. Mas agora, ela e Tony estão tão obcecados em conceber um filho, que esse assunto ocupa todos os espaços da vida deles. Eles não conseguem falar sobre mais nada. Não pensam em mais nada. Eles estão... se tornando *chatos*.

Jess ri e fala:

— Eles não foram sempre meio chatos?

Jess é a única pessoa que eu deixo criticar minha família. Porém, apesar disso, não resisto em defender Daphne.

— Chatos de um jeito bem *meigo* — digo, lembrando como ela fica animada com coisas simples, como um álbum de recortes. — Na verdade, eu a chamaria de simplória, não de chata. Saudavelmente simples... Mas ultimamente ela e Tony estão bem sombrios. Não que eu os culpe...

Jess suspira e diz:

— Bem, mas... A questão é... Existem muitos casais felizes que têm filhos.

— Talvez — eu respondo. — Mas não sei se nos encaixaríamos nessa lista. Eu não estou a fim de fazer da minha vida um experimento de ciência.

— Como os ratos Mest? — Jess pergunta.

— Como os ratos Mest — respondo.

Fico no apartamento de Jess e só volto para o meu apartamento depois de quatro dias, quando sei que Ben está no trabalho, para poder pegar meu celular e mais algumas roupas. Fico esperando que ele me ligue, mas o telefone não toca. Nenhuma vez. Não acho que ele vai me ligar, mas, todas as vezes que eu checo minhas mensagens de voz e escuto "sem novas mensagens", sinto uma onda de angústia me encharcando. Claro, eu também não liguei para ele, talvez ele sinta a mesma coisa que eu quando verifica suas mensagens em vão. No entanto, algo me diz que ele não está sofrendo e isso faz minha dor ficar ainda pior. Aquela coisa toda de que "o sofrimento adora companhia" nunca é mais bem aplicada do que quando você está terminando um relacionamento. Saber que a outra pessoa está bem é demais para se suportar.

Jess insiste em dizer que estou ficando paranoica, que *é claro* que Ben está tão triste quanto eu, mas tenho duas boas razões para acreditar que estou em uma situação pior do que a dele. Compartilho a primeira razão com Jess, enquanto estamos comendo comida chinesa em casa, certa noite, e lembro a ela que Ben é abençoado com a habilidade de se separar da dor e ficar em uma confortável dormência. Você sempre ouve que não é saudável reprimir emoções, mas todas as vezes que eu vejo Ben lidar com a tristeza, suportando a dor como um herói, não posso deixar de ter inveja. Nunca fui capaz de fechar essa parte do meu cérebro. Lembro-me de quando, no ano passado, o primo de Ben e também seu melhor amigo, Mark, foi diagnosticado no estágio quatro de câncer de próstata. Ben permaneceu estoico, quase desafiador durante toda a provação, até mesmo quando recebeu uma ligação no meio da noite com a notícia de que Mark havia falecido.

Quando Ben deitou na cama depois de conversar brevemente com a mãe de Mark, perguntei se queria conversar. Ele sacudiu a cabeça antes de apagar a luz e sussurrar:

— Não, na verdade, não. Não há muita coisa para se dizer.

Queria falar para ele que havia *muita coisa* para se dizer. Poderíamos conversar sobre como a vida de Mark foi curta, mas plena. Poderíamos falar sobre as lembranças da infância dele e do primo, que sempre foi mais como um irmão. Poderíamos conversar sobre o tempo da faculdade, na Brown, que tinha sido a primeira escolha de cada um e os dois passaram e puderam estudar juntos. Poderíamos conversar sobre o final, como foi doloroso ver Mark definhar. Poderíamos falar sobre o que viria a seguir, sobre o discurso que eu sabia que Ben estava formulando em sua cabeça há várias semanas.

Mas ele não disse nada. Lembro-me de perceber, no escuro, que ele estava acordado, então, eu também fiquei, no caso de ele mudar de ideia e querer conversar, ou pelo menos chorar. Mas ele não chorou. Não naquela noite nem no dia seguinte. Nem mesmo no funeral, quando seu lindo discurso levou todo mundo às lágrimas.

Levou seis meses para Ben desabar. Estávamos no corredor de cereais do supermercado quando ele pegou uma caixa e um olhar de puro sofrimento estampou em seu rosto. Não tive que perguntar no que ele estava pensando. Ele voltou para casa e entrou no quarto, então eu ouvi aquele som estranho e assustador de um homem crescido segurando os soluços. Quando ele apareceu, um pouco mais tarde, seus olhos estavam vermelhos e inchados. Eu nunca o tinha visto daquele jeito. Ele me abraçou com força e sua voz saiu entrecortada, quando disse:

— Sinto *tanta* falta dele, que droga!

— Não que eu esteja comparando nosso rompimento com a morte de Mark — digo a ela, depois de lhe contar a história.

Jess concorda com a cabeça e diz:

— Entendo. Mas, se vocês realmente terminarem tudo, vai ser como uma morte.

— Sim. Especialmente porque ele e eu não somos daqueles casais que ficam "em contato com seus ex" — explico. — Se acabou, está acabado. Eu não quero ser amiga de Ben.

Jess suspira e, então, diz:

— Bom. Talvez não esteja tudo terminado.

— Mas acho que está, sim — comento. — Pense nisso. Ben levou seis meses para enfrentar de verdade o fato de que Mark havia morrido. Quando ele se permitir sentir minha falta, será tarde demais.

Jess faz uma cara de preocupada, o que me faz pensar na segunda razão pela qual Ben está sofrendo menos do que eu. Esta eu não compartilho com Jess. Nunca disse isso em voz alta, nem mesmo escrevi no meu diário. É algo do qual eu tenho consciência a certo nível, mas não me permito pensar nisso.

A razão é esta: amo Ben mais do que ele me ama. Sei que ele me ama muito. Sei que ele me ama mais do que amou Nicole ou qualquer outra. Mas ainda acho que o amo *mais*. É uma daquelas coisas das quais você nunca tem certeza, pois não existem dados de relacionamentos em um computador que lhe deem uma resposta. Não é possível quantificar o amor e, se você tentar, vai acabar focando em fatores enganosos. Coisas que têm mais a ver com personalidade, o fato de algumas pessoas serem ou mais expressivas, ou mais emotivas, ou mais carentes em um relacionamento. Porém, atrás de tais cortinas de fumaça, a resposta está ali. O amor é raramente, e quase nunca, uma equação equilibrada. Alguém sempre ama mais.

Em nosso relacionamento, essa pessoa sou eu. Com alguns casais, as coisas podem variar. Mas, no começo, no meio e no final do nosso, acho que eu o amei mais o tempo todo. Ben diria que estou sendo ridícula; no entanto, se de algum modo ele fosse forçado a responder honestamente, acho que ele reconheceria a pura verdade de minha afirmação. Também acho que ele concordaria que isso não tem nada a ver com nossos valores como pessoas. Acho que somos igualmente inteligentes, bem-sucedidos, engraçados e atraentes, o que parece cobrir os Quatro Pontos no negócio da comparação de companheiros. Somos iguais e sempre me senti segura, confiante e digna. Mas, ainda assim, amo Ben um pouquinho mais, o que me faz temer perdê-lo com mais intensidade do que se fosse o contrário.

Isso me faz lembrar de outro ponto. Sempre pensei, erroneamente, que a preocupação e o medo servem como uma apólice de seguro. No nível do subconsciente, acredito que, se você se preocupa com algo, é menos provável que aconteça. Muito bem, estou aqui para dizer que as coisas não funcionam assim. O que você mais teme pode acontecer a qualquer momento. E, quando acontece, você sente que foi traída, já que sentiu todo aquele medo no início.

CAPÍTULO 5

A tristeza é acompanhada de muitos mecanismos de defesa. Choque, negação, se embebedar, fazer piadas e se apegar na religião. Há também a velha e boa saída da crença cega no destino, de que as coisas "acontecem por uma razão".

Entretanto, minha defesa pessoal favorita sempre foi a raiva, com sua indignação, amargura e ressentimento.

Lembro-me da primeira vez que percebi que as pessoas recorrem à raiva em momentos de tristeza. Estava no jardim de infância e o pai de Jimmy Moore tinha acabado de falecer por causa de um infarto, que teve enquanto carregava a árvore de Natal deles para fora da garagem. Algumas semanas mais tarde, minha mãe e eu encontramos Jimmy e a mãe dele no supermercado. Olhei para Jimmy por trás do nosso carrinho com uma curiosidade mórbida, enquanto minha mãe perguntava para a Sra. Moore como ela estava. Ela sacudiu a cabeça, fechou o punho e exclamou: "Estou tão furiosa com Deus!".

Jimmy e eu trocamos um olhar e baixamos nossos olhos. Acho que ficamos surpresos. Fiquei um pouco assustada. Nunca tinha ouvido ninguém brigar com Deus. Parecia perigoso fazer aquilo. Também me lembro de pensar que deveria ter alguma coisa muito errada com a mãe de Jimmy para ela estar sentindo raiva em vez de um sofrimento puro pela morte de seu marido. A raiva parecia não se encaixar naquele momento.

Cerca de seis anos mais tarde, quando eu tinha 11 anos, aprendi de perto como essas duas emoções estão alinhadas. Foi o ano em que minha mãe teve um "suposto" caso amoroso (ela ainda nega isso) com o diretor da minha escola primária, o Sr. Higgins. Ainda acho que, pior do que ficar órfão ou seriamente desfigurado, isso é a pior coisa que pode acontecer para um aluno do 5º ano, principalmente quando você é a última pessoa a ficar sabendo da fofoca. Nunca tinha tido a ilusão de que meus pais eram perfeitos quando os comparava frequentemente aos pais ideais dos livros. Queria que meu pai fosse um pouco mais parecido com o Atticus Finch, e que minha mãe de vez em quando se comportasse como a carinhosa Ramona Quimby, a mãe compreensiva de meus livros favoritos da Beverly Cleary. Porém, em geral, estava feliz com meus pais. Gostava quando meu pai nos levava para fazer coisas divertidas nos fins de semana, em vez de trabalhar no quintal ou assistir ao futebol como os outros pais da vizinhança. E ficava orgulhosa de como minha mãe era bonita e engraçada, e de quanto minhas amigas admiravam seu estilo de se vestir.

Contudo, eu não pensava muito neles. A maioria das crianças não pensa. Se as coisas estão indo bem na vida, os pais são mais como um pano de fundo e uma rede de segurança do que personagens principais, que assumem o centro do palco durante o recreio. Foi o que aconteceu no parquinho certo dia, quando Chet Womble, um garoto que eu odiava porque ele ficava cutucando o nariz e falando palavrão, decidiu dar a grande notícia do caso amoroso de minha mãe via grafite com giz branco. Ele desenhou duas enormes figuras completas, uma com a anatomia masculina e outra com a feminina, e escreveu a seguinte frase, em letras garrafais: A MÃE DE CLÁUDIA TRANSA COM O SR. HIGGINS. (A capa do vídeo *Debbie Transa com Dallas* circulou pela cantina na semana anterior, então, mesmo sem o desenho inteligente de Chet, ninguém ficou em dúvida sobre a palavra transa.)

Lembro-me de ficar olhando para os peitos esquisitos e tortos de minha mãe e, então, desesperadamente tentar apagar meu nome com o calcanhar, pensando o tempo todo que, não importava o que eu fizesse, nunca conseguiria superar aquilo. Tinha me tornado a vítima patética de um romance de Judy Blume (embora, naquele momento, eu preferisse ser qualquer outro personagem a ser filha de minha mãe).

Não ajudou nada Chet ser suspenso por uma semana ou poucas pessoas terem visto o desenho antes de ser apagado por um funcionário. Só me importava que, de repente, eu soube que tudo aquilo era verdade: minha mãe estava, de fato, transando com o Sr. Higgins. O quebra-cabeça se formou na minha mente com uma onda de vergonha e horror: o súbito e incomum interesse de minha mãe em ser voluntária na escola; o cuidado com que ela colocava o batom ao me levar para a aula e suas desculpas para entrar no prédio comigo; o fato de o Sr. Higgins saber meu nome e parecer se esforçar para sorrir para mim e me cumprimentar nos corredores.

Na noite da proeza de Chet, fui para casa e não sei como consegui fazer minha tarefa e ainda participei do jantar horrível que tinha, no menu, picadinho de carne. Fiquei em dúvida sobre quando exatamente eu deveria confrontar minha mãe, e vi alguma vantagem em fazer isso enquanto estávamos nós cinco sentados em volta da mesa do jantar. Ela merecia isso. Mas, pelo bem de meu pai, esperei até o jantar terminar e ele ir para a sala de estar para assistir ao jogo de seu adorado Mets. Minhas irmãs se levantaram para tirar a mesa e colocar a louça na lavadora quando falei bruscamente:

— Mamãe, por que você está traindo o papai com o Sr. Higgins?

Maura derrubou um prato e Daphne começou a chorar enquanto nossa descarada mãe fez sinal para eu ficar quieta, parecendo desesperada ao olhar em direção à sala de estar. Continuei a falar, dizendo que isso não era segredo graças ao desenho bem claro de Chet Womble. Claro que minha mãe negou tudo, mas ela não foi muito convincente nem se esforçou demais para que eu mudasse de ideia. Em vez disso, ela me mandou para o meu quarto. Obedeci, não porque achasse que tinha que obedecer, mas porque, só de olhar para ela, eu ficava enjoada.

Nas semanas seguintes, eu mesma oscilava entre a raiva e a dor, e me vi relembrando a mãe de Jimmy no supermercado. Às vezes, eu chorava desesperadamente e depois escrevia furiosamente no meu diário, xingando minha mãe de nomes que só tinha ouvido na boca de garotos como Chet. *Vagabunda. Puta. Vadia.* Um palavreado bem saudável para uma aluna do 5º ano.

Com todo aquele sofrimento, aprendi que ficar com raiva era mais fácil do que ficar triste. A raiva era algo que eu podia controlar. Podia entrar em um ritmo fácil de culpa e ódio. Focar minha energia em algo que não doesse em meu peito.

Acho que minha mãe e o Sr. Higgins pararam de se encontrar logo depois do ocorrido. Mas ela teve outros casos até conhecer Dwight, um cirurgião plástico bronzeado que usava um anel de brasão cor-de-rosa no dedinho, tão brega quanto uma personagem do seriado *O barco do amor*. Minha mãe ficou tão enlouquecida com Dwight e o estilo de vida luxuoso que ele lhe prometia, que nos abandonou de verdade, dando nossa guarda total para meu pai quando eu tinha 13 anos. Claro que isso é outra história, um capítulo bem mais sério da saga de nossa família. De certo modo, nada do que aconteceu foi tão doloroso quanto aquele dia no parquinho: olhar para baixo e ver os peitos de minha mãe desenhados com giz branco.

Isso me lembra, é claro, do elefante na sala. Aquilo que Jess, Ben e minhas irmãs, aquilo que todos estão pensando, mas não têm a coragem de dizer: o fato de que eu não quero ter filhos, pois tenho questões a serem resolvidas com minha própria mãe.

Meu primeiro instinto é negar essas acusações, assim como acho cansativo quando culpam as desventuras de alguém por sua infância infeliz. Todo mundo tem uma família problemática, de um modo ou outro, mas todos temos a obrigação de superar isso. Viver no presente e parar de choramingar pelo passado. Por exemplo, quem acredita que a desculpa para um agressor de crianças é que ele também foi agredido quando era pequenininho e teve seus braços queimados por pontas de cigarro?

Ainda assim, não posso negar que existe um estigma em ter uma mãe que trai sua família e depois a abandona. Um estigma que fica marcado na sua alma para sempre. E esses sentimentos devem estar desempenhando pelo menos um pequeno papel, da mesma forma que a obsessão de Daphne em *ter* filhos tem muito a ver com o fato de apagar a dor que minha mãe causou. De certo modo, a abordagem de Daphne faz mais sentido. E a ideia de refazer o sofrimento não apenas não é atraente, mas é apavorante. Não quero ter esse tipo de poder sobre ninguém. Não quero ser alguém que as pessoas vão ter que superar. Acho que todos concordam que é bem pior ser uma mãe de merda do que ter uma.

Então, nos dias e semanas seguintes, me debato entre a raiva e a dor. Raiva por causa de toda a situação. Raiva de Ben por ter me virado as costas. Raiva que me leva a ir, quase que tranquilamente, ao escritório de um importante advogado especializado em divórcios na Fifth Avenue.

CAPÍTULO 6

Não sei dizer se as semanas seguintes passam rápido demais ou se são terrivelmente lentas. De certo modo, parece que Ben e eu estamos terminando tudo da noite para o dia, de um jeito fácil demais. Fico pensando que só celebridades volúveis terminam casamentos com tanta facilidade quanto nós. Ou jovens tolos que se apaixonam repentinamente, mudam de ideia assim que a paixão esfria, não pensam que seus votos são sagrados e acreditam que rompimentos são fatos que acontecem na vida a toda hora.

Por outro lado, no entanto, os dias que antecedem nosso divórcio parecem se estender para sempre. Acordo todas as manhãs com a sensação ruim de que minha vida está se descontrolando. Que nunca mais serei feliz. Apesar de meus enormes esforços para me manter ocupada e distraída, sinto como se tivesse levando socos no estômago várias vezes ao dia. Até rezo para que Ben mude de ideia.

Enquanto isso, decido voltar a morar com Jess. Morar com ela me conforta um pouco, mas também parece um retrocesso. É como se estivesse voltando para a casa dos meus pais depois de sair de casa. Estou retrocedendo a um ponto anterior da minha vida, e isso nunca parece ser bom. Reconheço que é uma medida temporária, que acabarei tendo minha própria casa, mas ainda me sinto uma perdedora. Também me sinto culpada por invadir a vida de Jess, apesar de ela insistir que está felicíssima por eu estar de volta. Ofereço-me para dividir as despesas, o que soa estranho, considerando que ela é a dona do apartamento. Ela diz para eu não ser ridícula e que, afinal de contas, nunca está em casa.

— Além do mais, para que servem os amigos, Cláudia, se não podem catar os cacos que um homem deixa para trás?

Ainda assim, digo a ela que faço questão de pagar pelo supermercado e pelas comidas que pedimos para entregar. Também tento ficar lendo até mais tarde no escritório, para Jess ficar um pouco sozinha em seu apartamento. Sempre trabalhei muitas horas, mas nunca fui inspirada assim. Ponho todas as leituras em dia e resolvo todas as pendências que vêm se arrastando há meses. Até minha mesa está arrumada pela primeira vez em anos, coisa que deixou minha assistente de longa data, Rosemary, maravilhada.

— Qual a ocasião especial? — ela pergunta.

— Estou me divorciando — digo a ela.

— Sinto muito — ela responde, e ponto final. Rosemary é tão discreta quanto organizada.

— Não sinta — digo. — Meu escritório precisava disso.

Claro que eu estava brincando, mas realmente acho que enfiar a cara no trabalho e ficar no escritório até altas horas é terapêutico. Digo a mim mesma que há vantagens em estar solteira novamente. Vou ser aquele tipo de pessoa que perde um ente querido e, em resposta ao sofrimento, cria uma fundação. Vou encontrar o lado bom dessa perda. Farei com que algo aconteça, algo que não teria acontecido de outro modo. Digo a mim mesma para sonhar grande, sonhar alto. Talvez algum dia terei meu próprio selo editorial: *Cláudia Parr Books*. Algo que não aconteceria se eu tivesse tido um filho com Ben. Algo que poderia não ter se realizado se eu tivesse ficado com Ben, mesmo *sem* um bebê.

Gosto de pensar em Ben olhando as prateleiras das livrarias e vendo a lombada de um livro estampada com meu nome. Talvez até adquira um livro daqueles decorativos de arquitetura. Tenho certeza de que um desses ele veria.

Enquanto isso, nos primeiros dias de separação, ele e eu conversamos muito pouco e, quando o fazemos, não falamos muito. Há silêncios embaraçosos, questões desajeitadas sobre correspondência, contas e nossas respectivas agendas. Fica claro que não queremos estar no apartamento ao mesmo tempo. Falamos alguns "Como vai?", ambos respondendo educadamente que estamos "bem, muito bem". Somos ambos orgulhosos, teimosos e sinistramente distantes. Passa pela minha cabeça que talvez estejamos tentando ganhar tempo, enrolando, esperando para ver se o outro cede. Pelo menos é o que eu *espero* que esteja acontecendo, mas, lá no fundo, sei que estamos irremediavelmente separados, e sinto que Ben sabe disso também.

Ao final de uma conversa, Ben suspira e fala:

— Só quero que você seja feliz, Cláudia. Só isso.

O que ele me diz não faz nenhum sentido, pois acabei de lhe dizer que chequei as mensagens no apartamento e a tia dele ligou duas vezes.

— Tá — falo entre dentes.

— Oi? — ele pergunta desse jeito esquisito que sempre me irritou. Ben só fala assim quando entendeu *exatamente* o que eu disse, mas não gostou.

— Claramente, isso não é a *única* coisa que você quer — falo, imaginando Ben com um recém-nascido no colo se esgoelando de tanto gritar.

Ele não responde nada, não há nada que ele possa dizer. Tenho um sentimento estranho, parece vitória e satisfação. É sempre bom quando você prova exatamente seu ponto de vista.

— Bom, a gente se vê — digo e vou até carro.

— Sim, sim — Ben fala de um jeito petulante. — A gente se vê.

Desligo o telefone e agendo outra visita à minha advogada, Nina Raden. Nina é incrível, dura e agressiva, o tipo de criatura que você imagina quando ouve a música "She's always a woman", de Billy Joel. Seus lábios estão estufados de tanto colágeno e ela sorri muito, o que dá um contraste marcante ao seu desejo óbvio de tornar meu divórcio o mais disputado possível. Percebo que seu ganha-pão vem de agradar mulheres que foram traídas por toda Manhattan. Aposto que ela já disse "Vamos pegar esse cretino!" muito mais vezes do que disse "Bom dia".

Durante nossa segunda sessão, tenho que lhe repetir três vezes que não quero contratar um investigador particular e que eu tenho certeza de que não existe outra mulher na vida de Ben. Ela claramente não está acostumada a rompimentos como o nosso.

— Você nunca pode ter certeza disso — ela afirma.

— Tenho certeza *absoluta* — digo. — A menos que, por sorte, ele já tenha escolhido uma barriga para carregar seu bebê.

Ela me lança um olhar demorado que diz "isso é exatamente o que ele planejou". Então, ela lambe o dedão e vira uma folha de seu caderno. Ela me diz que, baseada no que lhe falei em nossa primeira reunião, as razões para o divórcio serão "abandono construtivo". É uma expressão que me deixa triste tanto por soar mal quanto por seu significado.

Concordo com a cabeça, sem falar uma palavra, enquanto Nina fica toda animada com nossos bens, me dizendo que, se eu quero ouro, devo pedir a Lua. Ela fala bastante e faz muitos gestos, e suas pulseiras brilhantes sobem e descem pelos braços longos e esbeltos. Olho para ela sem entender nada e insisto que Ben e eu não temos muita coisa para dividir.

— Só ficamos casados por três anos. E pagamos aluguel, você se lembra? — digo, grata por nunca termos dado o grande passo de comprar um imóvel em Nova York.

— Tudo bem. Tudo bem. E carros? Mobílias? Tapetes? Arte? Cristais? Ações? Propriedades em comum com terceiros? — ela vai perguntando com a palma das mãos virada para cima. Seu rosto cheio de botox se esforça para se expressar, mas não consegue. Encolho os ombros.

— Temos um Honda Civic 1999. É um monte de lata-velha.

Ela me olha, irritada, para me mostrar que tenho que me esforçar mais.

— Vou pensar em mais coisas — digo.

— Ótimo. Ótimo — ela fala, olhando de relance para o relógio. — Pela minha experiência, você só se arrepende se pedir muito pouco.

— Ahn-hã — respondo.

— Então, me envie um e-mail com qualquer coisa que venha à sua cabeça. Vou anexar uma lista com todos os bens na Seção A do Acordo de Separação.

Nunca pensei em nossas "coisas" como bens. Sempre pensei que dividiríamos tudo, inclusive nossas vidas. Mesmo a contragosto, decido levar minha tarefa a sério. Ligo para meu futuro ex-marido e digo a ele que preciso ficar no apartamento por algumas horas à noite. Ele diz que tudo bem, que vai ter que trabalhar até mais tarde.

Naquela noite, ando pelo apartamento fuçando nos armários e nas gavetas enquanto bebo uma garrafa de vinho e faço anotações em uma folha de papel. A coisa toda parece surreal, como se eu estivesse vendo certos itens pela primeira vez. Enquanto inspeciono o que conquistamos juntos, percebo, com uma mistura de alívio e orgulho, que não quero quase nada. Tento, mas não consigo me preocupar com as mobílias, as roupas de cama e a prata. Fico olhando para nossa única e cara obra de arte, uma maravilhosa tela com a paisagem da cidade em tons sépia, de Geoffrey Johnson. Amo esse quadro e não consigo imaginar não poder mais olhar para ele. No entanto, Ben e eu o compramos juntos em nosso segundo aniversário e, pensando bem, não quero me lembrar disso todos os dias.

Por algum motivo, me concentro nos nossos CDs, músicas que adquirimos juntos, coisas que ouvimos em diferentes ocasiões de acordo com nosso estado de espírito. Música para se arrumar para sair. Música para dar uma festa. Música para tarefas domésticas. Música para fazer sexo. Música para se preparar para fazer sexo. Música para depois do sexo.

Sei que CD não é o tipo de item que Nina tem em mente, estamos falando de centenas de dólares pela coleção inteira, mas é doloroso demais ter de pensar em sair para substituir a música que ouvíamos juntos. Além do mais, eu sei o quanto nossos CDs significam para Ben, e parte de mim quer irritá-lo. Não tenho vontade de puni-lo financeiramente, mas quero que ele sofra. Quero que ele sinta um vazio enorme por dentro e pegar uma jarra de cristal não vai provocar isso.

Encho outro copo de vinho enquanto anoto alguns de meus artistas favoritos: James McMurtry, Bruce Springsteen, Bob Dylan, Tom Waits, Velvet Underground, Laura Cantrell, Van Morrison, Cowboy Junkies, Wilco, Tracy Chapman e Dire Straits. Para reforçar minha estratégia, pego uma caneta preta e escrevo minhas iniciais nas capas dos CDs. Quando estou na metade da tarefa, percebo que ainda uso meu sobrenome de casada, Davenport, e passo para minhas iniciais de solteira, C.P.; então, digo a mim mesma que *Parr*, o nome que mantive no trabalho, combina muito mais com Cláudia, que nunca fui fã de nomes com três sílabas combinados com sobrenomes de três sílabas. O vinho começa a fazer efeito por volta da meia-noite, quando eu desisto do trabalho de analisar para escolher, faço um risco na minha lista e escrevo no alto da folha: "Todos os CDs".

No dia seguinte, ligo para Nina e lhe digo que só quero minhas coisas pessoais, todos os nossos CDs e meu nome de solteira de volta. Ela resmunga ao telefone e diz:

— Como sua advogada, é meu dever lhe dizer que você está cometendo um erro.

— Isso não tem nada a ver com dinheiro... Tem a ver com princípios! — contesto.

— É exatamente por isso que eu quero que você inclua mais coisas — Nina rebate. — Tem a ver com princípios. É *ele* que quer cair fora desse casamento. — Então, ela suspira e pede que eu pense um pouco mais e que, enquanto isso, ela vai fazer um esboço do Acordo da Separação.

Alguns dias mais tarde, os documentos chegam ao meu escritório. Leio as páginas com cuidado. Elas consistem basicamente na linguagem clichê de renúncia de pensão, imposto de renda, dívidas e obrigações das partes. As únicas linhas que realmente chamam minha atenção estão no começo:

> Considerando que, como resultado de certas disputas e diferenças irreconciliáveis entre as partes, as partes se separaram e agora moram separadas e distantes, e elas pretendem viver separadas e distantes um do outro pelo resto das suas vidas [...] Considerando que não há filhos no casamento e nenhum está sendo esperado.

Eu penso, "Você pode repetir isso?". Então, ligo para Ben e marco um jantar com ele, para que revisemos o acordo. É o que precisamos para encerrar nossa história. *Encerrar* é um desses verbos que eu sempre detestei, muito usado por mulheres melodramáticas. Porém, não acho que é melodramático usá-lo quando seu casamento está se desfalecendo. Quando você precisa ver seu marido só mais uma vez para aceitar que ele não vai mais ser seu marido. Embora, talvez, *só talvez*, eu esteja apenas lhe dando uma última chance de mudar de ideia.

— Onde vamos nos encontrar? — pergunto.

Sei que ele vai me dizer que não se importa com o lugar em que a gente vai se encontrar, que depende de mim.

E então, ele suspira ao telefone e diz:

— Você escolhe o lugar, Cláudia. Para mim, não faz diferença — responde. Como se *ele* tivesse o direito de estar chateado.

Quero ter uma atitude passivo-agressiva para dar o troco e quero *muito* insistir que ele escolha o local de nosso último encontro, mas chego à conclusão de que estar no controle é uma forma eficaz de não perder o controle. Digo a ele que vou pensar um pouco e entro em contato. Minha voz é fria e distante.

— Ótimo. É só me falar — ele diz e eu tenho que encarar o fato de que ambos estamos tentando "parecer o mais distante possível", como se fosse uma competição. Acho que ele acabou de me vencer por um fio de cabelo.

Pelas próximas horas, olhei todos os registros do *Zagat* pela internet, o guia que no passado continha a chave de noites divertidas com Ben. Havia mil novecentos e trinta e nove registros de restaurantes e nenhum deles parecia apropriado para encontrar meu futuro ex-marido para discutir a divisão de bens. Olho nas categorias: "Jantar tarde da noite", "Badalado", "Com ótimas vistas", "Lugares românticos", "Ocasiões especiais", "Lugares para solteiros". Nenhuma delas parecia boa. Em uma cidade como Nova York, como o pessoal que faz o *Zagat* inclui categorias como "Banheiros para visitar" e se esquece do mais importante, "Lugares para se separar"?

Enquanto estou revendo os restaurantes, Michael Brighton, gerente de publicidade, para ao meu lado e me cumprimenta. Michael e eu nos formamos na faculdade na mesma época, há treze anos, e ambos começamos a trabalhar aqui no mesmo dia. Ele é um dos meus amigos mais íntimos do trabalho, seu jeito prático e seu humor inteligente me deixam à vontade para discutir meu divórcio. Posso contar com ele para não demonstrar compaixão demais.

— O que conta de novo, Cláudia? — ele pergunta, enquanto pega minha bola Magic 8 da prateleira e a sacode. É um brinquedinho que eu tenho evitado ultimamente, por motivos óbvios.

— Nada de novo — digo.

Ele olha para a bola e fala:

— Droga. A lavanderia não vai conseguir tirar a mancha da minha jaqueta de camurça.

Dou uma risada.

— Por que suas perguntas para a Magic 8 são sempre tão sem importância?

— Porque minha vida é sem importância. Você sabe disso — ele fala, passando a mão pela cabeça raspada. Michael tem a pele negra mais lisa e suave que eu já vi. Parece que foi acariciado pelo vento. Ben dizia que Michael se parece com Charles Barkley e acho que até posso ver alguma semelhança nos olhos e nas sobrancelhas, mas Michael não é tão grande quanto Barkley e suas feições são mais bem desenhadas.

— Certo — digo, com sarcasmo. A vida de Michael pode ser qualquer coisa, menos sem graça. Na semana passada, por um acidente, ele enviou um e-mail para toda a empresa atestando a incompetência de sua assistente.

— Então, por falar nisso, como está o romance da Amy Dickerson? Vai sair uma resenha na *Time* sobre ele ou não? — pergunto.

— Estou quase conseguindo — ele fala, bocejando. Michael protela tudo, mas normalmente consegue as resenhas para mim. Todo mundo da área o adora e eu sempre fico animada quando ele está trabalhando com um dos meus livros. — Não se preocupe. — E ele aponta para o meu guia. — O que é isso? Você já vai marcar um encontro quente?

— Não — digo. — Estou tentando escolher um lugar para encontrar Ben hoje à noite.

— Para falar sobre reconciliação?

— Não. Para discutir a partilha de nossos bens.

— Hum... — ele comenta. — Que tal o Kittichai? Tenho uma reserva para esta noite e não pretendo usá-la.

Ergo as sobrancelhas.

— É uma longa história.

— Eu tenho tempo.

— Ela é muito carente.

— Ah... — digo, procurando na letra "K". — Vamos ver, Kittichai. Fica no Hotel Thompson, não é?

— Sim — ele confirma. — Tenho uma mesa para dois reservada para as 8 horas. Se quiser, é sua.

— Nunca estive lá, na verdade — digo. — E não acho uma boa ideia experimentar um lugar novo.

— Então vá a algum lugar costumeiro... a Gramercy Tavern? Aquavit? Balthazar?

Sacudo a cabeça.

— Também não posso ir a esses lugares. Esses espaços familiares estão carregados de muitas lembranças. Boas lembranças. Comemorações. Seria um pouco... conflitante — explico. — Não posso ficar sentada em um desses lugares discutindo quem vai ficar com as panelas Calphalon enquanto rememoro nosso primeiro aniversário ou a noite em que enlouquecemos de paixão no banco de trás de um táxi...

— Você nem cozinha. Quer mesmo as panelas? — ele pergunta.

— Não. Na verdade, eu não quero nada.

Michael concorda com a cabeça, franze os olhos e olha para o alto como se suas lentes de contato o incomodassem.

— Estou bem curioso sobre o que aconteceu no banco de trás do táxi. Deixa eu testar uma teoria? Aconteceu antes ou depois de vocês se casarem?

— Antes — digo, tentando apagar essa lembrança da memória, e continuo: — Acho que tenho que me focar em um lugar meio sofisticado, que esteja na moda e que seja conhecido. Um lugar aonde já tenhamos ido, mas que não tenha nada de especial. Um lugar que tenha uma boa vibe, mas que não seja movimentado demais. E estou querendo um lugar com um serviço mediano. Não quero ser interrompida o tempo todo com sugestões de comida e bebida.

Michael ri. Olho para ele séria.

— Isso não tem nada de engraçado.

Seu sorriso desaparece e ele diz:

— Sinto muito. Você está certa, não é nada engraçado.

— Ok. Talvez seja um pouco engraçado — digo, pensando que as pessoas que fazem piadas baseadas nas tragédias dos outros talvez queiram dizer alguma coisa.

Ele sacode a bola mágica novamente e fala:

— Ah-ah!

— O quê? — pergunto.

— Não tem importância — ele responde. — Não acredito mesmo nesse tipo de coisa.

Na noite do nosso "encontro" final, chego a um bistrô que escolhi por acaso no Hell's Kitchen (um bairro com o qual temos poucas ligações), dez minutos atrasada, mas ainda assim antes de Ben. Isso me irrita porque eu tenho que tomar um drinque no bar, o que faz parecer que vou ter um encontro e não uma transação de negócios. Talvez fosse melhor termos nos encontrado no almoço.

Ben entra, todo calmo. Eu já tinha bebido alguns goles do meu vinho. Ele está usando um jeans solto no corpo e uma camisa branca nova que faz seu tórax e seus braços parecerem ainda mais atléticos. Ben tem um corpo nem grande demais nem muito pequeno, mas firme, e as roupas caem superbem nele. E, infelizmente para mim, agora, ele fica ainda melhor sem elas.

— Bela camisa! — digo, com um traço de ironia. Quero que saiba que eu percebi que ele tem feito compras durante todo esse pesadelo.

Ele me olha de um jeito defensivo e balbucia algo sobre escolher algumas roupas na Gap. Imaginar Ben experimentando roupas casuais, que certamente ele vai usar em encontros com garotas volúveis e férteis de 20 anos, me faz ficar com ódio dele. E até que isso é um ponto positivo, saudável, pois ficar com raiva dele me afasta um pouco da ponta de tristeza que estou sentindo. Saio do bar e vamos em direção à *maître* que coordena as reservas.

— Ele chegou — falo, apontando para Ben.

Ela sorri e nos encaminha a uma mesinha bem no meio da área de jantar. É a pior mesa do restaurante. Estaremos ilhados, cercados de gente por todos os lados. Não acredito que vamos brigar nem espero que haja lágrimas. Ben e eu somos muito controlados e procuramos não atrair a atenção dos outros. Mesmo assim... Uma mesinha de canto serviria melhor para essa situação. Olho de relance para Ben, espero que ele peça para trocar de mesa. Quase sempre ele fazia isso. Até quando íamos ao McDonald's, eu escolhia uma mesa e ele perguntava se eu não me importaria de mudar. É quase um jogo entre nós. Eu escolhia um lugar para nos sentarmos e ele encontrava algo de errado com a mesa. A corrente de ar que saía do ar-condicionado; a luz do sol batendo direto nos olhos dele; uma mancha de ketchup na cadeira. Claro que Ben escolhe esta noite para estrear sua camisa nova e não ligar para o lugar onde vamos nos sentar.

— Então, como vão as coisas? — Ben me pergunta, depois que a garçonete nos entrega o cardápio e a carta de vinhos.

— Tudo bem — respondo.

— Como estão as coisas no trabalho?

Digo que está tudo bem e, então, como ele demonstra interesse, lhe conto as novidades sobre os livros mais recentes com os quais estou trabalhando e sobre alguns que estou tentando adquirir. Sei que Ben fica orgulhoso de minhas conquistas e não consigo deixar de compartilhar com ele alguns detalhes. Imagino por quanto tempo ainda vou sentir a necessidade de contar as coisas para ele.

— Como está o seu trabalho? — pergunto.

— Tudo bem — ele diz. — O mesmo de sempre.

— E sua família?

— Estão bem. Estão ótimos.

— Você já contou para eles? — questiono.

— Contei o quê?

— Nossa, Ben, não sei. Contou a eles sobre sua camisa nova?

— Eu não sabia a que parte exata você estava se referindo — ele retruca.

— À coisa toda? Ao nosso rompimento e ao que está acontecendo com a gente? — eu digo, apontando para mim e para ele alternadamente.

— Disse a eles que estávamos tendo problemas — ele comenta.

— Você contou a eles a natureza dos nossos problemas? — pergunto.

Ele concorda com a cabeça.

— Então, agora, devem estar pensando que eu sou uma bruxa sem sentimentos... — pergunto.

— Ninguém pensa nada mal de você, Cláudia.

Olho para o cardápio, ergo as sobrancelhas e murmuro que eu duvido muito. Ele ignora meu comentário e pergunta:

— Você contou para sua família?

— Não — respondo. — Ainda não.

Ele não parece surpreso. Ele sabe que evito minha mãe e que não quero chatear meu pai.

— E para as suas irmãs?

— Ainda não. Só contei para Jess — digo. — E para o Michael.

— Annie? — ele indaga.

Discordo com a cabeça.

— Não, por quê? Você conversou com Ray?

— Um pouquinho — Ben admite.

Quero perguntar o que foi que contou, mas me calo. Sei exatamente o que ele disse. Também sei o que um pai de primeira viagem deve ter lhe dito. Isso só confirma o que eu sempre disse: as pessoas procuram conselho de modo seletivo. Elas conversam com pessoas que pensam do mesmo modo, que fazem eco aos seus próprios instintos. Contam apenas o que planejam fazer de qualquer modo.

A garçonete chega e anota o pedido. Não discutimos nossas escolhas, no entanto, pedimos salmão. Nunca pedíamos a mesma coisa, preferíamos pedir dois pratos diferentes e dividir depois. Ficou claro que nossos dias de partilha terminaram.

— Então... — digo.

— Então... — Ben retruca. — O que vem agora?

Percebo que ele está falando de logística, não de nosso relacionamento. Está tudo terminado entre nós, está bem claro. Entrego a ele o esboço que minha advogada fez e digo:

— É bem padronizado e de acordo com os divórcios incontestados em Nova York.

Ele pega os papéis e os olha de relance. Folheia o documento e olha página a página, até chegar à parte que discute a divisão de bens.

— Só quero os CDs — resumo para ele.

Ele levanta os olhos, surpreso.

— É só o que você quer? Os CDs?

— Sim. Só quero nossa música — digo, prometendo que será a última vez que digo *nossa*. — Tudo bem?

— Claro, Cláudia. A música é sua.

— Até os CDs do James McMurtry? — pergunto, na esperança de que ele vá recusar ou pelo menos ficar chateado. Ben tem suas bandas favoritas e eu tenho as minhas, mas, como casal, James McMurtry é nosso preferido. Talvez seja porque nós o descobrimos e nos apaixonamos pela música dele juntos. Vejo que o peito dele infla ligeiramente e ele respira fundo. Solta a respiração e olha nos meus olhos. Espero que esteja pensando no último verão, quando voamos para Austin para ver James tocar no Continental Club. Espero que esteja lembrando que bebemos muita cerveja e que ficamos abraçados o tempo todo enquanto mergulhávamos naquelas letras de partir o coração.

— Tudo bem. Até o James — ele fala, triste, enquanto eu penso em deixar um CD para trás, como se tivesse me esquecido. Já fiz isso uma vez quando terminei com meu namorado da faculdade, Paul. Havia muitas razões para nosso rompimento, e entre elas estava o fato de não sermos compatíveis geograficamente. Eu queria morar em Nova York; ele, em qualquer lugar menos aqui. Criei várias estratégias para ver se ele mudava de ideia. Então, quando juntei todas as coisas dele que tinham ficado no meu apartamento durante aquele ano que passamos juntos, coloquei uma carta do jogo "Uno" na caixa, pois Paul e eu jogávamos aquilo o tempo todo e tínhamos até uma tabelinha com os resultados na casa dos três dígitos. A carta era vermelho "reverso", achei-a simbólica. Queria que ele a encontrasse e se arrependesse de ter me deixado. Era um desejo para "reverter" a vida dele, para ele sair de Denver e se mudar comigo para Nova York. Talvez ele colocasse o cartão no espelho do banheiro, olhasse para ele de manhã quando fosse se barbear e pensasse em mim e em tudo que poderia ter acontecido.

Tento imaginar a expressão de Ben quando ele encontrar um dos CDs de McMurtry. Acho que ele vai colocar o CD no aparelho de som, ouvir uma de nossas músicas e se arrepender por ter preferido ter um filho a ficar comigo.

— Cláudia? — Ben fala, interrompendo meus pensamentos. — No que você está pensando? — Sua voz é suave.

— Você sabe... — digo, balançando a cabeça. Sinto uma enorme tristeza. Tenho que lutar para evitar as lágrimas.

— Sim. Eu sei... — Ben diz. — Isso é uma droga!

Concordo com a cabeça e desvio o olhar, me concentrando em um casal sentado ao nosso lado, que parece estar em um primeiro encontro. Eles se sentaram logo depois de nós e eu vi quando ele puxou a cadeira para ela se sentar. São jovens, ansiosos, sorridentes e com posturas perfeitas. Estão começando bem, felizes e esperançosos. Aponto para a mesa deles e digo:

— Dá uma olhada naqueles dois. Primeiro encontro?

Ben se vira na cadeira, observa-os por alguns segundos e diz:

— Sim. No máximo segundo. Aposto que ele ainda nem a beijou.

— Talvez hoje à noite — digo.

— Sim, talvez.

— Gostaria de poder ver o futuro para saber como vão *terminar* — falo, com ironia.

Ben me encara e diz:

— Você sempre foi cínica.

Respondo:

— Vai saber por quê...

— Talvez eles vivam felizes para sempre — Ben retruca.

— Sim. Com dois filhos.

— Ou com pelo menos um — Ben rebate.

Deixo ele ficar com a última palavra — e com a conta quando ela felizmente chega.

CAPÍTULO 7

Existe mais do que uma pontinha de mim que fica se perguntando se estou cometendo um grande erro ao deixar Ben sair da minha vida para sempre. Digo a mim mesma que ter dúvida faz parte do jogo. Quando se toma uma grande decisão na vida, pelo menos uma decisão em que exista uma alternativa viável, sempre há um lado bom e outro preocupante. A ansiedade é apenas um sinal de que você está levando as coisas a sério.

Nesse sentido, me divorciar de Ben cria um conjunto de emoções similares às que tive quando *me casei* com ele. Eu sabia que estava fazendo a coisa certa naquela época também, mas estava preocupada, ficava acordada até tarde da noite mesmo depois de ter tomado uns goles de xarope antialérgico. Nos dias que precederam nosso casamento, sabia que meu amor por ele era o sentimento mais verdadeiro que já tinha vivido, mas temia me frustrar, não tinha jeito. Lembro-me de olhar para ele enquanto dormia e temer desapontá-lo. Ou ficar desapontada. Achava que essa história não iria dar certo e que eu olharia para trás e diria para mim mesma, "Como pude ser tão burra? Como não previ tudo isso?". E é *exatamente* isso que está acontecendo.

Agora, à medida que observo Ben escapar de mim, tenho a sensação perturbadora de que algum dia olharei para trás, para essa encruzilhada, e apontarei a separação como o maior erro da minha vida.

Por causa de meu estado fragilizado, fico muito nervosa por estar em breve com a minha família de sinceros. Não conto nada para ninguém e evito encontrá-los por semanas, até o dia da festa de aniversário de seis anos de minha sobrinha Zoe, quando não poderei mais adiar esse encontro.

Pego o trem para a casa de Maura, em Bronxville, e fico olhando para uma paisagem que já conheço de cor. Estou ouvindo as canções animadas do meu iPod, pulando as com qualquer resquício de melancolia da minha playlist, como medida de precaução. O pior que poderia acontecer seria aparecer na casa de minha irmã com a tristeza estampada no rosto. Tenho que ser firme, penso, enquanto invento uma estratégia para dar as más notícias.

Quando o trem chega à estação, decido que só vou contar do divórcio iminente depois que os convidados forem embora e Zoe for brincar com seus brinquedos novos. Talvez fosse menos dramático dar a notícia a todos por telefone, um de cada vez, mas quero falar apenas uma vez. Vou fazer como em uma entrevista coletiva e abrir para perguntas breves. Quando não aguentar mais, vou agradecer à minha família e fazer minha retirada. Como uma atleta depois de uma derrota terrível. "Sim, estou desapontada. Sinto muito por decepcionar meu time e por perder aquele gol no final do segundo tempo. Porém, fiz o melhor que pude. E tenho que seguir em frente..."

Meu pai, que ainda mora em Huntington, na casa onde crescemos, foi para a casa de minha irmã hoje bem cedo e vem me pegar na estação.

Antes que eu feche a porta do carro, ele começa a falar de minha mãe.

— Aquela mulher é impossível! — ele anuncia. Meu pai é uma pessoa positiva, mas minha mãe revela o que há de pior nele. E, aparentemente, ele nunca recebeu o recado a pai divorciados de que não é saudável para um filho (mesmo para um filho adulto) ouvir um pai falar mal do outro.

— Então, o que foi que Vera fez dessa vez? — pergunto.

— Ela fez um comentário sarcástico sobre minha calça, daquele tipo que é sua marca registrada — ele diz.

Acho graça nos termos ultrapassados de meu pai.

— O que tem de errado com sua calça?

— Exatamente! Não tem nada de errado com ela, tem?

— De jeito nenhum — digo, mas, depois de olhar mais de perto, vejo que colocou a calça com as barras viradas para fora e uma camisa polo com a gola levantada. É o tipo de erro que minha mãe não consegue tolerar. Ainda assim, fico pensando por que ela ainda se importa com o jeito dele de se vestir. *Qual é a dela*? Sempre penso.

— O Dwight está com ela? — pergunto.

— Não. Ele teve um jogo de golfe de manhãzinha — meu pai fala, sinalizando para virar o carro. — Mas tenho certeza de que fará sua entrada triunfal mais tarde.

— Eles têm isso em comum, não é? — comento.

— Sim. Ela está se exibindo a manhã toda — ele diz. Imagino minha mãe com a cabeça empinada para trás, o nariz arrebitado exatamente como um pomposo cavalinho de circo.

— Sim. Ela é o centro das atenções! — exclamo.

O objetivo de vida de minha mãe é ser notada em todas as ocasiões. Ela com certeza estará vestida com exagero, provavelmente vai dar para Zoe o presente maior e mais caro e ainda vai ter uma multidão de admiradores ao seu lado o tempo todo. Isso não mudou desde que eu e minhas irmãs éramos pequenas, e nossas amigas adoravam minha mãe. Elas a chamavam de coisas como "maluca", "escandalosa" e "uma das garotas". Mas, lá no fundo, elas ficavam felizes de não tê-la como mãe.

— Não deixe ela abalar você, papai — digo.

Meu pai sorri como se mentalmente estivesse mudando de marcha. Então, ele fala:

— E aí, cadê o Ben?

Eu sabia que não ia demorar para essa pergunta chegar. Ainda sinto uma forte dor no peito ao ouvir o nome dele. Respiro fundo e falo em um tom natural.

— Ele tinha que trabalhar.

— Ben não costuma faltar a uma festa da família.

— Sim. Ele é um homem de família — falo. Estou sendo sarcástica, mas me ocorre que isso é a pura verdade: ele *é* um homem de família.

Um minuto mais tarde, saltamos na entrada da casa de minha irmã e eu inspeciono sua mansão de quatro milhões de dólares (Maura insiste que sua casa não é uma mansão, mas eu considero qualquer casa com mais de seis quartos uma mansão, e a casa dela tem sete) com minha costumeira mistura de admiração e desdém. Não estou desaprovando a pura magnitude das suas riquezas, pois tudo é relativo. Não aprovo o modo como Scott ganhou seu dinheiro, que não pelo trabalho árduo ou por sua inteligência, mas por estar no lugar certo, na hora certa. Ele trabalhava como diretor financeiro de uma pequena empresa de softwares que foi adquirida por uma quantia enorme de dinheiro durante a bolha tecnológica. Ele tem tanto dinheiro, na verdade, que eu o ouvi se referir a caras com fortunas menores como "milionários de centavos".

Se ele fosse bom com minha irmã, isso seria ótimo e eu aplaudiria sua boa sorte. Mas Scott é um grosseirão (para usar uma das expressões do meu pai) e a casa deles me lembra constantemente de tudo que Maura tem que aguentar no dia a dia, ou seja: coisas finas e marido mulherengo. Eu me pergunto se minha irmã aguentaria isso se não tivesse filhos com Scott. Ela diz que sim. Acho que ela não deveria de qualquer jeito.

Meu pai estaciona atrás de uma enorme van branca adesivada ENDIVE BUFFET. Maura não economiza nas festas e até as festas de seus filhos são eventos extravagantes, então não fico surpresa quando entro pela porta da frente e vejo preparativos de última hora e uma movimentação mais parecida com uma festa de casamento do que com uma festa de aniversário de criança.

— Olá, olá! — Maura fala, me dando um abraço rápido e distraído antes de voltar sua atenção para um gigantesco vaso de flores exóticas cercado por elaborados saquinhos de lembrancinhas. Vejo que ela está nervosa, como sempre fica antes de qualquer evento social. Típica primogênita, Maura é perfeccionista em tudo o que faz e eu sempre penso que deve ser bem cansativo ser igual a ela. Eu sou bem controladora também, mas em relação ao meu trabalho; no entanto, Maura é assim com *tudo*. Sua casa, seu jardim, seus filhos, sua aparência. Na verdade, foi muito bom ela ter se demitido daquele cargo importante de recursos humanos quando teve as crianças, pois não consigo nem imaginar como ela ficaria sobrecarregada de incluir uma carreira em sua busca pela perfeição.

Ela franze a testa, curva a cabeça para o lado e pergunta:

— Esse arranjo está bonito? Será que as flores estão... meio desarrumadas?

Digo-lhe que as flores estão lindas. A *casa* dela é linda, embora não haja nada confortável ou descontraído. Pelo contrário, é um pouco artificial em sua perfeição eclética, carrega a marca forte de um designer importante que conseguiu uma mistura sofisticada do velho e do novo, do moderno e do tradicional. A paleta de cores predominante é quente: paredes amarelas, estofados cereja e arte abstrata na cor laranja e, ainda assim, a casa dela me lembra um showroom. Você nunca adivinharia que havia três crianças, de seis anos para baixo, morando ali, apesar de as telas a óleo refletirem suas figuras e suas fotos cobrirem o grande piano de cauda. Minha irmã tem orgulho da atmosfera elegante e sofisticada de sua casa. Na verdade, ela menciona isso com frequência, como se me dissesse: "Você não precisa estar mergulhada na bagunça e em restos de comida só porque tem filhos".

Ela tem razão, mas, como Ben costumava dizer, é fácil manter tudo organizado quando se tem um esquadrão de empregados, incluindo uma babá, um jardineiro, um limpador de piscinas, uma assistente pessoal e uma governanta que mora na casa. Já a observei delegando tarefas para sua equipe, vestida com sarongues modernos e moletons da Juicy Couture, e um copo de café gigante da Starbucks na mão, e penso comigo mesma que, embora tenha deixado seu emprego formal, ela gerencia uma pequena empresa e o faz com perfeição.

Mesmo que a vida da Maura pareça superficial e complacente à primeira vista, ela tem princípios sólidos. É uma excelente mãe. Ela segue a escola de Jackie O. de maternidade, e cita seu ídolo: "Se você errar ao criar seus filhos, não acho que você valha muita coisa". Como resultado, os filhos de Maura são meigos, bem-educados e, ao contrário do que se pensa, pouco mimados.

— Onde estão as crianças? — pergunto para Maura quando Zoe, William e Patrick aparecem correndo pelo corredor, agitados e cheios de energia, como se já tivessem consumido açúcar demais. Com a pele clara e o cabelo louro, Zoe se parece mais comigo do que com seus pais, que têm pele morena e olhos castanhos; acho isso um caso fascinante da genética! Maura me ligou recentemente para dizer que Zoe levou uma foto minha ao cabeleireiro e pediu para ele deixar seu cabelo igual ao da tia Cláudia. É impossível não me sentir feliz por minha sobrinha se parecer comigo, e reconheço a necessidade narcisística que leva muita gente a ter filhos.

— Feliz aniversário, Zoe! — digo, me curvando para lhe dar um abraço apertado. Ela está vestida com uma roupa de bailarina, esse é o tema da festa. Um collant rosa-claro, um *tutu* de tule verde-limão e sapatilhas de balé combinando, tom sobre tom, com os balões rosa e verdes amarrados na pilastra e o bolo de três andares enfeitado com metros e metros de tule. — Não acredito que você já tem seis anos!

Lembro-me de que Ben e eu tivemos nosso primeiro encontro uma semana depois que Zoe completou dois anos. Imagino por quanto tempo vou medir a passagem dos anos tendo Ben como parâmetro.

— Obrigada, tia Cláudia! — Zoe fala com sua voz rouca, que soa muito engraçada em uma menina tão pequena. Ela desliza o pé e faz uma posição de balé. — A cesta de presentes está na sala de estar, caso você tenha se lembrado de me trazer um...

— Acho que me lembrei — digo, abro minha bolsa e lhe mostro um embrulho de presente.

William e Patrick, de três e dois anos, exibem ambos brinquedos novos.

— Olhe o que a gente ganhou!

— Que legal! — digo, embora não faça ideia do que é que estão me mostrando.

Zoe me explica que Scott comprou robôs novos para eles, para que não ficassem enciumados com todos os presentes que ela ia ganhar. Scott é um bom pai, mas é muito chegado em subornos e ameaças. A minha ameaça favorita era: "Não vai ter Natal se você não parar de choramingar". Todas as vezes que Ben escutava isso, ele dava risada e me perguntava como Scott planejava fazer o dia 24 de dezembro virar 26.

Zoe sorri e me leva pela mão até a sala de estar onde Daphne e minha mãe estão sentadas no sofá, lado a lado, bebendo coquetéis de vinho.

— Onde está o Benny? — minha mãe pergunta, antes mesmo de me cumprimentar. Sempre fico irritada quando ela o chama de Benny. Fico com mais raiva ainda agora que não estamos juntos.

Sinto meu corpo tenso quando me sento em uma poltrona em frente a elas e digo:

— Ele não pôde vir hoje.

— Por que não? — minha mãe questiona.

— Ele teve que trabalhar — lanço-lhe um sorriso luminoso. — Os negócios estão fervilhando.

Essa declaração revelava que eu estava mentindo. Nunca uso esse tipo de frase, *Os negócios estão fervilhando*.

— Mas o Benny nunca trabalha aos sábados — minha mãe retruca, como se o conhecesse melhor do que eu. — Problemas no paraíso?

Fico extasiada ao ver a habilidade de minha mãe de pescar qualquer problema no ar. Sua expressão favorita é: "Onde há fumaça, há fogo". (Essa expressão só justifica sua crença nas fofocas dos jornais sensacionalistas, não importa quão exageradas sejam.)

— Estamos bem — digo, me sentindo aliviada por ter tomado a decisão de usar minha aliança de casamento pela última vez.

Ela olha em volta atentamente, se curva em minha direção e sussurra:

— Não vá me dizer que ele deu uma de Scott para cima de você?

Sacudo a cabeça, imaginando como ela, entre todas as pessoas, tem a ousadia de jogar pedras no Scott. No entanto, minha mãe é uma das maiores revisionistas de história no mundo, deu até outra versão para a história da fuga de O. J. Simpson. O. J. parece ter se convencido de que não matou ninguém e, na cabeça de minha mãe, ela nunca fez *nada* errado. Pelo menos ela chegou à conclusão de que meu pai a levou a traí-lo, o que não faz sentido. Meu pai era um marido muito melhor do que ela merecia.

— Não, mãe — contesto, pensando como seria mais fácil e simples se meu marido estivesse tendo um caso. Eu nunca continuaria casada com um homem que me traísse. Não importaria as circunstâncias. Nesse sentido, penso como os homens. Não há uma segunda chance. Não tem nada a ver com moralidade, mas sim com minha incapacidade de perdoar. Sou campeã em guardar rancor e não acho que conseguiria mudar de ideia, nem se eu quisesse.

— Não minta para mim, Cláudia — ela fala, pronunciando cada palavra para aumentar o impacto. Então, ela cutuca Daphne e pergunta em voz alta se ela sabe de alguma coisa. Daphne balança a cabeça e toma mais um gole de sua champanhe.

— Mãe, hoje é o dia da Zoe! — reclamo. — Por favor, pare com isso.

— Ah, meu Deus! Há mesmo um problema! — ela grita. — Eu *sei* quando há um problema.

Meu pai balbucia algo sobre ela ser a causa da maioria deles.

Minha mãe aperta os olhos, gira sua cadeira para ficar de frente para ele.

— O que você acabou de dizer, Larry?

— Mãe — Maura chama do lavabo, onde está acabando de se arrumar. — Por favor, parem seja lá o que vocês estejam fazendo!

— É surreal! Como podem me culpar por estar preocupada com minha filha? — ela pergunta para Daphne, sua única aliada em potencial. Daphne se sente da mesma maneira que Maura e eu em relação à nossa mãe, mas não consegue deixar de bajulá-la. Ela é vulnerável e sensível, e precisa tanto do amor de minha mãe que me deixa com raiva e pena ao mesmo tempo. Maura e eu há muito tempo nos afastamos e não nos importamos mais com o que mamãe faz ou deixa de fazer. Por alguma razão desconhecida, Daphne não consegue fazer o mesmo.

— É incrível! — minha mãe grita novamente, magoada.

— Você é que é incrível, Vera! — meu pai rebate do outro lado da sala.

A cena que se desenrola é tão previsível que sinto uma dor imensa por não ter Ben ao meu lado. Nós nos preparávamos um dia antes para dias como esse, adivinhando o que iriam dizer, quem iria falar alguma coisa e o quê e quanto tempo esperaríamos para ver as palavras serem pronunciadas.

Meus cunhados, Scott e Tony, que estão colocando as cervejas em um balde de gelo enorme no quintal dos fundos, vêm para a sala olhando um para o outro, como se quisessem dizer, "Estamos no mesmo barco, companheiro". Eles têm pouco em comum. Tony está usando uma camisa xadrez e é o tipo de cara que lê a página de esportes do jornal. Scott se perfumou com uma colônia cara e é do tipo que assina o *Wall Street Journal.* No entanto, eles são unidos depois de todos esses anos, como acontece em muitas famílias. Scott, sempre o anfitrião perfeito, coloca uma cerveja Amstel light em um copo gelado e a entrega para mim com um guardanapo de coquetel.

— Aqui está, Cláudia — ele fala.

Agradeço e tomo um grande gole.

— O que está acontecendo por aqui? — Tony pergunta. Ele e Daphne estão juntos desde os tempos do Ensino Médio. A longa história deles está acompanhada de uma fidelidade inquestionável e lhe garante o direito de se meter, direito esse que Scott não tem nem em sua própria casa.

— Ben não vem — minha mãe informa a todos. — O que vocês acham disso? Será que eu sou a única a achar isso estranho? — Ela olha à sua volta com a mão pressionando o peito.

— Mãe, estou falando sério. Não fale mais nada — digo. Não é uma negativa, mas qualquer pessoa normal entenderia a deixa e calaria a boca. Então, minha mãe me prova que não é normal, revira os olhos em direção ao teto, mexe os lábios em uma oração silenciosa, se levanta como uma tartaruga esticando o pescoço e anuncia:

— Preciso de um cigarro. Daphne, minha querida, você não quer ir comigo até o jardim?

Minha irmã acena, concordando. Quando ela se levanta e segue minha mãe, se volta para mim e dá uma leve revirada nos olhos. Daphne quer agradar todo mundo. É a sua melhor, e pior, qualidade.

A campainha toca alguns segundos depois. Olho de relance para o meu relógio e percebo que a festa começou oficialmente. Estou segura por algumas horas. Ouço Maura dando gritinhos na porta de entrada e sua melhor amiga, Jane, dá gritinhos de volta. Maura e Jane foram companheiras de quarto e amigas de fraternidade em Cornell, e, assim como Jess e eu, as duas são inseparáveis desde então. Na verdade, a mudança para Bronxville foi uma decisão conjunta. Depois de morarem em Manhattan por anos, elas pesquisaram exaustivamente os bairros residenciais de classe média alta de Nova York e Connecticut, até que encontraram duas casas no mesmo bairro. Maura é mais rica do que Jane, mas Jane é mais bonita, o que torna a amizade equilibrada e justa. Dá para ouvir o que elas estão conversando:

— Sua casa está fantástica! — Jane diz. — Aquele arranjo é um *arraso*!

— Suas *luzes* é que estão um arraso! Foi o Kazu quem fez?

— É claro! Eu deixaria outra pessoa tocar nos meus cabelos?

Enquanto o restante dos amigos de Maura chegam, penso no que sempre penso quando estou em Bronxville. Todo mundo é *exatamente* igual: presunçoso, educado e, se não é lindo, pelo menos maximizou seu potencial genético. E a maioria deles já teve pelo menos uma passagem no mundo mágico e aparentemente viciante da cirurgia plástica. "Fiz um pequeno retoque", eles sussurram. Minha irmã retocou o nariz e levantou os seios depois que Wiliam nasceu. Ela não é linda, mas, com um monte de dinheiro e muita força de vontade, chegou bem perto disso, muito mais do que Daphne e eu. Seu grupo todo, na verdade, é bem cuidado, bronzeado e tem o corpo bem torneado. Suas roupas são tão perfeitas quanto as que os modelos vestem em capas de revista, e seus estilos são tão parecidos que parece que tanto as roupas quanto os acessórios fazem parte do mesmo guarda-roupa e da mesma foto. Não preciso consultar a revista de moda deste mês, pois basta dar uma olhada na sala para saber que a última moda inclui saias rodadas, sapatilhas com pedrarias e colares volumosos com turquesas.

Seus maridos também são lindos, pelo menos à primeira vista. Alguns têm entradas no cabelo, outros têm o queixo fino ou são dentuços, mas tais defeitos são encobertos por uma pátina que o dinheiro proporciona. *Muito* dinheiro. Eles são confiantes, falam com segurança e riem com prazer. Usam mocassins da Gucci sem meias, calça cáqui com vinco e cintos de couro. O cabelo deles está penteado com gel, na pele passaram uma loção pós-barba cítrica e suas camisas de linho estão enroladas no punho corretamente, a ponto de revelar seus relógios sofisticados, porém esportivos.

As conversas giram em torno deles mesmos e são sempre previsíveis. As mulheres falam sobre as escolas particulares dos filhos e suas iminentes viagens para o Caribe e para a Europa. Os homens discutem suas carreiras, os jogos de golfe e investimentos. Existe aquela fofoca ocasional sobre algum vizinho que não está presente — as mulheres são mordazes; os homens disfarçam com um tom de brincadeira.

O que me chama mais a atenção hoje é que Zoe e seus amigos parecem estar em exibição, como se fossem os acessórios mais importantes, combinando entre si e, em um caso doloroso, combinando com um dos pais. As meninas usam laços enormes de gorgorão na cabeça e vestidos caríssimos e já aprenderam como flertar descaradamente. Seus irmãos usam lenços com monogramas e meias até o joelho, e já aprenderam a se pavonear e contar vantagens.

Logo depois do nosso lanche de sanduíches delicados e saladas de macarrão sofisticadas (e pizza de queijo de cabra para as crianças), uma bailarina profissional, da Ballet Academy East, chega para dançar na ponta dos pés para Zoe e suas quinze amigas mais íntimas, que correm para vestir suas malhas e *tutus* de balé. Elas recebem uma aula em grupo no salão ao lado da piscina, que tem uma das paredes espelhadas. As mães delas se posicionam como fotógrafas e tiram fotos da prole. Mudo para o vinho e mantenho meu copo sempre cheio, enquanto olho de soslaio para o relógio. Quanto antes a festa acabar, mais cedo posso dar a minha notícia e seguir em frente com a minha vida.

Quando a aula de balé termina, é hora do bolo, o ponto alto de qualquer festa. Existem poucas coisas tão gratificantes quanto um bolo caro. Cantamos para Zoe, a assistimos apagando as velinhas em duas tentativas, e esperamos por um pedaço de bolo. Algumas mulheres aceitam uma fatia de uma das garçonetes, mas a maioria recusa e experimenta apenas um pedacinho do prato de seus maridos. Recebo, no meu prato, um pedaço com o B do "Parabéns", e me lembro do "B" de Ben. Sinto tanto a falta dele, de tantos modos diferentes, mas agora sinto falta dele como quando você é a única solteira em uma sala cheia de casais.

Encho mais uma taça de vinho e acompanho a multidão até a sala onde Zoe começa a abrir seus presentes, apesar da insistência de Maura para ela esperar até os convidados irem embora. Felizmente, Zoe está naquela idade em que é impossível esperar para rasgar os embrulhos de presente e, em pouco tempo, ela fica cercada por uma pilha de brinquedos de plástico lilases e bichinhos de pelúcia. Bonecas American Girl, kits de montar bijuterias, jogos de tabuleiro e uma abundância de Barbies e Polly Pockets. Ela deixa meu presente para o final. É uma caixinha de joias de madeira, com as iniciais dela gravadas e uma bailarina dentro. Estou orgulhosa por ter escolhido o presente sem a ajuda da Maura, a quem geralmente consulto no último minuto.

Zoe abre meu cartão primeiro, foi sugestão de Maura. Todos nós a escutamos ler em voz alta, salientando as palavras mais importantes. Ela chega ao final e lê: "Com amor, tia Cláudia". Então, ela levanta os olhos e me diz:

— Por que o nome do tio Ben não está no cartão?

Merda.

— Sim, Cláudia. Por quê? — minha mãe pergunta.

Falo que foi um lapso.

Zoe me olha, confusa. É óbvio que ela não conhece a palavra *lapso*.

— Esqueci de escrever o nome dele — digo, com a voz débil.

— Você vai se divorciar? — Zoe pergunta em um tom ansioso, que sugere que o casamento de seus próprios pais está em perigo. — A babá V. contou para a tia Daphne que você está se divorciando.

Minha mãe, que é a tal de babá V., finalmente tem a oportunidade que tanto esperava. Ela olha para todos com sua expressão de surpresa: "Quem, eu?". Então, ela se vira para mim e comenta, com sua voz eloquente de atriz de novela:

— E então? É isso mesmo?

Todos os olhares se voltam para mim. Até mesmo os amigos de Maura, que nunca tinham me visto antes, estão me olhando e esperando pela minha resposta. Passa pela minha cabeça mentir pela última vez, mas não consigo. Então, digo para Zoe:

— Às vezes as coisas não funcionam.

Maura me olha como se fosse desmaiar, tanto pelo impacto da notícia como pelo toque negativo que a notícia causou em sua festa. Meu pai vem praticamente correndo em minha direção e me abraça, sussurrando em meu ouvido que tudo vai dar certo. Minha mãe começa a berrar.

— Eu sabia! Eu sabia! — ela soluça, enquanto Dwight, que chegara há apenas alguns minutos, abana o rosto dela com um guardanapo cor-de-rosa com a inscrição: "Zoe faz seis anos!".

Me afasto do meu pai e digo:

— Estou bem.

Uma das amigas de Maura, uma mulher com o cabelo bem negro e o maior par de brincos de diamante que eu já havia visto longe de um tapete vermelho, oferece um lenço de papel para minha mãe. Depois, ela entrega um para Daphne, que está em prantos, em resposta pavloviana aos soluços de minha mãe.

Um silêncio cobre a sala e Zoe, que parece chocada, mas está firme, faz outra pergunta certeira:

— É por que você não quer ter filhos ou por que você não o ama?

Não posso deixar de me encantar com a astúcia e a capacidade de uma menina de seis anos de: colocar o dedo na ferida, trazer o assunto do meu divórcio à tona e de trazer, com ele, todos os meus dilemas.

Claro que a resposta é simples: eu não quero filhos, logo Ben não me quer. Quase respondo isso, desse jeitinho, mas sorrio e dou uma daquelas explicações horríveis de adulto, o tipo de resposta que me coloca no nível evasivo e de uma péssima mãe. Ou pelo menos no nível de uma tia ruim.

— Simplesmente não era para ser, Zoe — explico para minha sobrinha.

Zoe me olha de um jeito que deixa bem claro que ela não tem ideia do que eu quis dizer. Caramba, nem eu mesma sei o que isso significa! No entanto, antes que ela possa formular sua próxima pergunta, sorrio, fico de pé, caminho até a sala de jantar e me sirvo de outro pedaço de bolo. Dessa vez fico com o "S", de separação, todo enfeitado com uma cobertura verde e rosa.

CAPÍTULO 8

As ligações persistentes vieram velozes e furiosas. O padrão e os intervalos entre as mensagens que deixaram em minha secretária pareciam combinados, o que não duvido: Maura, Daphne, papai, Maura, Daphne, papai. As mensagens de mamãe eram mais aleatórias, assim como ela.

Demoro para retornar as ligações, o que achei uma boa ideia, pois já saberei que a histeria foi superada e poderemos, finalmente, conversar. Posso afirmar que se juntaram em uma linha de frente: "Só queremos o que for melhor para você, e, embora amemos Ben, sempre vamos estar do seu lado". Atribuo à terapeuta de Maura, a estrelada Cheryl Fishstein, essa reação. Ser racional e calmo nunca foi um instinto básico na minha família.

O único comentário que me deixa abalada é o pedido de Daphne para conversar com Ben.

— E dizer o quê? — pergunto.

— Dizer que sinto muito que as coisas não tenham dado certo entre vocês... Que vou sentir falta dele... Talvez lhe perguntar como ele está... Mas só vou ligar se você concordar.

Digo a ela que pode fazer o que bem entender, mas não quero saber os detalhes da conversa deles, que, certamente, vai se desenvolver em torno do quanto os dois querem filhos. (Na verdade, Daphne começou essa conversa dizendo que está menstruada; acho que conheço o ciclo menstrual da minha irmã melhor do que o meu.)

— A família dele entrou em contato com você? — ela pergunta.

Digo que não. Passa pela minha cabeça que deveria ficar magoada, mas, por algum motivo que desconheço, não fico. Acho que a família de Ben me respeitava e gostava de mim, mas nunca senti muito carinho da parte deles. Então, esse silêncio não é uma grande surpresa. E acho que a gente só fica mesmo magoada quando as coisas nos surpreendem. (Talvez por isso eu seja imune às atitudes de minha mãe.) Tenho certeza de que, a certa altura, a mãe de Ben vai me mandar uma mensagem em seu papel de carta formal e com monograma. Ela deve estar relendo artigos da Anne Landers sobre o que dizer para uma ex-nora. A menos que ela esteja muito ocupada na tarefa de fazer a manta do primeiro filho de Ben.

No sábado à tarde seguinte, estou caminhando pela ponte do Brooklyn com Michael, no meio de uma multidão de corredores e ciclistas, quando ele jura para mim que a vista do meio da ponte é terapêutica. Estamos aqui porque ontem, no trabalho, confessei que estava um pouquinho deprimida. Ele ficou parado ao lado da minha mesa:

— Claro que está deprimida. Seria estranho se você *não* estivesse.

Foi então que ele disse que tinha uma ideia para me alegrar e perguntou se, por acaso, eu tinha algum plano para a tarde do dia seguinte. Respondi a ele que não. Quando a gente passa do estado civil casada para divorciada tão abruptamente quanto aconteceu comigo, a agenda vazia parece ser costumeira nos fins de semana. Disse a ele que Jess e eu tínhamos planejado ir até os Hamptons, mas ela teve uma "viagem de negócios" de última hora (na verdade, essa é a desculpa que ela dá para encontrar Trey). Michael me disse para estar na casa dele, em Alphabet City, às dez horas. Senti que era um convite movido por pena, mas não deixei o orgulho me impedir de me divertir. E Michael é sempre divertido.

Hoje de manhã nos encontramos perto do apartamento dele e estamos, agora, na passagem de pedestres da ponte do Brooklyn. É um dia quente de junho, mais quente do que junho costuma ser em Nova York, e ficou mais quente ainda por causa do reflexo da luz do sol no aço. Nosso passo é lento e as pessoas passam por nós pelos dois lados.

Fico pensando que este é meu primeiro verão sem Ben depois de muito tempo. Minha primeira mudança de estação sem ele. Não nos falamos há quase dois meses. Nosso divórcio está finalizado, os papéis chegaram pelo correio há alguns dias, sem cerimônia nem festa. Arquivei-os junto com minha certidão de nascimento e meu cartão da previdência social, em uma pasta verde denominada "Documentos importantes". E só.

Estou pensando na palavra *ex-marido*, como ela soa triste e tem um quê de sofisticada, enquanto Michael diz algo sobre o alicerce da ponte ser de madeira.

— A gente pensa que por ser de madeira ela iria apodrecer e estragar, não é? — Michael comenta.

— Sim — digo. — Porém, Veneza também foi construída sobre madeira e é bem mais velha do que isto aqui.

— Bem pensado — ele retruca. — Talvez a bactéria que corrói a madeira precise de ar para sobreviver?

— Não sei — respondo.

Ex-marido. Ex-marido. Ex-marido.

— E então, você já atravessou esta ponte antes? — pergunto para Michael.

— Sim, algumas vezes... inclusive logo após o 11 de setembro. Isso dá uma certa perspectiva das coisas. Você vai entender o que eu quero dizer — ele explica. — É o equivalente urbano a sair em uma trilha. Dá tranquilidade.

Olho em frente, vejo as torres góticas de pedra e o fundo azul-cobalto do céu, entrecortado por uma malha de cabos de suspensão. Tem um efeito visual incrível, porém digo a Michael que sempre coloquei a ponte do Brooklyn no mesmo patamar da Estátua da Liberdade e do Empire State.

— Os pontos turísticos de Nova York ficam melhores em um cartão-postal. Ou do alto de um avião — comento, me desviando para evitar uma trombada com um cara obeso, que espirrava muito e vestia uma camiseta do Derek Jeter. — Longe das cacas e das multidões.

Michael dá um sorriso sábio.

— Você é um pouco elitista, sabe.

— *Nunca* poderei ser considerada elitista — digo.

— Bom, com comentários desse tipo, eu diria que você não está lado a lado com o povo — ele rebate. Percebo que está preparando mentalmente sua lista de exemplos. A maioria das pessoas não consegue dar exemplos com tanta facilidade, porém Michael sempre consegue juntar uma série de fatos para usar contra você.

— Estou lado a lado com o povo — digo.

— Nã-nã-ni-na-não! Você não gosta de parques de diversões. Você não gosta dos torcedores que balançam aqueles dedos de isopor nos jogos do Knicks. Você nunca iria a Times Square na noite de Ano-novo.

— Nem você — retruco. — Fala o nome de alguém que conhecemos que iria lá!

Ele ergue as mãos e caminha com passos mais rápidos.

— E... — ele fala prestes a apresentar o *grand finale* — ... você odiou *Titanic*. Pelo amor de Deus, não conheço uma garota que tenha detestado *Titanic*. É antiamericano detestar *Titanic*.

— Eu não detestei — digo, pensando nos Oscars de anos atrás. — Só não achei que merecia ganhar o prêmio de melhor filme.

— Você não está lado a lado com o povo — ele repete.

Penso por um instante e retruco:

— Eu ando de metrô. Não dá para ficar mais ao lado do povo do que isso.

— Simples conveniência.

— Não. Eu gosto do metrô, na verdade.

— Besteira. Vi como você segura desajeitada naqueles balaústres — ele fala, imitando como eu me seguro. — E como você faz o possível para suas pernas não encostarem na pessoa ao lado. E você usa gel antibacteriano quando sai dali.

Concordo com a cabeça.

— Então eu tenho um leve transtorno obsessivo-compulsivo... O que você quer dizer com isso, afinal de contas?

— A questão é... seus padrões são altos demais.

— No cinema? No transporte público?

— Em geral.

Tenho a sensação de que estamos prestes a falar sobre minha vida pessoal. Michael está me dizendo, há um bom tempo, que tenho que seguir em frente. Entrar em um site de relacionamentos. Sair com um belo estranho que conheci em um bar. Disse a ele que não estava interessada em nenhum cara, bonito ou não.

— Eu sei que Ben era *o* cara... — Michael admite. O modo como ele diz isso me faz pensar que ele não acha que Ben era o cara, afinal de contas. — Mas...

Eu o interrompo e digo:

— Eu sabia que você ia falar da minha vida amorosa. Deus do céu, Michael! Só estou divorciada há alguns dias.

Ele olha por sobre os ombros, como se estivéssemos sendo seguidos, e diz:

— Eu entendo. Mas você já está separada há mais tempo... E, na minha experiência, depois de um grande rompimento, e acho que um divórcio é o caso, o que ajuda é seguir em frente e se envolver com o primeiro que aparece. Entrar de cabeça.

— Você está se candidatando?

Ele me olha e sorri.

— Você está aceitando candidatos?

— Não — retruco. — Não estou.

— Não achei que estivesse... Mas, se você mudar de ideia, estou à disposição.

— Você está tentando me dizer alguma coisa, Michael? Por acaso você esteve apaixonado por mim durante todos estes anos? — falo, brincando, e lhe dou uma olhada de cima a baixo. Ele está usando uma camiseta amarelo-canário, chinelos Adidas e short cargo cáqui, que revelam suas pernas longas e sinuosas. Tem alguma coisa no modo confiante como ele anda, com as pernas levemente arqueadas, que sugere que ele é bom de cama.

Ele dá um sorrisinho.

— Não, não se preocupe. Não estou tentando dar uma de *Harry e Sally* para cima de você... Só acho que você deveria saber que estou sempre disposto a ajudar uma amiga.

— Me ajudar? Por acaso você também não está em um período de seca?

— Seis semanas não é um período de seca — ele retruca. Então, pigarreia e diz: — Olhe, só estou dizendo que você é muito atraente. Nota 8, sem dúvida. Então, se precisar de um voluntário, ou qualquer outra coisa, estou à sua disposição.

— Nossa! Quem precisa da paisagem da Ponte do Brooklyn com uma conversa como essa?

Michael sorri enquanto me leva para o lado da ponte.

— Aqui é um bom local — ele comenta.

Eu o sigo e olho por sobre a água reluzente em direção a Manhattan. O horizonte é maravilhoso, mesmo sem o World Trade Center. À nossa volta, as pessoas estão tirando fotos e apontando para os pontos turísticos. Olho a ponte em direção ao Brooklyn e vejo uma garota adolescente fazer o sinal da paz e jogar um beijo para um rapaz que se aproxima dela. Imagino a conversa deles mais cedo: "Me encontre na ponte do Brooklyn, meu bem". Fecho os olhos, ouço um helicóptero sobrevoar minha cabeça e sinto uma brisa leve soprar no rosto.

Depois de um longo momento de silêncio, procuro no bolso minha aliança de casamento, que eu trouxe comigo. Dei uma última olhada nela, passei a mão na inscrição do lado de dentro "Para sempre, Ben". Solto a tensão dos ombros antes de lançá-la para o alto, para dentro do East River. Fico orgulhosa da minha jogada firme e nada feminina, uma vantagem por não ter irmãos e um pai que adora beisebol; ele concentrou todos os seus esforços em mim. Tento manter meus olhos no lugar preciso onde ela vai cair, mas a perco de vista na metade do caminho, a aliança de platina se perdendo em meio ao cinza do rio.

— Isso é o que eu acho que era? — Michael pergunta. Ele parece impressionado.

— É — digo, apertando os olhos para olhar para a água.

Suas sobrancelhas escuras se erguem acima dos óculos da Oakley.

— Meio dramático. Parece o *Titanic*, hein?

— Viu? Rose e eu temos muito em comum.

— Falando sério, esse foi um passo importante — Michael comenta.

— Obrigada.

— Fico quase com vontade de beijar você! — ele exclama. — A cereja do bolo para esta pequena cerimônia, sabe?

Penso na sua proposta por um momento e no fato de que isso poderia acrescentar um pouco mais de textura em nossa amizade. Todas as vezes que eu ouvisse a pergunta inevitável, aquela que sempre perguntam para amigos de sexos diferentes: "Vocês dois já se beijaram ou qualquer outra coisa?", poderei responder: "Na verdade, sim. Uma vez, logo depois que eu arremessei minha aliança por cima da Ponte do Brooklyn". Daria uma bela história para meu repertório romântico, uma que Jess certamente apreciaria, principalmente porque ela acha Michael um tesão. Além do mais, talvez um simples beijo, como o arremesso simbólico da minha aliança, poderia servir como um tipo de catalisador.

Acho que Michael estava apenas me provocando. Por um momento, observo seus lábios carnudos e penso em beijá-lo. Mas hesito, saio da atmosfera da espontaneidade e entro em um território embaraçoso. Decido que é melhor assim. Por que complicar minha vida beijando um amigo, especialmente um amigo do trabalho?

Olho para trás em direção ao horizonte e encolho os ombros descompromissadamente.

— Você não acha melhor a gente se embebedar no Brooklyn?

— Claro! — Michael concorda. — Já que você insiste...

Atravessamos a ponte e vamos para o Brooklyn. Não diminuímos o passo até chegarmos ao Superfine, um restaurante na Front Street que Michael diz ter uma comida excelente e um ambiente casual e alto-astral. As mesas estão todas cheias e nos sentamos no bar debaixo do frescor do abençoado ar-condicionado. Curvo minhas pernas em volta do banquinho enquanto Michael pergunta à bartender, uma senhora com maria-chiquinha no cabelo (o que eu acho ser uma combinação assustadora), que tipo de chope eles têm. Ela recita todas as opções. Nada nos interessa e, então, pedimos duas garrafas de Heineken. Tomo um gole da minha cerveja, mais por sede do que para saboreá-la. Então, enquanto Michael continua na cerveja, eu decido pedir um "dirty" martíni. Michael me olha espantado e sorri.

Pedimos um burrito e o dividimos; é enorme. Também dividimos rapidamente uma porção de fritas. Apesar de ter comido, fico alta. O tempo começa a ficar em câmara lenta, assim como qualquer lembrança de Ben. Michael e eu conversamos sobre os livros em que estamos trabalhando e sobre as pessoas do escritório. Conto para ele as últimas novidades do relacionamento de Jess com Trey, sei que ela não se importaria. Jess é bem aberta quanto aos detalhes de sua vida.

Retiro uma azeitona embebida em vodca com um palito e a coloco em minha boca, dizendo, para mim mesma, que seria prudente diminuir o ritmo da bebida. Preciso ficar com a cabeça leve e não cair em um estado moroso e bêbado. Claro que isso é pedir demais quando estamos bebendo martínis. E quanto mais eu bebo, mais meus pensamentos se voltam para Ben. A certa altura, deixo escapar:

— Não achava que fosse sentir tanta falta dele.

Michael acaricia com a mão as laterais do seu copo, limpa a umidade no seu short e diz:

— Então, o que foi exatamente que aconteceu entre vocês?

Respondo prontamente:

— Queríamos coisas diferentes.

Ele revira os olhos.

— Deus do céu, Cláudia! Que lenga-lenga! Conta o que foi que aconteceu.

— Certo. Ben queria um filho.

— E você?

Faço uma pausa e confesso:

— Eu não queria... não *quero*... um filho.

— E o que você quer?

Nunca alguém tinha formulado essa pergunta desse modo, e eu tenho que pensar por um momento antes de responder.

— Eu quero um relacionamento bom e compromissado. Quero ter um amigo íntimo e me divertir. Como agora... Quero liberdade para realizar meu trabalho sem me sentir culpada nem presa a alguém. Quero simplesmente ser livre.

— Ah! — Michael exclama e toma um longo gole de cerveja. — Entendi.

— Me diz o que você está pensando — digo, reconhecendo que é mais provável aceitar e tolerar críticas quando alguém não está muito disposto a fazê-las.

— Não sei — ele retruca. — É que o simples fato de ser casado limita sua liberdade. Ter um marido, ou um relacionamento qualquer, coloca restrições. Você lidou bem com tudo isso. Eu não aceito esse tipo de restrição. Por isso tive que terminar com a Maya — ele comenta, se referindo à sua ex-namorada. Foi o relacionamento mais sério que Michael já teve, e terminou quando ela quis uma aliança ou a chave do apartamento dele. Ele continua: — Eu tinha tanto medo de não ser bom nisso que não quis nem tentar... Acho que você largou Ben mais por medo do que por qualquer outra coisa.

— Medo do quê? — pergunto.

Ele encolhe os ombros e diz:

— Medo de fracassar. Medo de mudança. Medo do desconhecido. — Olho para ele, meio tonta. — E, ainda assim, aqui está você... — ele fala e sua voz vai diminuindo lentamente.

Não precisa completar a frase, sei como ela termina. Aqui estou eu, enfrentando todos esses medos. Medo do fracasso, medo da mudança, medo do desconhecido. E bem aqui, em um bar debaixo da Ponte do Brooklyn, sinto uma dorzinha de arrependimento.

Michael diz que precisa voltar para casa, que ele tem um encontro quente hoje à noite. Na verdade, ele não diz que é quente, mas eu deduzo. Michael só sai com mulheres fogosas. Então, pegamos o metrô de volta para Manhattan e nos separamos no Lower East Side.

— Você acha que vai ficar bem sozinha? — Michael pergunta.

— Sim — digo, lhe dando um beijo no rosto. — Obrigada por hoje.

— Foi um prazer — ele diz, tocando a aba de um chapéu imaginário.

Ao dizer adeus, imagino se, quando chegar a segunda-feira, vou ter coragem de confessar a Michael a burrice que estou prestes a fazer.

CAPÍTULO 9

Não sei dizer *exatamente* o que me motiva a pegar o metrô em direção ao meu antigo apartamento. Antes desta tarde, eu estava convencida de que, a não ser por uma incrível coincidência, nunca mais veria Ben. Claro que os martínis representaram um fator importante na minha decisão, mas nunca fui do tipo de mudar meu comportamento quando bebo. Por exemplo, nunca me envolvi com alguém, quando estava bêbada, com quem não me envolveria se estivesse sóbria. Além do mais, quando desci na estação na esquina da 72nd com a Broadway Street, não estava tão embriagada quanto estava no Brooklyn. Poderia facilmente botar a cabeça no lugar e voltar para o apartamento de Jess.

A verdade é que esse meu pequeno desvio no roteiro tem menos a ver com o álcool e mais com o que Michael me disse no bar. Aquela coisa sobre o medo influenciar minha decisão de me divorciar. Enquanto caminho os vários quarteirões até meu antigo apartamento, penso nos meus próprios defeitos, marcando a lista de adjetivos com que as outras pessoas já me chamaram durante uma discussão, e que eu mesma me digo durante os momentos de silêncio e introspecção: *teimosa*, *crítica*, *mal-humorada* e *impaciente*. Tenho minha cota de defeitos, mas nunca considerei a covardia um deles. Ao contrário, sempre me considerei uma pessoa capaz de aceitar desafios e se arriscar. É uma das razões de eu ser tão bem-sucedida no trabalho.

Ainda assim, algo soou verdadeiro nas palavras de Michael. Talvez eu esteja simplesmente com medo. Talvez eu tenha deixado Ben ir embora porque o medo de ter um filho supera o fato de eu não querer ter um. Talvez eu temesse a pessoa que eu me tornaria. Talvez eu temesse algo que não sei bem dizer o que é, nem para Ben nem para mim mesma.

De certo modo, acho que encontrar Ben vai me dar essas respostas. Ou talvez seja apenas uma desculpa para vê-lo. Bom, não interessa. Nada mudou. Eu ainda não quero ter um filho e Ben ainda deseja um.

No entanto, aqui estou eu, parada na calçada, olhando pensativamente para a janela da cozinha do terceiro andar de onde eu costumava admirar a paisagem todas as manhãs e noites. Imagino Ben com a barba por fazer e os pés descalços, preparando um lanchinho de fim de tarde. Posso imaginá-lo despejando leite em um copo e arrumando os biscoitos cream-cracker em um prato antes de lambuzá-los com a quantidade certa de pasta de amendoim em um dos lados. Posso vê-lo lambendo os dois lados da faca e jogando-a dentro da pia. Posso vê-lo comendo seus biscoitos com pasta de amendoim enquanto fica sentado no sofá assistindo a uma partida de golfe. Posso enxergar todas essas coisinhas comuns que ele costumava fazer, coisas que agora estão bem distantes, lá na memória.

Respiro fundo e subo os degraus da entrada até a porta da frente. Meu coração dispara, fecho os olhos e aperto a campainha no botão que tem meu antigo nome. "Davenport, Apto. 8C." Espero ouvir a estática do interfone e a voz dele dizendo "Olá?", mas escuto apenas o silêncio. Olho para o relógio. São 17h15. Talvez ele tenha saído para dar uma corrida. Ben adora correr no parque a essa hora do dia. Algumas vezes eu fui com ele.

Decidi fazer uma hora e fui comprar um sorvete na lojinha de doces da esquina. Fui caminhando até lá, lentamente, observando o movimento do meu velho bairro, notando coisas que nunca tinha percebido antes. Uma lata de lixo de arame verde. Uma rachadura na calçada. Uma fileira de gerânios vermelhos plantados em uma jardineira numa janela do segundo andar. Quando entro na lojinha, o balconista do Oriente Médio sorri e me cumprimenta como se me reconhecesse. Talvez sim. Talvez ele tenha notado que Ben agora vem sozinho.

Sorrio e peço um sorvete de creme e chocolate na casquinha, com granulado colorido em cima. Também compro uma garrafa de água mineral Evian e uma embalagem de Trident de menta. Faltam quatro centavos para eu pagar a conta com dinheiro, então, retiro meu cartão de crédito; porém, o balconista diz para eu não me preocupar com isso, que eu retornaria outra hora. Quase digo a ele que provavelmente não voltarei mais, mas simplesmente agradeço. Pego meu sorvete, volto para meu antigo prédio e tento a campainha novamente, caso ele tenha voltado enquanto saí. Sem resposta.

Sento no alto da escada e dou umas pequenas mordidas no sorvete de creme. Não sei por que constantemente peço dois sabores misturados, se gosto bem mais do sorvete de creme. Sei que deveria preferir o de chocolate. Também chego à conclusão de que os granulados não foram uma boa ideia. Eles são bons em uma taça, mas fazem muita sujeira em uma casquinha. Como um pouquinho mais depressa porque o sorvete começa a derreter. Digo a mim mesma que só vou esperar Ben até o sorvete acabar. Não quero ficar parecendo uma perseguidora. A última coisa que preciso agora é me sentir como se o estivesse assediando. Além do mais, aquela sensação de leveza se esvaiu completamente agora e foi substituída por uma leve dor de cabeça, do tipo que com certeza vai piorar. Seguro a casquinha com uma das mãos, abro a garrafa de água com a outra e bebo metade dela sem parar. Começo a entrar em pânico só de imaginar o que direi a ele. Tem algum sentido eu estar aqui?

Um pombo passa voando perto de mim. “Ratos com asas”, como Ben os chama. Dou uma lambida na parte de chocolate do sorvete e penso em voltar para o metrô quando, de repente, vejo Ben se exercitando, a cerca de um quarteirão de distância, esperando que o sinal fique verde para ele poder atravessar a West End Avenue. Ele está usando calções laranja-escuros, uma camiseta cinza de basquete da Wake Forest e seu boné favorito do White Sox. Sinto um nó no estômago e, logo a seguir, uma sensação de bem-estar por ter adivinhado que ele estava correndo. *Ainda conheço você*, suspiro, e então faço um sinal com a mão caso ele me veja. Não é um aceno ansioso, simplesmente um cumprimento casual. Espero que ele acene de volta, mas ele não o faz; ele arruma o boné, abaixando a aba com uma das mãos. Limpo minha boca com o guardanapo e me levanto, pensando que ele vai me ver a qualquer momento.

Em vez disso, ele se vira na outra direção e olha para uma garota que fica ao seu lado. Minha mente paralisa e, de repente, se conecta. *Ben está correndo com uma garota. Ele está saindo com ela. Um encontro de final de tarde, no verão. Um encontro no parque para uma corrida.*

Relembro a primeira vez que corremos juntos. Foi depois que dormimos juntos. Cerca de uma semana mais tarde. Duas, no máximo. Disso eu tenho certeza. Tenho uma memória excelente, especialmente no que diz respeito a encontros. E a Ben.

Analiso com atenção essa mulher, essa garota, com quem ele está. Ela tem o cabelo bem louro, grosso e comprido, preso com perfeição em um rabo de cavalo sedoso que balança para frente e para trás graciosamente. É o tipo de cabelo que eu desejava ter quando era bem mais nova, queria fazer o meu ficar daquele jeito.

A garota dá alguns passos na direção dele e logo está ao seu lado. Ben diz alguma coisa para ela e então se curva para frente e segura a barra do short como se estivesse recuperando o fôlego. Posso ver ser perfil de longe. Ele se ergue e eu percebo seu peito subir e descer com o esforço do final da corrida. Sua camiseta está molhada no peito. A garota alonga a perna esquerda. Ela tem pernas compridas e grossas, parece uma jogadora de vôlei de praia só que sem o bronzeado. Sua pele é tão clara quanto seu cabelo. Seu rosto é comprido e angular. Eu não a classificaria como bonita, mas ela é atraente e, infelizmente para mim, muito sedutora. Não consigo determinar a idade dela, mas algo em sua expressão e postura me faz pensar que ela tem vinte e poucos anos.

Todas essas observações acontecem em uma questão de segundos, mas é o suficiente para que uma parte do sorvete se derreta e escorra pela casquinha caindo na minha mão e no meu braço. Também é tempo suficiente para que o semáforo mude e ele e sua parceira venham correndo em minha direção. E é tempo o bastante para eu perceber que estou encurralada. Se eu ainda tivesse a chave da porta de entrada, acho que entraria no prédio e me esconderia atrás das escadas, perto das caixas de correspondência. Tenho certeza de que Ben já pegou suas cartas. Não posso me virar e caminhar para o outro lado porque Ben me conhece pelas costas tão bem quanto pela frente. Vou me torturar imaginando se ele me viu e me deixou ir embora. E a minha terceira opção — me aproximar agressivamente deles — é algo que não consigo fazer. Então, fico ali, parada, como se meus pés tivessem criado raiz no concreto da calçada. Tento desesperadamente me limpar, mas dezenas de outras gotas de sorvete estão escorrendo pela casquinha, levando os granulados junto com elas. Estou um verdadeiro desastre.

Sua idiota, penso baixinho, por ter vindo aqui e ainda por cima comprar um sorvete de casquinha em um dia tão quente.

Um sorvete coberto de granulados coloridos. Quantos anos eu tenho, 12? Era nisso que eu estava pensando quando ele me vê. A expressão dele é confusa no início, como se eu estivesse completamente fora do contexto parada em frente ao lugar onde morei durante anos. Então, ele sorri constrangido, obviamente incomodado pela iminente apresentação. Ela ainda não percebe nada. Ela nem me nota e olha na minha direção como se olha para tantas pessoas todos os dias. Especialmente em uma cidade grande. Ela está no meio de uma história. Falando alguma coisa sobre uma fratura que sofreu correndo em volta da represa no mesmo sentido, dia após dia. Foi diagnosticada no ano passado, pouco antes da maratona de Nova York. Ela não pôde participar da corrida. Um dos dias mais tristes da vida dela.

Percebo que ele quer interrompê-la, evitar um constrangimento ainda maior do que quando uma terceira pessoa não percebe que algo estranho está acontecendo. Mas ela termina a história. E encerra dizendo o seguinte:

— Mas esse é um dos meus objetivos de vida. Correr uma maratona de três horas e meia.

Fico irritada por termos o mesmo objetivo, porém, eu desejava apenas terminar uma maratona. Imagino quais são seus outros objetivos de vida. E se eles incluem Ben. Maternidade. Sinto vontade de vomitar. Ben tem um olhar angustiado também e isso ajuda um pouquinho, mas não muito.

— Oi, Cláudia! — ele exclama.

— Oi, Ben.

— É bom ver você — ele diz.

— Bom ver você também — digo. — Como vai?

— Estou bem — ele responde. — Só... saí para uma corridinha.

Olho diretamente para a garota e imagino se ele contou a ela sobre mim. Contou a ela que fui sua esposa, tecnicamente até a semana passada.

— Ah, me desculpe, hum, essa é minha amiga Tucker Jansen — ele gagueja. — Tucker, essa é Cláudia Parr — ele fala, fazendo uma pausa por um segundo antes de pronunciar meu nome de solteira.

Tento gravar seu nome quando ela me dá um sorriso educado e afável. Infelizmente, isso não revela absolutamente nada. Ainda não sei se ela sabe quem eu sou. Noto, no entanto, que ela tem pouquíssimas linhas de expressão em volta dos olhos. Com certeza tem pouco mais de 20 anos. Diria que não tem mais que 26. O nome Tucker parece corroborar minha hipótese. Ninguém que nasceu nos anos de 1960 e de 1970 se chama Tucker. Essa loucura de usar sobrenomes só começou mais tarde. Ela é uma garota dos anos 1980. Ela tinha provavelmente 5 anos quando o filme *O primeiro ano do resto de nossas vidas* estreou. Três quando *Flashdance* chegou aos cinemas. É bem possível que ela nem tenha assistido a esses filmes.

Engulo em seco, desço os degraus e estendo minha mão.

— Oi, Tucker. Prazer em conhecê-la. — Felizmente sou canhota, então minha mão direita não está grudenta.

O aperto de mão de Tucker é firme, mas sua pele é macia. *Incrivelmente* macia!

— Prazer em conhecê-la também — ela replica.

Ficamos parados, sem saber o que fazer. O que dizer a seguir? Se Tucker sabe quem eu sou, ela não diz nada. E se ela não sabe quem eu sou, não pode dizer nada. Ele não pode dizer "Esta é minha ex-esposa". Ou "Esta é minha nova namorada". Ou "Vocês duas têm muita coisa em comum. Vocês duas tiveram fraturas de estresse! Só que Cláudia fraturou sua perna em uma escada rolante. E ela só queria *terminar* uma maratona".

E eu certamente não posso dizer "Então, Ben, você acha que eu permito que o medo domine a minha vida?".

Portanto, ficamos ali, parados, sorrindo artificialmente até eu dizer:

— Bom, eu estava aqui perto. Pensei em dar um alô.

— Fiquei feliz com isso — Ben respondeu.

— É. Mas tenho que ir agora — digo, olhando de relance para meu relógio. Ainda estou segurando a casquinha de sorvete inacabada, que está começando a vazar por um buraquinho no fundo. Lembrete para mim mesma: *na próxima vez que for procurar seu ex-marido, compre um sorvete de copinho.*

Tucker diz:

— Bom, também tenho que ir...

Essa declaração é um sinal evidente de que ela sabe exatamente quem eu sou. Ela fica desajeitada e desconfortável, parada ali com meu ex-marido enquanto sou forçada a ir embora. É uma atitude bem sensível da parte dela, mas que faz eu me sentir ainda mais patética. No entanto, talvez ela realmente tenha que voltar para casa. Talvez ela tenha que tomar banho e se aprontar para a parte noturna do encontro deles. Ou talvez eles já estejam tomando banho juntos. Ela parece ser bem desinibida, o tipo de garota que entra no chuveiro com um novo namorado com as luzes bem acesas.

Eu me sinto tentada a deixar Tucker ir embora e ficar para conversar com ele. No entanto me sinto humilhada demais e decido que é melhor ir embora antes. Demonstrar que não me importo com o que está rolando entre eles. Dou um sorrisinho formal bem rápido e digo adeus. Então, vou embora. Ouço os dois trocarem algumas palavras e, logo em seguida, ela está atrás de mim, gritando meu nome. Ela sabe *bem* o que estava acontecendo.

Ela pergunta se estou indo para o metrô. Percebo um sotaque de Chicago e penso: "Uma garota do Meio-Oeste, sem frescuras".

Digo que sim.

— Eu também — ela retruca.

Ótimo. Agora vou ter que caminhar vários quarteirões até a estação com ela, talvez mais ainda se estivermos indo na mesma direção. Agora eu acho que vou vomitar. Na verdade, sinto o gosto dos martínis e dos granulados coloridos na minha boca quando pergunto:

— Então, de onde você conhece Ben?

— Nós nos conhecemos em uma festa.

— Ah, legal — digo, e não resisto em perguntar: — Quando?

— No Memorial Day.

— Que legal — digo novamente, me sentindo aliviada por não ter acontecido enquanto estávamos juntos.

— Ben e eu somos apenas amigos — ela comenta, de um jeito desajeitado.

— Ah.

— Sim.

Depois de um longo silêncio, digo:

— Nós também. Embora tenhamos sido casados.

— Sim. Eu sei.

— Ótimo — digo e solto uma risada nervosa.

— Sim — ela diz e solta um gracejo ansioso.

E foi aí que eu pensei que eu preferiria ser uma participante daquele programa *No Limite* a continuar essa conversa com a nova "amiga" do Ben. Então, invento que tenho que fazer algo no Upper West Side.

— Tenho que correr até lá e dar uma olhada em umas coisas — digo, apontando em direção a uma loja ali perto.

— Ah... — ela diz. — Você tem cachorro ou gato?

Só eu mesma para escolher uma pet shop quando não tenho um bicho.

— Nenhum dos dois... Eu, hum, preciso comprar uns presentinhos... Tenho alguns amigos que têm cachorro — balbucio. — Então, foi um prazer conhecê-la, Tucker.

— O prazer foi meu, Cláudia. Espero vê-la novamente.

Não se eu vê-la primeiro e tiver a oportunidade de escapar.

— Então... Tchau! — digo.

— Tchauzinho — ela responde.

Tchauzinho?

Eu me enfio dentro da loja e finjo estar interessada em um aquário cheio de peixinhos dourados, me consolando por saber que Ben detesta quando as garotas dizem *tchauzinho*. Isso não vai durar. Ela é jovem, atlética e meiga. E tenho certeza de que ela está louca para ter filhos. Ela até mesmo *aparenta* ser fértil. Porém, ela fala *tchauzinho*. Pelo menos tenho esse consolo enquanto me preparo para passar outro sábado à noite sozinha.

CAPÍTULO 10

Ben me liga duas vezes naquela noite. Na primeira, ainda estou na pet shop, admirando os peixinhos dourados e imaginando quem acha que peixe é um bom animal de estimação. Então ele me liga de novo bem depois de eu ter voltado para o apartamento de Jess, ter tomado banho e estar armada com dois manuscritos e um lápis vermelho bem apontado na mesa da cozinha. Em ambas as vezes, estou triste e indisposta demais para atendê-lo. Nunca imaginei que seria insubstituível. Quero dizer, nosso divórcio é uma prova de que *sou* totalmente substituível. Mas não achava que Ben sairia com outra mulher tão cedo, como se ele estivesse lutando contra algum relógio biológico masculino. E não importa se Tucker é apenas uma amiga ou sua namorada do momento, ou alguém com quem ele está dormindo ou deseja levar para a cama, ou quer que seja sua segunda esposa, ou a mãe de seus futuros filhos; nada disso é o ponto. Tucker é, na verdade, o de menos.

A questão é que Ben está seguindo em frente e eu não. Ao contrário, estou indo até o apartamento dele com uma desculpa esfarrapada. Uma desculpa patética e descarada. O tipo de coisa que, se Jess a fizesse, eu acabaria com ela. Tudo isso não apenas confirma que estou sofrendo mais com o divórcio do que ele, mas também que Ben sabe que eu estou sofrendo muito mais do que ele. E essa é a pior parte.

Tento me concentrar no trabalho, mas não paro de pensar naquela garota. Lembro-me de quando ele a apresentou e disse seu nome em voz alta: "Tucker Jansen". Então, indo contra minhas próprias crenças, eu lentamente me levanto da mesa da cozinha e vou até o computador de Jess, que fica em um canto do quarto dela. Meu coração está disparado. Entro no Google e me preparo para fazer uma busca pelo nome da nova namorada do meu ex-marido. Escrevo o nome Tucker Jansen entre aspas, exatamente como Jess me ensinou. Jess é mestre em descobrir coisas sobre as pessoas na internet. Ela já encontrou vários ex-namorados on-line. Listas de presente de casamento na internet são seu arroz com feijão. Ela olha as listas, me recrutando para ajudar a acabar com o gosto das noivas dos seus ex. ("Você já viu um padrão de porcelana mais horroroso do que esse?") Ela também encontrou casas no domania.com. ("Jack está indo bem, ele acabou de comprar uma casa de cinco quartos no Greenwich.") E listas para chá de bebê no amazon.com. ("A esposa de Brad vai ter bebê dia 5 de abril. Eles ainda não sabem o sexo, só escolheram coisas amarelas.")

Mas a melhor de suas pesquisas foi quando ela encontrou um ex-namorado em um obscuro site de cozinha. Ela leu detalhes sobre seu iminente jantar para doze pessoas, que foi planejado para o dia do aniversário dela, logo depois que eles terminaram. Foi um grande insulto ler on-line suas conversas sobre como preparar carnes de veado e deixá-las mais saborosas se marinadas no leite. É claro que ela não resistiu e postou uma resposta anônima: "Quem serve carne de veado em um jantar? E se você quer algo menos exótico, deixe de lado a marinada de leite e sirva simplesmente um filé".

Hesito um pouco, preocupada com o que vou descobrir sobre Tucker. Então, fecho os olhos e aperto enter. Fico mais do que aliviada quando descubro que a nova amiga de Ben simplesmente não existe na internet. Fica claro que ela é jovem demais para ter conquistado alguma coisa. Para reforçar minha opinião, faço uma busca de mim mesma. Sinto uma enorme satisfação quando meu nome aparece em quatrocentos e trinta entradas, incluindo artigos na *Publishers Weekly*, comentários em sites de autores e citações de várias conferências e palestras. Leio alguns dos artigos e começo a me sentir um pouquinho melhor. Tucker *precisa* de um bebê para dar algum sentido à sua vida. Eu não.

Saio da internet e volto para a mesa da cozinha, determinada a trabalhar um pouco. Digo a mim mesma para não ouvir as mensagens de Ben. Já foi muito ruim ter feito uma pesquisa no Google sobre a namorada dele. Mas, depois de ler o mesmo parágrafo por vinte minutos, desisto e vou ouvir as mensagens de voz. Na primeira mensagem, ele é bem objetivo: "Cláudia. É o Ben. Por favor, liga pra mim quando ouvir isso".

Na segunda mensagem, ele diz quase a mesma coisa, palavra por palavra, porém pausa por alguns segundos e diz: "Foi muito bom ver você... Foi muito bom *mesmo*".

Seu tom é tão sincero e tem um toque de desespero, daqueles que você só consegue perceber quando conhece alguém profundamente. Ouço a mensagem de novo e ligo para o celular dele, mesmo pensando que ele pode estar com a Tucker agora. Talvez tenha me humilhado o suficiente hoje. Além do mais, ele *pediu* para eu ligar. Não fazer isso pode parecer patético. Como se eu estivesse magoada demais ou com muita raiva para conversar.

Ele atende no quarto toque e, antes que eu possa dizer alô, ele diz meu nome de um jeito suave e meigo:

— *Cláudia*. — Eu tremo, mas repito a mim mesma para não ser sentimental. Não tem por quê.

— Oi, Ben — digo, com uma voz calma. — Olhe, sinto muito por ter aparecido na sua casa daquele modo. Não pretendia interromper...

— Você não interrompeu nada — ele responde.

Dou uma risada como se quisesse dizer *com certeza interrompi alguma coisa.*

— Tucker é apenas uma amiga — ele comenta.

— Hum-hum... — retruco.

— Não é o que você está pensando — ele explica. — Nós saímos apenas para correr. Não era nada.

— Não importa. Não é da minha conta — digo, com certa ênfase. Não quero parecer amarga. A última coisa que eu quero é ficar amarga.

— Não é nada disso — ele diz novamente. — De verdade. Não é.

— Tá bom — digo.

Depois de uma longa pausa ele diz:

— Então. Aconteceu alguma coisa para você aparecer por aqui?

— Não. Eu estava aí perto... e pensei em dar um alô.

— Cláudia, fala sério.

— O quê?

— Converse comigo — ele responde, sua voz quase num sussurro.

Meu coração está batendo desesperado e parece que vai saltar do peito. Não consigo pronunciar uma palavra. Não que eu saiba o que vou dizer.

— Está tudo bem com você? — ele pergunta.

— Sim. Estou bem — minto. — Eu... eu não sei.

— Diga alguma coisa — ele pede. — Me conte.

— Não sei... será que fizemos a coisa certa?

Ele diz:

— Me pergunto a mesma coisa... sinto tanta falta de você.

Tenho vontade de lhe dizer que também sinto falta dele, mas minimizo o fato com uma risada e digo:

— Sim. Essa coisa toda de divórcio não é fácil.

Ficamos calados por quase um minuto e, então, ele diz:

— Você quer vir até aqui? Assistir a um filme ou fazer outra coisa?

Sinto minha pele se arrepiar mas respondo de volta:

— Não acho que seria uma boa ideia...

Sei que estou certa, mas, ainda assim, fico com raiva de mim mesma por ter dito isso. Não há nada que eu queira mais, nesse momento, do que voltar para meu velho apartamento, sentar ao lado de Ben no sofá e assistir a um filme. A essa altura, sinto falta da nossa amizade mais do que qualquer outra coisa.

Parte de mim tem esperança de que ele vá me convencer do contrário; no entanto, ele diz:

— Acho que você está certa.

— Sim — eu digo.

— Ok — ele responde.

— Bom, melhor eu desligar — digo, com meus olhos cheios de lágrimas.

— Ok. Adeus, Cláudia — ele diz suavemente. — Fique bem.

— Você também — digo, me sentindo incrivelmente vazia por dentro. Não me lembro de ter sentido essa sensação de completa solidão anteriormente. Quando desligo, digo a mim mesma para guardar na memória essa dor no meu peito, para o caso de um dia eu ter novamente a brilhante ideia de encontrá-lo. Não quero relembrar o que eu tinha e que não me pertence mais.

Jess está de volta na manhã seguinte do seu voo noturno, e entra com tudo no meu quarto. A melhor forma de descrever sua atitude é chamá-la de “vertiginosa”.

— Estou tão feliz que você está acordada! — ela exclama, corre e se joga nos pés da minha cama.

— O que aconteceu? — pergunto, ao mesmo tempo que as feições de Tucker se materializam na minha cabeça. — Como foi a viagem?

Jess cantarola:

— Trey vai se separar da esposa!

— Que ótimo! — digo, e minha voz soa rígida. É difícil para mim demonstrar muito entusiasmo quando o assunto é divórcio.

— Ele vai pedir a separação esta semana — ela explica. — A esposa dele vai para sua viagem anual para a praia com suas amigas nesta sexta-feira e ele vai dizer a ela um pouco antes de ela partir.

"Que atencioso!", eu penso. "As garotas vão ter muito assunto para conversar depois disso." Porém, eu digo:

— E depois o quê?

— O que você quer dizer com "e depois o quê?" — ela indaga. Sei que está ansiosa pela minha aprovação, como todas as garotas solteiras precisam da aprovação de suas melhores amigas. Do mesmo jeito como eu, agora, preciso da aprovação dela.

— Quero dizer, qual é a logística? Ele vai se mudar para Nova York?

— Não conversamos sobre isso ainda — ela responde.

— Ah — digo, e então me preocupo por não parecer muito animada. A última coisa que quero é jogar um balde de água fria nos sonhos de Jess, pois todos os seus planos, na última década, não deram certo. Além disso, nada do que eu disser vai fazê-la mudar de ideia, portanto, só me resta apoiá-la. Algumas vezes basta que alguém fique feliz ou triste ao seu lado. Ainda assim, não posso deixar de sentir uma sensação ruim em relação ao Trey. Acredito piamente no ditado que diz: "Quem trai uma vez, trai sempre".

Sei que Jess pode sentir meu ceticismo, pois ela me pergunta:

— Você não gosta dele, gosta?

— Não o conheço — digo apressadamente. — Eu... não sei...

— Fale! — ela suplica.

Hesito por um momento e, então, digo:

— Você acha que pode confiar nele?

— Estamos completamente apaixonados um pelo outro — Jess comenta, o que não responde de jeito nenhum à minha pergunta. Você pode amar alguém em quem você não confia. — Ele é minha alma gêmea.

Minhas pernas bambeiam só de ouvir a expressão *alma gêmea*, palavras que eu costumava usar para descrever meu relacionamento com Ben. Não existe sentimento melhor no mundo do que acreditar que você encontrou sua alma gêmea. É a euforia completa. Que é mais ou menos o oposto exato do que estou sentindo neste momento.

— Estou feliz por você, Jess — digo. — Espero que tudo dê certo entre vocês.

Ela sorri e então desaparece, retornando com sua câmera digital.

— Tirei fotos dele só para você saber como ele é — ela diz, clicando por entre as fotos do seu encontro amoroso no Four Seasons. Tem uma foto de Trey segurando uma toalha na cintura. Ele tem o abdômen sarado, tem até uma barriga "tanquinho".

— Uau! Ele é lindo — digo, imaginando como um homem que é um investidor financeiro *e* pai de família tem tempo para ter um caso amoroso e malhar tanto em uma academia. Isso confirma mais uma de minhas teorias: não confie em homens que têm um corpo tão maravilhoso.

Jess fica corada e diz:

— Nossa, é mesmo! Ele realmente é... acho que agora vai, Cláudia! Acho que encontrei o cara certo desta vez.

— Tomara! — digo, cruzando meus dedos com falso otimismo.

Não conto para Jess sobre Tucker até a manhã do sábado seguinte, depois que Trey (*surpresa, surpresa!*) não diz para sua esposa que quer o divórcio. Ele teve seus motivos, é claro. Eles sempre têm. Algo sobre seu filho estar com febre alta e a tal da viagem para a praia ser cancelada. É injusto alguns casamentos infelizes terem a tendência de se arrastar e durar décadas, enquanto casamentos perfeitos, como o meu, parecem terminar da noite para o dia.

Enquanto isso, Jess está falando que não pode ficar brava com ele por causa dessa demora. Afinal de contas, isso prova que ele é um bom pai.

Acho que foi essa referência a "bom pai" que me faz lembrar de Ben e eu decido contar a ela sobre Tucker.

Jess parece surpresa por eu não ter lhe contado antes, então lhe lanço um olhar de desculpas e digo:

— Tive que digerir isso antes de conseguir falar sobre o assunto.

Ela concorda com a cabeça e demonstra que compreende. Ao contrário de minhas irmãs, ela não é daquelas que fica magoada com esse tipo de coisa. Na verdade, não é do tipo que se magoa facilmente. Ela desenvolveu uma capa de autodefesa ao longo dos anos, o que provavelmente se originou por causa de sua falta de sorte no amor e de sua profissão agressiva.

— Você pesquisou sobre ela no Google? — Jess pergunta.

Dou uma risada e admito que sim.

— Você me ensinou bem.

— E?

— Nada. Não a encontrei em lugar algum.

— Você colocou o nome dela entre aspas?

— Sim — respondo. — Não achei nada.

— Ótimo — Jess retruca, me dando um de seus sorrisos diabólicos. — Isso só prova aquilo que a gente já sabia.

— O quê? — pergunto.

— Que ele não consegue ninguém melhor que você.

— Repita isso — peço.

Então, ela o faz, na segunda vez com um pouco mais de graça.

Mais tarde, naquele mesmo dia, Jess e eu encontramos minhas irmãs para um almoço no Union Square Café. Jess e eu trabalhamos durante toda a manhã, enquanto Maura e Daphne foram às compras. Elas chegaram carregadas de sacolas da Barney's (a loja favorita de Maura) e da Bloomingdale's (a favorita da Daphne). Estou me sentindo mais animada pela primeira vez depois de muito tempo, provavelmente porque estou passando algum tempo na companhia das minhas três mulheres favoritas. Posso perceber meu coração se curando só por estar ao lado delas.

A garçonete está triturando pimenta fresca no ravióli de Daphne quando Maura abruptamente pergunta se tenho notícias de Ben. Olho de relance para Jess e, por um momento, penso em dizer não. Não que eu não queira contar para as minhas irmãs. É que não estou a fim de reviver essa história. Mas é difícil eu conseguir manter uma mentira. Sei que daqui a algum tempo vou esquecer que não contei para elas e vou falar alguma coisa sobre a Tucker e, daí, isso vai virar um problema: por que eu contei para Jess e *não* contei para elas? Decido ir em frente e contar tudo, desde o sorvete com cobertura de granulados coloridos, a pet shop e minha busca no Google, até a breve conversa com Ben mais tarde naquela mesma noite. Os olhos castanhos de Daphne ficam entristecidos e marejados de lágrimas. Daphne costuma chorar bastante. É sua reação natural para qualquer emoção extrema, como raiva, felicidade, preocupação, medo. Enquanto isso, Maura coloca no rosto uma expressão determinada e curiosa. Posso perceber que ela quer mais informações. Ela começa a fazer perguntas.

— Ela é bonita? — pergunta, muito embora eu acabara de fazer uma descrição detalhada da garota fisicamente, com o objetivo de evitar mais perguntas.

— Eu já falei... — digo, encolhendo os ombros. — Ela é atraente. Tem o cabelo e a pele lindos. E um corpo decente.

— Decente? — Maura pergunta. — Defina *decente*, por favor.

— É bem bonito — digo e então completo a declaração, enquanto estudo minha audiência. — Acho que vocês não concordariam comigo.

Os padrões de Maura são ridículos, para ela mesma e para os outros. Ela é extremamente magra, malha diariamente com seu personal trainer, e tem um corpo bem torneado e sarado. Ninguém fala que ela é mãe de três filhos. Algumas pessoas até a acham magra demais. Daphne pensa assim, mas deve ser porque as duas são muito parecidas; no entanto, Daphne está sempre tentando perder de seis a dez quilos. Na verdade, uma das maiores discussões entre as minhas irmãs, nos últimos cinco anos, foi quando Daphne estava reclamando de uma dieta bizarra que não estava funcionando e Maura lhe disse:

— Não entendo. Basta não comer, Daph. Não ponha comida na sua boca. Qual a dificuldade em fazer isso? — Para Maura, isso *não é* difícil. Nunca conheci ninguém com tanta autodisciplina. Para Daphne e milhões de outros norte-americanos, a coisa toda não é tão fácil. Se fosse, ninguém seria gordo.

Então, Maura continua:

— E aí, ela é gordinha? Não consigo imaginar o Ben com uma garota gordinha.

— Não. Ela não é gordinha. Talvez tenha ossos grandes — digo. — Gostosona.

Jess ri.

— *Gostosona?*

— Jovem... curvilínea... forte — digo, sem rodeios.

— Eca! — Daphne diz. — Eu não quero ouvir esse tipo de descrição.

— Bom — digo, raspando o fundo da tigelinha de molho. Não sei por que eu peço o molho separado se acabo comendo tudo. — O que posso fazer? Sabíamos que ele voltaria a namorar. Esse foi o motivo de nosso rompimento, certo? Encontrar uma boa mulher com um útero disponível.

Daphne faz uma careta. Geralmente, tento evitar usar palavras como *útero* perto dela. Ao contrário de minha insensível mãe, que fala o tempo todo expressões como *estéril* e *árido*.

Tento responder a outras perguntas sobre a aparência de Tucker.

Talvez tamanho 40.

Mais ou menos da altura do Ben.

Olhos verdes, eu acho. Talvez azuis.

— Então, parece que o cabelo é o que ela tem de mais bonito? — Maura conclui.

— É provavelmente seu ponto forte, isso mesmo — digo.

— Então, ela não passaria no teste Rosannadanna? — Daphne retruca, sorrindo.

Rio e digo que provavelmente ela não passaria. O teste Rosannadanna é algo bem simples e funciona assim: imagine uma garota bonita com o cabelo crespo e castanho, e pergunte se ela ainda está bonita. Maura inventou esse teste quando ainda estávamos na escola e ela insistia que a única razão pela qual Tiffany Hartong ganhou dela como rainha do baile foi porque Tiffany tinha um cabelo louro maravilhoso que *enganava* todo mundo e fazia todos pensarem que ela era linda. É claro que eu argumentaria que esse é o tipo de teste que diz: "Dê à garota um rosto horrível e pergunte se ela ainda é bonita". O cabelo é simplesmente uma parte integral do pacote.

Ainda assim, resisto à necessidade de anunciar que não estou, de forma alguma, preocupada com a minha aparência do mesmo modo como outras mulheres parecem estar, e que eu preferiria que a Tucker fosse uma modelo da Victoria's Secret a ela ser uma pianista ou uma piloto de caça, ou alguma outra coisa que Ben fosse respeitar. É claro que se eu estivesse no lugar de Maura e meu marido tivesse me traído com a secretária, uma norueguesa maravilhosa que se recusava a lamber os envelopes porque tinha ouvido falar que a cola na aba tinha três calorias, provavelmente também estaria obcecada com a gordura.

— Bom, quem se importa com a Tucker! — Jess exclama, levantando sua taça de vinho. — Ela é obviamente o quebra-galho dele. Na verdade, eu aposto que ele vai ficar nesse estágio de busca por muito tempo. Ninguém se iguala a você, Cláudia.

Assim é mais razoável. Sorrio agradecida para Jess e ergo minha taça.

— Vamos beber a isso!

Maura aproveita a dica de Jess e continua:

— Sim. Ele nunca vai encontrar alguém como você.

— Nem daqui a um milhão de anos! — Daphne exclama. — Viva, viva!

Bato minha taça nas delas e digo:

— Obrigada, gente.

E neste momento Jess começa seu papo açucarado sobre como Trey é maravilhoso.

— Espere. Qual deles é Trey? — Maura indaga.

— O cara casado com um corpo incrível. Certo? — Daphne responde. Daphne morou comigo e com a Jess por um ano antes de se casar com Tony, então, as duas ocasionalmente trocam e-mails e conversam ao telefone. Na verdade, Jess me contou que Daphne será uma de suas damas de honra, uma ideia que eu acho tão tola quanto escolher nomes de bebês antes de você ficar grávida.

— "Cara casado" não ajuda muito a saber quem é — Maura comenta.

Jess dá uma risada e lhe faz um sinal obsceno.

— Não me diga que você está saindo com *outro* homem casado, Jess... — Maura diz. Ela afasta sua salada com repugnância e cruza os braços.

Estava preocupada com a conversa sobre Trey por esse motivo e, de repente, sinto não ter avisado Jess para ir com cuidado.

— Desta vez é diferente — Jess explica, tocando sua boca com o guardanapo de pano. — Trey e sua esposa não combinam. Eles se casaram muito cedo.

O tema "casar muito cedo" incomoda Daphne e ela diz:

— Ei! Não há nada de errado com isso. Se você encontrar o cara certo, para que esperar?

— Essa é a questão — Jess retruca. — Ele não é o cara certo para ela. Isso é claro. E ele vai deixá-la em breve. Fala para elas, Cláudia!

— Ele vai deixá-la em breve — faço eco às palavras dela, mantendo meus olhos focados na comida.

Maura bufa.

— Deus do céu, Jess! Você não deixa escapar *ninguém*?

— Ei! Não é culpa minha que existem tantos casamentos ruins por aí — Jess justifica. — Não fui eu quem criou essa dinâmica.

— Existem casamentos ruins por aí exatamente por causa de mulheres como você! — Maura retruca. — Você não precisa ser tão *predatória*.

— E você não precisa ser tão ingênua — Jess replica. — Casos extraconjugais acontecem quando as pessoas *não* estão felizes. Uma terceira pessoa não consegue interferir em um casamento mutuamente satisfatório e feliz.

— Me permitam discordar — Maura diz, furiosa.

Não a culpo por estar chateada. O assunto realmente a incomoda bastante. Contudo, em vez de mudar de assunto, Jess segue em frente e diz:

— Então eu acho que você desaprovaria se eu ficasse grávida de propósito?

— O que você quer dizer com isso? — Maura pergunta, assustada.

— Você entende... *esquecer* de tomar a pílula. Tipo fazer as coisas acontecerem mais rápido. — Ela faz um movimento com as mãos. Os olhos de Maura se arregalam.

— Você *tem que* estar brincando comigo!

Jess parece satisfeita consigo mesma. Ela está brincando a maior parte do tempo, mas não o tempo todo. Claro que, além da natureza obviamente não ética de tal golpe, esse assunto me toca profundamente quando penso no que eu teria sentido caso Ben tivesse substituído minhas pílulas anticoncepcionais por placebos. A palavra *inconcebível* surge em minha mente.

Então, pergunto:

— E se Ben tivesse feito alguma coisa desse tipo comigo? Feito buraquinhos nos nossos preservativos, por exemplo?

Jess responde:

— Isso é *completamente* diferente.

— Na verdade, não é — retruco.

— Claro que é. É o *seu* corpo. Você deveria ter a última palavra.

— Bom, é o esperma *dele* — Maura replica. Posso perceber que ela está imaginando o que faria se Scott tivesse um filho fora do casamento. E não é uma possibilidade remota, com certeza.

Daphne, por outro lado, parece concordar conspiratoriamente. Vale qualquer coisa por um bebê. Tenho certeza de que ela seria capaz de roubar algumas sementinhas se fosse preciso.

Chamo sua atenção.

— Você acha que isso está certo, Daph. Não acha?

— Não — ela fala sem me convencer. — Bom... Isso depende... eu acho.

— Depende *do quê*? — Maura pergunta.

— Da razão pela qual ela está fazendo isso — Daphne diz, se voltando para Jess. — Você faria isso para conseguir que Trey largasse a esposa? Ou você faria isso para ter um filho?

— Olhe, Daph, a maternidade não é algo tão nobre que passe por cima da moralidade básica — Maura comenta.

Daphne me dá um chute debaixo da mesa, para dizer que o assunto que está sendo discutido é grave, algo que eu poderia não estar notando. Ela me dá um olhar do tipo "faça alguma coisa".

— Vamos lá, gente — digo. — Vamos parar com isso. Temos que permanecer unidas.

— Esse é o meu *ponto*, Cláudia — Maura explica. — *As mulheres* devem continuar unidas.

— *Amigas* devem continuar unidas — Jess conclui. — Eu não faço ideia de como é a esposa de Trey. Não me importa. Não devo nada a ela.

— Algum dia vou lhe lembrar disso — Maura murmura, com a voz ligeiramente trêmula. — Quando você estiver casada com um homem que um dia olhou nos seus olhos e prometeu esquecer todas as outras. Vou lhe lembrar disso depois de você ter o filho dele, ter depressão pós-parto, se sentir gorda como uma vaca e estiver bombeando leite em pequenos potes plásticos no meio da noite, enquanto ele está saindo por aí com alguma garotinha de vinte e poucos anos chamada Lisette. Vou lhe lembrar disso.

— Espere um pouco! — Daphne diz. — Você não amamentou.

Olho para ela a advertindo que este provavelmente não é o momento certo para fazer o papel da mãe devotada.

— Eu amamentei Zoe por três semanas! — Maura retruca. — E então tive que parar por causa da mastite. Lembra-se disso?

Daphne balança a cabeça.

— Bom, amamentei... Além do mais, Daphne, você não sabe o que está falando.

— Meu Deus! Tudo bem. Desculpe-me por existir! — Daphne reclama.

Olho para ela de um jeito compreensivo, sabendo que ela daria tudo para estar sofrendo de mastite agora. Por incrível que pareça, também acho que ela aceitaria um marido mulherengo, se isso significasse que ela pudesse ser mãe.

Alguns minutos mais tarde, depois de muito convencimento da minha parte e de pedirmos outra garrafa de vinho, a tempestade passou e ficamos em terreno mais firme. Porém, enquanto escuto a conversa das três mulheres que eu mais amo, não posso deixar de pensar em como é uma loucura todas nós querermos algo que não temos. Algo que outra pessoa, em outra mesa talvez tenha. Quero meu marido de volta sem a condição do filho. Daphne quer um bebê e nem se importa com o marido. Maura quer que seu marido pare de traí-la. Jess quer que o marido de outra a traia ainda mais.

Fico pensando no que fizemos para chegar a esse ponto. Se alguma de nós é completamente isenta de culpa por nossas situações péssimas. Será que Daphne deveria ter tentado ter um bebê quando era mais jovem? Se ela sabia que queria um filho, mais do que qualquer outra coisa, por que ela e Tony não tentaram engravidar quando tinham 20 anos, em vez de ficarem economizando dinheiro para comprar uma casa? Será que Jess deveria ser mais racional e seguir menos as loucuras do seu coração? Será que ela deveria namorar apenas homens disponíveis e solteiros por questões morais e de praticidade? Será que Maura deveria ter notado antes os sinais de que Scott a estava traindo? Será que ela deveria ter se casado com um cara mais legal, alguém mais parecido com o Niles? E quanto a mim? Será que eu deveria ter concordado em ter um filho só para manter o homem a quem eu amava de verdade?

As coisas não são como você fantasia quando é criança e sonha como será sua vida quando você crescer. Até mesmo com minha mãe, com minhas aspirações não tradicionais, até mesmo com todos os livros que já li sobre pessoas cuja vida foi destruída de um jeito ou de outro, eu ainda teria jurado que a vida teria sido mais fácil do que vem sendo.

CAPÍTULO 11

Foi só falar de Tucker para minhas irmãs que minha mãe decidiu aparecer e fazer uma visita surpresa dois dias depois. Quando estou voltando do trabalho, ouço a voz dela, alta e animada, conversando com Jess sobre seu "dia maravilhoso" na Fifth Avenue. Minha mãe ainda mora em Huntington, mas, desde que ela se casou com Dwight e pôde bancar caríssimos cortes de cabelo e tratamentos de beleza em Manhattan, ela vem para a cidade com muito mais frequência.

Falo um palavrão baixinho. Penso seriamente em escapar dali e me esconder em um barzinho das redondezas para tomar uma cerveja. No entanto, decidi que isso não seria justo com Jess. Além do quê, minha mãe é uma coruja, cujos horários batem mais com os de uma universitária do que com os de alguém de 63 anos. Ela vai esperar por mim e, provavelmente, vai passar a noite conosco, dando risadinhas, usando pantufas, como se tivesse acabado de ver a cena do filme *Grease* em que as garotas fazem uma festa do pijama.

Respiro fundo e entro pela porta com um sorriso forçado.

— Oi, mãe! — digo, reparando em seu cabelo perfeito e em suas unhas compridas recém-pintadas na cor ameixa-brilhante. Ela está sempre bem-arrumada, mas hoje é um de seus dias mais impressionantes. Ela não parece ter a idade que tem e é uma daquelas raras mães que realmente parecem mais nossas irmãs do que nossas mães (ao contrário daquelas mulheres que recebem esse falso elogio de caras bregas).

— Olá, Cláudia querida! — ela exclama, se levantando para me dar um abraço cuidadoso, do tipo que as pessoas não se tocam, a não ser no rosto e nos ombros.

— Não sabia que você vinha para a cidade hoje. — Comento, mas quero dizer na verdade: "Pelo amor de Deus, mulher! Quantas vezes já não lhe disse que detesto visitas inesperadas?".

— Vim fotografar você, Cláudia — ela diz, jogando a alça preta da câmera por cima da cabeça.

Minha mãe gosta de pensar que é uma artista. Até já a ouvi dizer que é pintora. É bem engraçado, especialmente quando a gente sabe que a verdade é que ela borrifa algumas tintas em umas telas e cerâmicas. Mas, para ser justa, tenho que concordar com uma coisa: pelo menos ela tem interesses, hobbies e paixões, mesmo que essas paixões frequentemente incluam romances inapropriados. Ela nunca foi uma daquelas mães preguiçosas que ficam assistindo a novelas. Na verdade, ela assistia a novelas, mas também fazia o possível para sua vida ser tão escandalosa quanto a da personagem mais ultrajante dos seus programas favoritos. Durante certo tempo, ela ficou obcecada pela Erica Kane e uma vez ela ligou para a produção do *All My Children* para ter informações sobre uma bolsinha preta que Erica estava usando em uma cena de velório. Ela descobriu o que queria, ligou para seu *personal shopper* na loja Nordstrom e, sem vergonha nenhuma, encomendou uma igual como seu presente de Dia das Mães. (Minha mãe sempre escolheu seus próprios presentes. Todas as vezes que meu pai tentou, seus esforços foram em vão. "Você tem a nota?" era a primeira coisa que ela dizia.)

De qualquer modo, seu hobbie mais recente é a fotografia em preto e branco. Ainda não a vi em ação, mas Maura me garante que ela se esforça bastante, comparando as fotos de minha mãe aos seus sofridos haikais. Maura também disse que a fotografia é um de seus hobbies mais irritantes até hoje; no meio de uma conversa, minha mãe tira sua Nikon, foca na nossa cara e começa a clicar sem parar, fazendo comentários do tipo "Queixo para baixo. Sim. Exatamente desse jeito. Ah! Fantástico! Me acompanha". Aparentemente, ela tira rolos e mais rolos de objetos ao acaso, como canecas de café, banquinhos e os intitula "série de canecas" e "série de banquinhos". É pretensioso demais para aguentar.

— Eu poderia ter ligado antes, mas queria você *au naturel.*

— Bom, então você conseguiu o que queria — respondo, olhando para minha roupa de trabalho: calça preta, sapatos altos pretos, blusa cinza, sem acessórios. A menos que vá me encontrar com um autor ou agente, não me preocupo muito com meu guarda-roupa do dia a dia.

— Queria capturá-la em sua rotina de trabalho normal. Sem luxo. Simplesmente você.

Como se eu fosse me dar o trabalho de me enfeitar para você, penso, mas eu digo:

— Pode ir embora daqui! — é isso que quero dizer, literalmente, mas tento fazer parecer uma brincadeira. Não consigo lidar com ela quando fica chateada.

— Estou falando sério. Preciso tirar um rolo ou dois. Não vai demorar muito.

Pego uma garrafa de água da geladeira, caminho para perto dela e me sento em uma poltrona ao seu lado. Então, me jogo com um suspiro exagerado no sofá.

— Estou cansada demais para isso, mãe.

Jess está parada atrás de minha mãe, checando sua pilha de correspondência. Ela para e faz aquele sinal de "maluco", que era tão popular no Ensino Fundamental: girar o dedo no ar apontando para a própria cabeça e, então, apontar para a pessoa. Ela ainda revira os olhos, o que dá um toque psicótico legal.

Começo a rir, e minha mãe se volta para ver o que há de tão engraçado.

Jess fica séria e finge estar muito interessada num catálogo.

Minha mãe me encara novamente e continua:

— Eu já bati um rolo com a Jess enquanto esperava por você. Mas essa não era a minha tarefa. Foi só um passatempo. Jess é tão fotogênica demais, não é?

— Hum-hum — digo. Jess fica maravilhosa em todas as fotos dela que eu já vi. Acho que é porque seu rosto é muito simétrico e uma vez eu li que é isso que torna alguém lindo. O artigo dizia que até os bebês são atraídos por rostos com simetria.

— *Seu* retrato é a minha tarefa — ela me diz.

Ela não podia estar mais desesperada para que lhe perguntasse sobre essa tarefa. Então, eu pergunto:

— Que tarefa é essa, mãe?

— Eu já lhe falei sobre minha aula de fotografia, não falei?

Concordo com a cabeça, pensando: "Só uma dúzia de vezes".

— Bem. Estamos trabalhando com retratos agora.

— Parece legal — respondo.

Ela parece não notar meu sarcasmo e diz:

— Sim. É *bem* divertido. Mas é um grande desafio capturar a expressão no rosto da pessoa.

— Claro. Tenho certeza de que é.

— E é aí que você entra. Escolhi você como modelo.

Sei que ela espera que eu fique animada por ter sido a escolhida, mas replico:

— Por que não fotografar os filhos de Maura? Ou o Dwight?

— Porque — ela diz, hesitante, como se estivesse prestes a revelar uma verdade secreta.

Jess concorda com a cabeça com vigor e faz um outro gesto, do tipo, "aguenta mais essa".

— Nossa tarefa é fotografar a dor — ela franze a testa ao dizer isso, como se ela mesma estivesse carregando uma enorme carga emocional.

Sinto meus olhos se apertarem.

— E você acha que eu posso lhe ajudar com isso?

— Cláudia, querida. Não fique na defensiva.

— Não estou na defensiva — digo, ciente de como pareço estar defensiva.

— Quero capturar seu sofrimento.

— Não estou sofrendo.

— Está sim, Cláudia. Você está sofrendo por causa do Ben. Ouvi falar da Tucker — ela completa.

— Estou bem — afirmo.

— Não, senhorita, você não está bem. Você não está nada bem.

Jess faz uma careta como se estivesse prestes a assistir a um acidente no trânsito e, então, sai dali, provavelmente para ligar para Trey.

— Você está sofrendo bem *aqui*, Cláudia — ela diz, cruzando as mãos e as colocando suavemente sobre o coração. — Sou sua mãe. Conheço essas coisas.

— Mãe, eu *realmente* não quero falar sobre isso agora.

Ela franze os lábios, olha para mim e balança a cabeça. Então, carrega um novo rolo na máquina, acerta a monstruosa lente e ergue sua câmera para me fotografar.

Coloco minha mão na frente do rosto.

— Pare com isso, mãe!

Clique. Clique.

— Mãe! — exclamo. Então me recomponho, pois minha mãe provavelmente vai adorar fotografar uma Cláudia sofrida *e* com raiva, e lhe digo, com mais calma:

— Por que não fotografar a Daphne?

Sinto-me um pouco culpada pela sugestão, mas daí penso que deve ter sido a Daphne quem foi fofocar sobre a Tucker com minha mãe. Elas conversam quase todos os dias.

— Por causa da infertilidade dela, você quer dizer? — minha mãe pergunta como se isso fosse um simples desvio de rota e não um grande sofrimento.

— Não é a mesma coisa. Não existe tristeza maior do que a de um coração partido.

Quero refutar o que minha mãe acabou de dizer, mas não consigo.

— Não estou com o coração partido — digo.

— Sim. Está sim.

— E Maura? Ela e Scott estão em constante tormenta — digo, imaginando que tudo bem colocar minha outra irmã na fogueira, vai que foi ela quem fofocou sobre Tucker com minha mãe.

— Maura não é apaixonada pelo Scott — minha mãe afirma. — Eles nunca tiveram o que você e Ben partilhavam. Você e ele eram tão apaixonados um pelo o outro. E suspeito que ainda são — ela diz, erguendo sua câmera novamente. Ela franze os olhos e foca a câmera com um movimento do punho.

Clique. Clique.

— Mãe! Já chega!

Clique. Clique. Clique.

— Estou falando sério, mãe! — grito e, enquanto ela se levanta para capturar outro ângulo do meu perfil angustiado, sinto uma tristeza incrível misturada com a minha raiva. Cubro meu rosto com as mãos e tento segurar o choro, para não provar para minha mãe que ela está certa. Quando olho para cima, vejo Jess no umbral da porta com um olhar interrogador "Você precisa de mim?". Sacudo a cabeça, não preciso de ninguém. Jess se afasta, parecendo preocupada. Observo minha mãe colocar outro rolo de filme na câmara e depois passar a alça da câmara sobre a cabeça. Estou com muita raiva ao dizer:

— Não ouse tirar outra foto minha. Sou sua filha. Não seu projeto.

Minha voz está estranhamente calma, mas percebo nela algo que me deixa assustada. Imagino se minha mãe pôde ouvir aquilo também, se é que está ouvindo alguma coisa.

De repente, percebo que se essa mulher, que por acaso me deu à luz há quase trinta e cinco anos, tirar minha foto neste momento e tentar tirar vantagem do meu sofrimento, nunca mais vou querer vê-la na minha frente. Nunca mais conversarei com ela. Vou me recusar a vê-la sob quaisquer circunstâncias, mesmo que seja em um leito de morte.

Claro que já pensei muitas vezes nisso, mas nunca levei a sério. Acabo cedendo não por ela, nem porque preciso ou quero uma mãe, mas porque eu não quero que minha mãe defina quem eu sou, e não conversar com ela definiria isso de um jeito bizarro. Todas as vezes que leio que uma celebridade se afastou da própria mãe (Meg Ryan, Jennifer Aniston, Demi Moore; conheço essas mulheres de cor e salteado), acho que isso revela algo sobre a mãe e sobre a filha. Não importa quão cruel tenha sido a ofensa da mãe, se a filha ofendê-la ou se negar a falar com ela, acaba sendo rotulada como dura, dona da verdade e fria.

Minha mãe é um estorvo, mas não é importante o bastante para ter tanto destaque no contexto de minha vida. Ainda assim, apesar do que sei que pode causar um afastamento total, tenho a sensação de que estamos em uma encruzilhada. Dessa vez é pra valer. Se eu consegui me divorciar do homem que eu amo, posso me desligar dessa mulher.

Observo minha mãe franzir a testa e me olhar com seu jeito de expressar simpatia. O mesmo olhar que ela usa quando vai a um enterro. *Sei pelo que você está passando. Pode contar comigo.* Toda essa merda. Ela não consegue expressar empatia por ninguém, nem mesmo pelas próprias filhas, mas domina a arte de fingir que se importa com os outros. Ela é uma fraude. As pessoas de fora da nossa família podem achar que ela é interessante, intrigante e que tem compaixão. Às vezes, ela consegue enganar até a Daphne. Porém, eu sei a verdade sobre ela.

Minha raiva vai embora, em parte por causa da curiosidade. Até que ponto vai a maldade da minha mãe? Será que ela vai bater outra foto minha, mesmo depois de eu quase ter rompido em lágrimas? Mesmo depois que eu a adverti e deixei bem claro minha opinião? Meu desejo secreto é que ela tire uma última foto. Quase torço para que este seja nosso momento definitivo entre mãe e filha. Olho para ela e vejo que fica paralisada e, logo depois, abaixa a câmara e a coloca no colo. Ninguém consegue impedir minha mãe de fazer o que ela quer, e eu não consigo deixar de me sentir triunfante. E muito surpresa.

Ela franze os lábios e diz:

— Me desculpe.

Estou ao mesmo tempo aliviada e desapontada pelo seu pedido de desculpas. Não consigo me lembrar de uma única vez em que ela tenha se desculpado por alguma coisa, apesar das várias ocasiões em que ficou me devendo um pedido de desculpas. Pelo menos ela nunca se desculpou sem antes culpar outra pessoa ou acrescentar um *mas*. Não quero que ela saia dessa com tanta facilidade, no entanto estou completamente exausta.

Então, digo:

— Tudo certo, mãe.

— Mas está tudo certo mesmo? — ela pergunta.

Reviro os olhos e digo que sim.

Ficamos nós duas em silêncio enquanto ela guarda seus equipamentos e a câmera. Quando tudo está armazenado aos seus pés, ela me olha e diz em voz baixa e com sinceridade:

— Sinto muito.

Afasto meu olhar, mas sinto os olhos dela em mim. Sinto o quanto ela quer que eu lhe diga alguma coisa. Que a absolva. Que a abrace.

Não faço nada disso. Apenas fico sentada, em silêncio.

Pouco depois, minha mãe diz:

— Preciso lhe contar uma coisa, Cláudia.

— O que é? — pergunto, esperando alguma frivolidade. *O sol vai nascer novamente amanhã. O céu é sempre mais escuro antes do amanhecer. Procure uma nesga de esperança.* Por que existem tantas expressões banais envolvendo o céu?

Porém minha mãe pigarreia e diz:

— Quero lhe dizer algo que nunca contei antes.

— Vai em frente — retruco, enquanto vejo a sombra de Jess na porta. Na verdade, ela não está bisbilhotando, está só me poupando do esforço de ter que repetir tudo mais tarde.

— Você foi um acidente — minha mãe confidencia. — Foi uma gravidez não planejada.

— Eu sei disso, mãe — digo.

Ela nunca tentou esconder esse fato, é algo que sei desde criancinha. Ela costumava dizer isso para as pessoas na minha frente:

— Pensava que não teria mais filhos. Mas a Cláudia foi um "acidente".

Ela murmurava a palavra *acidente*, mas é claro que eu a ouvia sempre. E mesmo que não tivesse escutado isso, a ouvi muito bem quando ela gritou comigo depois que eu lhe disse que estava boicotando seu luxuoso casamento com o Dwight e que ela podia enfiar meu vestido de dama de honra naquele lugar onde o sol não bate. (Minha expressão favorita envolvendo o sol.)

— Por favor — ela diz agora. — Deixe eu terminar.

Encolho os ombros, pensando que ela escolheu um belo modo de se desculpar.

— Então, você não foi planejada — ela continua e ergue um dedo no ar como se estivesse se preparando para fazer uma grande declaração. — No entanto, há alguns dias, estava lendo um agradecimento em um de seus livros. Aquele do cara que tem o lábio leporino?

— Fenda palatina — corrijo. Ela está se referindo às memórias de John Skvarla. O defeito de nascença de John foi uma parte tão minúscula na sua história de vida que eu imagino se ela foi além da primeira página. Minha mãe costuma parecer uma pessoa lida e ela compra livros de capa dura o tempo todo, mas eles geralmente vão direto para as prateleiras da sua sala de estar sem serem abertos. Tudo aparência.

— Não importa — ela desconsidera. — O livro não é importante. O importante é que eu estava lendo os agradecimentos dele, a parte que ele agradece você por ser sua editora e amiga. E fiquei tomada por um profundo orgulho por você ser minha filha.

Sei que minha mãe adora qualquer forma de atenção pública. Ela adora contar para suas amigas que criou uma editora de sucesso, que trabalha numa prestigiada editora de livros em Nova York, e ter o nome da sua filha impresso nas páginas iniciais do livro é apenas a cereja do bolo. Ainda assim, fico surpresa com suas palavras. Não é a linguagem costumeira que minha mãe usa.

— Tenho tanto orgulho de você, Cláudia! — ela continua. — Não apenas pela sua inteligência e pelo que você conquistou, mas porque você é o tipo de pessoa que todos querem agradecer nas primeiras páginas de um livro. Todos a amam e a respeitam. Você é especial — ela diz baixinho. Ela abaixa os olhos e para seus pés, juntando seus mocassins laranja, usados para dirigir. Suas mãos estão cruzadas sobre seu colo. Ela parece arrependida, tímida e sincera. — Você é a melhor coisa que fiz na minha vida — ela termina.

Não quero me emocionar nem me sentir grata, mas é o que estou sentindo. Tanto que estou prestes a chorar *novamente*. Penso: como uma mulher pode criar esse tsunami de emoção em mim — e em tão pouco tempo? Digo a mim mesma para me controlar. Que minha mãe, num certo sentido, está colhendo os louros do meu sucesso, quando, na verdade, ela merece muito pouco desse crédito. Ela costumava me aconselhar a tirar a cara dos livros e ir tomar um pouco de ar fresco. Ela ficou arrasada quando completei dezesseis anos e me inscrevi para trabalhar na biblioteca em vez de me candidatar para ser salva-vidas no clube de campo. Sei que sou quem sou, apesar da minha mãe. Mas não consigo evitar: sei que não vou esquecer o que ela acabou de me dizer. Sei que vou repetir essas palavras uma centena de vezes ou mais. Sei que, por mais que eu não queira admitir, minha mãe é importante para mim.

— Por que você está me dizendo tudo isso agora? — pergunto.

— Por causa das escolhas recentes que você tem feito na sua vida.

— O que tem de errado com elas? — pergunto. Sei que ela está falando de Ben e de ter filhos, mas não sei qual a relação disso com o elogio inesperado.

Ela fica pensativa, como se estivesse escolhendo cuidadosamente as palavras.

— Não sou a melhor mãe do mundo... nem nunca fui — ela fala, devagar. — Mas lembre-se sempre, Cláudia, de que você não é igual a mim. Você significa muito para um monte de pessoas. Você não é *nada* parecida comigo.

CAPÍTULO 12

Nunca pensei que fosse parecida com minha mãe, nem nunca a culpei por eu não querer filhos. Então, apesar de suas boas intenções, suas palavras não influenciaram em nada minha posição em relação à maternidade.

No entanto, algo que ela me disse foi revelador. Talvez por ter sido a primeira vez que minha mãe se desculpou por algo. Talvez por todo mundo querer ser motivo de orgulho para a própria mãe e porque, até certo ponto, não podemos evitar de nos vermos como nossa mãe nos vê. Talvez por isso ser um lembrete de tudo que ainda tenho presente na minha vida. Tenho minha carreira, é claro. Porém, mais importante, tenho relacionamentos ricos que valorizo muito. Sou uma boa irmã, filha e amiga. Minha vida tem significado e vai continuar a ter, mesmo sem Ben.

Então, foi minha mãe, apesar de sem querer, quem me ajudou a passar para o próximo nível de recuperação emocional. A perceber que a vida continua. Até comecei a pensar em namorar novamente. Não que eu *quisesse*, mas namorar é sempre o primeiro sinal interno e externo de que você está seguindo em frente, depois de um grande rompimento. De certo modo, acho que é o único jeito de seguir em frente.

Então, quando Michael entra no meu escritório um dia e diz "Advinha quem colocou você em segundo lugar na sua lista?", fico animada. Sei exatamente o que ele quer dizer com "segundo lugar". Não importa se você é uma agente de seguros em Iowa, uma professorinha na Flórida ou uma editora em Manhattan, você sabe o que acontece quando as pessoas se juntam em volta do bebedouro (ou, no nosso caso, em volta de uma cafeteira automática Euro) e discutem, entre seus estimados colegas, quem é o mais atraente. É uma prática que se origina principalmente da monotonia e das longas horas de trabalho em um escritório. (E só encontra rival na lista feita com famosos: "Celebridades com quem eu posso trair meu companheiro". Obviamente, minha lista de possíveis traições está vazia, posso fazer o que quiser agora, sem exceções. Mas isso, infelizmente, não me deixa mais perto de ir para a cama com 1º: Sting; 2º: Colin Firth; 3º: Johnny Depp; 4º: Tom Brady; 5º: Ed Harris.)

Claro que o problema de brincar com essas listas nas grandes editoras é que existe bem pouca opção para as mulheres. Primeiro porque a taxa de mulheres é bem superior à de homens no mundo editorial, cerca de 3 para 1. E a maioria dos homens, cerca de 70% deles, é gay. Então, estamos falando de uma faixa de 10 mulheres para 1 homem hétero. E, deixando de lado os departamentos mais badalados, como o de publicidade, o mundo editorial está repleto de uma alta porcentagem de ex-nerds (inclusive eu mesma), que passaram a maior parte de sua infância dentro de casa, lendo livros. Minha amiga Jacqueline, por exemplo, foi citada em um jornal local da Carolina do Norte por ler mais de quinhentos livros em um ano; ela tinha 5 anos na época. Não que eu tivesse feito grande coisa — minha maior façanha quando criança foi participar do concurso estadual de soletrar e perder na rodada final com a palavra *precipício*. Não se pode dizer, no entanto, que ex-nerds não são atraentes. Ao contrário, acho que somos uma boa raça, pois somos peculiares, inteligentes e bem mais interessantes do que a típica ex-líder de torcida ou ex-atleta. Ainda assim, a lista não tem nada a ver com ser peculiar, inteligente ou atraente de um jeito diferente; a lista é sobre quem é sexy.

Uma das grandes vantagens de ser amiga de Michael é sempre estar por dentro de quem está nas listas dos homens, o que é particularmente interessante nas poucas vezes em que eu sou mencionada. Funciona assim: Michael me diz que estou na lista de alguém e eu finjo ficar envergonhada, perplexa ou irritada, apesar de me sentir secretamente lisonjeada. Quem não ficaria? Mesmo se for escolhida por um nerd, é gostoso saber que você está bem classificada.

Mas, ainda assim, eu pergunto para ele:

— Segundo lugar? — Por que a última coisa que eu quero é parecer desesperada ou ansiosa.

— Você entendeu. Ele acha que você é a segunda garota mais sexy no trabalho — Michael confidencia.

— Quem? — digo, revirando os olhos. — É o Gerald do TI?

— Não.

— Desisto.

— Richard Margo — Michael diz, orgulhoso.

Fico interessada. Richard Margo é nosso vice-presidente executivo e diretor de publicidade, e é bem conhecido na casa tanto pela sua posição de prestígio quanto pela sua reputação de ser um lançador na segunda divisão por uma temporada e, também, por ser um pouco mulherengo. Não do tipo desprezível, mas do tipo "intelectual elegante que nunca foi casado e adora vinhos e belas mulheres". Ele tem quarenta e poucos anos, mas, ao contrário de muitos homens da idade dele que têm sorte de serem descritos como "bonitos" ou "atraentes", Richard pode ser chamado de "gostoso". Ele tem o queixo bem anguloso, olhos azuis profundos e leves entradas no cabelo, uma combinação de características que configura uma aparência de confiança rude. Até mesmo o nariz dele — que parece ter quebrado pelo meno uma vez — é sexy.

Richard não apenas faz parte da minha lista desde que entrei na Elgin Press, mas ele tem constantemente ocupado o primeiro lugar, fato que só admiti para Michael e alguns outros amigos próximos (com as outras pessoas eu desconverso, finjo nunca ter nem pensando no assunto e, então, digo o seguinte: "Por favor, saibam que eles não estão em nenhuma ordem específica", o que deixa essa prática um pouco menos séria). Na verdade, Richard não só ocupa o primeiro lugar da minha lista do trabalho, como assumiu uma vaga que ficou aberta na minha lista de celebridades quando Jude Law foi pego na cama com sua babá e todo seu charme desapareceu no ar. Naquela época, Ben insistiu que eu não podia misturar minhas listas; no entanto, argumentei que ele era "famoso" no trabalho. A coisa não deu muito certo. (Ben insistiu que a teoria por trás da lista de celebridades era sua natureza inatingível.) Então, eu tirei Richard, substituindo o nome dele pelo Ed Harris, que, por coincidência, poderia passar como irmão do Richard.

— Onde você ficou sabendo isso? — pergunto a Michael, me sentindo meio envergonhada pelo meu coração acelerado. Mas, em minha própria defesa, devo dizer que não faço sexo há meses.

— Da boca do dito-cujo — Michael fala, todo orgulhoso e estalando os dedos.

— Você perguntou isso para o seu chefe? — pergunto, maravilhada com a habilidade de Michael em conseguir informações das pessoas, incluindo das que estão nos altos escalões. Ele encolhe os ombros.

— Sim, e daí? Almoço de rapazes, você sabe como é, Phil Loomis e Jack Hannigan estavam com a gente, e, por coincidência, Hannigan também tinha colocado você na lista dele.

— E aquele maldito Phil me deixou de fora? — digo.

Michael ri, enquanto eu volto o assunto para Richard.

— Então, quem está em primeiro lugar na lista de Margo? Stacy Eubanks?

Stacy Eubanks, secretária no departamento de vendas, é a réplica loura e de olhos azuis de Beyoncé, e dizem que ela faz um bico como artista pornô. (Michael jura que já a viu em um vídeo chamado *Lezzie Maguire*.)

— Não. Stacy não está na lista dele.

— Quem diria! — digo, dando mais crédito à lista de Richard.

— É mesmo. Eu também fiquei espantado.

— Então, quem é a número 1? — digo com indiferença.

— Aquela nova garota francesa na seção de direitos autorais.

— Ah, sim! Marina LeCroy. Ela é bem... francesa.

— Hum-hum. Mas aparentemente Richard tem uma coisa com ruivas, pois a Naomi Rubenstein está na sua lista também.

— Eu dificilmente chamaria isso de uma coisa com ruivas.

— Duas ruivas entre cinco garotas certamente caracteriza uma coisa. Isto é, não se pode dizer que vocês fazem parte de uma grande porcentagem da população geral feminina.

— Está certo — digo, imaginando quem são as outras duas na lista dele.

— E então, o que você vai fazer quanto a isso? — Michael indaga.

— Nada — digo, rindo.

— Nada? Por que não?

— Porque... sou profissional — explico, num tom empertigado e brincalhão.

— Não há nenhuma política contra relacionamento entre funcionários aqui na editora. E, além do mais, você não trabalha diretamente para o cara. — Michael argumenta. — Você nem mesmo trabalha na área de publicidade. Qual o impedimento?

— Não sei. Poderia parecer que eu estou tentando tirar proveito. De certo modo, isso tiraria o mérito dos meus livros.

— Ah! Você está exagerando.

Tecnicamente ele está certo. Richard dirige o departamento de publicidade e, como tal, é responsável por todos os títulos da casa. Mas muitos outros publicitários trabalham com meus livros e existem outros entraves e dificuldades nas vendas e no marketing, portanto, seria impossível para Richard interferir sozinho no sucesso de meus livros. Ainda assim, a publicidade representa um papel importante e eles podem, com facilidade, detonar um livro; então, poderia haver uma insinuação de favoritismo manchando meu sucesso. Fim da questão, nunca namorei ninguém do trabalho e não tenho a intenção de começar agora. Digo isso ao Michael e completo:

— Essa discussão toda não faz sentido, nem sei ao certo se Richard Margo está interessado em mim. Ele só entrou no seu joguinho para satisfazer à sua vontade.

— Não teria tanta certeza sobre isso — Michael insinua. — Além do quê, eu pus você na berlinda.

— De que modo? — pergunto, nervosa.

— Contei a ele sobre seu divórcio — Michael diz. — Ele não tinha ideia.

— Michael! — exclamo. Sei que é ridículo tentar esconder os fatos de todo mundo, mas não consigo evitar, não gosto de ter meus problemas pessoais discutidos em ambiente de trabalho. E tem uma aura em torno do divórcio que sugere o fracasso, o que nunca é bom para sua imagem profissional.

— Não é nada demais — Michael retruca.

— O que ele disse? — pergunto.

— Que sentia muito em saber isso... Mas você tem que saber que ele não pareceu nem um pouco triste com a notícia. Se é que me entende.

Michael sai do meu escritório depois de se despedir com um aceno dramático e fazer uma batucada bem habilidosa na minha mesa.

Por mais que eu tente minimizar meu interesse na lista de Richard, conto as novidades para Jess à noite. Ela nunca viu Richard, mas já me ouviu falar dele durante esses anos e sente um cheiro de romance no ar. Então, em vez de aceitar a história pelo que ela é de verdade, uma certa levantada na minha autoestima, ela fica extremamente animada e diz que ele é perfeito para mim.

— Ele é velho demais para querer filhos — ela comenta.

Balanço minha cabeça e digo para ela não ser ridícula.

Porém, uma semana depois, quando Richard de repente me diz que quer discutir algumas questões durante o horário de almoço, não posso deixar de me questionar sobre suas intenções. Já participei de inúmeras reuniões com ele, mas nunca só nos dois. E nunca na hora do almoço.

— Claro — digo, tentando me lembrar ao mesmo tempo que, apesar das tais listas, não tenho nenhum interesse real em Richard (ou vice-versa). Tenho certeza de que ele quer apenas falar de negócios. Afinal de contas, com o passar do tempo, estou assumindo posições mais altas na hierarquia da empresa e talvez um almoço com Richard simplesmente reflita meu *status* na casa. Talvez ele queira repassar os planos de publicidade para o lançamento do novo romance de Amy Dickerson. Ou talvez ele queira formular uma estratégia para lidar com o mais difícil dos meus autores, Jenna Coblentz. Jenna é um sucesso comercial há mais de uma década, mas é tão exigente em relação à publicidade de seus livros que seu comportamento chega à beira do abuso, e é responsabilidade do editor agir como um para-raios para os publicitários.

— Que tal quinta-feira? — Richard me pergunta, com sua voz rouca de locutor de rádio.

— Para mim está ótimo — respondo sem nem mesmo consultar minha agenda.

— Às 13h no Bolo? — ele pergunta. Bolo é um local bem conhecido do pessoal do trabalho e da turma da publicidade em geral. Ele nunca escolheria esse lugar se estivesse com segundas intenções.

— Combinado — digo, soando bem profissional.

Na quinta-feira, visto minha melhor calça jeans e uma jaqueta de algodão anarruga verde para ir trabalhar. Estou casual, mas estilosa. Gasto cerca de dez minutos retocando a maquiagem na minha mesa antes de sair para o almoço. Reafirmo para mim mesma que não tenho nenhum interesse em Richard, mas não custa nada estar com uma boa aparência, especialmente se você vai se encontrar com um homem tão atraente.

Richard mandou um e-mail mais cedo, me avisando que estava no dentista e iria direto para o restaurante. Caminho vigorosamente os poucos quarteirões que me separam do Bolo, mas chego cinco minutos atrasada. Vejo Richard imediatamente, sentado numa mesa de canto, usando um casaco esportivo e gravata. Uma taça de vinho tinto e uma cumbuca de azeitonas estão a sua frente. Ele está falando ao telefone, parecendo um pouco agitado ao olhar seu caderninho de anotações, daquele tipo tradicional que velhos jornalistas costumam carregar. Ele transmite um ar de importância. Mas, também, deve ser porque eu sei que ele é importante.

Quando ele levanta os olhos e me vê, seu rosto se ilumina e ele acena para mim. Faço um sinal, querendo dizer "Termine sua ligação.

Espero aqui". Ele balança a cabeça, se despede rapidamente e desliga o aparelho, colocando-o no bolso junto com o bloquinho. Ao me aproximar, ele se levanta um pouco e diz:

— Olá, Cláudia.

— Oi, Richard — digo, enquanto sinto o perfume da sua loção pós-barba, algo que notei nele há alguns anos uma vez que dividimos o elevador. Adoro loção pós-barba ou perfume num homem. Ben não gostava de usar. Até mesmo seu desodorante era sem perfume. Gosto da sensação de encontrar algo de que não sinto falta nele. Infelizmente, isso não tem ocorrido com muita frequência ultimamente.

— Alguma cárie?

— Nenhuma — ele diz.

— Você é daqueles que não passa um dia sem usar o fio dental? — pergunto.

— Não — ele responde, meio encabulado. — Deve ser genético, eu acho.

Nosso garçom, um jovem louro bem exuberante, que parece ser um artista da Broadway, para ao nosso lado, se apresenta como Tad e pergunta o que gostaríamos de beber. Geralmente, eu não bebo vinho durante o almoço na semana, mas, como ele está bebendo, peço uma taça de Chardonnay.

— Ótimo. Não gosto de beber desacompanhado — Richard diz depois que o garçom se afasta. — A menos que esteja sozinho, é claro.

Eu rio.

Ele ri.

Então, como se quisesse contrabalançar nossa escolha de bebida, Richard entabula uma conversa leve e passa a falar imediatamente de negócios. Nossa lista de publicações do verão, em geral. Um novo autor que acabei de contratar. Uma crítica recente das memórias de Skvarla no *Times*. (Não que o departamento de publicidade se importe muito com o conteúdo do artigo. Até mesmo uma propaganda ruim é boa publicidade.)

— E a grande novidade é... — Richard diz, como se estivesse salientando a razão do nosso almoço. — Estou prestes a colocar Amy Dickerson no programa *The Today Show*! — E fez um sinal com os dedos indicador e polegar.

— Você está brincando comigo? — pergunto, embora Michael já tivesse me dado a notícia. É uma grande oportunidade para qualquer livro, mas principalmente para um romance. Mas não era um motivo que merecesse um almoço com o chefe da publicidade.

Richard faz que sim com a cabeça.

— Aparentemente, Katie realmente acha o livro bacana — ele comenta.

Sorrio ao ouvi-lo usar a palavra "bacana". Richard geralmente usa gírias dos anos de 1970. A maioria das pessoas pareceria fora de moda ou tola ao usar uma gíria de uma geração anterior, mas com Richard é algo cativante. Acho que se você é bonito e bem-sucedido, pode fazer de um tudo, que ninguém liga.

Resisto à vontade de dizer é uma brasa, mora, e cruzo meus dedos, desejando boa sorte.

Tad retorna com minha taça de Chardonnay e dois cardápios. Ele pergunta se queremos saber quais são os pratos do dia.

— Claro — respondemos em uníssono, e então escutamos Tad fazer a descrição mais detalhada de um ensopado de camarões da história mundial. Ben sempre detestou os adjetivos usados para descrever um prato, principalmente as palavras *úmida* e *tenra*. Comerciais de biscoitos sempre foram um problema para ele. Repreendo-me mais uma vez: "Pare de pensar no Ben!" e examino o cardápio, tentando encontrar algo que não seja muito difícil de comer. Decido pela salada de atum semicru. Richard escolhe o hambúrguer grelhado. Gosto dessa combinação de hambúrguer com vinho.

— E então, tem lido alguma coisa boa ultimamente? — Richard pergunta.

— Você quer dizer em geral ou está se referindo a manuscritos? — pergunto.

— Os dois — ele replica.

Conto sobre alguns títulos da primeira categoria e alguns projetos da segunda.

— O que mais você tem de novidade para me dizer? — Richard pergunta assim que Tad anota nossos pedidos e se afasta da mesa. Ele me olha com expectativa, como se tivesse sido eu quem havia marcado o "almoço de negócios".

Tomo um gole do vinho e digo:

— Em relação ao trabalho? — Minha mente repassa rapidamente as várias fofocas da área. Quando estou prestes a perguntar se ele sabe de alguma coisa sobre a autora de suspense Jennifer Coast estar insatisfeita com seu editor na Putnam, se ela está tentando levar seu novo manuscrito para outra editora, Richard balança os ombros e recosta na cadeira.

— Ou qualquer outro assunto. — Sua menção a *qualquer assunto* revela que esse almoço não tem nada a ver com negócios.

Penso cuidadosamente na minha resposta, sentindo como se tivesse chegado a uma encruzilhada. Como naquele tipo de livro de aventura de que eu gostava tanto quando estava no Ensino Fundamental. Poderia tranquilamente escolher conversar sobre os boatos de Jennifer Coats ou voltar à discussão para falar sobre a participação de Amy Dickerson no *Today Show*.

Em vez disso, levanto a mão esquerda e mexo meu dedo anular, falando sem rodeios:

— Acabei de me divorciar.

Richard parece surpreso e eu espero que ele não banque o desentendido e finja que não sabe de nada. Mas, pensando bem, acho que ele ficou surpreso por eu contar algo tão pessoal assim, logo de cara. Eu mesma me surpreendi.

Richard brinca com o lóbulo da sua orelha e diz:

— Eu soube. Sinto muito.

Penso em dizer "Tudo bem", mas sempre detestei quando as pessoas respondem assim depois que ocorreu uma morte ou algum evento triste em suas vidas. No fim das contas, não está tudo bem. Então, respondo:

— Obrigada. Acontece.

Richard concorda com a cabeça enquanto gira o vinho em seu copo. Ele toma um longo gole, e então diz:

— Pelo menos com metade deles, é o que dizem.

— Isso mesmo — concordo. — Estranho que você nunca tenha participado desse jogo, não é?

A primeira pergunta íntima foi oficialmente feita.

Richard dá uma risada.

— Essa você acertou.

— Já chegou perto alguma vez? — pergunto.

Segunda.

— Claro.

— Quão perto?

Terceira.

— Para falar a verdade, não cheguei muito perto.

Richard cumprimenta alguém do outro lado da sala com um aceno rápido. Penso em virar para trás para ver quem é, mas não quero ser pega em flagrante. Como se Richard tivesse adivinhado o que eu estava pensando, ele diz:

— Jason Saul.

Olho para ele confusa e ele explica:

— Um cara que trabalha no marketing? Com uma barbicha?

— Ah, sim! — digo. — Na verdade, é um cavanhaque. Não uma barbicha.

— Qual a diferença?

Descrevo a diferença, apontando para o meu queixo. Richard concorda com a cabeça, o que indica que esclareceu sua dúvida. Lembro da minha história favorita em relação a pelos faciais. Anos atrás, Michael estava competindo com um cara do escritório sobre qual dos seus bigodes crescia mais rápido. Michael estava perdendo feio e, para demonstrar a questão na hora do almoço, ele apontou na direção de uma garota chamada Sally, que, na verdade, era um pouco apaixonada por ele, e disse: "Até mesmo a Sally ganha de mim nesse quesito". Ele estava tentando ser engraçado, mas, infelizmente, Sally era uma morena de ascendência italiana que realmente depilava o buço. Sally se sentiu horrorizada e humilhada, assim como Michael se sentiu ao perceber o que tinha acabado de falar. Conto essa história agora para Richard e ele ri.

— Sally ainda trabalha lá? — Richard pergunta.

— Não. Ela saiu pouco tempo depois. Acho que ficou traumatizada.

Richard balança a cabeça e comenta:

— Então, sobre o que mesmo estávamos falando?

— Por que você nunca se casou? — pergunto.

Quarta.

— Quando encontrar alguém de que eu goste de estar perto, mais do que eu gosto de ficar sozinho — ele diz —, aí, eu me caso.

Dou uma risada e lhe digo que essa era a minha filosofia até encontrar Ben.

— E o que aconteceu? Descobriu mais tarde que preferia sua própria companhia à dele?

Quinta.

— Não exatamente... Só... diferenças irreconciliáveis.

Richard faz uma pausa, como se considerasse o que dizer em seguida. Então, ele faz um sinal para o garçom e pede outra taça de vinho.

Decido contar a verdade.

— Eu não queria ter filhos. E ele queria.

Talvez eu devesse mandar fazer uma camiseta com essa frase. A maioria dos divórcios não costuma ser tão fácil de ser explicada.

— Vocês não deveriam ter discutido isso durante o período do namoro? — ele pergunta com delicadeza.

— E discutimos. Ele voltou atrás no que tínhamos combinado. Agora ele quer filhos. Ou pelo menos *um*. Um a mais do que eu quero.

— Cretino.

Dou uma risada. Gosto do som da voz dele chamando Ben de cretino.

Tad retorna com o vinho de Richard. Então, aqui estamos, bebendo várias taças de vinho durante o almoço, enquanto conversamos sobre meu divórcio e seu perpétuo estado de celibatário. E talvez ele esteja pensando a mesma coisa, pois as barreiras se romperam e, de repente, estamos fazendo perguntas íntimas e pessoais demais. A certa altura, pergunto:

— Então, fiquei sabendo que estou na sua lista e na do Hannigan?

— E eu soube que estou num dos primeiros lugares da sua há mais de treze anos.

Digo, zombando:

— Aquele Michael é tão fofoqueiro quanto uma mulherzinha!

— Isso é verdade, então?

Meu coração dispara quando respondo que sim, é verdade.

— Estou lisonjeado — ele diz.

— Deveria mesmo — respondo.

Ele se curva em minha direção e toca a base da minha taça.

— Pode acreditar, estou *lisonjeado* mesmo.

Tento não afastar meu olhos dos dele quando me inclino sobre a mesa e toco em sua taça.

— Eu também.

Terminamos nosso almoço tagarelando e rindo. E, seguindo a sugestão de Tad, o garçom, concordamos que uma xícara de café era uma ótima ideia. Quando a conta chega, Richard a pega e diz que vai colocá-la como despesa da empresa.

— Já que conversamos muito sobre negócios... — digo.

— Certo — Richard concorda.

Sorrio, me sentindo animada e relaxada, sinal de um bom encontro. Que é o que essa situação toda está começando a parecer. E embora eu só reconheça isso mais tarde, depois que caminhamos de volta para o escritório e eu tive de me concentrar muito para checar um manuscrito revisado, foi a primeira vez, depois de muito tempo, que fiquei pensando num outro homem. Um outro que não fosse Ben.

CAPÍTULO 13

Nos quatro dias seguintes de trabalho, Richard e eu trocamos cerca de trinta e-mails por dia. Tudo disfarçado de um bate-papo informal entre amigos, mas a enorme troca de mensagens sugeria o contrário.

Até que Michael entra na minha sala e me pega rindo para o computador. Ele fica atrás da minha mesa e percebe imediatamente que minha caixa de entrada está cheia de mensagens com o nome de Richard Margo. Há pelo menos dez delas enfileiradas.

— Peguei! — ele diz, triunfante.

— Não tem importância — digo, mas meu sorriso sem graça revela que fui, sim, pega em flagrante.

— Que diabos está acontecendo por aqui?!

Minimizo a caixa de mensagens e faço um esforço para encobrir o sorriso culpado estampado no meu rosto.

— Você está indo para cama com o meu chefe?

— Não! — protesto, com falsa indignação.

Ding! O sinal anuncia a chegada de e-mail em alto e bom som.

— É dele? — Michael quer saber.

Não consigo resistir e vou checar. Era dele. Michael descobre olhando por cima dos meus ombros.

— Caramba! Você está mesmo transando com o meu chefe!

— Ninguém está transando com ninguém — digo.

Ainda.

— Agora, posso ter um pouco de privacidade, por favor? — pergunto.

Quando Michael sai, balançando a cabeça, leio a última mensagem de Richard.

Digito em resposta, "Sim", e então dou um espaço e digito um "Eu adoraria" antes de apertar o botão enviar.

Releio a troca de mensagens, começando com mais uma de suas fracas tentativas de tentar parecer profissional.

De: Richard Margo
Data de envio: 27 de julho, 9h30
Para: Cláudia Parr
Assunto: Timothy Lynde

Timothy Lynde acabou de ligar. Ele está interessado em financiar uma viagem para divulgar seu livro. Acho que vale a pena. Alguma sugestão em relação a que mercado seria mais indicado para ele? Me diga o que você acha... A propósito, já lhe disse como foi agradável aquele nosso almoço no outro dia? Muito obrigada pela sua companhia.

De: Cláudia Parr
Data de envio: 27 de julho, 9h33
Para: Richard Margo
Assunto: Re: Timothy Lynde

Vou pensar nas cidades e entrar em contato com o Tim. Ele é mórmon, portanto, acredito que começar por Salt Lake pode ser uma boa ideia... E quanto ao almoço, sim, você mencionou... Eu também adorei.

De: Richard Margo
Data de envio: 27 de julho, 9h38
Para: Cláudia Parr
Assunto: Mórmons

Mórmon, hein? Saí com uma garota mórmon uma vez... Não deu muito certo.

De: Cláudia Parr
Data de envio: 27 de julho, 9h44
Para: Richard Margo
Assunto: Re: Mórmons

Ela tentou converter você?

De: Richard Margo
Data de envio: 27 de julho, 9h50
Para: Cláudia Parr
Assunto: Re: Re: Mórmons

Não, dormimos juntos e ela foi excomungada... Não foi bom.

De: Cláudia Parr
Data de envio: 27 de julho, 9h55
Para: Richard Margo
Assunto: Re: Re: Re: Mórmons

Que vergonha! Quando foi isso?

De: Richard Margo
Data de envio: 27 de julho, 9h58
Para: Cláudia Parr
Assunto: Estou ficando velho

Estava no colegial. Anos 1970... De que turma você é, Cláudia, 2000?

De: Cláudia Parr
Data de envio: 27 de julho, 10h00
Para: Richard Margo
Assunto: E engraçado também

Rá, rá, rá!

De: Richard Margo
Data de envio: 27 de julho, 10h03
Para: Cláudia Parr
Assunto: Você

Aposto que você era uma gracinha no colégio.

De: Cláudia Parr
Data de envio: 27 de julho, 10h08
Para: Richard Margo
Assunto: Não

Não era mesmo. Eu era muito desengonçada.

De: Richard Margo
Data de envio: 27 de julho, 10h08

Para: Cláudia Parr
Assunto: Re: Não

Aposto que eu era mais desengonçado ainda.

De: Cláudia Parr
Data de envio: 27 de julho, 10h10
Para: Richard Margo
Assunto: Re: Re: Não

Você andava por aí corrompendo garotinhas mórmons bonitinhas. Eu era a garota mais estudiosa e aplicada da escola. Vai competir?

De: Richard Margo
Data de envio: 27 de julho, 10h19
Para: Cláudia Parr
Assunto: Re: Re: Re: Não

Bom, eu era o *mascote* da escola... e quem disse que ela era bonita?

De: Cláudia Parr
Data de envio: 27 de julho, 10h25
Para: Richard Margo
Assunto: Conta outra

Algo me diz que ela era uma gata.

De: Richard Margo
Data de envio: 27 de julho, 10h26

Para: Cláudia Parr
Assunto: Eu era um garanhão

Ok. Para falar a verdade, eu não era o mascote da escola. E ela era bem gostosa, sim. Bem parecida com a Marcia Brady. O que, naquela época, era uma grande coisa. Te impressionei?

De: Cláudia Parr
Data de envio: 27 de julho, 10h44
Para: Richard Margo
Assunto: Re: Eu era um garanhão

Cara, você é antigo. Sim, estou impressionada... Meu namorado era mais do tipo do Screech, da série *Uma Galera do Barulho*...

De: Richard Margo
Data de envio: 27 de julho, 10h49
Para: Cláudia Parr
Assunto: Continuo um garanhão

Conheço essa série, mas quem é Screech?... Eu era um grande fã de *Arquivo X*. Passou na época em que você ainda estava no ensino médio, né?

De: Cláudia Parr
Data de envio: 27 de julho, 11h01
Para: Richard Margo
Assunto: Re: Continuo um garanhão

Não me diga: você tinha uma queda pela Scully, né?

De: Richard Margo
Data de envio: 27 de julho, 11h09
Para: Cláudia Parr
Assunto: Re: Re: Continuo um garanhão

Ah, a Scully! Sim. Eu era apaixonado por ela... Na verdade, você se parece um pouco com ela. Só falta o terninho azul-marinho e uma daquelas insígnias do FBI presa no seu peito, e está pronta para o papel. Você também usa aqueles jargões médicos? Se usar, talvez me apaixone por você.

De: Cláudia Parr
Data de envio: 27 de julho, 11h22
Para: Richard Margo
Assunto: Isso é suficiente?

Homem, 38 anos. Escoriações ao longo da veia cava superior, do pulmão esquerdo e brônquios... Código de emergência! Ele está ficando bradicárdico! Precisamos de uma pericardiocentese imediatamente!

Já está apaixonado por mim?

De: Richard Margo
Data de envio: 27 de julho, 11h23
Para: Cláudia Parr
Assunto: Claro que sim

Completamente. Quer jantar comigo sábado à noite?

No sábado, Daphne vem para a cidade fazer compras comigo e com a Jess. Nossa missão: uma roupa para impressionar Richard.

Jess garante que uma roupa nova vai me dar a segurança de que preciso para tornar a noite um sucesso. Espero que ela esteja certa, pois, desde que aceitei ir a esse encontro, estou mais nervosa do que animada. Geralmente fico nervosa ao sair para um encontro e estou especialmente ansiosa por ter um encontro com alguém do trabalho. Minha ansiedade está ainda pior, pois Richard e eu não conversamos pessoalmente desde o almoço no Bolo. Nem mesmo conversamos por telefone. Reconheço que bate-papos por e-mail permitem que a gente seja mais ousada do que seria normalmente. Parte de mim se preocupa com isso ser o correspondente cibernético de ir para a cama rápido demais e ainda ter que enfrentar o cara na manhã seguinte, sóbria e de cara lavada. Nós nos paqueramos bastante on-line, mas sentar na sua frente num restaurante é completamente diferente. Imaginar os primeiros minutos desse encontro me deixa meio enjoada.

Então, Jess, Daphne e eu começamos cedo nossa aventura de compras. Chegamos à Intermix no começo da Fifth, que é bem perto do apartamento de Jess. A dance music estridente no interior da loja é um bom indicativo de que a moda aqui é moderna demais para mim. Não frequento mais boates ou fico num bar onde tenho que gritar para ser ouvida, então, certamente o mesmo princípio se aplica ao fazer compras.

Falo bem alto que quero ir embora, para Jess me ouvir, mas ela faz um sinal com a mão, indicando que ainda não é hora. Observo-a mexer habilmente nas araras cheias de roupas e ela encontra uma calça branca descolada, uma regata de seda lavanda e um bolero fúcsia. São itens que eu nunca escolheria sozinha, nem como conjunto nem como peças separadas, porém Jess tem um senso de moda incrível. Ela consegue juntar peças que você nunca imaginaria que ficariam bem juntas e que criam um look original. Claro que ter dinheiro de sobra ajuda nessa questão. Ela pode gastar bastante, mas também pode bancar os erros inevitáveis que todas as mulheres cometem quando vão às compras.

Quem nunca passou pela experiência de adorar uma roupa no provador e odiá-la ao chegar em casa? Se compro algo que acabo não usando, me recrimino por meses. Mas é comum para Jess ter várias peças de estilistas deixadas de lado no seu guarda-roupa, algumas usadas apenas uma vez, quando muito. O grande defeito de nossa amizade, pelo menos no que me diz respeito, é que não usamos o mesmo número. Seria capaz de cometer uma loucura para fazer meus pés ficarem ligeiramente maiores, só para servirem em qualquer um dos sapatos da sua coleção de Jimmy Choos.

Apesar de tudo, e de confiar em Jess no que se refere a moda, fico cética quanto à escolha que ela fez.

— Isso não tem nem um pouco a minha cara — digo, apontando para a regata que ela está segurando em frente ao meu corpo. Olho para a calça branca na sua outra mão. — E não vai dar tempo de fazer a barra dessa calça. — A calça nunca serve no comprimento quando se é baixinha.

— Daphne pode dar um jeito nisso. Não é, Daph? — Jess pergunta.

Daphne concorda, empolgada. Ela é um gênio nas prendas domésticas. Sabe fazer essas pequenas coisas como separar a gema da clara dos ovos, tirar mancha de vinho de tecidos ou fazer um arranjo de flores. Não sei onde ela aprendeu tudo isso. Com certeza, não foi com nossa mãe, que não consegue, nem pendurar direito uma roupa no cabide. Não que eu seja muito melhor. Pendurar calça sempre foi algo que Ben fazia para mim. Antes de eu morar com ele, a maioria de minhas roupas ficava pendurada nas cadeiras, que foi para onde elas retornaram.

— Só experimente! — Minha amiga aponta para o provador, séria. Obedeço suas ordens e penso, comigo mesma, que quando ela tiver filhos, vai ser uma daquelas mães que vão se esforçar para cronometrar o tempo de folga de seus pimpolhos.

— É uma total perda de tempo — balbucio, mas duvido que ela vai me ouvir com a música de George Michael, "I want your sex", no último volume. Lembro-me de certa vez, quando Jess saiu com seus colegas para uma noite de caraoquê e escolheu cantar essa música. Ela foi bem ousada em subir no palco, escolher essa música e fazer um *grand finale* gritando a frase "Faça sexo comigo!" várias e várias vezes, num salão cheio de funcionários de banco completamente bêbados. Colegas de Jess, é claro.

Saio do provador pensando que havia provado meu ponto de vista. A calça estava larga, o que é surpreendente, já que são tamanho 38 e eu uso 40. No entanto, sei que tenho perdido peso desde o divórcio, pelo menos cinco quilos, talvez mais. Havia comentado com Jess, na noite passada, que existem dois tipos de mulheres: aquelas que comem demais e aquelas que perdem completamente o apetite em momentos difíceis. A maioria entra na categoria das comilonas, portanto, me considero sortuda por fazer parte da outra categoria.

— Ficou incrível! — Jess exclama. — Não importa se vai usar isso hoje à noite ou não, mas vale a pena comprar.

— Não acha que está grande demais? — pergunto, segurando a cintura da calça e examinado meu reflexo no espelho.

Jess dá um tapinha na minha mão para afastá-la dali e me explica que essa calça é de cintura baixa e se apoia nos quadris.

— Além do mais, não dá para usar calça branca justa. Calça preta justa é uma coisa, mas calça branca apertada é tão... Britney Spears — Jess replica, para provocar Daphne.

Parece uma contradição, se comparado com seu lado tradicional e doméstico, mas minha irmã é uma daquelas mulheres adultas que adora todas as coisas bregas e de adolescente. Ela tem a coleção completa do seriado *Dawson's Creek* e ainda tem bichinhos de pelúcia enfileirados no parapeito da janela do seu quarto. Daphne também encomenda aquelas camisetas regatas cheias de "glitter" que estão à venda nas últimas páginas da *US Weekly* com dizeres do tipo "Diva treinando". Então, obviamente, ela é fã da Britney. Um dia, ela chegou a ponto de ir até o Rockfeller Plaza para conferir a performance de sua diva adolescente na gravação do programa *The Today Show*. Ela era uma das poucas mulheres com mais de 20 anos na plateia, curtindo o show sem a companhia de uma pré-adolescente. O mais engraçado foi que alguns alunos da sua classe do 5º ano a viram na televisão antes da aula e ficaram bastante impressionados ao ver a professora cantando "Hit me baby one more time". Disse para Daphne que era a mesma coisa que ver a sua professora dançar no *Soul train* ou no *Solid gold*[1]. É impressionante, mas ligeiramente perturbador. Afinal, acredita-se que os professores fiquem congelados em suas salas de aula durante a noite, enquanto nós voltamos para casa e para uma vida fora dali.

De qualquer modo, Daphne e Jess concordam que minha calça branca é fabulosa e minha irmã insiste que pode fazer a barra. As duas também concordam que a regata de seda fica superbem em mim. Mostra o pouco que tenho de seios e é justinha nos lugares certos (que vem ao encontro de outra regra de moda de Jess: se a calça é larga, a blusa tem que ser justa ou vice-versa). E o bolero fúcsia dá o toque final.

— Caso esteja frio no restaurante — Jess diz.

— Ou *caso* Richard mantenha o ar-condicionado da casa dele bem frio... — Daphne diz, dando risadinhas, enquanto giro

[1] *Soul train* é um show de variedades apresentado na TV norte-americana desde os anos 1970. *Solid gold* é um seriado voltado para música e dança. Está no ar desde os anos 1980. (N. T.)

em frente ao espelho na ponta dos pés. Tenho que admitir que fiquei bonita mesmo. E, acima de tudo, só o pensamento de ter terminado as compras tinha um tremendo apelo. *Detesto* fazer compras. Se ganhasse na loteria, uma das primeiras coisas que faria seria contratar uma *personal shopper* para comprar no supermercado, roupas, presentes de Natal, enfim, tudo. Eu me troco, corro para o caixa e saco meu cartão de crédito para pagar pelo conjunto, que, com certeza, me daria confiança e faria Richard perder a cabeça.

Naquela noite, posso dizer com certeza que Jess e Daphne estavam certas em relação à minha roupa. Para começo de conversa, eu poderia ir com ela a qualquer lugar que não ficaria deslocada. Desde a multidão do Spice Market até o luxuoso restaurante duplex no Meatpacking District. Mais importante ainda, Richard chega e imediatamente me diz como estou maravilhosa.

— Nunca vi você vestindo algo assim — Richard comenta, enquanto acompanhamos o *maître* até a nossa mesa. A mão dele se apoia por um segundo em minhas costas. — Mas, também, nunca a vi longe do ambiente do trabalho...

— Nem você — retruco, admirando sua jaqueta de veludo.

De repente, me lembro do exuberante assistente gay de Richard, Jared Lewinson. Jared costumava guardar uns cartões numerados de 1 a 10 em sua mesa e dava notas para as roupas das pessoas que passavam por ali (pelas costas, é claro), como se ele fosse um dos jurados numa competição de ginástica artística das Olimpíadas. Michael, que era muito amigo de Jared, se divertia bastante com esse hábito, e repassava as notas atribuídas para todos nós. Na verdade, eu tinha que agradecer ao Jared por ele ter me ensinado uma importante lição de vida: não use couro depois do feriado do Dia do Trabalho. Michael me informou que eu ganhei uma nota 3 por esse meu lapso de moda.

Pergunto ao Richard se ele sabia sobre os cartões de Jared.

— Claro que sim — Richard responde. — Aparentemente, eu sempre recebia um 2 ou 4... Teve uma vez que tirei nota 6, e foi meu máximo.

— O que você estava usando quando tirou um seis? — pergunto, enquanto uma garçonete com um quimono laranja nos oferece os cardápios.

— Acho que era um tipo de blusa de gola alta — ele responde, com uma risada.

Sorrio e percebo que não estou mais nervosa.

Richard parece ainda estar pensando nos cartões de Jared quando diz:

— Ouvi dizer que se você tinha alguma coisa da Louis Vuitton ou Prada, Jared automaticamente lhe dava um ponto extra; no entanto, se você aparecesse com alguma coisa da Gap ou da Old Navy, você perdia três pontos.

Dou uma gargalhada e, então, pergunto:

— Por onde anda o velho Jared agora?

— Não sei. Mas algo me diz que ele está sentado por aí em algum bar com seus amigos fashionistas, todos dizendo uns aos outros como estão fabulosos.

Dou um sorriso malicioso ao relembrar outra história de Jared.

— O que foi? — Richard pergunta.

— Nada — digo ao ver um cara sentar no bar, que tenho certeza de que é o Chris Noth, com uma loura estonteante. Ele é bem mais baixo do que eu imaginava e, por um segundo, penso *Mr. Medium*[2], e sorrio.

[2] Referência ao personagem de Cris Noth, Mr. Big, no seriado *Sex and the City.* (N. T.)

— Vamos lá! O que há de tão engraçado? — Richard pergunta novamente, pois é claro que estou com um sorriso malicioso no rosto em vez de estar simplesmente sorrindo. Existe uma diferença entre um sorriso malicioso e um sorriso natural e ela fica bem evidente para meu interlocutor.

— Só estava relembrando uma coisa engraçada que Jared fez com você certa vez — digo.

— E o que foi que ele fez? — ele diz, parecendo preocupado. Ou pelo menos fingindo parecer preocupado.

— Bom, fiquei sabendo que ele vasculhou seu lixo e encontrou um cartão-postal com várias referências picantes ao seu desempenho sexual.

Ele fica envergonhado e pergunta:

— Não diga, *quando* foi isso?

Não é nem de longe uma negação, o que eu saliento dizendo:

— Então aconteceu mais de uma vez?

Ele acena com a mão, como se quisesse dizer *continue com as suas evidências*.

— Não sei. Acho que foi há uns três anos. Ouvi dizer que Jared suspeitava que você estivesse dormindo com alguma garota do departamento de arte — digo, tentando lembrar o nome da mulher.

— Lydia — ele diz.

Estalo os dedos e aponto para ele:

— Essa mesma. Então era verdade?

— Eu estava, sim, dormindo com ela... Mas ela não assinou aquele cartão.

— Não assinou mesmo — digo. — Jared reconheceu a letra dela. Ele exibiu, para todo mundo do escritório, o cartão e uma amostra da letra dela, que pegou do seu bloco de anotações. Foram seus 15 minutos de fama.

— Nossa! Esse era bom — Richard comenta.

— E você também, aparentemente. Pelo menos de acordo com Lydia.

Eu mesma me surpreendo com meu comentário. Nunca fui do tipo de fazer insinuações sexuais. Ao analisarmos nossos cardápios, ambos ainda com um sorriso no rosto, tento analisar por que me sinto tão à vontade com Richard. Chego à conclusão de que não tem nada a ver com ele (embora ele me deixe bem à vontade), e sim com meu divórcio e meu novo estado de espírito. Detesto ser cínica, mas não consigo deixar de pensar que todos os meus receios em relação ao casamento foram confirmados quando Ben e eu nos separamos. Não sei se ainda acredito numa relação monogâmica e, se esse é o caso, não tenho planos de tentar entrar nessa novamente.

Por esse motivo, não preciso seguir nenhuma regra. Se eu achava que era livre quando não queria ter filhos, sou muito mais livre agora que não quero nem mesmo um marido. Em vez de bancar a difícil ou me preocupar com como estou sendo julgada, posso fazer o que me der na telha. E, nesse momento, tenho vontade de paquerar descaradamente um colega de trabalho muito gato.

À medida que a noite passa, Richard e eu batemos um papo tranquilo, rimos e fazemos brincadeiras um com o outro, do jeito que só acontece quando a gente se sente à vontade com alguém. Não há nenhum assunto proibido. Falamos praticamente de tudo, mas apimentamos nossa conversa com bom humor. Falamos sobre trabalho e sobre publicação de livros em geral. Falamos sobre viagens, livros, música e famílias. Conversamos sobre relacionamentos antigos.

Quando chegamos ao ponto de falar sobre Ben, achei que fosse ficar um pouco triste ou na defensiva, mas nada disso ocorreu. Falo com os verbos no passado com uma estranha sensação de alívio: *eu achava*, *ele era*, *nós éramos*. Então, encaro Richard e digo:

— Chega, vamos mudar de assunto.

Ele concorda com a cabeça e eu me volto para o presente, feliz por estar na companhia dele, contente por estar seguindo em frente.

CAPÍTULO 14

Apesar do sucesso daquele primeiro encontro com Richard, de nosso último drinque no apartamento dele, a saideira segundo ele (brinquei com ele que só gente velha usa a expressão *saideira*), nós nem nos beijamos naquela primeira vez. Ou na vez seguinte. Nem sei dizer ao certo por que estamos retardando as coisas, pois nenhum de nós está escondendo o jogo, nem estamos nos esforçando para sermos formais e respeitáveis. Sei também que estou bem atraída por ele e posso dizer, com segurança, que ele também está atraído por mim. E tenho certeza de que a espera não tem nada a ver com Ben; eu me recuso a ficar pensando nele.

Então, a única explicação possível é que nós dois estávamos curtindo essa crescente tensão sexual e paixão entre nós. Sempre gostei de ir para o trabalho, mas meu escritório nunca tinha sido um lugar tão excitante e tentador como agora. Chego cedo todos os dias, ansiosa pela primeira ligação de Richard. Acabo trabalhando até tarde todas as noites, para compensar as horas que passei mandando e-mails para um homem que está apenas a alguns andares distante de mim. Quando nos cruzamos nos corredores, trocamos cumprimentos formais antes de voltarmos para nossas salas para mandar mensagens do tipo "Você está sexy...", "*Não, você* está sexy".

Acho que nada mais natural do que nosso primeiro beijo acontecer no trabalho.

É tarde da noite de uma segunda-feira, quase 22 horas, e eu acabei de mandar um e-mail para Richard sobre um de meus autores. Enquanto espero pela resposta, ele aparece repentinamente à minha porta com a resposta.

Dou um pulo e digo:

— Que droga, Richard! Você me assustou.

Ele me dá um sorrisinho sem graça e faz um comentário sarcástico, algo sobre eu ter a consciência pesada.

Sacudo minha cabeça e sorrio. Então, me levanto e caminho até a porta.

— Aonde você pensa que vai? — ele pergunta e bloqueia a saída.

Nossos corpos se tocam e fico um pouco agitada.

— Estou indo para a sala da copiadora — digo, e tento escapar novamente.

Ele me impede mais uma vez, me puxa para dentro do escritório e fecha a porta atrás da gente.

— O que você está pretendendo? — pergunto, apesar de saber exatamente o que ele pretende.

Seu rosto se aproxima do meu. Inclino minha cabeça para a direita, meu ângulo favorito para beijar. Naquele mesmo instante, ele vira sua cabeça para a direita. Nossos lábios se encontram com naturalidade, suavemente. E, logo a seguir, com mais urgência. De repente, somos como duas estrelas do cinema, nos agarrando num lugar proibido. Estou vendo a mim mesma beijar Richard e estou ciente de como ficamos bem juntos. Richard é o tipo de homem que faz qualquer mulher parecer deslumbrante.

Ele me leva até minha mesa, me levanta e me posiciona com uma mistura exata de paixão e cuidado. Suas mãos deslizam por baixo de minhas coxas nuas. Fico feliz por estar usando saia hoje.

E, aleluia!, lingerie de renda combinando. Às vezes as coisas realmente dão certo; digo a mim mesma para não esquecer esta pequena graça da próxima vez que estiver reclamando da minha má sorte, quando, vamos dizer, estiver comprimida entre dois passageiros grandes num voo qualquer.

Richard continua a me beijar, principalmente nos lábios, mas também no pescoço e na nuca. O homem é um expert, e não sei bem onde ele arrumou tanta experiência. Acho que com a Lydia do departamento de arte e muitas outras mulheres que me antecederam. Algumas ele encontrou no trabalho; outras, em bares e restaurantes, em encontros às escuras ou até mesmo no metrô. Porém, não me importo com isso. Nem ligo se ele estiver saindo com outra pessoa no momento. Só quero que ele continue a me tocar, a tocar todo o meu corpo, bem debaixo dessas luzes fluorescentes.

— Quer vir comigo para a minha casa? — Richard sussurra nos meus ouvidos.

Sacudo a cabeça e suspiro que sim enquanto ele continua a beijar meu pescoço. Minhas mãos estão em suas costas, que são mais fortes do que eu imaginava. Chego à conclusão de que 48 anos não é muito velho. Ele me aperta mais forte. Nem tão velho mesmo.

— Agora? — ele pergunta.

— Ahn-hã — concordo. — Mas primeiro você tem que parar de me beijar.

Tentamos nos afastar um do outro, sem sucesso, até que finalmente conseguimos e, meio sem fôlego, formulamos um plano: vou pegar um táxi e esperar por ele enquanto ele pega as coisas em sua sala. Beijamo-nos mais uma vez. Ele abre a porta. Considero uma vitória quando conseguimos sair sem ser vistos por quase ninguém, a não ser por Jimmy, o faxineiro do meu andar, que nos cumprimenta. Para falar a verdade, não me importo se alguém vai ou não nos ver. Estou começando a encarar esse relacionamento como um símbolo de honra. Um emblema exterior do meu espírito bem equilibrado e de alguém que "conseguiu catar os cacos". Não sou uma vítima nem uma divorciada amargurada. E Richard é a prova disso.

Pego um táxi quase imediatamente e espero por ele. Ele entra no carro alguns minutos depois, jogando sua pasta em seus pés. Não nos beijamos dentro do táxi, mas não paramos de nos tocar. Ele me diz, mais de uma vez, que não aguenta esperar até chegarmos em casa.

Quando chegamos ao apartamento dele, vamos direto para o quarto. Fico feliz de ele não me perguntar se quero beber alguma coisa. Porque não quero. Gosto da ideia de não nos sentarmos no sofá para conversar. Porque eu simplesmente quero ir para cama com ele e tocá-lo. E, depois de dois minutos de a porta da frente ser trancada, é exatamente lá que me encontro, é exatamente isso que estou fazendo.

Tudo que se relaciona a Richard é suave e tranquilo: seus lençóis, sua música (Sam Cooke), até mesmo seu animal de estimação, um lindo gato siamês chamado Rex, que nos observa desdenhosamente do alto do parapeito da janela. Só tem um momento de desconforto, algo previsível, quando Richard para, me olha e pergunta:

— Preciso usar alguma coisa?

— Tudo bem... para você? — pergunto, lembrando de Lydia e de uma doença que rima com o nome dela.

— Ah, sim. Não tem problema nenhum para mim — Richard diz, beijando a parte interna da minha coxa. — Mas... você toma algum anticoncepcional?

Sussurro um sim.

— Claro que sim — ele comenta. Seu comentário ativa uma coisa na minha cabeça e me lembro de Ben e de bebês, e não consigo deixar de sentir uma ponta de saudade. Digo a mim mesma que, provavelmente, meu ex-marido está agora na cama com Tucker fazendo a mesma coisa. Ou com alguém parecido com ela. Eu me forço a curtir o momento. Lembro-me de que prefiro muito mais estar aqui com o Richard a estar tendo um filho. Não que dê para comparar. De modo algum.

Minutos depois, estamos fazendo sexo.

— Você é fantástica — ele murmura a certa altura.

— Você diz isso para todas — sussurro de volta.

— Não. Eu não — ele diz. — Só digo o que penso.

Sorrio porque acredito nas palavras dele. Não há fingimento nas atitudes de Richard. Já pressentia que Richard não fosse do tipo que fica agarradinho.

Chegamos ao clímax praticamente ao mesmo tempo, mas não ficamos agarradinhos um ao outro logo após o sexo. Para mim, está tudo bem. Posso deixar de lado esse tipo de aconchego desde que exista algum tipo de ligação, física ou outra qualquer.

Temos essa ligação. Ficamos sentados lado a lado, recostados nos travesseiros apoiados na cabeceira de couro de sua cama de casal. Ainda estamos sem roupa, mas cobertos até a cintura pelos seus lençóis bege-acinzentados. O braço dele envolve meus ombros, seus dedos repousam no meu pulso e acariciam ocasionalmente minha pele.

Conversamos sobre trabalho, mas não porque "não temos mais nada para falar". É mais um papo do tipo "me conta algo que eu ainda não saiba". Ele me pergunta se eu amo o que faço e eu digo que sim.

— Do que você mais gosta no seu trabalho? — ele pergunta.

Penso em todas as respostas que os editores costumam dar, coisas como amar livros e a palavra escrita, e poder escapar para um mundo diferente. É claro que tudo isso é verdade, mas não é disso que mais gosto no trabalho de editora. É algo mais, alguma coisa que tem a ver com descobrir novos talentos.

— É difícil de explicar — digo. — Mas acho que tem a ver com aquela agitação que sinto ao ler alguma coisa boa e me sentir presa à história. Quando penso "essa pessoa *realmente* sabe escrever", simplesmente *tenho* que trabalhar com ela.

Richard sorri e pega minha mão, como se quisesse me incentivar a falar mais.

Então, continuo:

— Sabe aquela sensação de superioridade quando a gente ainda está na escola e ouve uma banda antes de ela ficar famosa? E aí pode dizer para todo mundo "Ah, Depeche Mode? Eu os ouço *há muito tempo*. Simplesmente *adoro* suas músicas antigas!".

Richard ri e concorda com a cabeça.

— Bom, é assim que me sinto ao descobrir um novo autor — explico. — Como se eu descobrisse um segredo antes dos outros. — Repentinamente, me sinto envergonhada, como se tivesse me exposto demais.

— E você? — pergunto. — Do que mais gosta no seu trabalho?

— Ah, não sei — Richard diz. — Acho que estimula minha personalidade... E eu gosto de contribuir para o sucesso de um livro... Aquela sensação exultante quando todo mundo está clicando num livro e num autor, e você está recebendo um monte de avaliações... Porém, às vezes parece um tudo ou nada. Por exemplo, quando alguém pergunta "O que você está fazendo por mim?"... Você entende como são as cobranças.

Digo que sim. Sei exatamente como são essas cobranças.

Ele continua:

— E tem aquelas vezes em que a gente não consegue fazer nada para promover um livro. E é uma droga quando você gosta do livro e gosta do autor...

Concordo com ele novamente. É de partir o coração quando você ama um livro que se torna um fracasso de vendas. E isso acontece com os autores mais legais.

Richard diz:

— E eu não sei... A publicidade gera um certo tipo de pessoa que sente necessidade em levar o crédito por tudo e que parece nunca se desligar de sua *persona* "publicitária" . É como se estivesse continuamente trocando ideias e ansiosa em estar sob os holofotes o tempo todo.

— Você não é assim — digo, pois acho que Richard vive *naturalmente* sob as luzes dos holofotes. Ele não tem que se esforçar para ser notado.

— Deus do céu! Espero que não. Porque vou lhe contar uma coisa, Parr, não há nada que me faça odiar mais meu trabalho do que ir a alguma festa da área e observar todos os hiperpublicitários correndo atrás do pessoal da mídia para se apresentar e tentar promover seus projetos de um jeito nada sutil, e, enquanto isso, surfar nos crachás. Isso é selvageria.

— Surfar nos crachás?

— Isso mesmo. Sabe quando alguém começa a falar com você como se fosse um velho amigo? Então, quando veem que você não está olhando, eles dão uma olhada rápida no seu crachá para ver quem você é. E se acharem que você é bem conceituado e suficientemente importante, eles continuam a conversar com você. É como se estivessem olhando para o decote de alguém. E, se houver alguém do *Times* ou de outra revista importante, é uma loucura generalizada. Não consigo entender por que esses caras ainda *comparecem* a esse tipo de evento, a menos que eles gostem dessa bajulação e se sintam valorizados com isso.

Solto uma gargalhada e digo:

— Sim, mas ninguém precisa ler seu crachá, Richard.

— Isso é verdade — ele diz, fingindo bravata.

O telefone dele toca, mas ele nem se mexe. Repito a cortesia quando meu celular toca com o toque pessoal de Jess, "Bittersweet Symphony", do The Verve. Porém, ela liga mais uma vez. E mais uma vez.

— É melhor atender essa ligação — digo. — É Jess. Deve ser importante.

Richard sabe que ela é a minha melhor amiga e que moramos juntas. Ele se curva em minha direção, beija meu rosto e diz:

— Vá em frente. Ligue para ela.

Recolho minha lingerie que estava caída no chão, ao lado da cama, a visto o mais rápido possível e caminho uns cinco ou seis passos até o divã do Richard, onde deixei minha bolsa. Pego o telefone e ligo para Jess em casa.

— Onde você está? — ela pergunta.

— Estou com Richard — digo, gostando de como essas palavras soam na minha boca. Espero poder dizê-las por um bom tempo. — O que aconteceu?

— Ele terminou tudo comigo — ela diz. Sua voz soa entrecortada como se estivesse chorando ou prestes a cair no choro. — Ele falou que ainda ama a esposa. Ele quer tentar mais uma vez e ver se o casamento dá certo.

— Estou indo para casa — digo, fechando o aparelho celular.

Olho para Richard me desculpando enquanto me visto.

— Sinto muito, mas tenho que ir embora.

— Está tudo bem? — ele pergunta, jogando as pernas para o lado da cama e vestindo sua cueca.

— Uma crise do coração — conto a ele.

— Não estou acostumado com isso — ele diz.

"Deve ser bom", penso.

Ele me leva até a porta e me dá um beijo de despedida.

Paro por um instante enquanto penso em algo apropriado para dizer naquele momento. Decido dizer simplesmente:

— Obrigada pela noite.

Soa um pouco formal, então dou um sorriso e acrescento:

— Foi muito bom.

— Quando quiser — ele diz. — E estou falando sério.

Jess está um horror. Ela está sentada com as pernas cruzadas num canto de seu quarto e tem pelo menos uma dúzia de pontas de cigarro num pires branco colocado no chão, ao lado dela. Jess parou de fumar há alguns anos, mas retoma este hábito todas as vezes que se vê numa situação estressante ou quando está no meio de uma crise emocional. Ela parece frágil e vulnerável. Quem olhar para ela agora, não vai acreditar que compra e vende empresas que valem bilhões de dólares.

Eu lhe dou um abraço e digo que sinto muito. Digo que sei o quanto ela se esforçou para que as coisas dessem certo com Trey. Eu me contenho para não chamá-lo de cretino mentiroso. Por enquanto.

Ela diz:

— Eu acreditei nele. — E então desata a chorar. É de partir o coração. Outro motivo para não ter filhos. Só de imaginar ver seu filho sofrer... parece insuportável. Ainda assim, fico escutando Jess romantizar sua história com Trey. Não posso deixar de me sentir como me sinto quando algum amigo perde um bichinho de estimação e sofre como se um ente querido da família tivesse morrido. Sim, é triste, mas não é *tão* triste, sempre penso. Sei que você amava o Flash, mas ele era um cachorrinho basset, pelo amor de Deus, não seu filho! Mas talvez seja porque eu nunca tive um cachorrinho quando criança (minha mãe tinha alergia). Sinto a mesma coisa em relação a Trey.

Nunca me envolvi com um homem casado, e tenho vontade de falar para Jess: "Sim, você gostava dele e adorava fazer sexo com ele. Mas como você podia amá-lo? Ele é *casado* com outra mulher. E tem filhos. Ele não está emocionalmente disponível para você. Ele é uma fraude. Vocês *nunca*, nem nos momentos mais românticos, estiveram realmente juntos. Então, você não perdeu grande coisa".

Eu poderia dizer tudo isso outra hora, mas não agora. Eu a deixo chorar. Lembro-me de que ela fez a mesma coisa comigo. Não que Ben e Trey pudessem ser comparados.

— Sei que você *não consegue* entender... — Jess murmura, depois de um longo período de silêncio. — Mas eu realmente acreditava que ele ia ser o pai dos meus filhos. Investi dois anos da minha vida nele. Dois anos! E me sinto velha demais para começar tudo de novo.

— Você não está velha — digo. — Isso é ridículo!

— Estou com quase 35 anos — ela diz. — Estou passando da época. Daqui a pouco, não tenho mais óvulos.

— Você ainda tem muitos óvulos sobrando — afirmo. Estou tentando ser uma boa amiga, mas não consigo deixar de pensar nas outras afirmações que ela fez. Sobre eu não entender pelo que ela está passando. Não quero deixá-la ainda mais angustiada, do modo como minha mãe faz quando qualquer um perto dela está passando por um momento traumático, mas não posso deixar de perguntar:

— Por que acha que não *posso* entender você?

Jess e eu nunca discutimos, então ela não tem experiência em detectar a ponta de frieza na minha voz. Ela não tem como perceber o quão furiosa estou. O quanto estou arrependida de ter ligado de volta. Eu podia estar na casa de Richard. Como queria ainda estar lá com ele... Quase. Na verdade, não sei se foi ruim; foi bom ir embora naturalmente de lá. Muito mais fácil do que ter que decidir se deveria ou não passar a noite com ele, na casa dele.

No entanto, o que *realmente* sei é que um homem como Trey não deveria ter o poder de se infiltrar na *minha* vida amorosa. Já basta o estrago que ele fez na vida da minha melhor amiga.

Olho para Jess e espero pela resposta. Ela acende outro cigarro e responde:

— Porque você não quer ter filhos.

Certo, penso comigo mesma. E eu acho que isso significa que eu também não tenho imaginação, nem empatia nem sentimentos. Não consigo nem imaginar como outra mulher se sente quando descobre que não quero ser mãe. Afinal de contas, que tipo de mulher não quer ser mãe?

CAPÍTULO 15

No dia seguinte, Daphne me liga da sala de espera da clínica de fertilização. Estou prestes a entrar na reunião semanal do editorial e queria um tempo para revisar minhas notas, ou dizer bom dia a Richard, ou as duas coisas. Liguei para ele ontem à noite, depois da minha conversa com Jess, mas ainda me sinto estranha por ter ido embora logo após nossa primeira vez juntos. Explico para Daphne que não posso conversar com ela agora e prometo ligar de volta assim que minha reunião acabar.

— Mas ainda são 9h12 — ela resmunga.

— Sim. E daí?

— Sua reunião não começa às 9h15, começa?

Sei exatamente aonde ela quer chegar com essa conversa, mesmo assim caio na sua armadilha e digo:

— Não. Ela começa às 9h30.

— Então você ainda tem alguns minutos para mim, não é?

Balanço a cabeça e solto um suspiro. Daphne pensa que só porque tenho meu próprio escritório e minha linha telefônica, posso conversar o quanto quiser. Mas em vez de me aprofundar nos detalhes sobre minha manhã ou qualquer coisa sobre meu encontro com Richard, eu digo:

— Ok, Daph. Tenho cerca de três minutos. O que há de novo?

Posso sentir seu sorriso de vitória pelo telefone.

— Então — ela começa —, estamos no consultório do médico. Tony está fazendo os exames. Sabe, para ver se há algo errado com ele.

— Certo — digo, checando meu e-mail. Vejo que tem mensagem de Richard. Só de ver o nome dele meu coração palpita. Ele foi tão maravilhoso na noite passada.

Ela diz:

— O primeiro passo é a análise do esperma dele.

— Hum-hum — digo. — Isso faz sentido.

— Eles o colocam numa salinha cheia de vídeos pornôs, revistas de mulheres peladas e tal.

Dou uma risada e digo:

— Pobre Tony!

— Pobre *Tony*? — Daphne pergunta. — Neste exato momento ele está olhando mulheres peladas. Acho que você não precisa sentir pena dele.

— Mas tenho certeza de que ele deve estar meio envergonhado — digo, enquanto abro meu e-mail para ler a mensagem de Richard: "Quando vou vê-la novamente?".

Sorrio e digito em resposta: "Às 9h30. Você não vai participar da reunião do editorial?".

Daphne continua:

— Ele não está nem um pouco envergonhado. Tony acha tudo isso hilário. Estava contando piadas, perguntando para a enfermeira se ela tinha algum vídeo de garota com garota.

— Tony conta piadas quando está sem graça. Lembra quando ele esqueceu de deixar o carro engatado naquele Dia de Ação de Graças? — Relembro quando seu Acura preto novinho em folha desceu a rampa e bateu em quatro carros, causando um grande estrago. — Ele fez comentários autodepreciativos durante anos por causa desse episódio. E ele ainda fala disso.

— Ah, mas é diferente... — ela diz. — Aquilo *foi* bem engraçado. Depois que tudo acabou, na verdade.

— Isso também vai ser engraçado algum dia — digo, enquanto leio a resposta quase instantânea de Richard: "Ver você sozinha. Como vi ontem à noite".

— Então não existe nenhum motivo razoável para eu estar chateada? — Daphne pergunta.

Esta é a pergunta que tem sua marca registrada. Daphne sempre quer que eu avalie a racionalidade de suas reações emocionais em relação alguma coisa. Sempre tenho vontade de lhe dizer que, sim, ela não está sendo sensata, um instinto para o qual Maura sempre cede, mas aprendi a ser cautelosa.

— Entendo por que está irritada — digo para minha irmã enquanto digito uma resposta para Richard: "Assim que for possível".

— Na minha opinião, é *nojento* — ela comenta. — E nos deixa ainda mais humilhados durante todo esse processo.

— Tente não ver as coisas desse modo — digo, tentando amenizar. — Vai tocando em frente.

— Bom, você não acha que o Tony poderia ter dito a eles que não precisava de uma... "ajudinha extra"? Não acha que ele poderia ter pensado um pouquinho na esposa dele em vez de ter que se masturbar com material pornô?

— Tenho certeza de que ele está pensando em você. Confie nele, Daph.

— Até parece — ela retruca. — Nossa vida sexual é uma droga. A não ser quando estou ovulando, ela praticamente não existe. E, quando estou ovulando, é por pura obrigação.

— Tudo vai melhorar — digo, pensando novamente em Richard. Como foi bom ontem à noite. Que sorte não ter que passar pela experiência penosa do sexo com a finalidade única da procriação. — Vocês estão passando por um período muito estressante.

Olho de relance para meu relógio. Já são 9h19 e eu demoro cerca de três minutos para subir de elevador os três andares e caminhar até a sala de reuniões. Só me restam sete minutos para repassar minhas anotações. Quando estou prestes a me despedir, ela diz:

— Não acha que é culpa dele?

— Culpa? Como assim? — pergunto, perplexa.

Obviamente não é culpa de Tony que essa clínica, a clínica que a própria Daphne pesquisou e selecionou, oferece pornografia para seus clientes.

— Você acha que o problema é dele ou meu? Por eu não conseguir engravidar?

Certamente minha irmã sabe que não tenho como lhe responder, pois essa resposta exige testes e extensos diagnósticos; no entanto, ela acredita piamente na livre especulação e na adivinhação ao acaso.

Faço sua vontade e respondo:

— Provavelmente é um problema dele. Porém, também tenho certeza de que é algo *tratável*... Olha, Daphne, preciso correr agora. Ligo para você quando acabar a reunião, Ok?

— Ok. Mas cruze os dedos para você estar certa... e que a culpa seja dele — ela diz, antes de nos despedirmos.

Seus últimos comentários sobre culpa me perturbaram tanto que fico olhando para o telefone com a testa franzida, do jeito que as pessoas fazem quando assistem a um programa de televisão realmente mal escrito. Não sei bem por que me incomodou, mas digo a mim mesma que vou pensar sobre isso mais tarde.

Por enquanto, tenho que incorporar meu espírito de vendedora. As reuniões editoriais semanais são feitas para que os editores apresentem manuscritos para o diretor editorial e os chefes dos outros departamentos, que podem cancelar a proposta por várias e distintas razões: *esse livro não vai vender*; *esse livro é muito parecido com aquele que foi lançado ano passado; esse livro é uma droga.* Obviamente, há muita coisa em jogo para os editores nessas reuniões e elas têm um efeito darwiniano, com muita política interna em ação. As emoções correm soltas e não é incomum para os editores mais novos, que lutam para que seus nomes sejam reconhecidos, deixarem as reuniões aos prantos. Eu já tive minha cota de reuniões traumáticas enquanto lutava pela minha posição na editora, mas, na verdade, consegui emplacar seis dos meus romances este ano (o que é um recorde na casa), e só quero manter meu lugar de destaque. Também quero impressionar Richard. Seria uma vergonha minha sorte mudar logo após os acontecimentos da noite passada.

Quando entro na sala de reuniões, sinto imediatamente a presença de Richard. Ouço sua risada forte e, do canto dos meus olhos, o vejo colocar café no copo de isopor. Não tenho a audácia de me aproximar dele, nem de olhar em sua direção. Ao contrário, evito conversar e me sento à mesa comprida onde diligentemente analiso minhas notas, quando Jacqueline Dody, minha grande amiga e aliada no editorial, senta-se ao meu lado e me pergunta se eu quero um bolinho. Digo que não, obrigada, e deve ter sido a primeira vez que recusei um daqueles bolinhos recheados de creme da Krispy Kreme. Mas estou nervosa demais para comer. Nunca tive que falar profissionalmente na frente de alguém com quem acabei de dormir ou com quem dormi em qualquer período de minha vida, no caso.

Então, escuto Richard dizer:

— Que diabos? A Parr está recusando bolinhos?

— Você está brincando! — Jacqueline caçoa. — Está a fim do quê, sua *magrela*? Você pode comer umas calorias a mais.

— Sim — Richard diz —, você não sabia que é falta de educação recusar doces quando se é magra como uma top model?

Olho para ele surpresa e impressionada ao mesmo tempo. Ele conseguiu elogiar meu corpo em cinco minutos.

— Ei, estou tentando me concentrar aqui — me defendo, enquanto Richard senta-se em uma cadeira do meu outro lado. Fico agitada e mais nervosa ainda quando sinto seu pé encostar no meu. Sacudo a cabeça e afasto meu pé, imaginando quantas vezes ele não fez essa brincadeira com outras mulheres. Imagino se Richard já dormiu com alguma outra editora e espero que a resposta seja não.

Quando esfrega seu pé novamente no meu, eu o olho com um falso olhar de advertência.

Ele dá um sorrisinho e pergunta:

— O que foi?

— Nada — digo, sacudindo a cabeça de novo.

Nosso diretor editorial, Sam Hewlett, dá início à reunião com seu costumeiro tom objetivo, e passa a palavra para Molly Harrington, uma editora que está lançando um romance histórico adulto situado em Bruges. Tento me concentrar em Molly, mas só consigo pensar no que aconteceu na noite passada. A certa altura, Richard começa a rabiscar linhas emaranhadas em seu bloco, e eu me vejo hipnotizada por elas e pelas suas mãos. Quando ele percebe meu olhar, escreve "Eu ainda posso" no papel. Então, ele faz um risco por cima, olha em volta para ter certeza de que não tem ninguém observando, e escreve "sentir o gosto"; ele então vira a página e escreve "do seu corpo". Meu coração começa a bater com força quando me lembro de sua boca em mim, na noite anterior. Prometo não olhar para aquele bloco de novo.

Duas horas e seis livros mais tarde (quatro dos quais foram rejeitados), é a minha vez de me apresentar. Richard vira sua cadeira na minha direção e sorri. Tento ignorá-lo, mas tenho um pouco de dificuldade no começo, quando apresento meu romance e falo incoerentemente sobre como a história é espirituosa e encantadora. Então digo:

— Para ser mais específica, o livro é sobre uma mulher que mora em Chicago e, por vários motivos, decide deixar para trás sua vida maravilhosa e estável para ir viver no sul da França. Ela enfrenta uma série de obstáculos e adversidades, mas, no final, faz algumas descobertas surpreendentes sobre si mesma... O livro é comovente e envolvente.

Sam me interrompe e diz:

— Qual o público que você vê como alvo?

Respondo:

— Acho que todos que gostam de Peter Mayle vão adorar. Mas a história tem uma característica pé no chão e penso que vai atingir um público bem maior do que apenas os fãs de Mayle. Mulheres de todas as idades vão amar essa história. E, honestamente, os homens vão gostar da história também.

Outra editora, Dawn Bolyn, se inclina para a frente com um jeito presunçoso. Dawn é uma daquelas pessoas ultracompetitivas, críticas e que aparentam ter inveja do sucesso dos outros, particularmente do meu. Então, não fico surpresa quando ela diz:

— Parece uma cópia barata de *Sob o sol da Toscana*.

— Bom, Dawn — digo, com paciência até exagerada. — Para começo de conversa, a história do livro se passa na *França*, não na Itália.

Para o desapontamento de Dawn, meu comentário recebe algumas risadinhas. Então, replico:

— E os livros não são *nada* parecidos.

E, por favor, use um pó nesse seu rosto oleoso.

Jacqueline interrompe a conversa a meu favor.

— Bom, eu adorei o texto. É bem vigoroso e descritivo, sem ser exagerado... E a história é fascinante. Eu estava com uma ressaca forte no domingo todo e não consegui parar de lê-lo.

Todo mundo deu risada porque Jacqueline é conhecida por exagerar na bebida quando saímos para uns drinques depois do trabalho.

Sam diz:

— Bom, concordo com a Jacqueline que o texto é descritivo e forte... Mas tem alguma coisa no livro que parece... *trivial.*

É bem ameaçador quando Sam chama um livro de trivial, então começo a ficar preocupada. Enquanto busco uma resposta incisiva, Richard tira a tampinha da caneta que estava em sua boca e diz:

— Cláudia, diga uma coisa, a autora se mudou para a França?

Sacudo minha cabeça dizendo que não. Sei que ele está tentando novos ângulos de crítica.

— Então, infelizmente, não vamos poder publicá-lo como não ficção, fazer uma cobertura da vida dela, mas ainda assim me parece uma boa ideia. Consigo até imaginar um grande lançamento... Além do mais, acho que o histórico de Cláudia é uma justificativa em si. Correr riscos é com ela mesma.

Todos os olhares se voltam para Richard. Ele não costuma falar nessas reuniões, e sua opinião tem um grande peso e tenho certeza de que ele favoreceu a balança a meu favor. Não deu outra, Sam pede uma votação e minha proposta passa por uma margem mínima.

Olho para Richard, que me dá uma piscadela rápida e sorrateira.

Penso comigo mesma: "Ah, meu Deus, será que eu acabei de me dar bem no trabalho por causa de sexo?".

Não sei direito a resposta, mas, de repente, me ocorre que existe uma linha muito tênue entre uma vida correta e uma escandalosa.

Ligo para Daphne assim que retorno ao meu escritório. Ela está no carro, sozinha, a caminho do supermercado.

— Como foram as coisas? — pergunto.

— Foram. Ele conseguiu entregar esperma — ela diz amargurada. — Com a ajuda das universitárias Shari e Shelli.

— E o resultado?

— Vai demorar alguns dias... Mas o que são mais alguns dias para quem está esperando uma década para ter um bebê, não é?

Tenho vontade de salientar que ela não está realmente esperando há uma década. Não se pode contar os anos em que você não estava tentando. Que estava usando preservativo, tomando anticoncepcional e "tirando antes da hora e rezando", método preferido de Daphne e de Tony durante os anos da faculdade, quando não tinham um tostão.

— Em breve vocês vão esclarecer tudo — comento enquanto olho de relance para minhas unhas e digo a mim mesma para ir à manicure antes do meu próximo encontro com o Richard.

Escuto Daphne fazer um discurso retórico sobre um motorista idoso que não ligou a seta. Desde que um senhor de idade atropelou várias crianças da escola num cruzamento em nossa cidade, ano passado, Daphne anota metodicamente as placas dos veículos e denuncia motoristas irresponsáveis para o Departamento de Trânsito.

— Olha, Deus os proteja, você entende... Tenho certeza de que não sabem que não deveriam mais estar dirigindo. Não é mais seguro, concorda?

Interrompo seu longo discurso e digo:

— Ouça, Daphne, estava pensando numa coisa... Lembra que você me disse que esperava que isso fosse um problema do Tony? Culpa dele?

— Sim.

— O que você quis dizer com isso, exatamente?

— Quis dizer que eu não quero ser culpada por isso.

— Culpada pelo Tony?

— Sim.

— Você realmente acha que ele vai te *culpar*? — pergunto. — O Tony não é esse tipo de pessoa.

— Eu sei... Mas às vezes eu penso isso.

— Acho que ninguém deveria culpar alguém por isso — digo.

— Sim. Bom. É que essa situação é *bem* estressante... — A voz dela vai se apagando.

— Sinto muito mesmo, Daphne. Gostaria que você não tivesse que passar por isso.

— Eu sei... Me diz o que vai acontecer comigo? Diz que eu vou ser mãe algum dia?

— Isso vai acontecer — digo, acreditando piamente nisso. — E, se o pior acontecer, vocês podem adotar. Certo?

— Acho que sim. Mas é o último recurso. Quero ter meu próprio filho.

— Mas seria seu filho da mesma maneira — digo.

— Você entende o que estou querendo dizer — ela explica. — Quero carregar o bebê. Quero sentir a experiência completa da maternidade...

— Você vai — afirmo.

— Talvez seja por isso que eu queira tanto que a culpa seja de Tony — ela confessa. — Se a culpa for dele, ainda assim eu posso ter um filho.

— Você quer dizer com outra pessoa? Você abandonaria o Tony? — digo, horrorizada.

— Ah, meu Deus, claro que não! — Daphne exclama. — Estou me referindo ao banco de espermas ou a algo do tipo — ela responde.

Quase lhe pergunto se Tony estaria disposto a tomar esse caminho. Eu ficaria bem surpresa se ele aceitasse essa saída. Sei que ele faria praticamente qualquer coisa pela Daphne, mas ao mesmo tempo acho que é aquele tipo de machão que teria dificuldade para aceitar isso. Mas decido calar a boca e não tocar nesse assunto. Daphne já tem muita coisa com que se preocupar.

Naquela tarde, depois de eu retornar uma dúzia de ligações de vários agentes e autores, me pego me lembrando de Ben e de nosso casamento, e de como as coisas não aconteceram como pensei que seriam no dia em que eu disse *aceito*. Afinal de contas, pessoas que são almas gêmeas ficam juntas apesar dos desencontros e das desavenças. Eles podem ter que lidar com a culpa e os erros temporariamente, mas uma hora os problemas se resolvem. *O amor conquista tudo. Na saúde e na doença.* É assim que são os bons casamentos. Penso num exemplo extremo, como Dana Reeve continuou com Christopher, apesar de que ficar casada com um tetraplégico não deve ter sido algo que tenha passado pela sua cabeça no dia do casamento. O amor deles era forte e verdadeiro, e mais importante do que todas as coisas que não mais podiam fazer juntos. Era mais importante do que ter uma vida sexual fantástica ou sair para cavalgar, ou ter mais filhos. Dana teve que deixar muitos dos seus sonhos se apagarem, mas ela o fez de bom grado. Ele valia qualquer sacrifício.

Fico sentada à minha mesa por um longo tempo, de costas para o computador, ignorando o "ding" de novas mensagens na caixa de entrada, provavelmente de Richard, e imaginando o que Ben faria se eu tivesse sido diagnosticada com alguma doença terminal. Se eu tivesse apenas alguns anos para viver. Ou... se eu não pudesse ficar grávida, ao contrário de não querer engravidar. Não consigo imaginar Ben me abandonando sob essas circunstâncias. Então, como ele pôde me largar simplesmente por eu não querer ter filhos? Eu não o estava submetendo a grandes sacrifícios; eu só queria que as coisas continuassem iguais. Meu marido não me amava o bastante para ficar comigo nesses termos? Eu estava realmente pedindo demais?

CAPÍTULO 16

Levei uns três dias para esquecer aquela sensação de pânico causada pelas lembranças de Ben. Durante esse tempo, tentei evitar Richard. Não completamente, pois ainda conversávamos e trocávamos e-mails. Porém, quando ele perguntava se estava livre para jantar, eu arrumava uma desculpa e deixava o convite para outro dia. Não quero fazer sexo com ele enquanto não consigo parar de pensar em Ben, muito embora Jess afirme que essa é a melhor saída para ajudar a superar essa inesperada depressão. Sei, por experiência própria, que ir para cama com um homem enquanto ainda se está pensando em outro pode ter um efeito contrário catastrófico, e eu a lembro de quando terminei com meu namorado da faculdade, Paul. Meu único outro rompimento significativo.

Naqueles primeiros dias em Nova York, logo após a formatura, Jess saía praticamente todas as noites enquanto eu ficava em casa fazendo coisas patéticas como escutar a música do The Cure, a "Pictures of you", várias e várias vezes, ou ligar para programas de rádio para dedicar músicas para o "Paul, em Denver". Não conseguia me desvencilhar do sofrimento e nem queria me livrar dele até conhecer Anders numa festa no Upper East Side. Anders era um sueco jogador de tênis profissional, de 20 anos, com cabelo louro comprido e um sorriso cativante. Nos demos bem imediatamente, embora eu reconheça que ele é o tipo de cara com quem todo mundo se dá bem e por quem todas as garotas se apaixonam facilmente.

Então, fiquei enlouquecida quando ele pediu meu telefone no fim da noite. Saímos para jantar, fomos ao cinema na semana seguinte e começamos a sair com certa regularidade, embora nunca tivéssemos parado para pensar o que queríamos e aonde queríamos chegar com esse relacionamento.

Cerca de um mês mais tarde, fizemos sexo no futon da casa dele, debaixo de uma colcha colorida e áspera que a mãe dele havia tricotado. Não superou o sexo incrível que eu tinha com o Paul, mas foi bem melhor do que a minha primeira vez com ele, o que achei significativo. Mais tarde, lá pela meia-noite, Anders preparou um lanchinho de Fritos e cachorro-quente. Ele acendeu o abajur e nós dançamos ao som de "Feel the vibrations", de Marky Mark, até seu vizinho começar a bater na parede pedindo silêncio. Lembro-me de pensar que, embora não estivesse apaixonada pelo Anders, não podia desconsiderar a ideia de que isso poderia acontecer algum dia. Na verdade, eu esperava que acontecesse.

Alguns dias depois, um pouco antes de me encontrar com Anders, saí do chuveiro e vi uma luzinha vermelha piscando na secretária eletrônica. Muito embora não conversássemos há quase três meses, senti que *era* uma mensagem de Paul, o que marcou meu grande momento como vidente. Aperto o play e lá estava a voz dele, bêbado e falando coisas desconexas sobre como ele esperava que eu estivesse bem. Não era uma mensagem do tipo "Sinto sua falta e gostaria de ter ido para Nova York com você", mas, ainda assim, ele estava me ligando numa sexta-feira à noite depois de ter se embebedado; Jess me ajudou a não fazer a mesma coisa inúmeras vezes. Ouvi a mensagem duas vezes e me forcei a deletá-la, lutando contra a vontade de guardá-la para ouvir mais tarde. (Jess é especialista em ler nas entrelinhas e interpretar coisas como mensagens de voz de bêbados, talvez porque ela já tenha passado por isso. Mas quem não passou por essa fase de beber e ligar quando se é bem jovem?) Sinto um aperto no coração ao apagar a voz rouca e familiar de Paul, mas me sinto orgulhosa de minha atitude. Eu era uma jovem urbana e equilibrada que namorava um europeu com cabelos compridos e um saque feroz. Tinha superado meu namoradinho da faculdade.

Então, para fazer jus à minha imagem, fiz o possível para que Anders e eu tivéssemos uma noite daquelas. Jantamos no El Teddy, meu restaurante mexicano favorito em Tribeca (já fechou...) e ficamos bêbados com margaritas, o que me fez sentir sofisticada a cada gole que tomava, pois só bebia frozen margaritas quando estava na faculdade. Depois nos encontramos com os amigos de Anders, a maioria era jogador de tênis, e fomos dançar numa boate no Soho. Anders era um dançarino fantástico, mas não se levava muito sério. De vez em quando, ele começava a fazer uns passos malucos e sua dança hilária de "homem correndo". Eu quase morri de rir e nunca me senti tão leve, de um jeito que só nos sentimos depois de muito sofrimento.

Foi quando uma coisa muito estranha aconteceu. De volta ao apartamento de Anders, enquanto estávamos fazendo sexo pela segunda vez, me vi pensando na mensagem do Paul. E então, do nada, comecei a chorar. Disse a mim mesma que devia ser o efeito das margaritas. Que eu estava feliz. Rezei para que aquele momento passasse logo e que a escuridão do quarto do Anders fosse suficiente para encobrir minhas lágrimas. Mas não tive essa sorte. Segundos depois, percebo Anders ficar paralisado sobre mim. Ele toca gentilmente meu rosto.

— Você está chorando? — perguntou, parecendo mais horrorizado que preocupado. Ele nem esperou minha resposta: se sentou, acendeu as luzes e me olhou temeroso. Disse a ele que sentia muito. Ele me abraçou e disse:

— Não sinta. — E, então, me perguntou qual era o problema, o que estava errado, por que eu estava triste, se ele tinha feito alguma coisa que me magoou. Disse a ele que não estava triste de verdade, apenas cansada e que havia bebido muito. Ele me pressionou e eu acabei contando a ele sobre Paul, o que havia mudado no nosso relacionamento, sua indisposição de se mudar para Nova York e como às vezes sentia saudades dele ao ouvir algumas músicas, todo aquele melodrama típico de final de relacionamento. Até contei para ele sobre a mensagem que Paul deixou na minha secretária eletrônica, e que eu a havia deletado depois de ouvi-la apenas duas vezes. Desculpei-me durante a conversa e Anders foi um perfeito cavalheiro. Disse que estava tudo bem e, depois de eu insistir um pouco, acabou me contando algumas de suas histórias sobre amores antigos.

É claro que fiquei envergonhada por ter chorado durante o sexo, mas, no meu entender, Anders e eu tínhamos dado um grande passo juntos, algo catártico. Finalmente, estava pronta para seguir em frente e esquecer Paul. Na manhã seguinte, Anders me deu um beijo de despedida, tudo parecia normal. Voltei para casa e contei para Jess que até que enfim eu havia superado o Paul, e que estava pronta para continuar meu relacionamento com o Anders. O único problema foi que Anders *nunca* mais me ligou. Claro que eu também não liguei para ele. No entanto, ficou bem claro quem é que estava terminando tudo. É sempre assim.

Considerando toda essa história, decido não cometer o mesmo erro com Richard. Nunca mais quero chorar enquanto estiver fazendo sexo (a menos que seja de prazer, e uma vez Ben me fez chorar). Quero que as coisas fiquem definidas na minha cabeça. Sei que ainda vou me lembrar de Ben por um longo tempo, mas prefiro que esses sentimentos não venham à tona quando estiver debaixo das cobertas com outro homem. Não quero macular meu frágil começo com Richard; o problema é que, no começo, todos os relacionamentos são frágeis.

Então, quando estava achando que o pior havia passado, recebo uma correspondência que bagunça minha cabeça. Reconheço imediatamente a letra de Annie e sinto uma ponta de culpa por não ter retornado suas ligações nem aceitado seus convites para almoçar. Annie e Ray são os únicos amigos presos na linha de fogo de nosso divórcio, o único casal que não pode ser considerado nem meu amigo nem de Ben. Todos os outros são um pouco mais amigos de um ou do outro e temos um acordo não dito, no qual eu devo ficar longe dos amigos dele e ele dos meus. É uma questão de respeito. Estou pensando nisso tudo enquanto abro o envelope. Annie adora mandar bilhetes e frequentemente diz como a era dos e-mails está destruindo a arte de se escrever cartas à mão. Porém, a correspondência não é um bilhete; é um convite para o batizado de Raymond Jr.

— Merda! — digo em voz alta porque sei que Ben deve estar recebendo o mesmo convite agora e a última coisa que quero é me encontrar com ele. Fico com raiva de mim mesma e dele também.

Coloco o convite de volta no envelope e penso em minhas opções. Poderia ligar para Annie e lhe dizer a verdade. Somos bastante amigas e poderia lhe confidenciar como estou me sentindo. E é o que faria se ela estivesse me convidando para uma festa qualquer. Mas como é o batizado de seu primogênito, um evento sagrado, não me parece certo fazer isso. Sei que ficaria parecendo egoísmo de minha parte. Tal atitude seria mesmo egoísta.

Penso em mentir. Inventar uma desculpa. Dizer que vou viajar naquele exato fim de semana. Que já comprei a passagem e não tem devolução do dinheiro. Mas isso envolveria uma grande mentira sobre ir para Vegas ou Los Angeles, ou Nova Orleans, e eu teria que me lembrar constantemente de que fui viajar naquele fim de semana de agosto. E com certeza eu teria a sorte de esquecer essa mentira sobre a viagem, atender ao telefone e falar com Annie, que ligou para Jess para saber a receita de algum drinque. Parece cruel, mas é verdade: as pessoas que não mentem são aquelas que têm mais chance de ser pegas na mentira. Além do mais, se juntar todas as desculpas que recentemente tenho dado à Annie, ela vai saber de imediato que é uma pilha de mentiras. Eu saberia.

Eu me recrimino por não ter aceitado pelo menos um de seus convites para almoçar ou para um drinque no ano passado. Por não ter dado uma passadinha na casa dela para ver Raymond Jr. Se eu tivesse feito o mínimo esforço, não seria um grande problema faltar ao batizado.

De repente, me pergunto por que estou evitando Annie e Ray. Acho que não preciso ser uma especialista em psicologia para saber as razões. Em parte é a questão do bebê. A última coisa que quero no momento é estar rodeada de crianças. Não quero me lembrar de que Ben me trocou por causa de uma. Mas também não quero estar por perto de nada nem de ninguém que me faça lembrar dele, ponto final, e receio que Annie vai querer me contar em detalhes tudo sobre a nova vida de Ben. Particularidades que não tenho nenhum interesse em saber. A menos que ela me diga que ele está solteiro e deprimido. E não acho que seja esse o caso. Eu o vi com Tucker. Pode até ser que ele não esteja apaixonado por ela, ou que nem esteja *com* ela; todavia, em hipótese alguma, ele aparenta estar deprimido.

Claro que poderia dizer para Annie que não quero saber nada que tenha a ver com Ben. Mas eu ia parecer uma grande perdedora, além de emocionalmente instável, se me negasse a conversar sobre qualquer coisa significante na minha vida. Então, Annie iria contar para Ray, que, como homem, não teria o bom senso de guardar essa informação para si mesmo e contaria a Ben como sou patética. Além do mais, se Annie fizesse minha vontade e não mencionasse nada sobre ele, inevitavelmente ficaria imaginando as mil coisas que ela não estaria contando.

Vou acabar pensando que, sim, eu *disse* a ela que não queria falar nada sobre Ben, mas, se a história fosse favorável a mim (e desfavorável a ele), ela com certeza acharia um jeito de levar a conversa por caminhos sutis como: "Sei que não quer saber nada sobre Ben, mas ele sempre pergunta sobre você quando o encontramos e está tão solitário sem você por perto".

De qualquer modo, esse convite me força a tomar uma atitude.

Sei exatamente o que Jess vai dizer, então rio quando ela chega em casa do trabalho, olha de relance para o convite e diz:

— Você tem que ir. Você tem que levar o Richard. E você vai ter que estar linda. — Seus olhos brilham, animados, pela primeira vez desde sua conversa com o Trey, que não ligou de volta nem para dizer que estava arrependido nem para dizer oi.

Digo a ela que jamais vou convidar Richard para ir comigo.

— Por que não? Tenho certeza de que Annie não vai se importar.

— Não faria isso com Ben. Nem com Richard, para falar a verdade. Além do quê, ia parecer tão óbvio. Patético, mesmo.

— Não concordo. Acho que é o contrário de patético. Vai parecer que Richard é seu namorado. E as pessoas levam seus namorados a eventos como esse.

— Ele não é meu namorado e você sabe disso.

— É, mais ou menos.

— Não — digo. — Ele não é.

— Então, o que ele é?

— Ele é um cara de quem eu gosto. Um cara com quem eu dormi *uma vez*.

— Então durma com ele mais algumas vezes e o leve com você.

Dou uma gargalhada e sacudo a cabeça. Ela diz:

— Muito bem. Mas você vai se arrepender *muito* se não escutar o que estou dizendo e Ben aparecer com alguém.

Levo um susto e pergunto a ela:

— Você acha que ele teria coragem?

— Acho que sim.

— De jeito nenhum. Nunca.

— Nunca diga nunca — Jess diz.

Esse tem sido seu mantra há anos e acho que estou finalmente começando a concordar com ela. Não existe garantia em relacionamentos. Você não pode acreditar que algo não vai mudar. Você não pode esperar nada a não ser o inesperado. Você só vai arrumar encrenca se acreditar que é exceção à regra.

Pego o telefone e ligo para Annie. Ela atende com um tom alegre na voz.

— Oi, sumida!

Antes que eu possa me conter, digo:

— Oi, Annie. Recebi seu convite e não faltaria ao batizado por nada... Você se importa se eu levar alguém?

CAPÍTULO 17

Sinto um pouco de culpa por estar usando Richard para atingir Ben. Ou por usar Richard para estar por cima ao encontrar Ben. Ou simplesmente por usar Richard. Contudo, Jess salienta que, na verdade, não estou usando ninguém, pois gostar de alguém anula a ideia de se estar usando a pessoa. Ela me pergunta se eu levaria Richard para o hipotético batizado de seu filho. Respondo rapidamente que sim, pois não quero pensar no bebê que ela não vai ter com o Trey e porque sei exatamente aonde ela quer chegar.

Ela sorri, como se tivesse acabado de demonstrar um complicadíssimo teorema:

— Então... Você deveria estar com a consciência limpa.

Sacudo minha cabeça e dou uma risada enquanto ela levanta a mão para me saudar com um "toque aqui!". Claro que é conveniente ter uma mestre no racionalismo como sua melhor amiga.

Então, alguns dias mais tarde, estou no apartamento de Richard e estamos preparando o jantar. Ou, mais precisamente, estou observando enquanto ele prepara o jantar e aceitando tarefas menores e descomplicadas do tipo "lavar a alface" e "picar a cebola". Para mim, não tem problema lavar a alface; espalho as folhas sobre o papel-toalha e as enxugo delicadamente antes de colocá-las numa grande travessa de madeira. Quando começo a picar a cebola na direção errada, Richard dá uma risada e diz:

— Fale a verdade, Parr, como é possível você não saber cortar uma cebola direito?

— Eu sei — digo, me sentindo um pouquinho envergonhada. — Já aprendi um monte de vezes e nem assim me lembro. É a mesma coisa com tomates.

Com delicadeza, ele tira a faca das minhas mãos e diz:

— Com licença.

Banco a incapaz — o que não é muito fingimento — e o observo enquanto ele usa sua técnica perfeita de cortar e picar sem esforço algum.

— É estranho se eu disser que isso me deixa muito excitada? — pergunto. Sempre gostei de pessoas que demonstravam um talento inesperado e nunca teria imaginado que Richard fosse tão bom assim na cozinha.

Ele ri e eu admiro as linhazinhas de expressão em volta de seus olhos. Ele deve ter acabado de tomar banho, pois seu cabelo ainda está úmido atrás e seu perfume um pouco mais forte do que o normal. Ele está descalço, usando jeans escuros e uma camisa branca bem passada com as mangas enroladas até os cotovelos. Observo-o pegar a cebola com as costas da faca e transferi-la da tábua de cortar para a frigideira untada com azeite de oliva. É gostoso ouvir o barulhinho crepitante da cebola fritando enquanto ele diz orgulhosamente "*Voilà*!". Então ele enxuga as mãos num paninho, abre uma garrafa de vinho com um abridor de garrafas profissional, outra coisa que eu não consigo fazer, e despeja o vinho em duas taças. Ele me entrega uma e tilintamos nossas taças sem fazer um brinde. Só gosto de fazer brindes se há algo que valha a pena ser dito. Brindes do tipo "Vamos brindar por hoje à noite", ou "Ao chef", ou "A nós" parecem tirar a graça do momento. Ou, pior ainda, criam um tipo de vazio, como se houvesse uma pergunta no ar: “O que vamos falar agora?”. E se um homem olha no fundo de seus olhos quando seus copos se encontram, como Richard acabou de fazer, isso pode ser muito mais emocionante do que algumas palavras.

Sorrio quando Richard dá um passo em minha direção, se curva e me dá um beijo. Ele é um pouco mais alto do que Ben, e é difícil beijá-lo se estamos de pé. A maioria das mulheres prefere homens mais altos, mas eu sempre gostei da sensação de intimidade que vem junto com alguém com a mesma altura. Fica mais íntimo na hora de dançar uma música lenta, entre outras coisas. Não que eu quisesse mudar alguma coisa no Richard. Retribuo seu beijo e saboreio o vinho. Chego à conclusão de que o primeiro beijo da noite é sempre o melhor. Acho que Richard pensa a mesma coisa, pois ele faz uma pequena pausa antes de se voltar para o fogão e mexer as cebolas.

— Agora, chega. Não me distraia — ele diz. — Isso aqui é coisa séria.

Estudo suas costas e o modo como seu pescoço se curva sobre o fogão e decido que esse é o melhor momento para convidá-lo para o batizado. Vou ser bem natural, simplesmente fazer o convite. Não preciso ficar “enrolando”. É isso que é lindo em nosso relacionamento. Ou o que quer que esteja rolando entre nós. Não há necessidade de fingimentos. Então, eu disparo e falo de uma vez:

— Grandes amigos meus tiveram um filho. O batizado é na semana que vem. Ben vai estar lá. Você gostaria de me acompanhar?

Ele se vira para mim, sorrindo:

— Então você quer provocar ciúmes em seu ex-marido?

Começo a balbuciar uma negativa, mas ele me interrompe e diz:

— Sem problemas. Eu vou. E não se preocupe. — Richard segura sua colher de pau como se fosse uma espada. — Vou deixar você orgulhosa.

— Não é por isso que eu quero que você vá — afirmo. — É que eu achei... que seria legal se você conhecesse meus amigos.

— *Certo* — Richard diz, com um sorrisinho sarcástico. — Um batizado é um dia bem comum para conhecer os amigos. Ao contrário de, vamos dizer... sair para beber ou para um *brunch*. Ou sair sem compromisso para um jantar.

Sinto que fiquei corada. Deveria ter imaginado que ele me provocaria. Devo ter ficado envergonhada, pois ele imediatamente parou de brincar comigo. Ele abaixou a colher de pau, levantou meu queixo com seu polegar e me beijou novamente. Mas desta vez foi um beijo do tipo "anime-se, gata", ao contrário de um daqueles beijos que querem dizer "não consigo esperar mais nem um segundo para tirar sua roupa".

Quando nos afastamos, ele está sorridente de novo.

— Será que devo fazer isso só por causa do seu ex? Talvez devêssemos sentar na primeira fileira e começar a nos agarrar dentro da igreja. Que tal?

Sinto meu rosto ficar quente e digo:

— A cerimônia vai ser no Central Park, perto do Shakespeare Garden. E a propósito... foi uma ideia horrível. Esqueça o convite.

Na verdade, não quero que ele esqueça. Quero que ele vá comigo. Por causa de Ben, sim. Porém, muito mais porque o quero perto de mim. Exatamente como disse para Jess. Por um instante, penso em lhe dizer tudo isso, mas não consigo imaginar um modo de lhe dizer sem parecer séria demais.

— Ei, Parr — ele diz, com seu sorriso maroto. — Não vou esquecer o convite. Não perderia esse batizado por nada neste mundo.

Acordo na manhã do batizado com o som de uma chuva pesada, o tipo de chuva torrencial que geralmente não para antes do meio-dia. Meu primeiro pensamento vai para o meu cabelo, que fica horrível com qualquer tipo de umidade. Meu segundo pensamento é que vai ser difícil arrumar um táxi e eu detesto o metrô em dia de chuva. Meu terceiro pensamento foi para Annie, que planejou o batizado no Central Park e isso está fora de questão. Seu plano B, em caso de chuva, é fazer a cerimônia na sua sala de estar. Sua *minúscula* sala de estar. De repente, o fato de eu ter convidado Richard parece ter sido uma má ideia. Uma coisa é levar um convidado para um evento em um lugar público e aberto. Outra bem diferente é levar alguém para um apartamento pequeno em Manhattan.

No entanto, é tarde demais para mudar os planos. Tomo um banho, seco meu cabelo e coloco o vestido que Jess havia escolhido para mim: uma de suas roupas, um pretinho clássico de Diane Von Furstenberg. (Vestidos são roupas que podemos compartilhar.) Jess também me deu um novo par de sapatos, um presente de aniversário antecipado, um par de Manolos com salto verde-escuro e tiras de tecido pretas e verdes. Fico na frente do espelho, me maquio e borrifo um pouquinho de perfume.

Com exceção de que deveria ter feito um retoque nas luzes do meu cabelo, estou satisfeita com o resultado. Minha aparência está ótima, mas não estou parecendo desesperada para impressionar. Não sinto necessidade de impressionar Ben, um homem que havia me visto nos meus piores momentos. Ainda assim, não quero aparecer na frente dele parecendo pior do que ele se lembra. Chamo Jess para vir ao meu quarto para dar sua aprovação final.

— Você está *incrível*! — ela diz, encantada. — Um pouquinho conservadora e discreta, mas cheia de estilo. Se Tucker for, ela vai morrer de inveja. Talvez ela até se apaixone por você.

Dou uma risada e digo:

— E quanto aos acessórios?

— Era o que eu ia falar. Acho que você devia ir simples. Você não vai querer ficar parecendo uma garotinha fashionista de 20 aninhos. Coloque apenas aquele seu anel de opala azul e suas pérolas. E só.

Aceno com a cabeça e pergunto:

— Que bolsa devo usar?

— Vou pegar minha bolsinha da Dior. É perfeita. E não se esqueça daqueles maravilhosos e enormes óculos de sol de aro de tartaruga.

— Mas está chovendo — rebato.

— Pode ser que pare. Esteja preparada.

Respiro fundo, solto a respiração e digo:

— Jess, obrigada. Amei os sapatos. Amo você.

Ela ri e responde:

— Tente se divertir. Sorria bastante. Segure no braço de Richard tanto quanto for possível. Não! Segure no braço de Ben tanto quanto for.

Ela sai para pegar a bolsinha exatamente no momento em que Richard liga.

— Tudo em ordem. Estou usando minha calça de couro de cintura baixa e de cowboy — ele brinca. — Você gosta?

Dou uma risada e pergunto:

— Calças de cowboy não são sempre justas e de cintura baixa?

— Você está certa. Use um chapéu e ninguém vai notar.

Ele então me avisa que vai passar por aqui e me pegar de táxi. O problema do transporte já está resolvido. Lembro-me de como resolvia essas questões de logísticas com o Ben. Era sempre eu quem guardava as passagens de avião, por exemplo. Ele as perderia. Ou pelo menos entraria em pânico só de pensar que as tinha perdido. Posso vê-lo agora, de olhos arregalados, procurando como um louco em seus bolsos, revirando sua maleta, convencido de que elas tinham desaparecido. Uma vez, nós até brincamos que tínhamos sorte em não ter filhos. Porque Ben com certeza esqueceria o bebê no metrô.

Richard interrompe meus pensamentos me convidando para dar uma passadinha no Starbucks para um café antes.

— Vou querer tomar um — ele diz. — Esse é o compromisso social que começa mais cedo que eu já tive.

Imagino uma cena desastrosa e lhe digo:

— Não, obrigada.

Quinze minutos mais tarde e após uma última conversa com Jess, saio de casa. Richard já está lá embaixo no táxi, com seu café gelado.

Ele se curva no assento e abre a porta. Entro e digo:

— Ei! Onde está sua calça de couro?

— Mudei de ideia — ele diz, beijando meu rosto. — Humm. Você está com um cheiro delicioso... Deixa eu adivinhar: o perfume favorito do ex-marido?

Sorrio e lhe digo a verdade.

— O segundo favorito.

— Ah, estratégico! Se você escolhesse o favorito, ia parecer que estava tentando lhe agradar. Que ainda está pensando nele. Se você escolhe um que ele goste menos, você vai parecer despeitada... o que também indicaria que você ainda pensa nele.

Dou uma risada, pois a análise dele é precisa. É bom sair com um cara que não tem o instinto do ciúme. Como resultado, sinto que posso contar qualquer coisa para ele.

— Culpada! — confesso.

— Então... — Richard diz com um sorriso maroto. — Tem algum assunto que não deve ser abordado hoje?

Digo a ele que seria bom não entrar no assunto de divórcio e filhos.

— Que inclui, é claro, pedir o divórcio por causa da questão de ter filhos. Do contrário, pode-se conversar sobre qualquer coisa.

Seguimos para a casa de Annie e Ray, sem encontrar trânsito no caminho, e chegamos bem na hora. Richard paga o táxi e nós descemos do banco de trás, sem guarda-chuva, e entramos no saguão do prédio onde ele joga seu copo de café vazio na lixeira. Annie e Ray acionam o interfone para podermos entrar e subimos pela escada, encontrando a porta ligeiramente aberta.

— Olá? — digo, limpando os pés no capacho de sisal. Meu coração bate descompassado só de imaginar que Ben está do outro lado.

— Podem entrar! Entrem! — escuto Annie cantarolar.

Empurro a porta para abri-la um pouco mais e coloco meu presente, uma caneca de prata gravada com o nome do bebê, na mesa do hall de entrada. Dou uma olhada na sala e vejo que somos alguns dos primeiros convidados a chegar. Sinto uma mistura estranha de alívio e desapontamento ao perceber que Ben não está ali. Pela primeira vez, passa pela minha cabeça que talvez ele não compareça. Talvez ele esteja me evitando. Pode ser que esteja fora da cidade. Talvez tenha saído de férias com Tucker. Acho que devia ter perguntado para Annie.

— Cláudia, minha querida! — Annie dá um gritinho. Ela está com Ray Jr. no colo, mas me abraça com uma das mãos livres. Não consigo acreditar no quanto ele mudou em poucos meses. Ele passou de uma coisinha pequenina e agora está naquela fase alerta e rechonchuda de um bebê de comercial de televisão. Os bebês são um lembrete de como o tempo passa rápido demais, mas resisto a comentar o quanto ele cresceu. Não quero salientar o fato de ter sido uma amiga tão negligente.

— Oi, Annie! — digo, beijando o rosto de minha amiga antes de me virar para admirar o filho dela. Ele está usando um macacão de linho creme com a gola no estilo Peter Pan que provavelmente custou mais caro que a maioria de minhas roupas. Annie parece uma europeia em relação a roupas: tem poucos itens no seu guarda-roupa, mas todos de alta qualidade. Elevo minha voz alguns tons e digo: — Oi, Raymond!

Sempre me sinto envergonhada, meio tola, quando falo com bebês ou com crianças pequenas com quem não estou muito familiarizada. Raymond faz uma careta e olha para o outro lado escondendo o rosto nos ombros de sua mãe e a agarrando pelos cotovelos com suas mãozinhas. É como se ele soubesse a verdade a meu respeito. Não dizem que os cachorros e as crianças sentem coisas em relação às pessoas?

Annie olha ansiosa em direção a Richard, quando lhe digo:

— Annie, gostaria de lhe apresentar meu amigo, Richard. Richard, estes são Annie e Raymond.

Richard diz:

— Prazer em conhecê-la, Annie. — Então ele dá umas palmadinhas no bumbum de Ray Jr., fazendo as fraldas farfalharem. — Oi, companheiro! Como vai?

Raymond Jr. fica firme. Ele não vai cair nessa.

— Muito prazer em conhecer você, Richard — Annie responde, com os olhos cintilantes de curiosidade. Não havia entrado em detalhes com ela ao telefone, e ela também não me perguntou nada. Posso afirmar que Annie estava se segurando para não fazer mais perguntas do tipo: "E aí? Tudo bem com vocês dois?". Eu havia dito que estava tudo ótimo. Agora, tenho a prova: um homem distinto e mais velho.

Richard e Annie conversam um pouco sobre banalidades, que consistem basicamente em Annie fazendo uma série de perguntas a ele. "O que você faz? Ah, vocês trabalham juntos? Há quanto tempo você está lá? De onde você é?" Ele responde a tudo educadamente, embora minimamente, e faz algumas perguntas a ela quando Ray aparece para se juntar a nós, com um olhar estranho.

— Muito bem, quem está por aqui?

Percebo imediatamente que Ray não gostou de eu ter levado um convidado. O que poderia significar muitas coisas. Poderia significar que ele está triste porque seu amigo e eu não estamos mais juntos. Ou ele talvez estivesse querendo proteger Ben. Ou talvez pensasse que eu era uma idiota por trazer um certo constrangimento para a festa de seu filho. Estou começando a achar que essa última possibilidade é a mais provável.

Fico imaginando se Annie e Ray avisaram Ben antecipadamente. Com certeza ela o avisou. Mas, pensando bem, acho que estava ocupada com outras coisas, como o cuidado integral com um novo bebê. Talvez ela esteja tão absorvida com a atenção dedicada ao seu novo rebento que ela e o marido raramente têm tempo para conversar.

Observo Ray se apresentando a Richard com um aperto de mão agressivo. Então, ele se vira para mim e diz:

— Bom ver você de novo, Cláudia. — Noto um tom indiferente na voz dele e me vejo pensando que nossos amigos finalmente estão tomando partido, partido de Ben.

— Bom ver você, também — digo. — Parabéns pelo grande dia de Ray Jr.!

Annie oferece uma bebida para preencher o vazio que se formou na sala. Richard olha de relance para o bar improvisado montado do outro lado da sala, agradece Annie e ele mesmo vai se servir.

— Alguém gostaria de beber alguma coisa?

Vejo meia dúzia de garrafas de champanhe alinhadas como se fossem soldadinhos de chumbo e faço que sim com a cabeça. Ainda são apenas 11 horas, mas, definitivamente, estou pronta para beber alguma coisa.

— O que você for beber está bom para mim — digo para Richard, sabendo de antemão como minhas palavras soam cúmplices, como um casal em sintonia.

O rosto de Ray se ilumina repentinamente e ele exclama:

— O tio Ben chegou!

Respiro fundo e mantenho meu olhar fixo à frente, preso em Raymond Jr. Sei que não é possível para um bebê de seis meses entender o que está se passando, mas posso jurar que o bebê de Annie se virou e me olhou com zombaria, para então sorrir para Ben, que sinto que está parado ao meu lado. Tão perto que sei que dá para ele sentir o meu perfume, pois estou respirando e sentindo o cheiro dele, um cheiro que nem eu havia percebido que ele tinha. Foi como voltar para casa depois de longas férias e perceber que o seu apartamento realmente tem um cheiro próprio.

Ben se curva para dar um beijo no alto da cabeça de Raymond. Ele não faz nenhum comentário sobre como ele cresceu. Claramente ele tem estado por perto.

Ele, então, se vira para mim e diz:

— Oi, Cláudia.

Solto o ar que estava segurando na garganta e me permito olhá-lo nos olhos. Ele está exatamente o mesmo. Ele está como o Ben de sempre. Meu Ben.

— Oi — digo. Minha voz sai engraçada e eu sinto uma fraqueza nas pernas. Uma fraqueza física, parecia que meus joelhos iam desabar. Tento sorrir, mas não consigo. Não sei o que fazer com as mãos. Gostaria de estar segurando um copo. Annie e Ray trocam olhares e se afastam para receber outros convidados.

— Como vai? — Consigo perguntar, enquanto meus olhos resvalam para seu dedo anular esquerdo sem aliança.

— Estou bem. E você? — ele pergunta.

Digo a ele que também estou bem, enquanto olho de soslaio para Richard. Ele se vira, me observa falando com Ben, e então se vira em direção à janela, uma taça de champanhe em cada mão. Ele toma um gole de uma delas. Deve saber que estou conversando com meu ex-marido.

— É bom vê-la novamente — Ben fala com sinceridade.

— Bom ver você também — digo. E é verdade.

— Estou feliz que você veio — ele diz. — Não sabia se você viria.

Olho de relance para Richard mais uma vez, que ainda está olhando pela janela.

— Não sabia se você viria também — digo.

— Ah, bom, na verdade eu sou o padrinho do... Raymond — ele diz, sério.

— Ah, eu não sabia. — Confesso. — Quanta honra!

— É mesmo — Ben concorda. — É muito legal, sim.

Sorrio e sinto algo rasgando dentro de mim, algo bem parecido com o ciúme que eu senti na época do colegial. Como quando descobri que minha melhor amiga, Pam, havia sido eleita rainha do baile de formatura. Nós éramos tão ligadas e até éramos parecidas. As pessoas sempre perguntavam se éramos irmãs ou gêmeas. Então, por que ela foi a escolhida, e não eu? Sinto a mesma coisa agora ao me perguntar por que Annie e Ray haviam escolhido Ben, e não eu.

Será que é porque eu não quero ter filhos? Ou eles ficaram do lado de Ben? Será que tenho sido uma péssima amiga? Ou, talvez, eles estavam precisando mais de um padrinho do que de uma madrinha. Afinal, nem Ray nem Annie têm um irmão.

A essa altura, Richard se afasta da janela para conversar com um homem que eu não reconheço. Penso: "Meu Deus, ainda tenho um minuto". Embora eu não tenha muita certeza do que vou dizer a seguir. E, então, falo abruptamente. Minha pergunta premiada:

— Então, você não trouxe a Tucker?

— Não — Ben responde com um meio sorriso. — Não trouxe.

A única vantagem possível que eu poderia ter com essa pergunta é se ela me esclarecesse o estado atual do relacionamento deles. Porém, a resposta que ele me deu não esclareceu nada. Meti os pés pelas mãos.

Percebo que Richard terminou a conversa com seu novo amigo. Ele me olha novamente, com as sobrancelhas erguidas de maneira interrogativa, como se quisesse dizer "Não quero pressionar, mas se importa se eu me aproximar de você?". Aceno que sim com a cabeça. Qualquer outra resposta seria uma grosseria, mesmo para alguém tão tranquilo quanto Richard. Então, exatamente quando Richard está atravessando a sala para se juntar a nós, Ben diz:

— Vejo que você também veio sozinha.

Um segundo mais tarde, Richard está ao meu lado me servindo uma taça de champanhe. É um gesto inconfundível, mas Ben parece confuso, como se estivesse tentando reconhecê-lo. O que seria impossível, visto que os dois nunca se encontraram.

Não tive alternativa a não ser dizer:

— Ben, este é Richard Margo. Richard, Ben Davenport.

— Olá, Ben. Prazer em conhecê-lo — Richard diz.

Percebo uma nuvem cobrir o rosto de Ben enquanto ele processa o nome. Sei que ele não se esquece de minha lista "Os Top Cinco do Escritório". Ele sabe exatamente quem é Richard e não ficou nem um pouco feliz com isso.

Ben não estende a mão para cumprimentá-lo. Em vez disso, ele vacila, com a expressão vazia. Alguns segundos se passam antes de ele dizer um indiferente "Como vai?" e voltar seu olhar para mim. Ele sabe que eu entendo o significado de seu "Como vai?".

Foi isso que a mãe dele, Lucinda, disse para a segunda mulher do seu ex-marido, a responsável pela dissolução de seu casamento. Durante anos, Lucinda se torturou sobre o que dizer quando finalmente tivesse o desprazer de se encontrar com ela. Ela se recusava a ser grosseira. Todavia, também se negava a dizer aqueles cumprimentos formais do tipo "É um prazer conhecê-la". Ben se lembra da mãe se sentindo vitoriosa quando percebeu que um cumprimento curto e seco fazia mais efeito, um simples "Como vai?". Ben me contou essa história um pouco antes de eu conhecê-la. Ele me disse que deveria me preocupar se ela me dissesse um "Como vai?". Do contrário, significava que ela tinha gostado de mim.

É claro que Richard não faz nem ideia do que está por trás de tudo isso e responde:

— Nada mal. E você?

Ben responde com o que minha sobrinha Zoe interpretaria como sarcasmo.

— Muito bem — ele responde, com um sorriso falso. Então, ele pede licença e vai em direção a seu afilhado. Ao pegar a criança dos braços de Annie, ele se vira e me olha com olhos penetrantes. O significado disso também não me passou despercebido.

Depois de uma hora miserável de confraternização entre os convidados, a cerimônia conduzida por uma ministra chamada Sky, que usava sandália rasteirinha, começou. Não estou surpresa pela atmosfera meio hippie do evento, já que a cerimônia está acontecendo numa sala de estar, e não num parque nem numa igreja, e por causa do histórico religioso de Annie e Ray. Ambos foram criados como católicos, mas se afastaram da igreja quando tinham vinte e poucos anos por uma série de razões, a maioria delas política. Então, passaram por uma fase agnóstica, que durou algum tempo. Annie declara que está mais espiritual desde que Raymond Jr. nasceu e começou a frequentar a Igreja Unitária na Second Avenue.

A ministra passa um bom tempo falando sobre conceitos sublimes, como o valor inerente e a dignidade de cada um; justiça e compaixão nos relacionamentos humanos; a procura pela verdade; o respeito pela rede interdependente de toda a existência, da qual fazemos parte. Ao longo de sua fala, ela para e pergunta aos padrinhos se eles irão apoiar e guiar Raymond Jr. na busca desses objetivos. Meus olhos estão presos em Ben enquanto ele abaixa a cabeça solenemente e repete:

— Vou — em uníssono com a irmã de Annie.

Ao observá-lo, não consigo deixar de pensar em nossos votos no Caribe. Como ele os pronunciou sinceramente. E como ele está sendo sincero agora em seu papel de padrinho. Então, quando penso que posso escapar e até fugir, Annie anuncia que os padrinhos irão ler, cada um separadamente, suas mensagens para Raymond Jr.

A irmã de Annie lê a sua primeiro, recitando um poema de Langston Hughes chamado "Sonho". Depois, é a vez de Ben. Ele limpa a garganta e olha amorosamente para seu afilhado. Sinto a mão de Richard nas minhas costas quando eu olho para baixo e escuto a voz de Ben dizer numa voz alta e clara:

— Raymond, estou tão feliz e orgulhoso por ser seu padrinho. Rezo para que você seja uma pessoa de caráter e integridade. Que seja forte e gentil. Que seja honesto e saiba perdoar. Que seja justo, sem ser presunçoso. Que sempre siga o seu coração e faça coisas boas e lindas no mundo. Amém.

Sinto uma onda avassaladora de tristeza tomar conta de mim ao imaginar que pai maravilhoso ele será. Como seu filho ou sua filha terão sorte em ter um pai assim. Como algum dia, alguma mulher será grata e feliz por eu não querer ter tido filhos. *Não olhe para ele*, digo para mim mesma. Mas não consigo parar de olhá-lo. Não consigo evitar. É mais forte que eu. E talvez seja minha imaginação, mas presto atenção no rosto dele e tenho certeza de que ele está tão triste quanto eu.

— Nunca deveria ter levado Richard àquela festa — digo para Jess ao voltar para casa e lhe contar o resumo da história.

— Sinto muito — Jess fala. — Mas, se serve de consolo, acho que você fez a coisa certa.

— Por que você acha isso? — pergunto, soltando as tiras das minhas lindas sandálias Manolo, que tenho certeza de que Ben nem notou.

— Porque... — ela diz — ... você mostrou a ele que seguiu em frente.

— Mas agora ele me odeia.

— Ele não te odeia.

— Você não viu o modo como ele me olhou. Ele me odeia.

— Certo. Ele odeia você. E daí?

— Não quero que ele me odeie.

— Sim, você quer. Você quer que ele se importe tanto com você a ponto de odiá-la. Se ele tivesse ficado sentado na festa batendo papo com Richard, você estaria se sentindo bem pior agora.

Tenho que concordar com ela, mas digo:

— Me sinto uma idiota e cretina por ter feito isso com ele.

— Cláudia, você levou um namorado para uma festa. Grande coisa. Você sabe que Ben também está namorando.

Reviro o anel de opala no meu dedo e solto um suspiro.

— Não quero magoá-lo. Parece que eu fiz... de propósito. Não acho que ele faria isso comigo.

— Olhe. Você não se separou dele por causa do Richard. *Ele* se separou de você. *Ele* se separou *esperando* encontrar outra mulher que quisesse ficar grávida dele para começar uma família. Guarde isso na sua cabeça.

Concordo. Ela está certa.

— E pare de ficar se sentindo culpada — Jess arremata. — Ok?

Concordo novamente, pensando que era mais fácil dizer aquilo do que fazer. E estou começando a perceber que talvez não esteja me sentindo culpada apenas por ter levado alguém comigo para uma festa.

CAPÍTULO 18

Jess está com sua menstruação atrasada três dias e está começando a sentir uma mistura de pânico e júbilo. Conheço todos os "medos" de Jess de ficar grávida. Ela já passou por isso pelo menos uma centena de vezes desde que a conheço. Na verdade, essa foi uma das primeiras conversas que tivemos no banheiro da faculdade quando ainda éramos calouras. Ela saiu de uma das cabines pulando, erguendo um dos punhos em sinal de vitória e anunciou "Fiquei menstruada!". Ri e lhe dei os parabéns, fascinada com aquela garota que conseguia ser tão espontânea com uma estranha.

Desde aquele encontro em Princeton, Jess tem tomado pílula, no entanto frequentemente se esquece de tomá-la. Ela, então, olha para a caixinha de pílulas e exclama um "Droga! Que dia é hoje? Quarta-feira?". A última pílula tomada está no espaço marcado "domingo" e ela engole três pílulas de uma vez só. Sempre digo a mesma coisa a ela: "Tome na mesma hora, todos os dias. Coloque a cartela ao lado de sua escova de dentes. Deixe um bilhete no espelho".

Mas ela não faz nada disso. Ou não quer fazer. Carrega a cartela na bolsa e se esquece das pílulas quando troca de bolsa. Às vezes, até se esquece de pegar a receita. Ela diz que "está dando uma folga para seu corpo".

Acho que subconscientemente, ou mesmo conscientemente, Jess gosta de viver esse drama. Não há outra explicação para uma mulher tão inteligente se arriscar tanto. Deve adorar nossa conversa sobre o que ela (nós) fará se dessa vez estiver grávida. Será que vai ter o bebê? Será que vai fazer um aborto? Será que vai ter o bebê e depois entregá-lo para adoção? A resposta varia de acordo com o cara com quem ela está no momento, do período que está vivendo ou do vento.

Mas dessa vez há algo diferente. Parece que Jess *quer* um filho. Ou quer apenas ficar com Trey. Ela continua a se esquivar de uma confissão, mas tudo indica que *tentou* ficar grávida. Aparentemente se "esqueceu" de contar a Trey que não havia renovado sua receita da pílula. E ela tem "praticamente certeza" de que transou com ele no décimo quinto dia de seu período fértil.

Ela acredita, de verdade, que Trey vai ficar com ela se estiver grávida de um filho dele. Eu, por outro lado, tenho certeza absoluta de que Trey não vai a lugar algum. Ele não vai abandonar sua esposa. Nem mesmo vai contar a ela. Na verdade, se depender da sorte da Jess (embora seja difícil se falar em sorte com alguém tão autodestrutivo quanto ela), a mulher dele também vai ficar grávida. Posso até imaginar os dois bebês nascendo no mesmo mês ou no mesmo dia. Vão crescer separados, sem saber da existência um do outro. Ou pelo menos o filho legítimo de Trey não vai nem ter conhecimento de que seu pai tem uma filha ilegítima. Jess só vai contar toda a verdade para sua filha quando ela tiver idade para entender (e vamos discutir que idade é essa por muitos anos). Os irmãos estudarão na mesma escola e se encontrarão no primeiro ano da faculdade, na aula de redação. Ele vai se apaixonar por ela, e, então, Jess será forçada a revelar a verdade sobre o pai deles.

Nada disso me surpreenderia. *Nada* me surpreende quando a história tem Jess como protagonista.

No terceiro dia de atraso da menstruação de Jess, fomos jantar sushi no Koi, um restaurante na Second Avenue bem perto do apartamento dela. Era noite de sexta-feira, tínhamos planejado sair separadas, mas eu estou cansada demais e Jess não tem interesse em ir para uma boate, pois não pode beber.

— Vamos lá, Jess! Você acha *mesmo* que está grávida? — pergunto enquanto separo meus *hashis*.

Jess começa a enumerar os sintomas. Diz que está exausta e inchada. Seus seios estão pesados e doloridos. Ela diz que sente. Ela sabe.

Olho para ela pensando que já ouvi tudo isso antes. Digo:

— Em primeiro lugar, você sabe que esses são os sinais pré-menstruais. Em segundo lugar, você é uma hipocondríaca que quer ficar grávida. É claro que você está sentindo todos esses sintomas.

— Não sou hipocondríaca! — Jess contesta, indignada.

— É sim! — digo. — E aquela vez em que fomos acampar e você sentiu que havia contraído a Doença de Lyme? Você chegou a entrar num grupo de apoio às vítimas da doença!

— Sim, eu estava com todos os sintomas — ela diz. — Foi tão estranho...

— Você *achou* que estava com aqueles sintomas.

Ela passa o guardanapo delicadamente sobre os lábios e diz:

— Bom. Acho que devo fazer um teste de gravidez quando acabarmos o jantar.

Suspiro e digo:

— Quantos dólares você acha que já gastou com testes de gravidez?

— Estou falando para você que desta vez é diferente!

— Certo — digo. — Então, me diga: o que você vai fazer se estiver grávida e o Trey não se separar da esposa?

— Ele vai se separar.

— E se ele não se separar?

— Ainda assim terei o bebê — ela afirma, enquanto mergulha um pãozinho no molho de soja. Ela tinha acabado de anunciar que não iria mais comer peixe cru. Caso estivesse grávida. — Seria simplesmente mãe solteira. Muitas mulheres são.

— Você continuaria a trabalhar em tempo integral?

— Claro que sim. Adoro meu trabalho.

— Então contrataria uma babá?

— Ou duas — ela fala.

Eu quase digo "Para que ter filhos, então?", mas algo me impede de dizê-lo. Alguma coisa dentro de mim me diz que a última coisa que eu poderia fazer era criticar alguém no que diz respeito a filhos.

A caminho de casa, Jess passa em uma farmácia e compra um teste de gravidez. Ela lê a caixa e me avisa que vai esperar para fazer o teste de manhã, pois, de acordo com o que está escrito, os resultados são mais precisos. Olho para ela, cética, sei que nada nem ninguém poderia impedi-la de fazer o teste naquela noite. Na verdade, aposto que ela não vai aguentar esperar nem uma hora.

Começo a pensar que talvez eu esteja errada, quando a ouço falar ao telefone, usando o linguajar dos investidores financeiros. Algo que diz respeito a taxas de desconto e retiradas múltiplas. Não entendo nada. Então, a ouço dizer:

— Olha, Schroeder. Isso não é ciência de foguetes. Se você quer trabalhar com foguetes, vai para a NASA. Agora! Me prepara a apresentação para amanhã de manhã, e coloca tudo numa fonte grande para que aquela mesa de diretores geriátrica consiga ler!

Sorrio e digo para mim mesma que Jess *não* está grávida, com certeza não. Apesar da vontade que ela tem de ter um filho, não consigo imaginar isso. Pelo menos não agora.

Contudo, alguns minutos depois, ela irrompe no meu quarto com a varetinha plástica na mão. Sento-me na cama e tento respirar fundo.

— Olhe! Uma cruz! — ela diz, me mostrando a vareta plástica. As mãos dela estão tremendo.

— Você está grávida? — pergunto, incrédula, sem me importar com o resultado cientifico à minha frente.

— Vou ter um filho... — Jess fala, chorosa. Mas o tipo de choro feliz. Aquele choro que a gente vê num pódio das Olimpíadas, enquanto toca o hino nacional.

— Uau! — exclamo, sentada na beirada da cama. — *Não acredito!*

— Nem eu... — Jess sussurra.

— Você ligou para Trey?

— Sim. Ele não atendeu.

— Você deixou mensagem?

— Hum-hum. Disse que era importante... — diz, baixinho.

— Como você está se sentindo? — pergunto.

— Assustada. — Ela admite. — Confusa... mas feliz!

Eu a abraço enquanto murmuro em seu ouvido "meus parabéns". Olhamos uma para a outra, para a vareta de plástico, e depois uma para a outra novamente.

— No que *você* está pensando? — ela pergunta, depois de mais de um minuto de silêncio.

Balanço a cabeça, sentindo um turbilhão de emoções diferentes. Temo pela minha amiga. Sei como ela está cheia de esperança, como deseja intensamente que as coisas deem certo com Trey, e como ela vai ficar desolada quando a realidade bater à sua porta daqui a nove meses. Também não posso evitar sentir raiva pelo que Jess está fazendo a si própria, por entrar na maternidade desse modo tão desajeitado. Fico ressentida por ela tomar decisões tão impensadas em sua vida e não consigo deixar de pensar em como essas decisões erradas terão impacto na *minha* vida. Não queria um filho com o Ben, meu *marido*, então não vou querer criar um filho de minha amiga. Mas que tipo de amiga eu seria ao largar minha melhor amiga num momento desses, quando ela mais precisa de mim? Que criatura horrível eu seria se me distanciasse dela num período tão crucial?

Então, bem lá no fundo, escondida entre as óbvias reações, está uma dor estranha. Essa preocupação de que, se eu me mudar e me afastar de Jess e do bebê, estarei me marginalizando. Estarei do lado de fora de algo extraordinário. Que a vida de Jess vai se tornar muito mais *completa* que a minha. É quase como se eu estivesse com ciúmes dela. O que é uma loucura, obviamente, eu *não* quero ter um filho. *Não quero.*

Começo a imaginar o que sempre imagino quando sinto emoções incontroláveis, irracionais, de qualquer tipo: *é normal me sentir assim? Será que há pessoas que sentem saudade de algo que nem mesmo queiram?* Espero que a resposta seja sim, pois sempre existe a ideia reconfortante de que não estamos sozinhos. Que outras pessoas sentem a mesma coisa que você. Que você é ligeiramente perturbada, mas, ainda assim, *normal*.

Jess se deita na minha cama e fica olhando para o teto, enquanto tento encontrar as palavras certas para uma analogia, alguma coisa que expresse o que estou sentindo. Minha mente chega ao meu primeiro amor, Charlie, a quem eu ocasionalmente encontro quando estou em Huntington. Charlie é bombeiro lá, o que significa que ele passa os dias da semana resgatando gatos e cachorros de rua, e ensinando segurança contra incêndio para as crianças do Ensino Fundamental. Ele passa os fins de semana assistindo aos jogos dos Jets, fumando cigarros Camel Light com seus antigos colegas de escola e brincando no quintal com seus quatro filhos. Posso apostar que Charlie não tem passaporte nem leu nenhum livro desde a formatura do

Ensino Médio. Resumindo, a vida dele não é em nada parecida com a minha, e a vida com Charlie nunca seria suficiente para mim. Porém, quando o vejo, ainda sinto saudade e vontade de ter 16 anos de novo, sair do cinema numa noite quente de verão e, então, estacionar o carro dele e ficar namorando lá dentro enquanto ouvimos um mix de canções de amor no seu toca-fitas. No entanto, não confundo esses sentimentos por desejar estar casada com ele.

Tampouco quero um filho, mas sinto uma pontada de dor apesar disso. Uma pontada fraca, é verdade, porém ainda assim é algo que me faz dizer bruscamente para Jess:

— Se eu soubesse que isso ia acontecer...

Jess arregala os olhos. Ela diz meu nome lentamente, como uma pergunta.

— O quê? — pergunto inocentemente.

— Você está tendo dúvidas?

— Sobre o quê? — questiono.

— Sobre Ben? Sobre ter um filho? Sobre ter um filho com o Ben? — ela pergunta, parecendo preocupada, desconfiada e cheia de esperança ao mesmo tempo.

— Não — digo, enfática. — Não seja ridícula! Não tenho dúvida quanto a isso.

— Certo, acho que isso é bom — Jess murmura. — Porque se você estivesse com alguma dúvida, sua vida estaria muito mais complicada do que a minha, dez vezes mais do que ela está agora.

Olho para ela e digo novamente:

— Não tenho dúvida quanto a isso.

Na manhã seguinte, fico na cama lendo *O morro dos ventos uivantes* pela quinquagésima vez. É meu livro favorito de todos os tempos. Gosto ainda mais dele agora que meu relacionamento terminou. De um jeito perverso, quase gosto de me sentir tão atormentada quanto Cathy ou Heathcliff.

Encontro minhas falas favoritas e as leio em voz alta para mim mesma:

— "Meu maior conceito sobre a vida é ele mesmo. Se tudo o mais perecesse, e ele continuasse, eu ainda continuaria a existir... Ele sempre, sempre estará no meu pensamento — não como prazer... mas como parte do meu próprio ser."

Suspiro e leio outra passagem tocante:

— "Como a miséria e a degradação, e a morte, e nada que Deus ou Satã pudessem fazer teria nos separado, você, por sua livre e espontânea vontade, o fez. Eu não despedacei seu coração, você mesmo o fez; e, ao fazê-lo, despedaçou o meu."

Então, exatamente quando estava me envolvendo naquela agonia melodramática de paixão e desespero, penso em como, no começo do relacionamento, insisti para que Ben lesse esse livro. Seu comentário quando terminou o livro foi: "Bom. Esse Heathcliff é uma piada, hein?". Sorrio ao lembrar como ri naquele momento.

E então, naquele instante, meu celular toca. Irracionalmente, quero que seja Ben, mas, quando olho na tela do aparelho, vejo que é Daphne. Atendo e ela me pergunta quais são as novidades. Até aquele momento, não havia pensado em como a notícia da gravidez de Jess iria afetá-la. Escolho o caminho mais fácil e digo que não há novidade. Jess poderá lhe contar as boas-novas quando quiser. Não vou dizer nada, a menos que seja obrigada a fazê-lo.

— O que há de novo com você? — desvio o assunto.

— Ah, nada demais... — ela responde.

— Os resultados do Tony já saíram? — pergunto.

— Sim — ela comenta. — Já saíram.

— E...

— Está tudo bem com ele. Não há problema algum — ela diz, e sua voz parece estranhamente aguda e feliz. Penso que talvez ela esteja grávida, mas decido não perguntar nada. Em vez disso, mantenho a conversa num terreno mais seguro e digo:

— E quais são as outras novidades?

— Ah, você sabe, estou voltando para a roda-viva do começo do ano escolar, montando alguns novos quadros de avisos e coisa e tal.

— Isso é ótimo — digo. — Seus quadros de avisos são incríveis.

— Ah, obrigada, Cláudia — ela agradece.

Depois de uma longa pausa, Daphne diz:

— Então, Cláudia, você acha que pode vir jantar aqui em casa amanhã? Lá pelas sete? Quero fazer aquela minha lasanha para você.

— A Maura também vai? — pergunto.

— Não.

— A mamãe ou o papai?

— Não. Só você. Achei que ia ser divertido — ela diz.

— Claro que vou, Daphne — digo, concluindo que ela não está grávida. Se estivesse, ela convidaria todo mundo. Mas do jeito que minha vida anda, tenho certeza de que vamos falar sobre bebês e ter filhos.

Na noite seguinte, pego o trem para Huntington. Quando desço na plataforma, vejo Daphne acenando de dentro do seu Mini-Cooper amarelo. Caminho em sua direção e vejo algo em seu rosto que parece artificial e exagerado. Como uma atriz iniciante fingindo estar feliz. Quando chego ao carro digo:

— Oi, Daph! — Reconheço a falsa alegria na minha voz. Percebo que é difícil agir com naturalidade quando alguém está se comportando de maneira estranha.

Conversamos sobre banalidades no caminho para a casa dela e sobre seus alunos na escola. Ela também me conta, toda animada, que adorou o romance de Amy Dickerson. Ela diz que o selecionou para seu clube do livro, apesar de eles geralmente escolherem romances água com açúcar.

— As garotas vão *adorar* o livro — ela afirma. — Ele instiga... nossos pensamentos.

Olho de relance para minha irmã, pensando que é provavelmente a primeira vez que ela se refere a ser *instigada* por alguma coisa. Minha irmã não é nem um pouco burra, mas está longe de ser uma pessoa introspectiva.

Quando chegamos à casa dela, Daphne abre a porta da garagem com seu controle remoto. Vejo que a minivan preta de Tony está estacionada e descarto a ideia de problemas conjugais. Pelo menos nada iminente. Mas também esse comportamento alegre esquisito não faria sentido num contexto de divórcio. Algo a mais está acontecendo por aqui.

— Para casa agora eu vou! — Daphne cantarola com uma risada nervosa. É o que meu pai sempre canta quando abre a porta da garagem. Daphne pegou a mania. Talvez eu pegasse também, se tivesse uma garagem para abrir.

Sigo minha irmã até a cozinha e digo um alô para seus dois Yorkies, Anna e Gary, e vejo uma bandeja enorme cheia de bolinhos de siri assados acompanhados de patês.

Daphne não é uma cozinheira incrível, mas faz o básico muito bem. Tony está sentado ao lado do balcão assistindo a um jogo de beisebol, e, quando nos vê, ele se levanta, vem em minha direção e me dá um beijinho no rosto.

— É *maravilhoso* vê-la novamente, Cláudia! — ele diz, parecendo tão forçado quanto minha irmã.

— É *maravilhoso* encontrar você também, Tony — falo.

Daphne abaixa o volume da televisão e diz gentilmente:

— Pode colocar a música de volta, meu bem?

Ele faz a vontade dela, enquanto eu comento:

— Nossa, Daph. Bolinhos de siri. Qual é a ocasião especial?

Ela me olha de um jeito inocente.

— Nenhuma ocasião especial. Eu, nós só queríamos receber você bem. Só isso. Não é, Tony?

— Hum-hum — Tony murmura. — É isso mesmo.

Não consigo evitar um sorriso no meu rosto.

— Hum-hum.

— O quê? — Daphne pergunta.

Dou uma risada.

— Tem alguma coisa estranha aqui.

Daphne e Tony trocam um olhar.

— Você gostaria de uma taça de vinho? — Daphne pergunta. — Temos branco e tinto.

— Hum-hum. E deixa eu adivinhar o que tem na geladeira para sobremesa. Mousse de chocolate?

Ela arregala os olhos.

— Como você advinhou?

— Porque eu sei que você sabe que mousse de chocolate é a minha sobremesa favorita... Então, Daphne, me conte o que está acontecendo por aqui. Vocês estão precisando de dinheiro emprestado? — Imediatamente me arrependo do que falei. Minha irmã nunca me pediu dinheiro emprestado, mas as coisas estão sempre apertadas para ela e Tony, e talvez *precisem* de grana para os tratamentos de fertilidade. Em todo caso, termino o que estava dizendo: — Não vou gastar todo o meu salário agora que estou sozinha!

Tony dá uma risada.

— Bom, para falar a verdade, eu bem que estou precisando de um dinheirinho. Você tem uns cinco mil sobrando? Adoraria comprar um conjunto novo de tacos de golfe. Ou talvez uma moto — ele diz, fazendo movimento com a mão como se estivesse acelerando uma motocicleta.

— Você não vai comprar uma moto! Elas são muito perigosas! — Daphne exclama, voltando a ser ela mesma por alguns segundos. Então, ela me diz: — Não seja tola. Não estamos precisando de dinheiro. Mas muito *obrigada* pela oferta. Você é uma pessoa tão *generosa*, uma irmã tão *carinhosa*.

Solto uma gargalhada e digo, com um sotaque caipira:

— Ok. Preste atenção, dona, quero minha irmã de volta. O que você fez com a minha irmã?

Daphne me olha com sua expressão mais séria e diz:

— Não sei o que você quer dizer com isso. — Então se vira, limpa as mãos no avental e se ocupa com o abridor de garrafas, que foi um presente de Natal de Ben para Tony, da primeira vez que começamos a trocar presentes de amigo secreto. Não acredito que eles ainda o têm. Sento no balcão ao lado de Tony e experimento um bolinho. Está perfeito.

— Muito bem — digo. — Aja do jeito que quiser. Estou adorando receber esse tratamento VIP. Esses bolinhos estão *divinos*.

Daphne despeja lentamente o vinho tinto nas taças e, quando finalmente se vira, vejo que está com o rosto coberto de lágrimas. Antes que possa perguntar o que há de errado, ela diz:

— Não queremos seu dinheiro, Cláudia... Mas, na verdade, *queremos* uma coisa de você.

Engulo o pedaço de bolinho que estava mastigando e sinto um aperto no estômago. Por um instante, penso que talvez Daphne precise de um rim. É claro que vou lhe doar um.

— Você está doente? — pergunto, trêmula de medo. A ideia de uma de minhas irmãs morrendo tão cedo é insuportável demais.

— Não... — Daphne diz com a voz entrecortada. — Estou bem... Mas meus óvulos...

— Seus óvulos? — pergunto, muito embora saiba exatamente o que ela está dizendo e sei o que quer me pedir. Olho para Tony. Ele também está com os olhos marejados. Ele cobre a mão de Daphne com as suas.

— Fiz meus exames na semana passada, e nosso médico disse que meus óvulos não servem mais — ela diz, soluçando. — Eles não prestam para nada, são uma porcaria.

— Daphne... sinto muito — digo, me levantando para abraçá-la. Ela levanta a mão para me impedir e, então, continua:

— Então, Tony e eu... estávamos pensando se... poderíamos usar um dos seus...

CAPÍTULO 19

— Por que eles não pediram para sua outra irmã? — Richard me pergunta, depois que lhe contei a história toda sobre o pior pesadelo de Daphne virando realidade. Contei tudo sobre os exames. E sobre o funesto encontro com o médico que deu a notícia de que usar os óvulos de Daphne mesmo na fertilização *in vitro* seria perda de tempo e dinheiro. Não tinha planejado contar essa história para ele, mas sinto a necessidade de contar a alguém e não quero discutir esse assunto com Jess. Ela está toda sensível em relação a essa questão de maternidade. Além do mais, Richard e eu acabamos de fazer sexo e estou sentindo aquela proximidade que nos impele a confiar no homem que acabou de nos dar prazer. Duas vezes.

Richard passa a mão pelos meus cabelos e diz:

— A Maura não seria a escolha mais lógica, uma vez que ela já tem filhos?

Aceno que sim com a cabeça e respondo:

— Eles tinham suas razões para me escolherem... Primeiro, sou mais nova. Isso significa que tenho óvulos melhores. Segundo, acho que seria estranho demais, você entende, se eles usassem os óvulos da Maura, então as crianças seriam primos e irmãos. Ou pelo menos meio-irmãos.

— Isso seria meio esquisito mesmo — Richard concorda.

— E a última, e mais importante razão não dita — digo —, é que Maura nunca concordaria com isso.

— Por que não?

— Ela às vezes é... um pouco egoísta — falo, e me arrependo imediatamente de ter dito aquilo. Sinto que fui desleal e não quero que Richard pense mal de Maura antes mesmo de conhecê-la.

— Egoísta como? Mesquinha com seu próprio tempo? Do tipo que não perde tempo buscando um amigo no aeroporto? — ele pergunta, colocando uma mecha do meu cabelo atrás da orelha.

— Não... Talvez autocentrada seja a palavra. Ela tem boas intenções, mas acho que herdou a capacidade de empatia de minha mãe — digo. — Minha mãe é capaz de reclamar durante anos porque a Chanel deixou de fabricar certo tom de batom, mas espera que um doente de câncer simplesmente se anime e pense positivamente...

— Sim, conheço o tipo — Richard diz. — Mas, para falar a verdade, não acho que seria egoísmo recusar esse pedido. Quero dizer, isso é muito para se pedir a alguém, mesmo para uma irmã.

— Você acha? — pergunto.

— Bom. Sim — Richard responde. — Independentemente de serem irmãs. É um pedido enorme.

Estava esperando que ele me dissesse isso, porque eu concordo: é uma coisa muito importante para se pedir. Apesar de tudo, imagino se Richard não está dizendo isso só para me agradar.

— E então, o que você respondeu? — ele perguntou.

— Não respondi nada ainda. Disse a eles que precisava pensar um pouco.

— E eles aceitaram bem a resposta?

— Sim. Parece que sim. Daphne disse que entendia. Tony me agradeceu por pensar na proposta deles. Então, mudamos de assunto e fomos saborear a deliciosa lasanha da minha irmã. Pelo menos fingir saboreá-la, pois eu fiquei com um nó no estômago.

— Então você e Tony teriam que transar? — Richard fala, enquanto agarra de brincadeira meu seio esquerdo.

— Muito engraçado! — digo, afastando sua mão.

— E aí? Vocês teriam que transar?

Reviro os olhos e digo:

— Não seja burro... Seria um procedimento cirúrgico. Teriam que remover meus óvulos. Como na fertilização *in vitro*.

— Você teria que fazer uma cirurgia? — Richard pergunta, franzindo a testa.

Penso em como os homens são infantis em relação à dor, mas explico.

— Essa é a parte menos complicada.

— E qual é a parte mais complicada? — ele pergunta.

Reflito por um momento e respondo com hesitação:

— Se tiver um filho meu no mundo, vou pensar nele como sendo meu.

Richard pisca e se curva para pegar a taça de vinho que está na mesinha de cabeceira.

— Você pensaria nele como seu? Ou você ia querer que ele fosse seu?

— Qual a diferença? — digo, pensando que, nesse sentido, meus óvulos e meu ex-marido talvez tenham algo em comum.

Caímos no sono logo após essa conversa, mas acordo no meio da noite e começamos outro tipo de bate-papo. É um fenômeno que só acontece no início de um relacionamento, quando o sono não parece ser tão importante assim. Falamos sobre o programa de rádio de Steven Gaines em Hamptons e como deveríamos tentar agendar um dos nossos autores para conceder uma entrevista a ele, quando Richard pergunta abruptamente sobre meu aniversário de 35 anos, que vai acontecer dali a duas semanas. Tento me lembrar da última em vez que saí para comemorar meu aniversário com o pessoal do trabalho. Acho que não faço isso desde que fiz 30 anos. Não gosto muito de festas de aniversário, mas também não as detesto. Para mim, é indiferente. Quero dizer, todo mundo comemora o aniversário uma vez ao ano. Por que tanta comoção por causa disso, pelo menos depois que você passou dos 25 anos?

— Como você sabia do meu aniversário? — pergunto. — O Michael lhe contou?

— Não. Primeiro Michael teria que me contar que sabe sobre a gente.

— Como você descobriu, então?

— Talvez eu tenha dado uma olhadinha na sua carteira de motorista — Richard admite.

— Você é bastante criativo — digo.

Richard revira os olhos:

— Posso ser muito criativo... quando quero alguma coisa — ele confessa. Sinto o olhar dele sobre mim, no escuro.

— E o que exatamente você quer? — pergunto, meu coração batendo em disparada, embora eu não saiba bem o porquê.

Richard não responde à minha pergunta, mas encontra meus lábios e os beija. Eu correspondo ao beijo e fico pensando no modo como Richard me quer. Será que é com o mesmo desejo que eu o quero? Será que é só isso que eu quero dele? Ou será que tudo não passa de companheirismo, para preencher o vazio e passar o tempo? Será que estamos nos apaixonando? Será que algum dia vou querer ficar com Richard, do mesmo modo que quis ficar com Ben? Será que vou querer me casar novamente com quem quer que seja?

Como se estivesse lendo minha mente, Richard para de me beijar e diz:

— Posso levar você para comemorar seu aniversário em algum lugar?

— Sim — digo. — Eu adoraria.

— Você gostaria de ir a algum lugar em particular?

— Qualquer lugar com você seria perfeito — digo, com a voz firme, e quase me convenço de que estou falando a verdade.

Na manhã seguinte, volto para o apartamento de Jess para me trocar para o trabalho. Jess está sentada na sala, usando uma lingerie de seda preta (ela não tem nenhuma calcinha de algodão), passando hidratante nas pernas. A sala cheira a baunilha. Seu cabelo ainda está molhado e espetado com gel. Ela está feliz e cantando "Perfect world", de Liz Phair:

— "Quero ser impetuosa, alta, vulnerável e sedutora."

Penso, "Bom, você é todas essas coisas" e, então, digo:

— Por acaso aquele cretino retornou suas ligações?

Estou, é óbvio, me referindo ao Trey. Ele é oficialmente reconhecido como "o cretino" agora. Primeiro ele era "Cretino", um nome próprio, mas decidimos que ele não merecia nem isso e o rebaixamos a um idiota genérico e comum. De acordo com a assistente dele, Daria, Trey está em Tóquio. Ela está mentindo por ele. Já sabemos que mentir é uma de suas principais tarefas no trabalho. Da última vez que falou com Daria, ela disse "Diga a ele que tem telefone na Ásia". Daria bufou e respondeu: "Pode deixar", antes de desligar o telefone na cara de Jess. Não dava para saber quem Daria desprezava mais: se Jess ou o próprio patrão. Talvez Trey também estivesse dormindo com ela, eu disse, uma vez. Jess não achou nada engraçado e fiquei em alerta máximo: segure as piadas para mais tarde.

— Nada. Nem uma palavra — Jess resmungou, sacudindo os ombros. — Quero que ele se foda.

Olho com atenção para o rosto dela, procurando um sinal de raiva falsa. Não encontro nada. Pode-se dizer que ela está começando a falar a verdade. Na verdade, ela está tão decidida que começo a pensar que só há uma explicação: Jess quer essa criança muito mais do que quer ficar com Trey. Praticamente o oposto de Ben e eu. Como é possível minha melhor amiga e eu sermos tão diferentes?

— Que se foda! — ela repete.

— Foi assim que você se meteu nessa confusão — digo e solto uma risada.

— Sim. É mesmo um pouco confuso — ela admite. — E, no entanto... parece tão certo.

Então ela me informa que já marcou sua primeira consulta de pré-natal para a próxima quinta-feira, às 14 horas.

— Que emocionante! — digo, quase acreditando em minhas palavras.

— Você vem comigo? — ela pergunta, hesitante. — A enfermeira me disse que eles vão auscultar o coração do neném com um ultrassom. Eu gostaria de dividir esse momento com alguém... Com você.

— Claro... vou sim — digo, emocionada por ela me querer lá. E eu quero estar com ela, mas tenho minhas reservas. Em primeiro lugar, é no outono que as coisas ficam mais movimentadas no trabalho e eu não consigo me imaginar sentada numa sala de espera por horas. Segundo, e mais importante, parece que vou estar abrindo um precedente ruim. Será que Jess vai querer que eu a acompanhe em todas as consultas dali em diante? E aqueles momentos excruciantes da sala de parto? Imagino-a me pedindo para cortar o cordão umbilical ou tirar uma foto da cabeça do bebê coroando.

Penso na ironia de tudo o que tem acontecido: uma mulher, que não quer ter filhos, recebe o pedido para ser doadora de óvulos e servir de pai substituto no mesmo mês.

Mais tarde, naquele mesmo dia, recebo o telefonema de uma agente importante, conhecida no mercado editorial simplesmente por:

Coral. Não sei se Coral é seu nome de batizado ou se é algum apelido, mas sei que ela tem um dos maiores egos do mercado, o que acho que se justifica por seu bom trabalho, por assim dizer. Ela tem alguns clientes *muito* famosos e todos os que representa acabam se tornando *best-sellers*. Como consequência, todo editor delira com a simples *ideia* de um encontro com ela, pois sabe que é alguém importante, já que ela se dignou a ligar para marcar uma reunião com você.

Cerca de um ano atrás, Coral me ligou pela primeira vez sobre um manuscrito chamado *No nude beaches*. Senti que tinha alcançado meu lugar no mundo editorial quando ela falou sem parar sobre como eu adoraria essa história radical e sentimental sobre o amadurecimento de três garotas que viajam juntas pela Europa, logo depois da formatura na faculdade. Coral estava certa, amei a história, mas, infelizmente, todo mundo também adorou e acabei a perdendo num leilão massacrante de cinco sessões, quando a Elgin limitou o adiantamento que eu poderia pagar em quinhentos mil dólares. Foi um golpe desolador, principalmente quando o livro estourou no número três da lista dos mais vendidos do *Times*, fato extraordinário para um romancista de primeira viagem. Lembro-me de passar em frente à vitrine da Barnes & Noble da Union Square certa noite a caminho de casa. Estava tão perturbada que nem mesmo apontei o livro para Ben, mas ele deve ter visto, pois disse: "Não se preocupe. A Coral vai ligar para você novamente".

Então, é claro que me lembro dele quando Rosemary me liga e diz, toda animada:

— Cláudia, Coral está na linha!

Meu coração acelera, pego o telefone e digo olá.

— Cláudia, querida — Coral fala. — Parabéns pelo romance da Amy Dickerson. É *bri-lhan-te*!

— Obrigada, Coral. Fico muito feliz com o elogio. Estamos satisfeitos com o modo como o livro está se saindo... E então, como vai? — digo, certa de que Coral não me ligou apenas para bater um papo. Ela deve ter alguma coisa para me dizer.

— Estou bem, querida... Ouça. Adoraria pôr o papo em dia enquanto almoçamos... E *talvez* eu tenha algo para você ler. Algo que seria *perfeito* para você e seu catálogo.

— Acho uma excelente ideia — digo, animada, mas esperava que Coral me mandasse o manuscrito ou o enviasse por e-mail, como fazia a maioria dos outros agentes. Contudo, talvez ela queira me oferecer algo exclusivo e pretenda me mostrar em primeira mão. Digo a mim mesma para manter a calma e respondo: — Quanto a esse manuscrito, agradeço por ter se lembrado de mim, Coral. Vou adorar avaliá-lo.

— *Fabuloso* — ela responde. — Vamos nos encontrar na próxima quinta, no Eleven Madison Park... Que tal, às 13 horas? Ou às 13h30?

Olho para minha agenda e vejo "CONSULTA DA JESS" escrito em letras maiúsculas. Droga, conflito com o bebê.

— Hum... — respondo. — Tenho algo marcado nesse dia, Coral. Mas estou livre qualquer outro dia da semana.

— Sinto muito, querida. Estou com a agenda lotada nas próximas semanas — ela responde, parecendo irritada.

Penso, "Ninguém coloca a Coral de lado", e reviro os olhos. Começo a ceder, mas não o faço. Então, uso suas próprias táticas. Estou ocupada demais, e sou bem experiente, para ficar presa nesses joguinhos. Digo:

— Bom, me desculpe, Coral. Quinta é impossível para mim.

Cruzo os dedos para que ela arrume outra data ou, melhor ainda, para que me envie o manuscrito. No entanto, ela diz:

— Que pena! Quem sabe uma próxima vez.

Desligo o telefone e digo a mim mesma que se apenas o fato de a Coral ligar faz de mim alguém importante, desdenhá-la, então, torna você alguém. Digo a mim mesma que não há nada mais importante do que a amizade. Ou filhos. Ou amigos tendo filhos. Mas não posso evitar estar ressentida por um bebê que nem mesmo é meu.

Na manhã seguinte, Jess entra no meu quarto exatamente quando estou acordando e diz:

— Cláudia, estou sangrando. — A voz dela está calma, mas seu rosto está pálido.

— Onde? — pergunto, imaginando um corte por acidente na cozinha.

— Fiquei menstruada — Jess murmura. — Não estou mais grávida.

A palavra *aborto* passa pela minha mente, mas sacudo a cabeça e digo:

— É normal ter um pouco de sangramento no comecinho. — Parece que estou citando um livro de medicina, então, acrescento uma nota casual: — A Maura teve pequenos sangramentos em todas as gravidezes.

— Será que tanto sangue é normal? — Jess pergunta, com a voz trêmula. — Cláudia, não acredito que ainda esteja grávida, definitivamente.

Olho para minha melhor amiga, com medo de dizer alguma coisa, de falar a coisa errada. Já ouvi dizer que metade das mulheres sofre um aborto em algum momento da vida, mas esta é a minha primeira experiência com o fato. Digo a Jess como sinto muito por tudo isso. Conforto minha amiga e digo que ela irá superar esse sofrimento. Digo a ela o que sempre digo à Daphne quando ela fica menstruada: que algum dia ela será mãe. Que algum dia isso vai acontecer. E eu acredito nisso.

Ao ouvir minhas palavras, uma parte de mim se sente envergonhadamente aliviada pela mudança dos acontecimentos. Estou aliviada por não ter que passar por toda essa privação com Jess. Estou aliviada por poder passar mais tempo com ela antes que ela se torne mãe. Mas, principalmente, estou aliviada pela minha melhor amiga. Sei que ela está sofrendo agora, e tenho certeza de que algum dia ela irá olhar para trás e verá que as coisas aconteceram por alguma razão. Que assim foi melhor. Quero que ela tenha um filho, com um homem bem melhor que Trey. Um homem que a mereça. Um homem parecido com Ben.

CAPÍTULO 20

Espero que meu aniversário de 35 anos coloque um ponto final em todo esse papo de bebês e as pessoas queridas de minha vida me deem isso como presente. Em vez disso, nos dias anteriores ao grande marco, Daphne deixa uma mensagem na secretária eletrônica: "Seria maravilhoso retirarmos os óvulos em breve. Poderíamos evitar fazer a amniocentese se realizarmos o procedimento agora!".

É claro que ela está se referindo ao fato de que a maioria dos médicos recomenda esse exame, a amniocentese, para mulheres com mais de 35 anos e, embora ela queira soar leve e casual, percebo que está falando sério. Apesar de eu estar enlouquecendo com a ideia de lhe doar um dos meus óvulos, estou tendendo a dizer sim. Principalmente porque quero pôr um fim a esse sofrimento de minha irmã, mas também porque não acho que tenha outra escolha. Não consigo nem imaginar como diria não para ela.

Cometo o erro de discutir essa questão com Jess. A pior parte de seu sofrimento já passou depois que foi ao médico e ele confirmou que esses abortos são comuns. O médico também checou seu nível de hormônios e chegou à conclusão de que estava tudo normal. Ele disse que não havia motivos para se preocupar com o futuro. Mas a hipocondria de Jess misturada com as novidades de Daphne a deixou preocupada. Ela começou uma conversa sobre congelamento de óvulos e passou um tempo enorme de seu horário de trabalho me mandando links sobre tecnologias de reprodução inovadoras.

A certa altura, mando um e-mail de volta dizendo que nunca escutei tanta conversa sobre óvulos em minha vida, nem mesmo quando fiquei menstruada pela primeira vez. Assim que apertei a tecla enviar, fiquei preocupada em tê-la ofendido, mas ela me responde de bom humor com um "hahaha", finge não perceber a crítica e muda de assunto para discutir os planos de meu aniversário. Deixo bem claro para ela (e minhas irmãs) que não quero uma festa, nem festa surpresa nem nada. Digo a ela que gostaria de sair para jantar com um pequeno grupo. Digo a ela os nomes de sempre, menos o de Ben, e acrescento o de Richard.

Quando Jess me pergunta aonde gostaria de ir, digo que ao Babbo, embora esse fosse um dos nossos lugares favoritos, isto é, meu e de Ben. Já passei daquela fase de me preocupar com os lugares a que nós dois íamos sozinhos. Quero ter o direito de ir aonde quiser e com quem quiser na minha cidade. Então, Jess manda um e-mail para Maura e Scott, Daphne e Tony, Annie e Ray, Richard e Michael (que, a não ser por um passeio no elevador certa manhã, não tem passado muito tempo na minha companhia). Todos respondem aceitando, com exceção de Ray. A desculpa dele é que não conseguiram encontrar uma babá. Não acredito nele, há muitas babás em Manhattan, mas, no fundo, fico feliz porque ele não vai estar presente. Prefiro ter apenas Annie como minha amiga. Não quero passar por aquela fase desagradável de transição entre "casais amigos".

Enquanto isso, Richard está preparando nossa escapada de três dias para um lugar não revelado. Não sei nem se estamos indo para um lugar de clima quente ou fresco, pois ele combinou com Jess para que ela arrumasse minha mala. Pressiono Jess, quero que ela me revele alguma coisa, porém ela fica firme, do mesmo modo com que se recusa a me contar se um filme tem final feliz ou triste. Gosto de estar preparada quando assisto a um filme, de estar com o estado de espírito correto. Fiquei furiosa quando assistimos a *Entre dois amores* juntas, um filme a que ela já havia assistido antes.

— Você deveria ter me contado que ele morre! — repreendo Jess.

— Mas eu teria estragado a história! — ela reclama.

— Mas se eu *quero* saber, não vai estragar nada.

Jess não vê as coisas da mesma maneira que eu. Pessoas que gostam de surpresas querem que você goste de surpresas também.

Então, a única coisa que ela me conta sobre minha viagem com Richard é que ele está me levando para "um lugar *muito* legal".

— Eu já estive lá? — pergunto.

Ela diz que não. Então, me diz que, se eu tive que me separar de Ben, pelo menos eu o substituí por alguém legal como Richard.

— Ninguém está *substituindo* Ben — afirmo.

Jess me olha de um jeito que demonstra não estar muito certa disso.

— Acho o Richard um gostosão. Adoro sua voz grave... — e ela tenta imitá-lo dizendo: — "E, Jess, hum, não se esqueça de colocar o vibrador dela na mala!".

— Cresça, Jess — digo.

— Cresça você — ela diz, sua resposta favorita desde a época da faculdade.

"Só uma de nós duas quer ser mãe", penso.

Na noite do jantar, Richard se oferece para pegar Jess e eu. Agradeço, mas digo que nos encontraremos com ele no restaurante. Ele diz que tudo bem e anota meu primeiro pedido de bebida pelo telefone, o que eu acho muito delicado da parte dele.

Algumas horas mais tarde, Jess e eu estamos prontas e lindas em nossos vestidinhos pretos. Estou usando os sapatos que ganhei de aniversário novamente. Pegamos um táxi para o centro da cidade e descemos na esquina da Sixth Avenue com a Waverly Place. É uma noite fresca de setembro e me arrependo de não ter trazido um xale, enquanto caminho meio quarteirão em direção ao Babbo.

— Está mais frio do que imaginava — digo, tremendo.

— Você está nervosa? — Jess pergunta, num tom brincalhão. Ela sabe que sempre sinto frio quando estou nervosa. — Sobre o Richard conhecer todo mundo?

— Talvez esteja um pouquinho — admito. — Quero que você, Maura e Daphne gostem dele.

Assim que termino de falar isso, fico pensando por que é tão importante para mim a aprovação delas. Talvez seja uma questão de orgulho. E também não quero que ninguém fique sentindo a falta de Ben.

— Bom, já adoro a voz dele. Além do quê, se você gosta dele, eu também vou gostar — Jess afirma.

Fico pensando que o contrário nem sempre é verdade, mas evito fazer qualquer comentário sobre o cretino. Já faz quase uma semana que não falamos sobre ele e não quero estragar tudo. Até onde sei, ele ainda nem ligou para ela.

— Obrigada, Jess — digo, enquanto outra pontinha de preocupação me incomoda num cantinho de meu cérebro, algo que não consigo identificar com facilidade. Talvez eu esteja perturbada, pois havia imaginado meu aniversário de 35 anos de um jeito diferente. Havia imaginado estar sozinha com o Ben em algum lugar, um jantar para dois. Ou, pelo menos, imaginava que Ben estaria presente.

No entanto, quando entramos naquele ambiente alegre e vejo minha família e meus amigos reunidos no bar, em roupas de festa e animados, minha angústia se dissipa e eu penso “Azar o seu, Ben”.

— Oi, pessoal! — digo, e dou um beijinho em cada um.

Deixo Richard por último e beijo-o na boca, o que Michael acha engraçado, dá uma risadinha safada e balança a cabeça.

— Não acredito que você acabou de beijar o meu chefe... — ele sussurra no meu ouvido. E, então, completa: — É melhor me arrumar um aumento.

Richard me serve uma vodca com tônica, o que não passa despercebido por minhas irmãs e Annie.

Sorrio e digo:

— Ele havia me perguntado o que eu queria antes. — É o típico gesto de cavalheirismo que deixa as outras mulheres com inveja, especialmente aquelas casadas com homens como Scott, que, como de costume, estava falando ao celular. Pergunto se todos já se conhecem. Sim, Michael se incumbiu de fazer as devidas apresentações. Conversamos um pouco até nossa mesa no segundo andar estar pronta.

Vamos para o andar de cima e eu me sento entre Richard e Michael. Jess se senta na minha frente e se responsabiliza pela carta de vinhos e por dar início a alguma conversa, duas coisas nas quais ela é excelente. Depois de expor sua seleção de vinhos para todo mundo, e todos a aprovarem, ela diz:

— Então, Richard, gosto de você. — Dá uma olhada em volta da mesa e diz: — O que vocês acham do novo namorado da Cláudia?

Michael diz:

— Ele é um chefe incrível. Muito justo.

Todos riem.

Daphne e Maura sorriem para Richard do mesmo modo, como se quisessem dizer “Ainda não sabemos se aprovamos você para nossa irmã, mas com certeza achamos você bem atraente”. Maura, principalmente, parece ter gostado do meu novo namorado.

Ela gosta de homens sedutores, inteligentes e sexies, e Richard é todas essas coisas. Scott também tem essas três características, e penso que talvez sedutor, inteligente e sexy não combinem muito bem com o *status* matrimonial. Mas é inútil eu ficar pensando nisso. Afinal, *estou apenas me divertindo*. E esse jantar é apenas isso. Festa e diversão. Todo mundo animado, a conversa flui naturalmente, muitas histórias engraçadas, boas risadas, excelentes vinho e comida.

Discutimos o próximo projeto de Annie de filmar mulheres no Afeganistão. E como vai ser difícil para ela ficar longe de Raymond Jr. Falamos sobre os filhos de Maura e o que eles andam aprontando. E Daphne contas histórias engraçadas dos seus alunos. Ela tem uma história muito divertida sobre um bilhete que interceptou durante a aula de matemática. É claro que ela o leu. Todo mundo sabe que os professores leem os bilhetes que, porventura, caem em suas mãos, mesmo que digam que não.

— O mais engraçado — Daphne diz — é que essa garota, Annabel, é a queridinha da classe, toda certinha, e ela escreveu um bilhete falando sacanagem para esse garoto chamado Josh.

Michael pergunta:

— Sacanagem do 5º ano ou sacanagem direta, daquela universal?

Richard dá uma risada e diz:

— Você está *morrendo* de vontade de saber, né?

Michael responde:

— Claro! Quero reviver um pouco desses meus dias de juventude.

Daphne diz:

— Bom, primeiro ela diz que quer que ele lhe "toque os peitinhos"... e então informa a ele que seu endereço de e-mail no AOL é Bumbunzão.

Todos gargalhamos.

— Ela tem mesmo a bunda grande? — Annie indaga.

— Tem nada! — Daphne retruca. — Isso que é mais engraçado. Ela é uma garota pequena. Uma coisinha inocente de olhos azuis.

— Mas, aparentemente, com peitinhos deliciosos — Michael diz.

Rimos novamente e eu me vejo sortuda por ter bons amigos e família que me ajudam a suprir o vácuo que a ausência de Ben provocou.

Porém, em determinado momento entre o jantar e a sobremesa, acabamos discutindo filhos (novamente) quando Jess anuncia que vai visitar um banco de esperma escandinavo no centro da cidade.

— Um banco de esperma escandinavo? — Daphne indaga.

— Sim. Todos os espermas vêm de doadores dinamarqueses... O slogan deles é "Parabéns, é um viking!" — Jess explica, rindo. — Eles têm uma propaganda que mostra um bebê se vangloriando de seus ancestrais terem chegado antes de Colombo na América do Norte. O subtítulo diz: "Melhor você construir um berço mais forte". Isso não é hilário?

Richard, Maura e Michael parecem achar graça; Tony e Daphne parecem curiosos, mas céticos; e Annie aparenta desaprovar. Por acaso, Scott perdeu parte da conversa ao se afastar da mesa porque recebeu outra ligação no celular. Não sei se acho engraçado ou de mau gosto, mas fico um pouco irritada por Jess trazer esse assunto à mesa.

Richard e Michael começam a brincar um com o outro e dizem piadas sobre os nórdicos, algo sobre arenques, Hagar, o Terrível, e Hamlet.

Percebo que o lado feminista de Annie, como estudiosa de gênero e sociedade, está prestes a surgir quando ela diz:

— Jess, você está pensando *seriamente* em fazer isso?

Jess concorda com a cabeça.

— Claro, por que não? Aliás, esses doadores dinamarqueses são *maravilhosos*. Eles têm aquele tipo nórdico clássico: alto, atlético, nariz pequeno, olhos azuis, pele clara...

— Então, o que você está buscando é um tipo de bebê geneticamente desenhado? — Annie pergunta.

— Um bebê geneticamente desenhado! — Jess repete intencionalmente, ignorando o tom irônico de Annie. — Sim. Acho que é isso mesmo que eu quero.

Annie continua:

— Você não acha isso antiético?

— Antiético? Por que você acha isso? — Jess pergunta. Percebo que Annie a está irritando, como acontecia na faculdade.

Annie responde:

— Porque é o estereótipo de que uma pessoa com olhos azuis, pele clara e alta é mais valorizada na sociedade. Isso é dar valor às pessoas somente por sua aparência.

— Sim! Isso é uma *merda* — Michael diz, rindo. — Por que você não verificou o banco de espermas de negros?

Annie ignora a piada de Michael e diz para Jess:

— O que estou querendo dizer é que, agindo desse modo, você está apoiando a engenharia genética. É *eugenia*!

— O que é eugenia? — Daphne quer saber.

Annie responde:

— É uma filosofia social que defende a reprodução seletiva e aperfeiçoa as características humanas através da intervenção social.

— E qual o problema com isso? — Jess indaga.

— Sim — Richard diz. — Se a gente puder criar pessoas mais inteligentes, dou meu total apoio. São os imbecis que causam muitos dos problemas neste mundo...

— Concordo plenamente — Michael replica. — Os imbecis estão sempre ferrando nosso mundo.

Annie se recusa a aceitar essas brincadeiras.

— Eugenia pode levar à discriminação sancionada pelo Estado... Até mesmo ao genocídio.

— Ah, não seja melodramática! — Jess exclama. — Só porque acho que um bebezinho de aparência nórdica vai ser bonitinho, você fica me acusando de nazista?

— Quanto isso vai custar? — Daphne intervém. Tony olha confuso para ela, como se quisesse dizer "Não tem nada errado com minhas sementinhas, mulher!".

— Não sei ao certo... provavelmente é bem caro. — Jess fala, levantando os ombros. Dinheiro não é problema para ela. Então, se vira novamente para Annie e diz: — Além do quê, qual a diferença entre você escolher Ray para ser o pai do seu filho e eu escolher Henrik, o dinamarquês, para ser o pai do meu? É uma escolha pessoal. É praticamente a mesma coisa que a seleção natural.

— Bom, para começo de conversa, não escolhi o Ray para ser o pai do meu filho — Annie responde. — Escolhi Ray para ser meu marido. Decidimos ter um filho bem depois disso.

Agora, também fico irritada com Annie. A resposta dela parece me atingir bem no meio do peito. Cruzo meus braços e sinto que estou ficando tensa.

— Bom, algumas pessoas são simplesmente abençoadas e encontram um marido que amam e com quem podem ter um filho do jeito tradicional — Jess diz.

— Isso mesmo! — Daphne diz. — Não vejo problema em usar a ciência para se ter um filho.

— Concordo — Maura diz, e me lança um olhar preocupado como se quisesse dizer "Precisamos proteger nossa irmãzinha aqui".

Annie argumenta:

— Bom, eu só acho que esse negócio de escolher esperma de viking é assustador.

Fico imaginando se Annie também acha a doação de óvulos entre familiares assustadora. Aposto que sim. Mas também, até eu concordaria. É mesmo um pouco assustador.

— Prestem atenção. Vou resolver esse problema de uma vez por todas — Michael comenta exatamente quando as coisas estão começando a esquentar.

Jess olha para ele e pergunta:

— Como?

Michael ergue as sobrancelhas sugestivamente.

— Vamos lá. Você não preferiria um garotinho cor de caramelo e com olhos cor de mel? — Ele olha para Annie e pergunta: — E eu tenho certeza de que você aprovaria essa miscigenação.

Todos riem, até Annie, enquanto penso "O bom e velho Michael". Não dá para não amar um amigo que pode desanuviar com tanta graça o clima pesado de um debate ético sobre eugenia.

Maura diz para Jess:

— Acho que você deveria considerar seriamente a proposta dele.

Michael olha em direção a Maura e murmura:

— *Obrigado.*

Olho para Michael e digo:

— *Muito* obrigada.

Tenho certeza de que Michael sabe do que estou falando, que eu aprecio o fato de ele ter conseguido mudar o rumo da conversa, pois ele me dá uma piscadinha e diz:

— Não há de quê.

Annie e Jess trocam comentários conciliatórios, como se reconhecessem que, apesar de terem opiniões divergentes, ainda são amigas. Até mesmo a expressão triste de Daphne desaparece quando Tony a segura pelos ombros e sussurra algo em seus ouvidos. Ela sorri. Então, eu sorrio. Sinto que estou novamente relaxada, enquanto mudamos o assunto para algo diferente de óvulos e espermas, e a união programada entre os dois.

CAPÍTULO 21

Mais tarde, naquela mesma noite, depois de eu ter agradecido a presença de todos e dito a Richard que o veria de manhã, Jess me chama para o quarto dela e me mostra toda alegre o site de bebês vikings. Quase digo a ela como eu gostaria que não tivesse mencionado nada sobre bebês no meu jantar de aniversário, porém não digo nada. Sei que ela não fez por mal. Ela não consegue deixar de lado sua mentalidade obsessiva, repetitiva.

Ela clica num link que mostra várias fotos de bebês fofos e louros e de olhos azuis, de diferentes doadores. Um deles está chutando uma bola de futebol enquanto sorri para a câmara. O nome dele é Ian Janssen. Lembro quase imediatamente que o sobrenome de Tucker é Jansen, e quando eu noto o segundo "s" no sobrenome de Ian Janssen, ocorre-me que eu deva ter escrito o nome da Tucker errado quando fiz a busca no Google. Vou me lembrar de fazer uma outra busca com o "S" extra.

Então, digo a mim mesma: "Você não vai fazer isso! Não se transforme numa psicótica!".

Imagino que parte de mim vai ganhar esta batalha: ou meu eu bem ajustado e moderno ou meu lado melancólico, introspectivo, que gosta de ficar rememorando o passado. Infelizmente, não é difícil adivinhar quem vai ganhar.

Na manhã seguinte, assim que Richard chega, numa limusine preta, Jess me entrega a bagagem em sua mala vermelho-cereja enorme que eu adoro. Ela diz:

— Divirta-se. Tenho certeza de que você vai adorar!

Dentro do elevador, abro a mala, dou uma olhada e vejo meu passaporte. Agora, sim, estou animada. Bom, talvez o passaporte esteja ali apenas para me despistar.

Quando entro no carro, Richard me dá um beijo no rosto. Ele parece feliz. Digo:

— Jess me contou para onde estamos indo.

Ele diz:

— E você espera que eu caia nessa?

— Sim? — digo, enquanto tiro meus óculos de sol da caixinha e os coloco.

— Não.

— Vamos pescar no Colorado?

Ele dá uma risada.

— Você não parece o tipo de mulher que adora a vida ao ar livre.

— E não sou mesmo — digo, pensando em todas as vezes que minha mãe me dizia, quando ainda era criança, para tirar o nariz dos livros e tomar um pouco de ar fresco.

— Ótimo — Richard diz. — Porque eu não gosto de acampar. A grama me dá coceira. Então — ele muda de expressão —, você ficou muito irritada ontem à noite? Com todas aquelas conversas sobre filhos?

Penso em desconversar, mas em vez disso respondo:

— Bem irritada.

— Não culpo você — ele diz.

Olho para ele agradecida e, então, digo:

— Certo, para onde estamos indo?

— Não posso falar nada. Mas posso dizer o seguinte: já estive lá algumas vezes e nunca vi crianças nas dependências.

Olho para ele e sorrio, pensando "Isso foi o que há de mais perfeito para se dizer".

Uma hora depois, estamos no JFK fazendo o check-in na primeira classe no balcão da American Airlines.

— Milão? — digo, depois de receber nosso cartão de embarque. — *Amo* Milão!

— É bom saber — Richard diz —, mas não vamos para Milão.

Richard mantém seu segredo o voo todo, e bebemos champanhe, comemos, assistimos a um filmezinho romântico com a Kirsten Dunst, e dormimos. Somente após aterrissarmos em Milão, na manhã seguinte, passarmos pela alfândega e pegarmos nosso carro alugado, foi que ele me entregou um cartão-postal de Villa d'Este no Lago de Como. Reconheci a imagem imediatamente. É um lugar que quero conhecer desde que tinha 15 anos e vi um livro de capa dura cheio de fotos de corrida de Helmut Newton tiradas nas dependências de Villa.

Não consigo evitar pensar em Ben, em como o Lago de Como era o local a que tínhamos planejado ir em nosso aniversário de cinco anos de casamento. Nós estávamos "guardando"esse lugar. Parecia especial demais para uma viagem ao acaso. Fiz uma revisão na minha filosofia acerca de guardar as coisas para mais tarde. Não faz sentido. É como minha bisavó cobrir seu sofá novo com plástico e não ter a chance de usá-lo.

Claro que Jess sabia sobre esses planos de aniversário. Então, apesar do fato de Richard já ter estado em Villa d'Este, tenho minhas suspeitas de que existe o dedo dela por trás dessa escolha. Só fico pensando se ela foi aberta com Richard ou o manipulou. Ela é bem capaz de ambas as coisas. Chego à conclusão de que seria grosseria de minha parte fazer essa pergunta, então, sorrio e digo:

— Vamos para Villa d'Este?

Ele concorda com a cabeça e parece satisfeito consigo mesmo. Então, ele diz:

— Jess falou que você nunca esteve no Lago de Como.

— Nunca — respondo.

— Precisava consertar isso. É o céu na Terra. Como Shelley colocou: "Esse lago supera qualquer coisa bela que eu já tenha visto".

Sou uma boba com homens que recitam frases ou versos, e me sinto corar ao dizer:

— Isso é muito generoso.

— Bom, não é nada altruísta. Afinal, estou indo com você — ele diz. Então, ele mostra uma janela no terceiro andar de frente para o lago e complementa: — E pretendo trepar com você naquele quarto.

Olho para ele, pensando que se Ben tivesse dito que iria trepar comigo em algum lugar, teria soado meio grosseiro, sem amor. Com Richard, soa sexy. Imagino o porquê, mas não chego a uma conclusão.

Minutos depois, estamos dirigindo por entre as colinas italianas. Tudo é tão lindo que eu nem sei para onde olhar.

— Você não adora saber que está na Itália? — pergunto para Richard.

Ele concorda com a cabeça e diz:

— É bem melhor do que Jersey.

A viagem é incrivelmente curta, menos de uma hora, e chegamos a cidadezinha de Cernobbio. Exatamente nos arredores da cidade está nosso glamoroso hotel. Richard para o carro em frente ao prédio e um homem baixinho, bem vestido e de bigode abre minha porta antes que eu perceba. Enquanto ele se inclina para me cumprimentar, me passa pela cabeça que minhas expectativas são altas demais e que o Lago de Como não vai corresponder a elas. No entanto, em segundos, fico aliviada ao perceber que algumas coisas são mesmo boas demais. A construção e os jardins são de tirar o fôlego. Tudo parece um sonho. Digo isso a Richard e então penso que nunca havia usado essa expressão antes, "um sonho", a menos que estivesse zombando de alguém ou imitando a Marcia Brady.

Nós nos encaminhamos até a recepção do hotel e Richard dá um olá bem forte em inglês para todo mundo. Gosto de ver que, apesar de estarmos num dos hotéis mais elegantes do mundo, ele não muda seu jeito de ser: amável, despretensioso e um pouquinho impertinente. Em contraste, meu comportamento muda em hotéis e restaurantes. Não consigo deixar de usar um tom de voz mais baixo e manter minha postura correta.

Quando estamos preenchendo as fichas, Richard olha para cima e comenta:

— Dá uma olhada nisso.

Olho para o alto e murmuro:

— Ahhhhh... Lindo.

De repente, sinto falta de Ben, como sempre acontece quando vejo uma construção bonita ou me lembro de algum termo de arquitetura que ele me ensinou, expressões como mirante das torres, ornamentos de flor-de-lis, bordas entalhadas, arcos Mary Hart, arabescos, abóbadas com afrescos e molduras pescoço de cisne. Imagino como ele adoraria esse hotel e todos os detalhes elaborados. Talvez ele venha aqui em sua lua de mel. Pode tentar ter um filho durante sua estadia aqui.

Somos conduzidos até o quarto por uma linda jovem, daquele tipo que você não consegue deixar de olhar e certamente não pode culpar seu namorado por olhá-la. O que eu pego Richard fazendo, enquanto ela mostra o minibar, as persianas automáticas e o cofre. Então, ela finalmente se despede, sorri e vai embora. Quando a porta se fecha atrás dela, digo:

— Bom, ela era um tribufu.

Richard dá um sorrisinho sarcástico e diz:

— Era mesmo? Nem percebi.

Não sou do tipo ciumenta, mas olho para ele como se fosse. Ele me olha de volta de um jeito intenso. Digo:

— Ah, é mesmo?

Ele diz:

— Venha aqui!

Depois de fazermos sexo, cochilamos por umas duas horas. É um sono revigorante, daqueles que a gente só consegue depois de uma longa viagem de avião ou depois de ter estado doente por um período. Quando acordamos, Richard diz:

— Você acha que está muito frio para irmos à piscina?

— Um pouco — digo. — Mas vamos assim mesmo.

Troco de roupa no banheiro, pensando em por que quero privacidade para me trocar com um homem com quem já me deitei por pelo menos umas vinte vezes. Claro que eu levei três anos para conseguir fazer xixi na frente de Ben e no começo eu tinha que abrir a torneira ou fazê-lo ficar cantando em voz alta, então, acredito que minha firula agora faz sentido. Procuro na minha mala e felizmente descubro que Jess empacotou minhas roupas de praia mais lindas: o biquíni vermelho que usei da última vez com Ben em St. John. Passa pela minha cabeça que não o lavei à mão quando retornei da viagem. Então, isso quer dizer que ele ainda guarda um pouco do Caribe. E talvez até mesmo um pouquinho de Ben. Coloco-o junto ao meu rosto e respiro fundo, mas ele simplesmente tem o cheiro de roupa de banho que esqueci de lavar.

Mas talvez seja porque o cheiro da colônia de Richard ainda esteja no meu nariz.

Richard e eu passamos a tarde deitados nas cadeiras de madeira, à beira da piscina mais linda que já vi na vida: um retângulo de águas azuis se mesclando diretamente com o lago azul-marinho. Os hóspedes são elegantes e mais velhos, e Richard estava certo, não havia crianças. Tomo alguns goles de uma limonada gelada enquanto trabalho um pouco. Geralmente me recuso a trabalhar nas férias ou feriados, mas nesse fim de semana não vai dar. Há um manuscrito que tenho que devolver ao autor no dia em que chegar. A certa altura, dou uma risada e bato nas páginas com a minha caneta.

— Tão bom assim? — Richard pergunta.

Concordo com a cabeça que sim. Ele sorri maliciosamente e diz:

— Você tem faro para talento.

Não sei dizer ao certo se ele está se referindo a si mesmo. Então, apoio minha mão no peito dele, pisco e digo:

— Sim. É claro que tenho.

Ele se curva, me dá um beijo enquanto penso "Não sinto falta de Ben. É aqui que quero estar. Mas também deve haver algo de errado com uma pessoa que esteja na beira do Lago de Como e queira estar em algum outro lugar. O verdadeiro teste de um relacionamento deveria ser: Estou feliz neste Motel 6 em Little Rock?".

Depois do almoço na piscina, jogamos tênis numa quadra de saibro, no alto de uma colina que tem vista para o hotel e para o lago. Digo a ele que é um desperdício estarmos jogando tênis num cenário como esse. Deveríamos apenas nos sentar e admirar a paisagem. Ele diz:

— Pare de enrolar. E prepare-se para aprender alguma coisa.

— Até parece.

E é verdade. Os anos que tive de aulas de tênis valeram a pena. Estou jogando bem melhor que Richard. Ele erra o saque por completo, a bola pula e bate. Dou uma risada e comento:

— Você não sabe dar um saque?

Ele grita:

— Sou jogador de beisebol, meu bem.

Retorno a bola com força. Ele rebate e perde. A bola bate no chão.

— Dentro — digo. — Amor, quinze!

Ele retruca:

— Você acabou de dizer que me ama?

Penso, "Ainda não", mas respondo:

— Hum-hum.

— Ótimo — ele grita. — *Ti amo*, *anche*.

Não sei italiano, mas posso adivinhar o que ele acabou de dizer.

À noite jantamos no terraço. A temperatura caiu um pouco, mas Jess havia colocado na mala uma *pashmina* de cashmere azul. Richard está usando um paletó esportivo e ainda se parece mais com um belo cowboy do que um homem de negócios bonito. Entabulamos uma de nossas discussões favoritas: quem sabe sobre a gente no trabalho?

Geralmente Richard tenta adivinhar baseado em conversas nos elevadores e no horário do almoço. Hoje à noite, ele diz:

— Todo mundo sabe.

— Não...Você acha? — falo, fingindo espanto. Eu contei apenas para Jacqueline, que jurou manter segredo, mas, no fundo, quero que todo mundo saiba. Tenho orgulho de estar saindo com Richard.

Ele faz que sim com a cabeça.

— *Todo mundo* sabe.

— Ninguém me disse nada — digo.

— Ninguém também me disse nada.

— Então, como você sabe que as pessoas sabem?

— Não sei explicar... acho que as pessoas geralmente não comentam algo que parece ser um caso.

Concordo, dou uma garfada no meu nhoque e analiso as palavras dele: "algo que parece ser". Isso significa que estamos tendo algo mais sério do que um casinho? Ou significa que estamos mesmo tendo um caso? Ainda estou tentando entender o que ele disse ao voltarmos para o quarto e fazermos sexo novamente, daquele jeito bruto, que quase machuca. Algum tempo depois de dizermos boa noite e nos afastarmos um do outro para dormir, ainda não sei o que ele quis dizer. Digo a mim mesma que isso não importa. As coisas são como são. Nós somos o que somos.

O dia seguinte é tão maravilhoso quanto o primeiro, e Richard e eu provamos que somos especialistas em ficar no ócio, comer, beber e fazer sexo. No final da tarde, fazemos um passeio de barco de duas horas no lago, passando pela casa de George Clooney e a Villa de Versace; só de ver esses pontos de referência me faz sentir rica e famosa também. Paramos na pitoresca cidadezinha de Bellagio, conhecida como a "pérola do lago", onde compro uma bolsa de couro e Richard escolhe um par de sandálias feito à mão. Na viagem de volta, Richard puxa papo com vários outros hóspedes do hotel. Ele é daquele tipo de pessoa que faz amizade com todo mundo, onde quer que esteja. Chego à conclusão de que essa é uma das suas melhores qualidades.

Acordo no nosso terceiro e último dia na Itália, que, na verdade é o meu aniversário, e penso "Estou com 35 anos. Estou bem perto dos quarenta". É a primeira vez na minha vida que me sinto velha e a sensação não é muito boa.

Viro-me na cama e vejo que Richard já acordou e está lá fora, no terraço, lendo jornal e tomando café. Ele está usando um roupão atoalhado branco e, por algum motivo, me faz lembrar de Richard Gere em *Uma linda mulher*. Ambos os Richards ficam maravilhosos de roupão branco.

Saio da cama e vou para o banheiro escovar os dentes e pentear o cabelo. Saio do banheiro com meu roupão de seda azul. Richard dobra o jornal, coloca-o sobre a mesa e se levanta para me dar um beijo no rosto.

— Bom dia! — ele cumprimenta vivamente.

— Bom dia — digo, olhando a neblina que cobre o lago. — Que dia lindo!

— É verdade — Richard comenta. — Um dia perfeito para um aniversário.

Sento-me e sorrimos um para o outro.

— Café? — ele pergunta.

Digo que sim e ele despeja o líquido quente de um bule pequeno na minha xícara de porcelana. Então, aponta para uma cesta na bandeja de prata e diz:

— Café da manhã europeu. Você está com fome?

— Na verdade, não — digo. — Ainda não.

— Coma pelo menos um bolinho — ele diz, insistindo. — Você precisa se alimentar.

Dou de ombros e então abro o guardanapo e descubro uma pequena caixinha escondida entre um muffin e um croissant. É com certeza a caixa de um anel. Sinto-me desconfortável. A última vez que ganhei um anel foi quando Ben me pediu em casamento. Pensei que a viagem já tivesse sido um presente.

— Olhe só o que tem aí! — Richard exclama.

— Você não deveria — comento, e realmente estou sendo sincera.

Ele faz um sinal com a mão dizendo que não tem importância e diz:

— Abra.

Retiro a caixa do meio dos pães e a abro. Dentro, há um anel enorme com pedras verde e rosa incrustadas em ouro. É o tipo de anel de festa que eu admiro em outras mulheres, mas nunca pensaria em comprar para mim.

— Uau! — exclamo, colocando-o no meu dedo anular da mão direita. Ele serve direitinho, graças à Jess, tenho certeza. — É maravilhoso!

— Você é maravilhosa! — ele diz, segurando minha mão e beijando-a num estilo hollywoodiano.

Agradeço a Richard, tanto pelo anel quanto pelo elogio. Mas não consigo deixar de ficar irritada com as duas coisas. É um exagero. *Maravilhosa* não é um elogio que se aplica a mim. Sou bem atraente. Às vezes chego até a ficar bonita, com as roupas e a maquiagem certas. Mas não sou maravilhosa e não acredito que Richard ache que eu seja. Pela primeira vez olho para ele e não vejo sinceridade. Não consigo deixar de pensar em quantas mulheres ele chamou de maravilhosa. Tenho certeza de que o número vai para a casa dos três dígitos.

— Você não deveria — digo novamente. Não tenho mais nada a dizer.

— Eu *queria* lhe dar isso, não é nada demais.

Olho para ele e vejo que está falando a verdade. Não é realmente grande coisa para ele. O anel. Villa d'Este. O sexo. Eu. Nada é grande coisa. Sempre soube disso. Sabia que tudo isso faz parte do estilo de vida pomposo de Richard. E achei que era o estilo de vida que eu também queria.

Apesar de saber de tudo isso, em algum lugar, ao longo do caminho que venho seguindo, acho que esperava algo mais, talvez nessa viagem de aniversário. Talvez esperasse encontrar em Richard o que eu tive com Ben. Mas, de repente, tudo ficou muito claro: Richard não está se apaixonando por mim e eu não estou me apaixonando por ele. Não estamos construindo nada de permanente ou especial. Estamos apenas nos divertindo juntos. É um casinho, exatamente como ele disse na noite passada, um caso com o final ainda não determinado. Sinto-me aliviada por tê-lo definido agora. Aliviada por nós dois pensarmos do mesmo modo. Porém, sinto um desapontamento profundo. Por mim mesma e pelo modo como minha vida está se desenrolando. Um raio de sol bate no meu anel e reflete a luz nas pedras enquanto penso. Talvez seja mais parecida com Richard do que com Ben. Estou aqui porque sou igual a Richard, não a Ben.

CAPÍTULO 22

Naquela noite, no voo de volta a Nova York, apenas ponderei sobre meu relacionamento com Richard. Chego à conclusão de que dar um anel para uma garota por quem você não está interessado de verdade é a mesma coisa que fazer sexo oral com um cara de que você não gosta de verdade. Faz tudo parecer meio sem valor. Diminui quem dá e quem recebe. Não quero me sentir assim em relação ao anel do Richard (ou ao sexo oral). Quero ser uma pessoa esclarecida, moderna, independente e liberada sexualmente. Digo a mim mesma que Richard e eu sentimos a mesma coisa um pelo outro. Ninguém está usando ninguém ou talvez ambos estejamos nos usando. Não há falsidade nem fingimentos. Richard é um homem adulto com bastante experiência e pode decidir por si mesmo como quer gastar seu dinheiro. E eu posso decidir por mim mesma com quem quero dividir minha intimidade. No entanto, apesar de toda essa racionalização, o relacionamento não parece o mesmo de antes. Todas as vezes que olho para meu novo anel, me sinto enjoada.

Quando chegamos a Nova York e pegamos o carro de volta para a cidade, meu estado de espírito parece ter contagiado Richard e nossa conversa parece forçada. Ele já me perguntou duas vezes o que há de errado, o que é bem diferente de nossos costumeiros bate-papos informais e dinâmicos. Digo que não há nada de errado duas vezes, pois é bem difícil dizer para alguém que não está levando a sério o relacionamento, que *você* não o está levando a sério, mas se sente esquisita mesmo assim. É como ligar para um ex-namorado e dizer que não está mais a fim dele. Ou dizer para um chefe que acabou de a demitir que você estava querendo se demitir há semanas. É algo simplesmente... estranho.

Além do mais, a última coisa que quero é parecer ingrata. Sou grata a ele. Adorei nossa viagem, o tanto quanto se pode adorar uma viagem quando não se está apaixonada pela pessoa que foi com você. Quando paramos em frente ao prédio de Jess, beijo Richard e o agradeço mais uma vez.

Ele fala:

— Vou sentir sua falta esta noite.

— Também vou sentir sua falta — digo.

É a primeira mentira que conto para ele.

No momento, só sinto falta de alguém, e o nome dele não é Richard.

— E aí? — Jess pergunta ao abrir a porta. Ela está usando uma camiseta masculina enorme e Daisy Dukes[3] da época da faculdade. A bainha está toda desfiada. — Como foi a viagem?

— Foi incrível — digo. — O lugar é maravilhoso... e você arrumou a mala muito bem. A lingerie de renda veio a calhar...

— Mas? — ela pergunta. Uma melhor amiga sempre sabe quando tem um “mas” no caminho.

— Mas não acho que quero continuar a sair com ele.

Jess arregala os olhos e pergunta:

[3] Tipo de short jeans bem curtinho. (N. T.)

— Por que não? O que aconteceu?

— Não sei ao certo — digo. — Eu realmente não sei. Estava tudo lindo e maravilhoso, e então ele me deu isto. — Levanto o anel para mostrar a ela.

Ela agarra minha mão, identificando a pedra como turmalina rosa ladeada por dois peridotos. Ela admite ter contado ao Richard meu número de anel, mas insiste em dizer que ele escolheu o anel sozinho. Ela não sabia de nada. Então, Jess diz:

— Espere. Não estou entendendo. Você não gostou do anel ou o que foi?

— Eu gostei, sim — digo.

— Então, qual o problema?

— Não sei... esse relacionamento me deixa... desassossegada.

— Desassossegada? Que diabos você quer dizer com isso? Acho que você lê livros demais.

Não esperava que Jess me entendesse, mas pelo menos tentei. Digo que parece que Richard está apenas passando o tempo e passar tempo não parece uma boa ideia quando a gente já tem 35 anos.

— Que merda! — ela diz, franzindo a testa. — Esqueci de que hoje é o grande dia. Estou com seu cartão por aqui, em algum lugar, e um outro presentinho... Feliz aniversário! Como você se sente?

— Não muito bem... — confesso.

— Por que não? — ela pergunta.

— Me sinto velha.

— E daí? Você não quer filhos.

Lembro-me da última vez que ela me disse que minha idade era irrelevante porque eu não queria filhos. Dessa vez, respondo:

— Sei que não quero ter filhos... Mas isso não significa que não quero nada.

Jess parece magoada quando diz:

— Você tem a mim.

— Sei que sim, Jess — digo. — Amo você, de verdade... Mas você sabe que ter amigos não é a mesma coisa que...

Ela não tenta argumentar. Em vez disso, fala:

— Bom, você tem o Richard também.

— Richard também não é o suficiente. Quero mais. Quero o que eu tinha com Ben.

Jess respira fundo, como se estivesse prestes a dizer alguma coisa importante, que eu tenho certeza de que não é de sua alçada. Então ela para e fala, simplesmente:

— Isso não é o desejo de todo mundo, minha amiga? De todo mundo?

Mais tarde, naquela mesma noite, meu celular toca e me acorda de um sono profundo. Atendo, meio desorientada.

— Pensei que teria que deixar uma mensagem.

É uma voz de homem. A princípio, acho que é Richard, mas, depois, vejo que é Ben.

Sento imediatamente e fico em alerta. Eu não esperava uma ligação dele de jeito nenhum, nem no meu aniversário nem em data alguma. Digo o nome dele, que soa íntimo, pois estou na cama, no escuro. Olho para o relógio. São apenas 21 horas.

— Parabéns pelos 35 anos.

— Obrigada — respondo. Meu coração está disparado e eu estou sorrindo. Não, estou com um enorme sorriso estampado no rosto. Ben me deixou mais feliz do que qualquer anel ou qualquer outra pessoa poderia me deixar.

— Como foi o seu dia? — ele pergunta.

— Foi tudo bem — digo e, então, bravamente, concluo: — Está melhor agora.

— Então — ele fala. — O que você fez?

Hesito por um instante e então digo:

— Nada de importante.

Sinto um pouco de culpa por estar mentindo para ele (Lago de Como nunca poderia ser descrito como "nada de importante"). E me sinto culpada por ter ido lá sem ele. Digo a mim mesma que não lhe devo nada e posso ir para qualquer lugar, com qualquer pessoa que eu quiser. Mas, ainda assim, me sinto culpada.

— Annie me disse que seu namorado a levou para uma viagem — Ben diz, e percebo que ele está bebendo. A ousadia da pergunta denuncia alguma coisa, mas, além dela, sua fala meio enrolada e o amontoado de palavras. E assim como posso adivinhar que horas são pela luz que entra pela minha janela de madrugada, posso muito bem adivinhar que Ben tomou pelo menos umas cinco ou seis cervejas. O que eu não consigo saber, no entanto, é se ele bebeu sozinho ou na companhia de Tucker.

— Ah, ela contou, não é? — pergunto, pensando se ela fez isso para me ajudar ou para me sabotar, quando lhe passei essa informação. Isso depende se ele está com alguém ou não, o que eu não sei, é claro. Não importa qual foi o motivo, sinto vontade de brigar com ela.

— Aonde você foi com o velho Richard? — Ben pergunta. — E eu quero reforçar o *velho*.

— Você está bêbado? — Tento desviar o assunto. Não quero lhe contar onde estive.

— Talvez — ele responde. — Tinha que celebrar o aniversário da minha ex-esposa, afinal de contas.

— Com Tucker? — pergunto, provando que, ao contrário dele, não preciso de cinco ou seis cervejas para fazer perguntas imaturas e perigosas.

Ben responde:

— Isso depende de aonde você foi com o Richard.

— Bom, ou você estava com ela no meu aniversário ou não estava — digo.

— Para falar a verdade, estava, sim — ele rebate.

— Fantástico — digo, imaginando como é possível alguém me levar de um momento feliz para um tristíssimo em poucos segundos. Na verdade, estou com tanta raiva que penso em mudar de ideia em relação ao meu envolvimento com Richard. Talvez eu deva fazer sexo mais algumas vezes com ele. De qualquer modo, vou usar meu anel amanhã no trabalho. Ben não diz nada, então eu digo: — Como você e sua garota celebraram o meu aniversário?

— Isso só interessa a nós dois — ele fala. — Assim como só interessa a você e ao *velho* Richard saber aonde foram comemorar essa data especial.

Ouvir "só interessa a nós dois" foi como ter uma faca enfiada no peito. A dor é tão intensa que falo bruscamente:

— Richard me levou para o Lago de Como. Para a Villa d'Este, para ser mais exata. Foi magnífico.

Ouço um clique e percebo que meu ex-marido bêbado acabou de desligar o telefone na minha cara, ganhando de mim por alguns segundos.

Na manhã seguinte, vou para o trabalho, ligo meu computador e imediatamente digito o nome "Tucker Janssen" no Google, o nome correto, com dois "s". Ela não sai da minha cabeça desde as 4 horas da manhã, primeiro fazendo parte de um sonho perturbador, e depois quando já estou acordada, paranoica e furiosa. Fico desapontada quando encontro seis entradas, mas não tão chateada como quando clico na primeira e vejo sua foto sorridente num artigo do jornal de sua cidade natal (Naperville, Illinois — sabia que ela era do Meio-Oeste). O subtítulo diz: GAROTA DA CIDADE, ESTUDANTE DE MEDICINA DE HARVARD, SALVA VIDA DE HOMEM. O artigo tem quatro anos, o que significa que ela não é mais *aluna* de medicina. Ela já é médica. Passo os olhos pelo artigo e leio sua fala: "Na verdade, conheço o método de ressuscitação desde que estava no colegial, então, não precisei de novas técnicas. Mas o incidente reforçou minha decisão de ser socorrista".

Meu coração dá um salto enquanto agarro o telefone e aperto o botão de discagem rápida para ligar para Jess no trabalho.

Ela responde no viva-voz com um cumprimento jovial.

— Sai do viva-voz — digo, com urgência na voz.

Ouço o barulho quando pega o telefone e diz:

— O que aconteceu?

— Ela é *médica*, Jess.

— O quê? — Jess replica.

— Eu a procurei no Google de novo. Ela é médica socorrista.

— Tucker? — Jess pergunta.

— Sim — digo, tentando segurar as lágrimas.

Escuto Jess teclando. Então, ela pergunta:

— Onde você está vendo isso?

— Coloque "SS" no Janssen — explico. — Como daquele doador de esperma, Ian.

Ouço mais cliques e, então:

— Ah! É verdade mesmo. Está aqui... sim, isso não é nada bom...

Espero mais alguma coisa, algum papo de que ser uma editora é tão nobre quanto praticar medicina. Talvez ela esteja salvando vidas, mas eu estou enriquecendo vidas saudáveis.

Jess fala algo diferente. Algo melhor.

— Isso não quer dizer nada. Nem prova que eles estão namorando. E com certeza não prova que ela é boa de cama.

— Preciso descobrir, Jess — digo, me lembrando da conversa que tive com Ben a noite passada. — Preciso descobrir o que há entre eles.

— Certo — Jess diz. — Você tentou procurar o nome deles no Google, os dois juntos numa busca única? Sempre aparecem os casais casados ou noivos.

— Jesus amado! Você acha que eles estão *noivos*?

— Não, acalme-se! Só estou dizendo... espere um pouco... me dá um segundo para verificar essa coisa... — Então ouço mais cliques, e silêncio. Escuto Jess sussurrar: — Bom, isso é *foda*.

— O que é? — digo. — O que descobriu?

— Achei um resultado — ela diz.

— Com Benjamin ou Ben? — indago.

— Bom — ela admite. — Você não vai gostar disso.

Minhas mãos tremem quando digito Ben Davenport entre aspas, ao lado de Tucker Janssen. Com certeza, também acho alguma coisa. Os resultados da maratona de Chicago. O tempo deles foi o mesmo: 3:42:55. Impressionante, especialmente para uma mulher. Então, quer dizer que ela é médica e atleta. Mas o pior de tudo é descobrir que o resultado dos dois é igual. O que significa que eles cruzaram a linha de chegada de mãos dadas, algo que Ben sempre disse que faríamos juntos algum dia.

Agora entendo tudo: sei que eles treinaram juntos, viajaram para Chicago juntos, visitaram a família dela em sua cidade natal, conseguiram correr a maratona juntos e terminaram a corrida juntos, de mãos dadas. Isso é muito mais significativo do que ir para Villa d'Este. Jess também percebe isso, o que noto pelo seu silêncio não peculiar. É preciso que aconteça muita coisa para Jess ser derrotada, especialmente no que diz respeito à minha honra. Mas ela está derrotada agora.

— E pensar... — digo. — E pensar que isso é o que podemos descobrir no Google.

— Sim... — Jess diz com desalento. — É melhor não fazermos outra busca com a palavra *bebê*, hein?

CAPÍTULO 23

Naquela tarde, meu pai vem para a cidade almoçar comigo no Mayrose Diner. Ele se ofereceu para me levar a algum lugar mais sofisticado, mas depois daqueles dias em Villa d'Este, estou mais a fim de um cardápio plastificado simples do que um local com guardanapo de pano. Sentamos no nosso banco de costume e conversamos um pouco sobre a Itália. Digo tudo o que ele precisa saber para acrescentar o Lago de Como na sua lista de lugares para conhecer antes de morrer.

— Não tenho essa lista — ele diz, colocando a cebola, a alface e o tomate em cima de seu hambúrguer.

— Você tem que ter uma — digo.

Ele me olha como se estivesse considerando a ideia. Foi então que contei a ele sobre minha busca no Google. O rosto dele demonstra compaixão.

— Sinto muito, filhota — ele diz.

— Sim — digo. — Uma droga, né?

— Acho que está na hora de deixar o Ben seguir em frente — ele aconselha. — Você não vai querer ficar amarga como seu velho pai.

Chego mais perto dele e toco sua mão:

— Papai, você não é amargo — digo. Mas, assim que as palavras escapam de minha boca, percebo que talvez esse seu jeito de viver poderia ser exatamente isso. Talvez ele ainda sinta falta de minha mãe. Ela é o tipo de pessoa que, se você tiver o azar de se apaixonar por ela, nunca vai conseguir deixar de amá-la.

Ele concorda e diz:

— De certo modo eu sou... Mas é tarde demais para mudar. Você, ao contrário, tem a vida toda pela frente... E esse cara, Richard? Parece bastante sério para levar você para a Itália, não é?

Discordo com a cabeça. É um bocado estranho admitir para o meu pai que fui para a Itália com um homem por quem não estou interessada, mas ainda assim digo:

— Para falar a verdade, não acho que vá dar certo.

— Por que diz isso? Ele também quer filhos?

Não sei ao certo se ele está brincando comigo ou não, mas dou uma risada e limpo meus lábios com o guardanapo.

— Não. Ele não quer. Nesse ponto ele é perfeito para mim.

Meu pai faz outra tentativa:

— Então, qual é o problema?

— Eu não o amo. Nunca vou sentir por ele o que... Eu pensei que fosse dar certo. Mas me sinto meio vazia ao lado dele.

Meu pai afasta seu hambúrguer e diz:

— Não seria bom se pudéssemos escolher as pessoas que amamos?

— Sim — respondo. — Ou pelo menos, fazer com que as pessoas que amamos queiram as mesmas coisas que a gente.

— Sim — ele diz. — Isso também seria muito bom.

Jess me liga de volta à tarde e diz:

— Vamos sair hoje à noite.

— Não posso — digo. — Tenho que ir à academia e correr uns nove minutos, muito obrigada.

— Você não vai à academia hoje à noite.

— Ouvi dizer que fazer exercício físico é bom para a saúde — digo, pensando que nunca pensei muito nisso. Geralmente, acho frustrante quando, depois de vários treinos consecutivos de malhação, não consigo ver nenhum resultado.

Jess afirma:

— Você *precisa* de alguns drinques.

Fico tentada, mas beber alguns drinques com Jess nunca quer dizer *alguns*. Especialmente quando uma de nós está passando por um momento difícil na área profissional, pessoal ou familiar. Normalmente, significa alguns drinques e então um longo jantar e depois mais alguns drinques. E, como consequência, como se a tragédia já não fosse bastante grande, vamos dançar numa boate cafona que Jess descobre para a gente. Na verdade, estou tentada a ceder, mas penso na ressaca que terei amanhã e determino, com toda a sabedoria dos meus 35 anos, que não vale a pena.

— Bem que eu gostaria... Mas estou atrasada com minhas leituras. Não consegui fazer quase nada na Itália.

— Ah, deixe disso! Você sempre está atrasada com suas leituras.

— Sim, mas agora estou perigosamente atrasada.

— Problema seu. Nós vamos sair. Me encontre no Temple Bar às 19 horas em ponto.

E desliga antes que eu possa responder.

O Temple Bar foi um dos primeiros bares a que Jess e eu fomos quando viemos para Nova York. Ele foi recomendado por uma amiga da família de Jess, uma garota chamada Caroline, que estava morando na cidade já fazia vários anos quando nos mudamos para cá. Ela deu para Jess uma lista de "LUGARES LEGAIS PARA SEREM VISITADOS EM MANHATTAN", que nós consultávamos antes de sair à noite, colocando um asterisco nos lugares favoritos.

O Temple Bar mereceu dois asteriscos. Muito embora o preço dos drinques fosse fora de nossa margem orçamentária e tivéssemos que pegar um táxi caro para ir até o NoHo, sempre valia a pena ir lá. Nós nos sentíamos modernas quando estávamos lá, como se tivéssemos vencido em Manhattan.

Um dia, o novo namorado de Jess, um advogado engraçado chamado Stu, descobriu nossa lista na cozinha. Ele e Jess tinham aquele tipo de relacionamento marcado por constantes brincadeiras, como se nenhum dos dois tivesse passado da fase de brincadeiras no jardim da infância, da fase de puxar o cabelo e sair correndo. De qualquer modo, ele se divertiu muito quando achou nossa lista.

— "Lugares legais para serem visitados em Manhattan?" — Stu disse, balançando a lista no ar, enquanto corríamos atrás dele no apartamento. — Que coisa esquisita! Quem fez essa lista?

Jess bancou a boba e disse:

— Ah, essa coisa velha? Foi uma amiga da família que veio com isso... Nossos pais trabalham juntos. Eu nem a conheço direito. Conta para ele, Cláudia!

— Nós mal a conhecemos — confirmei.

— Bom, a única coisa pior do que escrever uma lista dessas é ter alguém que a guarda — ele disse, dando risada, enquanto fazia o sinal da letra "L", de *loser,* na própria testa. — E ainda por cima dar notas e fazer comentários!

O rosto de Jess ficou vermelho, e disse:

— Bom, você é o fracassado que tem me acompanhado em todos esses lugares!

Ela imediatamente amassou o papel e jogou a lista no lixo, mas, àquela altura, o Temple Bar já tinha se estabelecido como nosso local favorito.

Muita coisa mudou desde então. Como uma editora sênior de 35 anos e uma quase tão velha gerente de uma respeitada empresa de Wall Street, Jess e eu, quase não vamos mais àquela área do Village NoHo. Nem gostamos de ir a bares como antigamente, preferimos muito mais restaurantes onde as pessoas ousam aparecer vestidas com outras cores que não seja o preto. No entanto, como uma música que fica esquisita durante um certo período de sua vida, o Temple Bar evoca a nostalgia dos nossos 20 anos.

Então, todas as vezes que vemos a placa do lagarto enfeitando a entrada na Lafayette Street, e entramos no ambiente romanticamente iluminado, com veludo vermelho, tenho a sensação de ter novamente 23 anos e ter tão pouco dinheiro que ficava com o mesmo drinque a noite toda (ganhava dezenove mil dólares ao ano quando comecei na Elgin).

Também me lembro de como me sentia ao mesmo tempo intimidada e impressionada com a cidade, sentia o medo do fracasso, mas estava cheia de esperança. Principalmente, relembro nossos muitos contratempos, quase todos causados por alguém do sexo oposto.

Essa parte, de fato, ainda existe. É o que penso quando vejo Jess sentada a uma mesa de canto com um Cosmopolitan na mão. Ela quase não bebe mais Cosmopolitan, mas a bebida ainda faz parte do ritual do Temple Bar (um ritual que ela criou bem antes de *Sex and the city* entrar no ar). Ela me entrega meu drinque favorito do Temple Bar, um martíni com um toque de vermute, e diz:

— Como vai?

— Tudo bem — digo.

— Verdade?

Balanço a cabeça para dizer que sim, mas digo:

— Não. Na verdade, não.

— Ok. Olhe. Estava pensando. Essa coisa de maratona não é exatamente o seu estilo, para falar a verdade.

Penso "Se foi só isso que você pensou em dizer o dia todo, estou realmente com um problemão para resolver", porém, digo apenas:

— Sempre quis correr uma maratona.

— Sim. Sim. Sim. Você diz isso! — Jess comenta. — Você diz isso do mesmo modo que digo que gostaria de ser aquele tipo de garota que faz snowboarding e bungee-jump e rafting. Eu *gostaria* de gostar de esportes radicais. Mas a verdade é que eu não gosto. Tenho medo. Não os acho nem um pouco divertidos. Então, não, muito obrigada... E você acha que quer correr uma maratona, mas, pense bem, você realmente quer correr quarenta quilômetros? Quer acordar de madrugada e ir treinar? Não. Você não quer. Então, deixe esse sonho para trás, agora.

— Acho que você está certa — digo. — Não sei... sei que isso não deveria me incomodar como está incomodando. Nada mudou desde que fui para a Itália com Richard... Ou que conversei com Ben... Ou que vi aqueles resultados na internet. Estou no mesmo lugar que estava antes, ou que estava desde o divórcio. Então, não sei por que estou me sentindo tão pior agora...

— Bom, suspeitar que Ben está num relacionamento é uma coisa. Confirmar é outra bem diferente. É difícil. Entendo isso.

— Eu sei. Mas achei que estivesse seguindo em frente — digo, relembrando a conversa que tive com meu pai no almoço. — Richard ou não Richard, pensei que havia tomado minha decisão.

— Você está ótima, Cláudia! Você realmente tomou a decisão certa — ela diz. — É que seguir em frente exige alguns retrocessos ao longo do caminho. Você tinha que arrumar um cara para superar isso, e foi o Richard. Você tinha que se preocupar com a garota que Ben arrumou para superar você. E é muito provável que seja isso o que Tucker significa nessa história toda. Mas, independentemente do que ela é ou deixe de ser, você *está* seguindo em frente.

— Do mesmo modo como você está seguindo em frente e esquecendo o Trey? — pergunto, esperançosa.

— Exatamente! — ela diz sorrindo. — Para falar a verdade, ele chega semana que vem. E me mandou uma mensagem. Mas ainda não respondi.

Olho para ela em dúvida.

— Juro que não respondi! E não vou responder. Para mim, está tudo acabado. Você também precisa acabar tudo com Ben.

Digo que sim.

— Então, um brinde para novos começos — ela diz, levantando o copo.

— Para novos começos! — digo, pensando que, dessa vez, eu quase, *quase* estou falando a verdade.

Então, passamos realmente a beber juntas, e nos sentimos como nos velhos tempos, quando alguns coquetéis num bar da moda resolviam qualquer problema.

Não menciono Ben ou Tucker nos dias seguintes, até que um dos meus autores, Ethan Ainsley, passa para me cumprimentar. Ethan se mudou recentemente de Londres para Nova York, o que me deixou muito feliz, pois ele é um dos poucos autores de minha lista que tem nota dez. Vejamos: (1) Gosto dele; (2) Gosto de seu texto; (3) Os livros dele vendem; (4) Ele é confiável. Geralmente, gosto de um autor e de seu texto, mas seus livros não são tão bem-sucedidos comercialmente como eu esperava. Ou eu gosto do texto, os livros vendem bem, mas o autor é pomposo e não confiável.

Então, quando Ethan aparece sorridente na minha porta, sorrio de volta e o convido a entrar e se sentar.

— Olhe o que peguei essa manhã — digo, lhe mostrando uma amostra da capa que o diretor de arte havia acabado de me entregar. — O que você acha?

Ethan olha para a capa azul-marinho simples, enfeitada apenas com um retângulo pequeno e branco, e abre um largo sorriso.

— Eu amei — ele disse. — É tão simples... mas perfeita.

— É mesmo — falo. — Também acho que está muito boa.

— Esses caras do departamento de arte são brilhantes — ele diz. — Vamos cruzar os dedos e esperar que as pessoas gostem do livro pela capa.

Sorrio e pergunto:

— E então, o que você anda fazendo? Estava passeando aqui por perto?

— Sim. Estava na Paragon escolhendo equipamentos para esquiar... Vamos levar os meninos para esquiar.

— Deve ser bem divertido — digo.

— Sim. Acho que vamos nos divertir — ele comenta.

— Como está a família?

— Tudo ótimo. John e Thomas acabaram de começar na escolinha infantil... e, grandes novidades! Eles vão ter uma irmãzinha daqui a pouco tempo! — Ethan diz, com os olhos brilhantes.

— Ethan! Que notícia maravilhosa! — digo, me sentindo *realmente* feliz por ele. — Darcy queria muito uma menina, não é?

De repente, acho que estou confundindo o nome da esposa dele com uma personagem chamada Ellen, de seu primeiro livro. Isso sempre acontece quando converso com ele, pois numa das primeiras vezes em que ele me trouxe um de seus manuscritos, mencionou que costuma inspirar seus personagens em sua própria vida e no seu casamento. Ele me confidenciou, especificamente, que assim como seu herói no livro, ele se apaixonou por uma garota, apesar de seus defeitos e de sua própria vontade de ser livre, não ter compromissos e de querer viver tranquilamente sozinho. Tudo isso voou pela janela. Porque ele simplesmente *tinha* que ficar com ela. Não é preciso dizer que fiquei encantada quando conheci a esposa dele no lançamento de seu primeiro livro, no ano passado. Depois de uma conversa de cinco minutos com ela, pude ver por que ele se apaixonou com tanta intensidade. Ela era charmosa, simples e lindíssima.

Ethan comenta:

— Bom, Darcy insistiu que não se importava, mas ficou meio apreensiva durante o exame de ultrassom. Acho que ela estava se sentindo minoria lá em casa... E, para falar a verdade, eu também queria uma menininha.

— Bom, que ótimas notícias! — digo, pensando que consigo ficar feliz por alguém quando a notícia da gravidez é algo normal, direto e livre de dramas e controvérsias. — Parabéns!

— Obrigado — ele diz. — E quanto a você? Como estão as coisas?

Ethan sabe do meu divórcio. Recentemente, contei a ele uma versão mais curta do motivo pelo qual (não quero filhos; ele quer) nos separamos.

Então, replico:

— Ah, estou ótima... Muito ocupada... Você entende. — Tenho vontade de contar que estou namorando alguém, mas reconsidero quando me lembro de que Richard fez algum trabalho para o livro dele. Por coincidência, a não ser pela troca de alguns e-mails, ainda não conversei com Richard desde que voltamos de nossa viagem. Estou começando a imaginar se ele chegou à mesma conclusão que eu sobre nós dois.

Ethan hesita e, então, pergunta:

— Você já conversou sobre isso com seu ex-marido?

A pergunta não devia me pegar desprevenida. Ethan é bastante franco. Mas ele me surpreende e eu me vejo contando a ele as últimas novidades relacionadas à Tucker e à maratona. Conto a história num tom autodepreciativo, com leves pitadas de humor, mas o rosto de Ethan permanece sério. Quando termino, ele diz:

— E como você se sente com tudo isso?

Dou de ombros, tentando deixar essas coisas de lado.

— Essa junção médica-atleta é bem irritante — digo com um sorriso.

— É só aquela dorzinha comum da separação? — ele pergunta.

— Mais ou menos.

— Mas você não quer voltar, quer?

Relembro minha conversa com Jess no Temple Bar. Então, penso no motivo pelo qual Ben eu nos separamos e como nada mudou desde então. Acho que sei exatamente qual deveria ser a resposta. Mas fico chocada ao me ver responder:

— Bom, sim. Claro que quero voltar. Pelo menos em teoria.

— Então, volte para ele — Ethan diz, de maneira simples e rápida, curta e grossa.

— Não posso — respondo.

— Claro que pode!

— É tarde demais. É tarde demais. Ele tem namorada. E não se esqueça de que tem todo o problema com a questão de ter filhos.

— Ambos são obstáculos superáveis.

— Na verdade, não são... quero dizer, quem sabe alguma coisa sobre a Tucker? Mas a questão de ter filhos é intransponível.

— Não é, não.

Olho para Ethan tentando entender o que ele quer dizer. Ele praticamente está me dizendo para dizer que quero ter um filho, só para voltar com Ben. É o pior dos conselhos que já ouvi — semelhante à tentativa desonesta de Jess de prender Trey com uma gravidez inesperada. Sacudo minha cabeça e digo:

— Não posso ter um filho só para tê-lo de volta.

— Bom, então, isso quer dizer que ele não é sua alma gêmea... Isso deve servir de consolo quando você ficar olhando seus resultados nas futuras maratonas.

— Por que você diz isso? — pergunto, me sentindo na defensiva. Por mais que eu queira que nada em relação a Ben me afete nesse momento, não gosto da implicação de que o que vivemos não tenha sido para valer.

— Bom, você faria qualquer coisa para ter sua alma gêmea de volta, não faria? Quero dizer, essa é a essência das almas gêmeas. Romeu e Julieta tomaram veneno para ficar juntos... Então, se Ben é realmente o único homem feito para você, não acha que deveria ir em frente e ter um filho dele?

CAPÍTULO 24

Não acho que Ethan pretendia fazer uma declaração profunda ou espiritual. Nem que estava tentando dar um conselho matrimonial. Acho que estava apenas fazendo um comentário barato sobre a natureza do amor verdadeiro. Essencialmente, acho que estava dizendo o que nós já ouvimos um milhão de vezes, que "o amor supera tudo".

Então, não sei por que as palavras dele me afetaram tanto. Talvez seja por eu saber que ele não estava tentando me convencer de nada. Talvez fosse um paralelo com seus livros, o reconhecimento da arte imitando a vida que imita a arte. Talvez a clareza de ouvir uma coisa de alguém inesperado, como se fosse um jogador ao acaso participando na sua vida, alguém de fora do seu circulo íntimo.

A única coisa de que tenho certeza é de que as palavras de Ethan foram direto ao meu coração e me fizeram ver meu relacionamento com Ben de um jeito menos complicado, mais despojado. Vi a essência pura de nossa separação. A dura verdade foi posta em questão. Percebi, quase instantaneamente, que não acreditava mais nas verdades ditas sobre relacionamentos terminarem devido a um momento ruim, incompatibilidades ou influências externas como querer ou não ter um filho. Ter um bebê é um acontecimento enorme, mas não é maior do que isso, assim como questões de religião, idade, geografia, ser casado com várias pessoas e viver num feudo, e tantos outros desafios insuperáveis que os casais enfrentam e superam quando existe o amor verdadeiro.

Então, bem aqui no meu escritório, chego à conclusão, por mais simplista e ingênua que possa ser, de que eu *realmente* acredito que o amor supera tudo. Portanto, uma ou duas coisas sobre meu relacionamento devem ser verdadeiras: ou meu relacionamento com Ben não era o que eu acreditava ser, ou nossa separação foi um erro enorme, horrível.

Ou uma coisa, ou outra.

Sei aonde quero chegar. Só espero que Ben se sinta do mesmo modo.

Mais tarde, naquele mesmo dia, ligo para Daphne e pergunto se posso ir até lá para passar a noite.

— Claro! — ela diz. — Tony vai sair com os amigos, o momento é perfeito.

— Não cozinhe — digo. — Vamos pedir uma pizza, está bem?

— Do Papa John's? — ela pergunta, esperançosa.

Discussão entre a pizza do Papa John's e a do Domino's é uma constante na casa dela, com múltiplas análises: queijo, borda, molho, tempo de entrega, valor a ser pago.

— Perfeito — digo, sentindo uma onda de emoção pela minha meiga irmã suburbana.

Volto para o apartamento de Jess e rapidamente preparo uma maleta de viagem. Quando estou pegando minha escova de dentes do banheiro, escuto o barulho inconfundível da minha melhor amiga fazendo sexo com um homem nada gentil e tão loquaz quanto ela.

Existem poucas coisas tão perturbadoras quanto o fato de escutar um amigo íntimo fazendo sexo (pior que isso só escutar seus pais). Porém, o que deixa a sinfonia de gemidos ainda mais ofensiva é que me lembro de que Trey está na cidade. Sinto uma sensação de raiva dele dentro de mim por brincar com ela, mas ainda mais dela, por ser *tão* burra. Tomara que esteja usando preservativo, penso, enquanto me apresso para sair no meio de um gemido longo e arrastado.

Cerca de duas horas depois, chego à casa de Daphne e entro pela porta da frente sem bater. Ela está sentada no chão sobre uma enorme almofada, corrigindo provas, de pijama de flanela e chinelos do Snoopy.

— Olá! A pizza acabou de chegar! — ela diz. — Pedi de calabresa. Espero que você goste.

— Claro — respondo.

Coloco minha maleta no chão e me sento ao lado dela, pegando uma prova da pilha. Pertence à Annabel Partridge, que tirou um A+ e um "Bom trabalho!!!" (com três pontos de exclamação e uma carinha sorridente).

— Espere — digo. — Essa não é a Annabel Bumbunzão?

Daphne ri e diz:

— Simmmm.

— Caramba! "A" com louvor e esse tipo de atividade extracurricular... Isso é uma anomalia, não é?

— Sim — Daphne diz, balançando a cabeça. Ela mexe no fundo da pilha de provas e tira a de Josh McCall, coberta de marcas vermelhas, um D enorme e "Você pode melhorar!" (com um ponto de exclamação e uma carinha zangada).

— É esse o garoto dela? — pergunto.

— Hum-hum — ela responde, balançando a cabeça e deixando a pilha de papéis virada para baixo. Então, ela pigarreia e diz:

— Olha, Cláudia, sei o que você veio me contar...

— Você sabe?

Ela faz que sim com a cabeça e diz:

— Você não quer ser a doadora de óvulos, não é?

Não percebo nenhum tom acusatório ou amargo na voz dela ou em sua expressão. Ao contrário, parece que ela sente pena de mim. Que ela entende perfeitamente minha decisão e até mesmo, de certo modo, concorda comigo. Curvo-me sobre ela e a abraço.

— Sinto muito — digo. — É que eu simplesmente não consigo fazer isso.

— Nós imaginávamos — ela diz. — Tudo bem, Cláudia. De verdade.

— Posso explicar?

— Você não tem que explicar nada.

— Mas eu quero.

— É muito estranho para você?

Solto a respiração e esfrego os olhos.

— Acho que, em parte, é isso.

— Como se você achasse que estaria tendo um bebê com o Tony? — ela diz, tentando sorrir.

— Bom, talvez — respondo. — Talvez um pouco....

— Entendo... Acho que Tony também se sentiu assim. Eu não percebi nada até ele me perguntar como eu me sentiria se os papéis fossem invertidos e estivéssemos usando o meu óvulo e o esperma do irmão dele, Johnny. Eu disse, "Essa não é uma comparação justa. Cláudia é linda e brilhante, e Johnny é um cretino que não foi aprovado no vestibular...". Mas, apesar disso, entendi o que ele quis dizer. E eu com certeza não quero fazer com você, ou com o Tony, algo que vocês venham a se arrepender. Isso é importante demais.

— Obrigada pelos elogios, Daphne — falo. — Foi muito bom ouvir tudo isso. Obrigada!

— Bom, você é mesmo tudo isso — ela afirma. — E não acho egoísta a sua decisão. Não acho.

— Que bom. — digo, me sentindo pior por ela ser tão compreensiva. — É que... me sinto mal por deixar você em apuros. O que vocês pretendem fazer?

— Temos outras opções — ela diz. — Sabemos que vamos ter um filho. E vamos ter o filho que conseguirmos ter. Não importa como, o bebê que tivermos será o bebê certo. *Nosso* bebê. E sabemos que iremos aninhar essa criança e pensar "Se nossa jornada tivesse sido fácil, não teríamos você".

— Isso é verdade — digo, me sentindo incrivelmente orgulhosa de minha irmã. Pergunto se estão pensando em adoção.

— Sim — ela responde. — Começamos a procurar algumas agências nacionais esta semana... E minha amiga Beth acabou de voltar da China com a garotinha mais linda... Também estamos vendo um programa muito legal chamado Snowflake. Já ouviu falar?

Digo que não. Ela explica que é um programa em que os casais podem adotar um embrião que restou depois de uma fertilização *in vitro*.

— É uma organização cristã meio polêmica — ela explica.

— Por que é polêmica?

— Ah, não sei. Acho que é porque esses pais acreditam que esses embriões são crianças. E é por isso que chamam o processo de "adoção" e não "doação". Porém, Tony e eu não nos importamos com o nome que dão a isso.

— Bom, essa parece uma excelente opção... E você poderá vivenciar a experiência da maternidade e do parto.

— Sim — ela diz. — Por algum motivo, carregar o bebê é mais importante para mim que o DNA... Então, estamos realmente otimistas e animados para tocar a vida para frente, não importa como.

— Fico feliz com isso, Daphne. Obrigada por você entender. — Então, hesito, sabendo que não tem volta para o que vou dizer em seguida. Mas quero que Daphne seja a primeira a saber.

— O que foi? — Daphne pergunta.

— Bom... eu... só queria que você soubesse que existe uma outra razão pela qual não me sinto à vontade para ser sua doadora de óvulos...

— Qual é?

— Bom, eu acho... acho que talvez decida ter um filho, afinal de contas.

Ela me encara, com a boca aberta.

— Você quer ter um filho?

— Quero ter o Ben.

— E então? Vocês estão voltando?

— Não sei — digo. — Mas espero que meu plano dê certo, é o que eu mais quero.

— E, então, você teria um filho?

— Se preciso fazer isso para tê-lo de volta... — respondo. — Farei o que for preciso para ter o Ben de volta.

CAPÍTULO 25

Planejo ir direto da casa de Daphne para o trabalho na manhã seguinte, mas deixei meu sutiã em casa. Não me importo em não usar um, mas estou vestindo uma blusa apertada, meio fina e quase transparente. Daphne fala, brincando, que poderia me emprestar um, mas sabemos que essa possibilidade não existe. Os seios dela são muito maiores que os meus. Então, me ponho a caminho de casa para terminar de me vestir, esperando não dar de cara com Trey.

Felizmente, isso não acontece.

No entanto, encontro Michael, parado na frente da televisão com o controle remoto nas mãos, completamente nu.

— Merda! — gritamos ao mesmo tempo.

— O que você está fazendo aqui? — pergunto, imaginando que pergunta idiota a minha. Isto é, com certeza ele não está ali sentado na sala assistindo ao Sportscenter. Afasto os olhos, mas não sem antes visualizar involuntariamente a virilha de Michael, que, com certeza, vai ficar estampada na minha mente para sempre. Combino a imagem com os efeitos sonoros da noite passada e penso: "Uau, Michael! E eu achei que você era apenas mais um publicitário bonitinho".

Então, Jess sai do quarto, parecendo toda cheia de si.

— Vocês dois já se conhecem? — Ela joga uma toalha para ele, que a enrola em volta da cintura rapidamente.

— Sim, já nos encontramos algumas vezes — digo, sorrindo.

Michael dá um sorrisinho de volta para mim e diz:

— Nós pensamos que você estava na casa do Richard.

— Na verdade, estava na casa da Daphne — digo, tirando meu casaco, lembrando tarde demais que estava sem sutiã.

— Belos faróis, Cláudia — Michael diz. — Acho que hoje é dia de exibição na Elgin Press. Pelo menos para alguns. Podemos falar sobre isso... se você quiser.

Coloco minha jaqueta de volta e digo:

— Esqueci meu sutiã. Desculpe.

— Não precisa se desculpar — Michael diz.

Jess olha para ele e lhe dá um soco de um jeito brincalhão e possessivo, o que revela que talvez seja algo mais do que uma simples noitada de sexo. Pelo menos aos olhos de Jess. Minha vontade é de sair da sala para depois ouvir o que cada um está pensando, mas chego à conclusão de que é melhor perguntar agora. Então, pergunto:

— O que está havendo aqui, afinal de contas? Há quanto tempo vocês estão se enrolando por aí?

Jess o abraça e diz:

— Desde que você foi para a Itália e eu encontrei meu banco de esperma.

Michael dá uma risada e diz:

— Não leve a sério o que ela está dizendo. Nós usamos preservativos.

"Preservativos, plural", penso, enquanto Jess ri e diz:

— Estou tentando convencê-lo — ela diz.

— Você está falando sério? — pergunto.

— Sério até demais — Jess responde. — Ele tem bons genes, você sabe.

Olho para Michael, um homem que não consegue se comprometer nem dar a chave de seu apartamento para uma mulher. Ele sorri e dá de ombros.

— Mas também estamos apaixonados — Jess explica. — Então, está tudo bem.

— É verdade — Michael diz. — Eu a amo!

Olho com atenção a expressão inescrutável estampada no rosto deles. Eles estão completamente apaixonados, mas sérios de um jeito estranho também.

Sacudo minha cabeça e digo:

— Isso é bizarro demais! — E vou para o meu quarto pegar um sutiã.

Naquela tarde, estou tentando me concentrar no trabalho, mas só consigo pensar se devo ou não entrar em contato com Ben, quando escuto uma batida na porta de meu escritório. Imagino que seja Michael, que ainda não ousou mostrar sua cara por aqui.

— Entre! — digo, me recostando na cadeira e me preparando para o que ele vai me dizer.

A porta se abre e Richard surge, com a aparência literária de que eu tanto gosto: blazer de tweed, malha de gola alta e óculos. Fico feliz em vê-lo e ainda me sinto bem atraída por ele. Porém, acima de tudo, sinto essa sensação de estranheza, pois é a primeira vez que nos encontramos pessoalmente depois de dez dias do retorno de nossa viagem.

— Não sabia que você usava óculos — digo, com uma risada nervosa.

— Óculos de leitura — ele diz, retirando os óculos e os guardando no bolso de seu blazer.

Sorrio e faço um sinal em direção a uma cadeira.

— Sente-se.

Ele fecha a porta e se senta.

— E então, Parr? O que está havendo? — ele pergunta e dá um sorrisinho que não esconde um traço de orgulho ferido.Tenho certeza de que Richard não está acostumado a ser ignorado dessa maneira. — Você não gostou do Lago de Como ou o que foi?

Limpo a garganta para clarear minha voz e gaguejo:

— Eu tenho andado ocupada... Mas, não, eu adorei nossa viagem ao Lago de Como.

— Maravilhoso, não é? — Richard diz, com uma expressão distraída.

— Você entende o que eu quis dizer. Eu me diverti muito — digo, com mais sinceridade. — *Obrigada.*

— Você já me agradeceu — ele fala. — Não precisa fazer isso novamente.

Sorrimos um ao outro, por alguns segundos que pareceram ser uns dez minutos. Naquele breve instante, ficou bem claro, se é que não estava claro antes, que nosso caso tinha acabado. Sei que Richard não sente nada profundo por mim e tenho quase certeza de que ele deve ter alguma outra mulher na parada e algumas outras na fila de espera. Mas me sinto obrigada a lhe dar uma explicação. Então, digo:

— Ouça. Eu realmente me sinto patética ao lhe dizer isso, mas...

Richard me interrompe e diz:

— Cuidado. A mulher certa parecer patética pode ser bem charmoso.

Dou uma risada e digo:

— Não no meu caso.

— Deixa eu adivinhar. Você ainda está apaixonada pelo seu ex-marido?

Olho para ele, imaginando como sabia. Não me lembro de ter mencionado o nome de Ben, a não ser no dia do batizado do

Raymond Jr. Talvez seja *por esse motivo* que ele soubesse. Penso em lhe dar uma explicação completa, mas digo de uma vez:

— Eu avisei que era patético.

Então, abro minha gaveta para pegar o anel. Não tenho como devolver a viagem para a Itália, e seria bem constrangedor e de mau gosto me oferecer para pagar minha parte das despesas da viagem. Porém, posso simbolicamente devolver o anel.

— Me sinto mal ficando com isso. — Ao tentar entregar-lhe o anel, tenho a sensação de que estou novamente no colegial, devolvendo a jaqueta com o monograma da escola para Charlie.

Richard faz um sinal com a mão, para eu não me incomodar, e diz:

— Ah, pelo *amor de Deus,* Parr! Isso não é nada. Nem foi tão caro assim. Fique com ele.

— Tem certeza? — pergunto.

Ele me dá um olhar exasperado. Coloco a caixinha do anel de volta na gaveta e digo:

— Tudo bem.... obrigada. Eu realmente *amei* o anel!

— Bom — ele diz, se levantando. — *Essa* foi a intenção, você sabe.

Ele se levanta e eu sinto um misto de alívio e arrependimento. Estou aliviada por a conversa ter transcorrido bem, sem problemas, e não fiquei com a impressão de que vai ser difícil trabalharmos juntos dali em diante, o que obviamente é meu grande medo em relação a romances no escritório. Contudo me sinto arrependida porque gosto de Richard e vou sentir falta dele. E, para ser sincera, também vou sentir falta de ir para a cama com ele. A ideia de estar com 35 anos, no meu auge sexual, e ter que ficar abstinente não é muito atraente. Sei que corro o risco de ficar completamente sozinha. Richard se vira para ir embora e então me olha com um traço de sorriso.

— Se mudar de ideia, sabe onde me encontrar. Basta me chamar. Sem compromisso.

Depois que ele saiu, relembro suas palavras e, embora ele veja isso como uma propaganda de si mesmo, há algo quase trágico nesse tipo de vida sem compromissos.

Claro que também há algo muito triste no outro tipo de vida, uma vida em que as pessoas ficam juntas *por causa* dos compromissos, penso, quando Maura me liga do estacionamento da escola de balé de Zoe e diz:

— Bom. Ele está aprontando tudo de novo.

Sei exatamente do que ela está falando. É Scott. Ele a está traindo novamente.

— Será que você não está enganada? — pergunto. — Lembra daquela vez em que você estava errada e ele estava apenas trabalhando até tarde?

Ouço-a respirar fundo e, então, ela responde:

— Contratei alguém para segui-lo. Tenho a gravação dele com a outra.

— Ah, Deus do céu, Maura! *Sinto muito.*

— Não precisa — ela afirma. — Assim você vai me fazer chorar.

Tento mudar meu tom de compaixão e focar no que de fato aconteceu:

— Me conta o que houve — digo.

Maura diz que começou a suspeitar que Scott estivesse tendo um caso, tendo como motivo os mesmos padrões de sempre: trabalhar até tarde, mandar flores para acalmá-la, um jeito distraído, não parar de checar as mensagens de voz. Ela diz que a pior parte era ficar imaginando, então, na semana passada, ela abriu as páginas amarelas e chamou o primeiro detetive da lista, um cara chamado Lorenz, que ela descreve como parecido com um personagem do seriado *Família Soprano*, que endireitou seus negócios para parecer um comerciante legítimo. Maura disse que pagou adiantado a ele mil dólares em dinheiro e, em cinco dias, ela estava com a prova: um vídeo embaçado de Scott se encontrando com uma mulher num bar em Battery Park City. Eles tomaram alguns drinques e ficaram se agarrando no banco de uma mesa de canto.

— Se agarrando como?

— Daphne diria que estavam se *acariciando* — Maura e eu sempre zombamos de Daphne por ela usar expressões das revistas de celebridades.

— Hum... — digo. — E então, o que aconteceu?

Ela me diz que Lorenz os seguiu até o elevador do hotel, gravando os seguintes sussurros furtivos:

— Você pode, *por favor,* passar a noite comigo?

(inaudível)

— *Por quê?*

— Não posso, meu bem (inaudível)... Só tenho algumas horas.

— Isso não é suficiente.

— Vamos aproveitar o melhor possível.

Lorenz os seguiu até o quarto e ficou ouvindo por detrás da porta por alguns minutos. Na manhã seguinte, ele retornou, deu cinquenta paus para a camareira deixá-lo entrar no quarto. O detetive tirou fotos de duas garrafas de champanhe vazias, meia travessa de morangos (tão vulgar), e colocou os lençóis usados dentro de sua mochila.

— Por que ele pegou os lençóis? — pergunto.

— Amostra de sêmen. Classudo, hein?

Tento digerir os detalhes sórdidos e em seguida pergunto:

— Quem é ela? Você a conhece?

— Não tenho a mínima ideia — Maura diz. — Mas quando eu vi a fita pela primeira vez, pensei que fosse a Jane.

— *Jane*, sua melhor amiga? — falo horrorizada.

— Sim. Mas acontece que era apenas uma mulher com o mesmo corpo e cabelos parecidos. Quero dizer, essa garota pode ser a *irmã gêmea vagabunda* de Jane. E eu sempre suspeitei que o Scott tivesse uma queda pela Jane. Então, quando vi esse vídeo, meu coração quase *parou* e eu fiquei pensando, "Ah, meu Deus, vou *matar* o Scott, vou matar a Jane e depois vou me matar". E a única coisa que me distraiu nesse momento foi o pensamento que me ocorreu e que quase me fez sorrir. Pensei comigo mesma, "Daphne vai conseguir três filhos com toda essa tragédia".

— Espere — digo o mais natural e inocentemente possível. — Daphne fica com as crianças se você e o Scott morrerem?

Aparentemente, não fui sutil o bastante, pois Maura diz na defensiva:

— Bom, ela é *casada,* Cláudia... E ela *quer* filhos.

— Ah, sim. Compreendo — digo, mas como no dia do batizado de Raymond Jr., sinto uma pontada de inveja e um toque de indignação. Espero que pelo menos eu seja a reserva, caso Daphne morra também. Decido que esse não é o melhor momento para ficar discutindo questões de tutela. Mudo de assunto.

— Então, não era Jane?

— Não. Não era Jane. E eu *sei* que a minha amiga nunca faria isso. Mas coisas bem estranhas já aconteceram... Acho que as únicas pessoas em que eu realmente confio neste mundo são em você e na Daphne. Tenho muita sorte em ter vocês, hein?

Uma cena do filme *Hannah e suas irmãs* passa pela minha cabeça, que é um dos filmes mais perturbadores a que já assisti por causa dessa cena. Não consigo imaginar Daphne ou Maura me traindo daquele modo. Nem Jess, para falar a verdade. Mas, como a de Maura, minha lista é bem pequena.

Maura continua:

— Então, acho que o choque inicial de acreditar que Scott estava com Jane acabou me ajudando. Isto é, fiquei tão *aliviada* quando vi o rosto da garota e percebi que não era Jane. Foi como ganhar uma pequena batalha numa guerra que você está perdendo feio. Além do mais, num certo sentido, não há nada de novo aqui. Nós já *sabíamos* que o Scott era um cretino desleal. Então, só estou confirmando que ele está ficando pior. Ele agora é um cretino mais *consistente* e ligeiramente mais idiota do que eu imaginava. — Ela dá uma risada.

Sorrio, impressionada com a habilidade de minha irmã de manter seu bom humor.

— Você já o confrontou? — pergunto. — Ele sabe que você descobriu?

— Não... E deixe eu dizer uma coisa: é impressionante vê-lo todo inocente pela casa, como se fosse o Joe, Bom Marido. — Ela o imita: "Maura, você quer que eu prepare panquecas de framboesa?".

— Nojento! — digo, e não importa o que aconteça com o casamento de minha irmã, não vou mais fingir que gosto de Scott.

— Sim, ele é. Mas uma parte dentro de mim está se divertindo em poder dar as cartas. É como se eu risse por último. Agora, quem é o idiota?

— E o que você vai fazer?

— Ainda não decidi qual vai ser minha estratégia. Não quero agir impulsivamente. O que você acha de lhe dar uma chance para confessar e contar toda a verdade?

— Você quer dizer contar para ele que sabe de tudo e ver se ele confessa?

— Sim. Alguma coisa desse tipo.Você entende, sem dizer a ele que tenho provas.

— Parece uma boa ideia — digo. — E se ele confessar?

Ela solta a respiração no telefone e diz:

— Não sei. Fazer mais terapia de casal, eu acho. Talvez a gente devesse se inscrever no Dr. Phil.

Dou uma risada e pergunto:

— Você não seria capaz, seria?

— Não! Não consigo nem imaginar por que as pessoas se expõem desse jeito. A pior parte, eu acho, é a humilhação.

Penso comigo mesma que, se a humilhação é a pior parte disso tudo, então ela não ama mais Scott. Pergunto se é verdade.

— Ah, merda, eu não sei — ela declara. — Já nem consigo fazer essa análise. Isso é, acho que amo o homem que *acreditava* que ele era. E ocasionalmente ainda tenho um pequeno vislumbre do amor que sentia por ele, quando o vejo junto das crianças. Ele é um pai incrível, se é que alguém pode ser um bom pai e fazer isso com sua família...

Ela faz uma pausa, ao mesmo tempo que me lembro de nossa mãe. Maura também deve estar pensando a mesma coisa. Não acredito que minha irmã vai ter que passar por tudo isso de novo. Ela continua:

— Mas não, não o amo mais do jeito que você está insinuando. Não posso amar um homem que tornou minha vida tão miserável, enquanto eu não fiz nada de errado. — A voz dela soa entrecortada pela primeira vez, então, tento afastar as lágrimas falando animadamente, como a mãe faz com a criança que acabou de levar um tombo e está em dúvida se chora ou não.

— Bom. E se ele negar tudo?

Minha estratégia funciona, pois a voz de Maura soa forte novamente quando ela diz:

— Não sei. Mas estou pensando seriamente em fazer as malas das crianças e as minhas e sair de casa.

— Você deveria pedir que *ele* saia. E, com esse vídeo, a casa vai ser sua com certeza.

— Nem sei se quero a casa — Maura declara. — Nossa vida ali é uma piada.

Ficamos em silêncio até Maura comentar:

— A Daphne me contou aquela história sobre doação de óvulos. E sobre Ben.

Sinto certo desconforto. Será que Maura vai ficar magoada por eu ter feito confidências à Daphne antes de me abrir com ela? Imagino quanto tempo ainda vai levar para minhas irmãs e eu pararmos de competir no nosso círculo de três. Então, digo:

— Sim. Foi difícil dizer não a ela, mas tive que dizer.

— Foi porque você quer voltar com Ben?

— Entre outras razões... Mas, para ser honesta, esse foi o maior motivo... Acho que cometi um grande erro. Eu sinto *muita* falta dele.

— Sim — Maura replica. — Não estou surpresa. Eu sabia que você ia mudar de ideia.

O "eu sabia" de Maura é sutil e irritante. Passa pela minha cabeça que eu poderia dizer a mesma coisa para ela. Poderia dizer que suspeito de Scott desde o começo. Que eu o achava charmoso e polido demais para ser verdadeiro. Lembro-me do noivado deles, quando Scott alugou um avião para voar ao longo da costa de East Hampton com um banner escrito "QUER CASAR COMIGO, MAURA?". Lembro-me de dizer a Jess que não confiava num homem que transformava um pedido de casamento, que deveria ser um momento íntimo, numa declaração de amor, num acontecimento público. Pensei em dizer a mesma coisa a Maura, que ela estava se casando com um exibicionista descarado, o tipo de homem que adora a conquista, a caça. Porém não acho que teria mudado alguma coisa. E de que adiantaria falar tudo isso agora? Maura deve saber, lá no fundo do coração, que cometeu um erro se casando com Scott. Assim como eu sei que errei ao me separar de Ben. Então, digo:

— Sim. Acho que às vezes temos que descobrir as coisas sozinhas...

— Você vai contar a ele o que está sentindo?

— Sim — respondo. — Assim que tiver coragem.

Maura dá um suspiro e diz:

— Não é estranho que um bebê foi a única coisa que manteve você e Ben separados e as crianças parecem ser a única coisa que mantém Scott e eu juntos?

— É — eu digo. — Deveria ter tido um filho pelo cara certo.

— E eu tive os meus com o cara errado.

O que confirma minha teoria de que as mulheres *sempre,* pelo menos inconscientemente, são cientes de seus grandes erros. Às vezes, nem vale a pena analisar a situação muito de perto. A menos que os erros ainda possam ser consertados.

— Bom — digo, imaginando se não é tarde demais para mim e para minha irmã. — Somos uma bela dupla, não somos?

— Com certeza — Maura responde, com uma risadinha. — Com certeza somos.

CAPÍTULO 26

Duas semanas se passam enquanto me torturo imaginando como me aproximar de Ben. Será que devo aparecer na casa dele sem avisar? Ligar para seu apartamento? Ligar no celular? No escritório? Deveria mandar um e-mail? Escrever-lhe um haikai?

Termine tudo com a Tucker
Ela não é a pessoa certa para você!
Vou lhe dar um filho

Claro que o haikai é uma brincadeira, mas a questão é que eu estou *mesmo* imaginando essas palavras na minha cabeça há algum tempo. Ando fazendo rascunhos de mensagens na parte de trás de cardápios e estou praticando monólogos emocionantes debaixo do chuveiro. No entanto, quanto mais penso no meu próximo passo, mais indecisa fico. Também vou ficando cada vez mais paranoica ao ouvir Jess dizer que o relacionamento de Ben e Tucker deve estar "ficando mais firme a cada dia". Ela deve saber o que está falando, eu acho, pois a vejo cada vez mais apaixonada pelo Michael. É um processo quase visível, como observar uma flor abrir suas pétalas numa série de fotografias. Já vi Jess apaixonada muitas vezes, mas, pela primeira vez, sua intensidade emocional não está acompanhada de drama e angústia. Não há batalhas nas trocas de mensagens. Nem brigas escandalosas num bar. Não há traição. Nem acessos de ciúmes por causa de ex-namoradas. Ao contrário, tudo entre eles parece normal, saudável e milagrosamente compartilhado, o que é confirmado todas as vezes em que Michael passa no meu escritório. Ele aparenta estar mais feliz e sua conversa sempre acaba focando em Jess. Ele me faz infindáveis e comoventes perguntas sobre ela, coisas do tipo "Como ela era na faculdade?". Ele quer saber todos os detalhes que você tem vontade de saber quando está apaixonado por alguém.

Claro que estou encantada com o namoro deles e aproveito para passar mais tempo com meus dois melhores amigos ao mesmo tempo. É um arranjo eficiente, confortável e satisfatório.

Numa manhã chuvosa de domingo em novembro, nós três estamos sentados na sala, usando moletons e lendo o jornal, quando Jess se vira para mim e fala:

— Sabe, Cláudia, você realmente precisa ligar para o Ben *antes* do Dia de Ação de Graças.

— Por quê? — pergunto.

Ela diz:

— *Porque sim.* O Dia de Ação de Graças é um daqueles feriados que causam grandes viradas. Você não vai querer que eles deem esse grande passo juntos.

— Que passo?

— Passar o feriado juntos... Se é isso que eles estão planejando fazer, você tem que chegar e detonar tudo.

Michael abaixa a seção de Negócios de seu jornal e me dá uma piscadinha.

— Sim. Ela está certa, Cláudia. Ir para a casa de alguém para passar o Dia de Ação de Graças é um *grande* passo. É *tremendamente* mais significativo do que ser apresentado aos pais do namorado.

Observo os dois trocarem olhares apaixonados e percebo que um convite para o almoço de Ação de Graças não só foi feito, mas aceito. Olho surpresa para Jess. Ela não mencionou nada para mim acerca de seus planos para o feriado. É a primeira vez que não discute todos os detalhes de um relacionamento comigo. Não discutimos estratégias, não fazemos especulações sobre o que Michael está pensando, não analisamos o que ele fez (ou o que não fez), o que ele quis dizer (ou não quis). Talvez seja porque ela nunca namorou um amigo meu antes e não quer me deixar numa situação embaraçosa. Contudo é mais provável que isso esteja acontecendo porque é a primeira vez que ela está num tipo de relacionamento sincero, em que a gente segue nossos próprios instintos em vez de ficar questionando os amigos a cada passo.

— Espere — digo, aparentando estar confusa. — Vocês dois estão planejando passar o Dia de Ação de Graças juntos? Em Birmingham?

Jess está reluzente e sua voz fica doce.

— Sim. Michael está indo comigo para minha casa.

Olho para Michael e digo:

— Ah, é mesmo? Um grande passo para os dois, não é?

— Nem me fale! Estou arriscando minha vida indo lá.

Jess revira os olhos e diz:

— Quer parar de dizer isso? — Ela se vira para mim. — Ele age como se estivesse voltando para os anos 1950 no sul, e vai cruzar a linha Mason-Dixon.

Michael ri.

— Só não quero ser linchado ao aparecer por lá com uma loura.

Jess franze a testa. Ela tem bastante orgulho de suas raízes sulistas, muito embora não tenha vontade nenhuma de morar no Alabama novamente.

— Já disse tudo? — ela pergunta a ele.

Michael segura a mão dela.

— Desculpe, meu bem...Você sabe que estou ansioso para conhecer sua família e ver onde você cresceu.

Jess parece satisfeita. Michael se curva e lhe dá um beijo.

Seus lábios se abrem juntos, como se eu não estivesse presente na sala. Olho para meu jornal, imaginando Ben fazer a mesma coisa com Tucker. Jess e Michael estão certos, eu acho. Tenho que falar com Ben antes do feriado.

Na manhã seguinte, chego ao trabalho disposta a entrar em contato com Ben. Decido que um e-mail vai funcionar melhor do que uma conversa por telefone, haja vista nossa última conversa. Passo a meia hora seguinte na minha mesa, fazendo rascunhos. Troco "Querido Ben" por "Olá, Ben" por "Oi, Ben", para simplesmente "Ben". Coloco dois pontos, volto e o substituo por uma vírgula, e, então, decido colocar meu favorito: um simples travessão. Por acaso, o ponto e vírgula também é um dos meus sinais de pontuação favoritos, e Ben fez questão de salientar isso quando começamos a trocar os primeiros e-mails. Ele escreveu algo assim: "Você não acha que colocou muitos ponto e vírgulas aqui? Você realmente ama esse sinal, não é?". Escrevi de volta: "Amo ponto e vírgula; amo você, também". Foi a primeira vez que coloquei isso em palavras escritas. Então, talvez seja uma boa ideia colocar ponto e vírgula. Vai lembrá-lo de como costumávamos ser. Quando penso numa frase ou noutra, meu telefone toca. É Maura. Atendo, feliz pela interrupção.

— Oi — digo. — Como estão as coisas?

— Ele negou tudo — ela diz.

— Ele *negou*? — pergunto. Não sei por que estou tão surpresa. Por que um mentiroso contumaz iria voltar atrás e admitir a verdade?

— Sim — Maura diz com a voz fraca. — E ele afirmou com tanta intensidade... e com tantos *detalhes*. Ele pareceu tão sincero que eu quase *acreditei* nele. O que é uma loucura, já que eu *vi* a fita e *ouvi* o que eles disseram. Ele mente *assustadoramente* bem.

— Você não disse a ele que tinha provas?

— Ainda não — ela diz. — Mas vou confrontá-lo no fim de semana. Vou dizer a ele que quero o divórcio. Que estou cansada de viver uma mentira. Não posso ficar com ele apenas pelas crianças. Além do mais, não acho que seja bom para elas crescerem nesse ambiente. Crianças sempre sentem quando há algo errado. Nós sentíamos.

— Eu sei — digo, lembrando como ficava melancólica ao dormir na casa de uma amiguinha que tinha pais que pareciam se amar. Geralmente, eu me convencia de que minha família era ótima, até eu vivenciar o que era uma família feliz.

Ela continua.

— Isto é, não tenho escolha nessa questão... Acho que tenho que assentar minha cabeça e pôr as coisas em andamento.

— Sinto *tanto* por isso, Maura. Gostaria que as coisas fossem diferentes para você.

— Eu sei — ela diz. — Obrigada.

— Você quer o nome da minha advogada? Ela é um "tubarão" — comento. — Ela consegue o que você quiser.

— Gostaria de evitar um escândalo. Quero usar nosso advogado de família para agir como mediador, desde que Scott seja razoável. Vou dizer a ele para vender a casa e dividir tudo. E, é claro, quero a guarda total das crianças. Esse vai ser o ponto mais difícil.

— Tem *certeza* de que é isso mesmo que você quer? — digo, sentindo uma tristeza profunda ao pensar naquelas três crianças sendo levadas de uma casa para outra. Ao imaginar Maura se despedindo delas na manhã de Natal, quando se preparam para ir para a casa do pai abrir seus presentes. Fico imaginando se não existe a possibilidade de Scott mudar. Se Maura não poderia, quem sabe, lhe dar mais uma chance. Ou, talvez, eu esteja apenas pensando na minha pressa em conseguir o divórcio e em como a raiva e a indignação representaram um papel tão decisivo na minha vida. Estava preocupada demais em estar certa e punir Ben por ter dado para trás em nosso acordo. Será que Maura está fazendo a mesma coisa? Pigarreio e falo com delicadeza:

— Você não acha que está indo rápido demais? Você pensou bem nas consequências?

— Isso já vem acontecendo há um bom tempo, Cláudia — Maura responde. — Agora, basta.

— O que você vai dizer para as crianças? — pergunto.

— Ainda não sei — ela replica. — Os meninos ainda são muito pequenos para entender alguma coisa. Acho que é uma vantagem.

— Sim — digo, pensando que eles terão poucas lembranças dos pais juntos.

— Então, Daphne vai pegar os meninos na sexta à noite e eu estava pensando se você poderia ficar com a Zoe neste fim de semana.

— Claro que sim — afirmo.

— Obrigada — ela responde.

Ambas ficamos quietas por alguns momentos. Então, ela limpa a garganta e diz:

— Bom. Isso é tudo. Daqui a cinco dias não seremos mais o Sr. e Sra. Stepford[4].

---

[4] Referência ao filme *Stepford Wives*, no Brasil, *Mulheres Perfeitas*. (N. T.)

Algo na situação de Maura me deixa ainda mais ansiosa para conversar com Ben. Então, assim que desligo o telefone, termino de digitar o restante do e-mail.

Ben,

Espero que esteja bem. Sinto muito pelo modo como nossa última conversa terminou; detesto brigar com você. Estava imaginando se poderíamos nos encontrar em breve. Tem uma coisa que preciso falar com você. Me diga quando você puder...

Cláudia

Respiro fundo e aperto o enviar antes que eu possa mudar de ideia. Apoio minha cabeça nas mãos e rezo para que Ben termine logo com esse sofrimento. Dez minutos se passam e nada. Vou para o banheiro e depois pego uma xícara de café, me lembrando do que sempre disse a Jess: "O telefone não toca se ficar ao lado dele esperando". Volto e vejo que a caixa de entrada está vazia. Um momento mais tarde, o sinal de nova mensagem toca. Mas a mensagem não é dele. Nem a próxima nem a próxima. Diminuo o volume da campainha do computador e afasto minha cadeira da tela. Só verifico as entradas a cada hora. Nada, *ainda*.

À medida que o dia passa, vou ficando mais nervosa, até ficar praticamente intratável. Fico irracionalmente irritada com cada amigo que decide passar, exatamente hoje, pela minha sala para dar um "oi" ou contar uma fofoca. E quando Jess manda uma mensagem contando algo engraçado entre ela e Michael com o título "Ele não é uma gracinha?", sinto pela primeira vez uma pontada de inveja do relacionamento deles. Não estou amarga, mas definitivamente estou um pouco invejosa. "Não é justo", digo para mim mesma e imediatamente me recrimino por ter o pensamento contraproducente e mal ajustado que costumam ter mulheres em crise. "A vida não é justa", digo a mim mesma. Todo mundo acima dos 10 anos sabe. Então, sinto meu coração se retorcer e fico ainda mais triste, quando penso: "Você é a única culpada por tudo isso".

CAPÍTULO 27

Quatro dias excruciantes se passaram sem notícias de Ben. Imagino uma série de situações deprimentes: Ben está tão indiferente que ignora meu e-mail e se esquece completamente de respondê-lo; Ben olha com desprezo para a tela do computador e deleta minha mensagem enojado; Ben encaminha meu e-mail para Tucker e os dois riem de como eu pareço desesperada. Penso em ligar para Annie e perguntar se ela tem notícias dele e se tem conversado com ele. Afinal de contas, ela ficou bem à vontade para contar detalhes do *meu* relacionamento com o Richard. Mas não quero entrar nessas particularidades. Não quero ser mal interpretada. Além do quê, não acho que Annie esteja totalmente do meu lado. Sei que ela é minha amiga, mas também é amiga de Ben e, agora, deve estar bastante íntima de Tucker.

Jess concorda.

— Fale diretamente com Ben — ela aconselha.

— E se ele não entrar mais em contato comigo?

— Ele vai entrar em contato... provavelmente está fora do escritório, trabalhando em algum projeto ou outra coisa qualquer. Ou isso ou ele está querendo que você sofra um pouco. E, se esse for o caso, é porque ele ainda gosta de você.

— Você está certa — digo, mas no fundo de meu coração, estou me preparando para a possibilidade de que não vou ter mais a chance de voltar para ele. Talvez nunca mais converse com ele.

Na sexta-feira à tarde, depois de um demorado almoço com um dos meus agentes favoritos, me preparo para ler alguns manuscritos não solicitados, conhecidos como baboseiras, pois a maioria é malfeita, pura porcaria. Na verdade, eles são tão horríveis que a maioria das editoras e dos editores nem mesmo os aceita. Não vale a pena perder tempo, nem gastar os limitados recursos editoriais. A essa altura, em treze anos lendo baboseiras, só levei *um* manuscrito para a reunião do grupo editorial e ele foi recusado imediatamente. Ben me perguntou uma vez por que eu me importava com essa tralha.

— Você não é do tipo que compra bilhetes de loteria, nem joga — ele declarou. — Então, por que ler essa porcaria?

Expliquei para ele que não era algo racional. Disse que era parte de minha neurose profunda, desenvolvida nos meus primeiros anos de trabalho, de não deixar nada para trás. Nunca se sabe quando o próximo grande romance vai aparecer. Mas, além de tudo, disse a ele que gostava da *ideia* de ler essa baboseira.

— Como? — ele me perguntou, enquanto olhava de relance sobre os meus ombros para uma carta de apresentação bem grosseira. — Você gosta da ideia de tramas monótonas e uma tonelada de erros gramaticais?

— É difícil de explicar. Eu acho que tem que haver *democracia* até mesmo para as porcarias. Gosto da *ideia* de dar uma chance a um escritor iniciante. Gosto de imaginar o oprimido superando barreiras e conquistando o sucesso.

— Sorte minha que você pensa assim — Ben disse, me beijando. — Porque eu vim de uma pilha de encontros às cegas porcarias.

Dei uma risada e disse que era verdade.

— Olhe o que eu teria perdido se tivesse cancelado aquele encontro.

Desde aquele dia, todas as vezes que ele usava um par de meias que não combinava, ou queimava a torrada, ou fazia alguma coisa errada, eu o chamava de meu marido porcaria. Era uma de nossas piadas.

Então, veio bem a calhar que ele finalmente respondeu ao meu e-mail, exatamente quando estou lendo atentamente alguns manuscritos porcarias que Rosemary selecionou para mim; os mais promissores de uma pilha desalentadora. Olho de relance quando ouço o toque me avisando que chegou mensagem e fico chocada ao ver o nome dele na minha caixa de entrada. Meu coração dispara e fico sentada, com a boca ligeiramente aberta, paralisada pelo medo. Alguma coisa parece tenebrosa ao ver o nome dele escrito em negrito — **Benjamin Davenport**. Ou talvez seja a expressão *sem assunto* que se segue. Repentinamente, estou convencida de que suas palavras serão concisas e sombrias: "Não há razão para a gente se encontrar; não tenho nada para lhe dizer".

Mais de uma hora se passa antes de eu ter coragem de abrir seu e-mail. Leio suas três frases duas vezes, procurando entender: "A próxima semana está muito movimentada. Que tal depois do Dia de Ação de Graças? Segunda está bem para você?".

Nada. Não consigo identificar *nada* em seu e-mail, mas certamente não parece muito promissor ele não ter escrito meu nome nem ter se despedido de modo carinhoso. E não consigo acreditar que tive que esperar *quatro* dias para uma resposta de *três* frases vagas. No conjunto, estou aliviada. Poderia ter sido pior. Ainda tenho uma ponta de esperança quando mando minha resposta: "Claro. No Pete's Tavern ao meio-dia?".

Como um dos pubs mais antigos ainda em funcionamento em Nova York, o Pete's é uma armadilha para turistas, mas Ben e eu nunca nos importamos. Passamos muitas noites confortáveis sentados no bar e, assim que cliquei em enviar, fiquei preocupada com o que ele iria pensar de minha escolha sentimental para nosso lugar de encontro. Mas sua resposta foi quase instantânea. "Encontro você lá. Tenha um bom Dia de Ação de Graças".

"Altamente improvável", penso, enquanto escrevo com a caneta vermelha a palavra *recusado* sobre um dos manuscritos.

Mais tarde, naquela mesma noite, quando estou voltando para casa do trabalho, vejo Maura e Zoe andando apressadas pela calçada em frente ao apartamento de Jess. Maura está segurando Zoe por uma mão e, na outra, carregando o saco de dormir de Dora, a aventureira, e o travesseiro com suas iniciais. O par de Keds da garota está desamarrado, os cadarços se arrastando pelo piso molhado. Quando ela finalmente me vê, dá um gritinho:

— Tia Cláudia! — Como se eu fosse famosa. Zoe faz maravilhas pela minha autoestima.

— Oi, Zoe! — grito em resposta. — Você está vindo passar o fim de semana comigo?

— Hum-hum! — ela grita de volta. — E a mamãe falou que eu posso dormir bem tarde e comer o que eu quiser.

Olho para Maura para ter certeza de que escutei bem. Minha irmã levanta os ombros, cansada. Ela parece indecisa e desamparada, como se não tivesse energia para discutir horário de dormir nem a ingestão de cereais com açúcar. Imagino se esse é o começo do fenômeno dos pais divorciados "comprarem" seus filhos. Todas as crianças sabem que existe uma vantagem de ter pais separados e que você pode lucrar com a culpa do pai ou da mãe.

Exaustão e espírito de competitividade extraem o máximo de benefícios de ambos os lados. Lembro-me de quando meus presentes de Natal dobraram em número e valor depois que minha mãe foi embora.

Zoe se solta da mão de Maura e corre em minha direção. Eu me agacho para dar um nó duplo nos seus cadarços. Então, dou um beijo no rosto rosado e gelado dela, e sussurro em seus ouvidos:

— Adivinha o que eu trouxe para você?

— O quê? — Zoe pergunta, empolgada.

— Pop-Tarts!

Pop-Tarts de morango é o biscoito recheado favorito de minha sobrinha, mas ela só pode comê-lo em ocasiões especiais. Até agora, Maura só tem dado para as crianças produtos orgânicos.

— De que sabor? — Zoe pergunta, animada.

— Morango. Com cobertura e granulados por cima — digo.

— *Dah!*

Zoe fica muito feliz. É tão bom poder agradar alguém com tanta facilidade. Gostaria de poder fazer a mesma coisa com os problemas de minha irmã. Eu me levanto e passo meus braços em volta dos ombros de Maura. Sinto os ossos de sua costela e a ponta dos ombros espetando através de seu casaco da Burberry.

— Você está com os ossos aparecendo, Maura. Estou preocupada com você...

Maura suspira e toca o próprio rosto.

— Eu sei. Estou acabada, não estou?

— Você não está acabada — afirmo. — É que você está... magra demais. Precisa se cuidar...

— É engraçado... — Maura diz. — Até a semana passada não acreditaria que alguém pudesse ser considerada rica ou magra demais... Agora, não tenho mais tanta certeza... Preferia ser pobre, gorda e feliz...

Zoe a interrompe e diz:

— A Jess também está em casa? Posso experimentar os sapatos dela?

— Ora, é claro! Todos os cem pares! — digo, pensando que, se sou algum tipo de subcelebridade aos olhos de Zoe, Jess é a Madonna. Até mesmo garotinhas de 6 anos de idade podem reconhecer gradações de beleza e estilo.

Maura olha de relance para seu relógio Cartier e suspira.

— Tudo bem. Os meninos estão com a Daphne... Scott está me esperando às 20 horas. Melhor ir para casa.

— Boa sorte — digo. Toco no braço dela e digo que a amo. É uma coisa que minhas irmãs e eu raramente dizemos uma às outras, embora nunca tenhamos dúvida disso.

— Também amo você, Cláudia. *Obrigada* — Maura diz. Ela, então, se debruça sobre a filha e afasta o cabelo do rosto da garota. — E eu amo você, docinho de coco.

— Amo você, mamãe — Zoe diz, agarrando a mãe pelo pescoço.

— Seja boazinha com a tia Cláudia — ela aconselha.

— Pode deixar, mamãe.

Maura sorri para a filha. Ela se endireita e me olha de frente.

— Ligue quando puder — digo.

Maura diz que sim, se vira, caminha rapidamente em direção ao seu Range Rover prateado, com as botas de salto alto reverberando na calçada. Fico a observando por alguns segundos, uma onda de preocupação toma conta de mim. Seu fim de semana faz com que meu iminente almoço com Ben pareça um encontro trivial. Acho que é o impacto de três crianças inocentes no meio do problema.

Quando olho para Zoe, vejo que também está preocupada. Ela está franzindo as sobrancelhas enquanto observa sua mãe dar partida no carro e se afastar do meio-fio. Maura acena com a mão e dá uma leve buzinada. Zoe acena de volta e murmura:

— Tchau, mamãe.

Nunca tinha visto minha sobrinha tão triste. Será que ela sabe que há algo errado ou é muito pequena para passar duas noites longe de casa? Desarrumo seu cabelo e digo:

— Pronta para sair do frio, Zoe Picolé?

Ela faz que sim com a cabeça e pergunta:

— Tia Cláudia? — a voz dela sai esganiçada ao fazer a pergunta.

— Sim, meu bem — digo, nervosa com o que ela vai perguntar.

Sem sombra de dúvida, ela lança uma de suas marcas registradas:

— Por que a mamãe está tão triste?

Então, eu lhe dou uma de minhas respostas magistrais:

— As mamães às vezes ficam tristes. É só isso...

Zoe suspira e comenta:

— Ela falou um palavrão ontem no carro. E depois começou a chorar.

— As mamães às vezes dizem palavrões. E também ficam chateadas — digo. — Mas ela vai ficar bem. *Tudo* vai ficar bem.

— Promete? — ela indaga, com os olhos azuis enormes de preocupação.

Entro em pânico, pensando qual a resposta correta. Será que devo fazer esse tipo de promessa? O que significa *tudo bem*? Definitivamente, não quero mentir para Zoe. De repente, me lembro de um episódio perturbador de um programa familiar na tevê a que eu assistia quando tinha 7 anos. A pergunta premiada do final era "As cinco principais mentiras que seus pais contaram a vocês". Vasculho minhas lembranças para encontrar uma resposta, enquanto a família Johnson respondia de imediato: *Segundo a pesquisa... Papai Noel! Coelhinho da Páscoa! Fada dos Dentes!* Foi um momento traumático. Em parte porque descobri a verdade em relação aos meus três personagens favoritos, mas também porque eu havia acabado de receber uma carta escrita à mão do Polo Norte, uma carta que, agora, eu sabia que era falsa. Arranquei-a do meu quadro de avisos e confrontei meus pais sobre a mentira deles.

Ainda assim, penso com cuidado na pergunta de Zoe e chego à conclusão de que as coisas vão dar *certo*. E respondo:

— Sim, Zoe. *Eu prometo.*

Ela me dá um sorriso esperançoso. Então, coloca sua mãozinha na minha e diz:

— Posso comer Pop-Tarts agora? Em vez do jantar?

— Ótima ideia — digo. — Pop-Tarts para o jantar. E Pop-Tarts de sobremesa.

— E de aperitivo? — ela pergunta.

— Sim. De aperitivo, também — respondo sorrindo. — O que pode ser melhor que isso?

Quando Zoe e eu terminamos nosso elegante jantar de biscoitos recheados de morango, Jess chega do trabalho. Ela e Zoe se abraçam e se beijam, enquanto pergunto discretamente se Michael virá esta noite. Ela discorda com a cabeça e diz que quer passar um tempo com a gente. Fico feliz, pois não saberia como explicar a presença dele passando a noite aqui. A esse ponto, Zoe se vira para Jess e pergunta:

— Quem é Michael? Seu namorado?

— Sim — Jess responde sorridente. — Ele é.

Zoe não perde a chance:

— Você ama o Michael?

Jess me dá uma olhada e ri.

— Ela não perde tempo — eu digo.

— O que isso quer dizer? — Zoe indaga.

— Que você faz perguntas bem interessantes — digo.

— Ah — Zoe diz, e olha curiosa para Jess.

— Sim — Jess responde. — Eu o amo.

— Por quê? — Zoe insiste.

— Bom, ele é inteligente. E simpático. E engraçado. E muito, muito bonito.

Zoe franze as sobrancelhas claras enquanto pensa na resposta que ouviu. Então, ela dispara a pergunta que todos nós gostaríamos de saber:

— Você vai se casar com ele?

Finalmente Jess parece aturdida.

— Hum. Bom, Zoe, eu não sei. Vamos ver.

— Quando você vai ver?

— Não sei. É difícil saber.

— Por que é difícil saber?

— Bom, porque às vezes a gente ama uma pessoa, mas ela pode não ser a pessoa certa para você. Isso demora um pouco para a gente descobrir — Jess explica, muito melhor do que eu teria explicado.

— Espero que você se case com seu namorado — Zoe diz. — Isso seria *realmente* romântico.

— Seria *romântico* — Jess concorda. — Vamos torcer por um final feliz!

Zoe fecha os olhos e faz um pedido silencioso. Quando ela os abre novamente, parece solene.

— O tio Ben e a tia Cláudia se divorciaram — ela declara, como se eu não estivesse na sala.

— Eu sei — Jess responde, sem olhar na minha direção.

— Mas ela amava o tio Ben — Zoe diz e olha para mim. — Certo, tia Cláudia?

— Certo — digo. Saio de um limbo duvidoso e completo: — E sempre amarei.

Zoe se ilumina.

— Então, pode ser que você se case com ele *de novo*?

"Aí vai", penso. Minha grande esperança colocada à vista de todos, e por uma criança! Considero todas as possíveis respostas. Penso em dizer que há uma possibilidade. Que é algo que eu quero muito. Que sinto a falta de Ben com todo meu coração e que cometi um erro enorme ao não querer ter um filho com ele. Que fui teimosa demais, muito dura, vingativa e orgulhosa. Que espero que não seja tarde demais.

No entanto, tenho medo de dizer tudo isso em voz alta. Não quero trazer má sorte para mim mesma. Então, respondo vagamente e sem entusiasmo:

— Bom, Zoe, eu não teria muitas esperanças em relação a isso, não.

Sempre literal, Zoe respira fundo de um jeito dramático e aparenta desânimo.

— Pare com isso — digo, rindo.

Ela balança a cabeça, com um sorriso maroto se formando nos cantos dos lábios.

— Zoe! *Pare* com isso! — exclamo, fazendo cócegas nela, até ela dar uma risada gostosa. Quando ela se apruma novamente, diz:

— Tia Cláudia?

— Sim, Zoe.

— Se você casar de novo com o tio Ben, espero que seja logo. Sabe por quê?

Olho ansiosa para Zoe, e ela está encarando um ponto dos meus quadris. *Certamente* ela não entende nada de óvulos que ficam velhos. *Certamente* ela não sabe que vou ter que oferecer um filho a Ben, na *esperança* de tê-lo de volta. Finalmente, digo:

— Por quê, Zoe?

— Porque... se você esperar demais, vou ser *muito grande* para ser sua dama de honra.

Sorrio, aliviada.

— Hum. Esse é um bom motivo, Zoe. Ainda vai levar algum tempo para você ficar grande demais.

— Mas não demore muito — ela fala. — E não *fulja* dessa vez.

— Fuja — digo.

— Fuja — ela repete.

— Ah, certo. Hum. Bom. Vamos ver — digo, imaginando até onde Zoe vai com essa enxurrada de perguntas. Se eu não tomar cuidado, vou acabar contando a ela sobre minha troca de e-mails com Ben, de nosso almoço marcado e de minhas esperanças sinceras de que ele não tenha se apaixonado loucamente por uma garota chamada Tucker.

Eu me preparo para suas próximas perguntas, que, abençoadamente, são simples:

— Podemos experimentar sapatos, agora?

— Claro que sim — digo, aliviada por não ter que contar à minha sobrinha sobre Tucker, a médica atleta-bonita-fértil, que, com certeza, não ama Ben como eu o amo.

CAPÍTULO 28

Na manhã seguinte, acordo e vejo Zoe com sua camisola lavanda de bolinhas, na ponta dos pés, com o nariz e as palmas das mãos pressionados contra a janela do meu quarto. Observo seu perfil sério e uma mecha de seu cabelo espetada por causa da estática.

Finalmente, interrompo sua concentração e digo:

— O que você está vendo de tão interessante lá fora, Zoe?

Ela se vira, corre para minha cama e diz:

— Está nevando, tia Cláudia!

— É mesmo?

— Sim! Vem ver — ela me diz.

Vou com ela até a janela, lembrando-me de como era emocionante ver os primeiros flocos de neve caírem, quando era criança. Agora, isso apenas significa um estorvo, principalmente numa cidade em que tudo vira rapidamente uma sujeira, uma bagunça e a neve só atrasa todo mundo. Mas me esqueço disso tudo ao olhar a paisagem com minha sobrinha. Sinto até uma pontinha de decepção quando vejo alguns poucos flocos caindo e nenhuma neve acumulada no chão.

— Não acho que vai durar muito — digo. — É só a costumeira amostra de neve do mês de novembro.

Zoe fica cabisbaixa, e me lembro de quando minhas irmãs e eu ficávamos empolgadas com a possibilidade de uma manhã com neve, só para ter nossas esperanças cortadas pelo locutor do jornal anunciando: "Todas as escolas estão abertas!". Ou, pior ainda, quando ele enumerava uma série de escolas que *tinham* fechado e, então, anunciava que a nossa era uma exceção, sem termos nem mesmo uma ou duas horas de atraso como prêmio de consolação. Um dos dias mais felizes da minha infância foi quando minha mãe resolveu desobedecer a uma dessas decisões malfeitas.

— Não vou arriscar e deixar vocês andarem de ônibus com toda essa neve. Portanto, declaro hoje um feriado de neve! — Havia alguns benefícios adicionais por ter uma mãe que não seguia todas as regras.

— Se a neve continuar, podemos andar de trenó no parque? — Zoe pergunta.

— Claro — digo, enquanto penso em como as emoções são maiores quando a gente é criança. A alegria é mais contagiante, as decepções são mais devastadoras, a esperança é mais palpável. — Você quer fazer a dança da neve para ajudar um pouco?

Pulo sobre meu colchão e invento uma exagerada dança tribal que ela imita. Balançamos os braços e as pernas no ar até ficarmos sem fôlego. Então, digo:

— Ok! Vamos lá! Temos um dia movimentado à nossa frente!

— O que vamos fazer, tia Cláudia? — Zoe pergunta.

Comento nosso itinerário, que inclui uma sessão de matinê no teatro, um passeio na loja de brinquedos FAO Schwarz e um passeio de carruagem pelo Central Park. Zoe parece satisfeita.

— Bom, então é melhor eu colocar meu vestido.

Sorrio e digo:

— Sim. É melhor. E acho que nosso passeio de hoje merece um pouco de maquiagem, você não acha?

Os olhos de Zoe se arregalam ainda mais. Ela é uma garotinha vaidosa e está sempre pedindo coisas como orelhas furadas, pernas depiladas e maquiagem. Maura me mataria se eu furasse as orelhas de Zoe ou se lhe desse um dos meus aparelhos de barbear, mas um pouquinho de blush e de batom é outra história. Ela caminha toda aprumada até o banheiro e diz numa voz madura demais para sua idade:

— Ora, tia Cláudia. Essa é uma ideia *excelente*.

Algumas horas mais tarde, depois de assistirmos a uma performance maravilhosa de *O Rei Leão*, Zoe e eu saímos do Nova Amsterdam Theater na 42nd Street. O sol saiu e não há nenhum sinal de neve, mas o dia ainda parece um dia de inverno e festivo. A cidade já está decorada com luzinhas brancas e guirlandas de flores, e as ruas estão lotadas de turistas para a temporada de fim de ano. Zoe coloca sua boina cor-de-rosa e as luvas combinando, e eu faço sinal para um táxi e peço a ele para nos levar para a FAO Schwarz. Durante todo o caminho, vamos cantando "Hakuna Matata"[5]. É uma daquelas músicas que ficam na cabeça. No meio de nossa alegria, quase me esqueço do motivo real da visita da Zoe. Imagino se algum dia ela vai saber da verdade sobre nosso fim de semana. Se ela vai olhar para trás, para esse tempo que passamos juntas, e se suas lembranças serão mais amargas do que doces.

Descemos em frente ao Plaza. Pago o táxi e seguro a porta aberta para a Zoe. Ela pula para fora do carro, se esquecendo completamente de se comportar como uma dama, com seu vestidinho

[5] Canção do musical O *Rei Leão*. (N. T.)

de veludo vermelho e seu casaco sofisticado. Então, ela aponta para um mímico com a cara pintada de azul, parado como uma estátua perto da fonte da entrada do hotel.

— Posso ir lá ver ele? — ela pede.

— Claro — digo, lembrando o que Ben costumava dizer: "Como isso pode ser considerado talento? Quem iria perder tempo praticando uma coisa dessas?". Certamente muita gente não concorda com ele, pois há uma pequena multidão em volta do mímico, olhando-o embevecida e o filmando.

Zoe corre em direção ao mímico, enquanto espero ao lado dos degraus do hotel e tiro meu celular da bolsa. Quero ver se Maura ligou. Só tem uma mensagem, e é de Daphne. Presto atenção em Zoe enquanto escuto Daphne me contar que ela acabou de fazer um bolo de limão e os meninos estão lambendo a vasilha da massa. Daphne continua e diz que não teve notícias de Maura. "Cruze os dedos por boas-novas", ela conclui.

Penso que a versão de boas-novas da Daphne pode não ser exatamente igual à minha. Se as crianças não estão sofrendo abuso, Daphne acredita que os pais devem ficar juntos. Eu penso mais na questão da felicidade de cada um. Não a felicidade estampada numa foto no Natal, mas uma felicidade intrínseca, profunda, que chega ao âmago da alma.

Pulo a mensagem de Daphne e escuto um recado velho de Ben, que eu não tive coragem de apagar desde o nosso divórcio. É a única gravação que tenho da voz dele. Não tem nada de especial nela, ele apenas está repassando o telefone de nosso oftalmologista, porém, o simples som da voz dele me toma de assalto e sinto meu coração bater descompassado. Queria poder falar com ele antes de segunda-feira. Minha promessa está na ponta da língua: "Vou ter um filho seu, Ben. Vou fazer qualquer coisa para ter você de volta".

Aperto o botão salvar, fecho o celular e olho para Zoe ainda observando encantada o mímico. Ela segura a boina na mão e o sol está brilhando sobre seu cabelo, fazendo com que ele fique mais vermelho do que o normal. Por um momento glorioso, me sinto tomada por uma sensação de paz e bem-estar.

E, então, tudo muda num piscar de olhos.

Vejo primeiro o menino, um skatista magrelo usando calça larga, tênis Converse de cano alto e um capacete laranja. Imagino como ele conseguiu sair de casa sem casaco num dia frio como esse. Ele não tem mais que 12 anos e o modo de andar desajeitado dos adolescentes, apesar de seus movimentos rápidos e fluidos ao fazer confiantemente suas manobras. Obviamente, ele está querendo se exibir, fingindo ignorar aqueles que o olham admirados e se cansaram da mímica.

Ele deve ser um solitário, eu acho; meninos dessa idade costumam andar em grupos. Vejo-o surfar por entre os degraus e pousar suavemente no chão antes de ganhar velocidade novamente. Foi então que vi Zoe correndo em minha direção, atravessando diretamente o caminho dele. Fico paralisada, sabendo o que vai acontecer, mas incapaz de evitá-lo. Como se estivesse assistindo a uma cena apavorante, num filme que tem uma trilha sonora ameaçadora. Com certeza, o garoto vem correndo para o lado de Zoe, grunhindo:

— Ei! Ei! Cuidado!

Vejo seu corpo se contorcer para mudar de direção e rezo para que ele realmente tenha talento. Mas, quando ele gira, cai do skate e vai parar em cima dela. Zoe é jogada para trás como uma boneca de pano, fazendo um pequeno barulho ao bater no chão. O menino está caído ao lado dela, parecendo mais envergonhado do que machucado.

Ouço meu próprio grito, sinto meu coração pulsar nos ouvidos. Tudo parece se mover em câmara lenta enquanto abro caminho e vou para perto de Zoe. Sua pele está pálida, acinzentada, seus olhos estão fechados e tem um fio de sangue escorrendo pelo lado esquerdo de seu rosto e sujando a gola branca de pele de coelho. Sinto um sobressalto de medo e pavor quando me curvo para verificar se ela ainda está respirando. Está. Apesar disso, eu penso, "E se ela morrer?". Faço um esforço para me acalmar; crianças não morrem por causa de uma trombada com skate. Foi um acidente pequeno. Mas, então, penso, "Concussão, lesão de crânio e de pescoço, dano cerebral, paraplegia". Lembro-me de outros acidentes estranhos, como o de um garotinho que eu vi no programa *60 Minutos* que ficou paraplégico por causa de um simples jogo de hóquei no gelo. Fico apavorada, imaginando Zoe indo de cadeira de rodas para seu baile de formatura.

"Controle-se", digo a mim mesma. "Faça alguma coisa e pare de ser tão dramática!" Ainda assim, só consigo chamar Zoe pelo nome e sacudir delicadamente seus ombros. Ela não responde. Minha mente se lembra dos princípios de primeiros-socorros que aprendi há muito tempo, quando era escoteira, e na minha aula de saúde básica: "Nunca mova uma pessoa com suspeita de ferimento na cabeça ou no pescoço; verifique as pupilas; faça um pouco de pressão para estancar o sangue; ligue para 911; grite por socorro".

Sinto os olhares e murmúrios consternados à minha volta, enquanto procuro um lenço de papel em minha bolsa. Ao colocá-lo na testa de Zoe, seus olhos tremulam e abrem. Digo o nome dela, me sentindo aliviada. Ela dá um gemido e toca o rosto. Quando vê o sangue manchando suas luvinhas cor-de-rosa, ela dá um gritinho. Em seguida, vira para o lado e vomita. Em algum lugar de minha mente, relembro que vomitar é sinal de concussão, mas não consigo me lembrar do quão grave é uma concussão. E nem tenho ideia de como tratar uma.

Zoe senta na calçada e começa a chorar chamando por Maura e Scott.

— Mamãe! Papai! Eu quero a minha *ma-mãeeee!*

O skatista vem mancando para perto de nós e murmura suas desculpas.

— Sinto muito — ele diz. — Ela entrou na minha frente. — Ele parece amedrontado e receoso de ter se metido em confusão. Tenho vontade de pôr a culpa nele, de gritar com ele por andar de skate no meio da multidão, mas digo:

— Tudo bem. — Ele se afasta carregando seu skate debaixo do braço, seguindo em frente com sua tarde.

Volto a prestar atenção em Zoe, e um senhor mais velho aparece do nada, se agachando ao nosso lado. Ele está bem vestido e tem uma voz baixa e reconfortante. Ele me pergunta delicadamente se eu sou a mãe dela.

— Sou a tia — respondo, culpada.

"Isso aconteceu quando eu estava tomando conta dela."

— Parei um táxi para você — ele diz, apontando para um táxi parado a alguns metros da entrada do hotel. — Ele vai levar vocês para o NYU Medical Center. Ela provavelmente vai precisar apenas de alguns pontos.

Zoe geme ao ouvir falar de pontos e, então, protesta freneticamente quando o homem tenta levantá-la da calçada.

— Deixe o senhor carregar você, querida — digo.

Ela deixa. Alguns segundos depois, estou dentro do táxi. O homem me entrega Zoe e um belo lenço branco e macio com o monograma: *WRG*.

— Vai dar tudo certo, meu bem — ele diz. Não sei se ele está falando comigo ou com minha sobrinha, mas tenho vontade de dar um beijo nesse estranho bondoso de cabelos grisalhos, cujo primeiro nome começa com um "W". O homem dá ao motorista do táxi o endereço do hospital e fecha a porta.

Enquanto descemos a Fifth, Zoe se aconchega ao meu lado no banco e começa a chorar. Aperto o lenço contra o corte perto do couro cabeludo, que está emaranhado e grudento com o sangue. A essa altura, percebo que deixei a boina dela na calçada e sinto outra pontada de culpa. Primeiro, eu permito que isso aconteça; depois, perco sua boina favorita. Não posso nem imaginar o que a Maura vai dizer quando eu lhe contar o que aconteceu: "Sei que você ama Ben, mas tem certeza de que está pronta para ser mãe?". Ligo para ela, tanto em casa como no celular, e fico aliviada ao ouvir a ligação cair na caixa de mensagens. Não estou pronta para fazer essa confissão nem quero assustar minha irmã, que já está passando por tanta coisa. Tento acalmar Zoe repetindo as palavras do homem. Digo a ela que vai dar tudo certo, tudo certo.

— Quero a minha mamãe — é tudo que ela fala.

Quando chegamos ao hospital, o sangramento do ferimento de Zoe já diminuiu bastante, e não estou mais preocupada com paralisia ou danos cerebrais permanentes. O nome dela é chamado quase imediatamente depois de darmos entrada na recepção. O que é bem diferente da vez que tive que levar Ben ao pronto-socorro, quando ele quebrou o tornozelo jogando futebol, e nós ficamos esperando na sala de espera durante sete horas. Ou daquela vez que comi sushi estragado e pensei que fosse morrer de dor de estômago, mas, ainda assim, tive que esperar horas até ser atendida; parecia que eles atenderam todos os membros das gangues de Nova York e dos motoqueiros Hell's Angels antes de me atender.

Sinto um alívio enorme quando dão prioridade à Zoe e somos encaminhadas para uma sala de exames. Uma enfermeira a ajuda a vestir o roupão do hospital e verifica seus sinais vitais. Um segundo depois, um residente bem-humorado passa pelos biombos que separam as saletas e se apresenta como Dr. Steve. Dr. Steve é uma mistura de Doogie Howser e do personagem de George Clooney no seriado *Plantão Médico*. Ele é muito jovem, mas, ainda assim, seguro e carismático. Posso jurar que Zoe gostou dele imediatamente. Ele consegue acalmá-la e obter informações do acidente e saber quais são seus sintomas enquanto mesclava com maestria outras perguntas sobre a escola dela e seus hobbies. Depois de um exame breve, ele olha para Zoe e diz:

— Tudo bem, Zoe, você perdeu bastante sangue, mas vamos fazer o seguinte... Vamos pedir raios X da sua cabeça e dar alguns pontinhos bem atrás da sua orelha.

Zoe se assusta ao ouvir a palavra *pontinhos* (eles precisam inventar um outro nome, pois qual criança gosta da ideia de ser costurada?), mas o Dr. Steve lhe dá um sorriso que revela suas covinhas e a convence não apenas de que os pontos não vão doer, mas de que ele vai usar uma linha *cor-de-rosa* que desaparece como *mágica* depois de alguns dias. Zoe concorda.

— Para que tirar raios X? — pergunto, ainda receosa de que possa haver algum dano à cabeça.

— É só uma precaução — Dr. Steve diz, mostrando suas lindas covinhas para mim. — Ficaria bem surpreso se aparecesse algum dano maior à cabeça.

Concordo e agradeço a ele. O médico sai para fazer o pedido de exame de Zoe e pegar sua linha cor-de-rosa, enquanto pego um pedaço de papel em minha bolsa e começo um joguinho de forca.

Duas horas e quase nenhum drama mais tarde, os raios X de Zoe confirmam o prognóstico do médico e ela está novinha em folha com seus pontos cor-de-rosa e uma enorme paixonite pelo seu médico. Ele dá a ela um pirulito, um dos bons, com um Tootsie Roll dentro, e diz:

— Então, Zoe, gostei muito de você, mas espero nunca mais vê-la aqui novamente.

Ela sorri e fica estranhamente tímida.

— O que você diz, Zoe? Promete ficar longe do caminho de skatistas velozes?

Zoe diz que vai tentar e levanta a mão para se despedir do doutor com um sinal de "Toca aqui!".

Imagino se o Dr. Steve teve aulas para saber como se comportar com crianças pequenas ou se tudo isso é natural para ele. Talvez seja algo que exija prática. Talvez eu pudesse arrumar um livro sobre esse assunto: *Como lidar com emergências médicas e crianças em crise.*

Penso em Ben. Se eu tiver a sorte de tê-lo de volta, não vou ter que ser perfeita. Podemos resolver as coisas *juntos*. Imagino nossa menininha correndo até nós com uma ameaçadora farpa na mão. Ele vai pegar a pinça e eu vou estar ao seu lado, pronta e esperando com um band-aid do Garfield. Vamos ser uma equipe. Já fomos uma vez. Podemos ser novamente.

E então, enquanto Zoe e eu nos encaminhávamos para a saída com os papéis do atendimento e os pirulitos na mão, ouço uma voz vagamente familiar atrás de mim.

— Cláudia? É você?

Meu estômago dá um pulo quando reconheço a voz. Eu me viro lentamente e olho para os enormes olhos verdes de Tucker Janssen.

CAPÍTULO 29

— Oi, Tucker — digo, observando seu jaleco branco imaculado, o uniforme azul e o estetoscópio reluzente. E, é claro, seus longos cabelos louros presos no tradicional rabo de cavalo. Ela é mais bonita do que eu me lembrava. Mas talvez a diferença seja entre ver alguém depois de uma corrida e ver a mesma pessoa com um pouco de maquiagem. Tremo só de pensar em como ela deve sair toda arrumada para um jantar. Meu coração parece ficar esmagado e olho em direção à saída, esperando que nossa conversa seja curta. Apesar da coisa significativa que temos em comum, não tenho nada a lhe dizer.

— Oi, Cláudia — ela diz, aparentando estar bem à vontade.

Lembro a mim mesma que eu supostamente não sei que ela é médica.

Faço alguns trejeitos simulando surpresa em vê-la.

— Você é médica?

— Sim — ela diz, com falsa modéstia. — Sou cirurgiã pediátrica.

— Ah! Que interessante!

— O que está fazendo aqui? — ela pergunta, olhando para Zoe. — Está tudo bem?

Sua preocupação parece genuína, porém ainda assim irritante. Sei que é irracional, mas parece que ela está me julgando. Avaliando o tamanho de minha negligência. Concluindo que eu seria, realmente, uma mãe inepta, incapaz.

— Minha sobrinha perdeu um pouco de sangue, só isso. Mas está tudo bem agora.

— Coitadinha — Tucker lamenta.

Zoe, que já voltou a seu normal, contribui com a conversa.

— Levei cinco pontos.

Entro em pânico imaginando o que mais Zoe irá dizer. Espero que Tucker não mencione Ben, do contrário, ninguém será capaz de segurar Zoe. Posso até ouvir ela dizendo: "Você conhece o tio Ben? A tia Cláudia se divorciou dele porque ela não queria ter filhos. Mas a tia Cláudia diz que vai amá-lo para sempre. E se eles se casarem novamente, vou ser a dama de honra!".

Sem a menor dúvida, o comentário de Zoe permite que Tucker interaja com minha sobrinha. Como se estivesse dividindo um grande segredo, ela se abaixa, dá uma piscadinha e diz:

— Aquele cor-de-rosa?

Zoe parece encantada.

— Hum-hum. O cor-de-rosa.

Tucker mexe no cabelo de Zoe e lhe dá um sorriso afetuoso. Então, se levanta e me diz:

— Ela é um encanto.

— Obrigada — digo, embora não tenha certeza se é correto aceitar elogios sobre o filho de outra pessoa, mesmo que seja minha sobrinha. Passo meu peso de uma perna para a outra. Minha mente fica vazia e procuro a saída. Não quero falar sobre nenhum outro assunto, como maratonas ou Ben. Imagino se ela sabe de meus planos de encontrar o namorado dela para almoçar.

Imagino que sim, do mesmo modo que me lembro de quando a ex de Ben, Nicole, lhe mandou um presente de aniversário cerca de um ano depois de estarmos namorando. Fazendo grande esforço para parecer indiferente, lembro-me de que eu disse:

— Ah. Que legal... O que ela lhe deu?

— Um livro de poesia — ele respondeu, como se aquilo não significasse absolutamente nada para ele.

No entanto, não podia pensar em um presente mais ameaçador do que um livro, ainda mais um livro de *poesia*, e foi preciso muita força de vontade para evitar que eu perguntasse que livro era, quais eram os poemas. Então, murmurei com indiferença:

— Bom, que atencioso da parte dela.

Ben respondeu:

— Sim. Não importa. Não é grande coisa. Só quis lhe contar para deixar tudo às claras.

Ele é assim, direto e honesto. Então, tenho certeza de que deve ter comentado sobre nosso almoço.

Não demora muito, Tucker comenta:

— Bom. Como estão as coisas atualmente, Cláudia?

Suas palavras são inocentes, mas percebo uma nota de pena e condescendência em sua voz. Ela também está deixando claro, de um jeito sutil, que ele é o homem dela. Ela está se comportando *exatamente* como eu teria me comportado, caso tivesse encontrado Nicole naqueles primeiros dias de meu namoro com Ben. Ela é agradável e educada, mas, ainda assim, demonstra quem está no poder.

— Tudo bem. E com você? — digo, tensa e formal. Não estou disposta a ser intimidada. Fui *casada* com Ben. Com maratona ou sem maratona, ela não tem o direito de ser tão possessiva em relação a ele.

— Estou ótima — ela responde, tranquilamente. Ela poderia acrescentar, "E não me sinto ameaçada por você".

Meu desconforto muda para ressentimento quando a ouço dizer a palavra *ótima*. Não há dúvidas quanto a isso: *ótima* é muito superior a *bem*. Qualquer dúvida que eu tinha em relação a ela desapareceu pela porta do hospital. Tenho vontade de dar um tapa nela ou jogar água fria na cabeça dela. Fazer uma daquelas coisas que as pessoas fazem nos seriados.

E tudo isso *antes* de ela levantar a mão para mexer no seu maldito rabo de cavalo, jogando-o do ombro esquerdo para o direito, e eu enxergar o anel dela.

Seu anel de *brilhante*.

Seu anel de brilhante no dedo da mão *esquerda*.

Não posso dizer com a certeza de que ela fez isso de propósito, mas posso assegurar que ela me viu olhando para ele. Então, não tenho escolha a não ser cumprimentá-la. Respiro fundo e reúno toda minha força de vontade para olhar para ela e conseguir dizer:

— Parabéns.

Ela sorri triunfante e olha de relance para sua mão antes de colocá-la novamente no bolso do jaleco. Ela cora e diz:

— Obrigada, Cláudia. Tudo aconteceu... tão rápido.

— Sim... bom... parabéns — digo novamente, me sentindo meio tonta de desespero, tanto que não consigo nem enxergar as coisas direito, muito menos me mover.

Tucker começa a perguntar sobre meus planos para o Dia de Ação de Graças, mas a interrompo e digo que tenho que ir para casa agora. Pego a mão de Zoe, levo-a para fora e entramos num táxi. Dou meu endereço para o motorista. Ao observar os quarteirões da cidade passarem como um borrão pela janela, tenho a sensação de que esse dia ficará gravado na minha memória para sempre como o pior dia de *toda* a minha vida. Não consigo enxergar nenhuma perspectiva para mim. O tempo não vai ser capaz de curar isso. Vou ficar marcada para sempre por esse momento no hospital. Vai ser parte de quem eu sou. Na verdade, já faz parte.

Tento me concentrar em respirar corretamente, dizendo a mim mesma para não chorar, mas estou perdendo a batalha. Posso sentir a tristeza subindo na minha garganta. Então, em algum lugar entre aquele hospital no East Side e o apartamento de minha melhor amiga, eu caio no choro, bem em frente de minha sobrinha de 6 anos de idade.

— O que aconteceu, tia Cláudia? — Zoe me pergunta, com a voz entrecortada de medo. Ela nunca tinha me visto chorar antes. — Por que você está tão triste?

— Porque meu coração dói — digo, limpando as lágrimas com as costas da minha mão.

— Por quê? Por que o seu coração dói? — ela me pergunta, prestes a cair no choro também.

Não consigo responder e ela fica fazendo perguntas. Sem parar.

Finalmente, respondo:

— Porque eu amo o tio Ben.

— E por que isso deixa você triste? — ela pergunta, as mãozinhas se estendendo para segurar as minhas.

— Porque, Zoe — digo, arrasada demais para inventar algo ou tentar protegê-la. — Porque ele vai se casar com outra.

— Aquela "garota-médica"? — Zoe pergunta, com os olhos arregalados de pavor.

Passo o restante da tarde tentando explicar para minha sobrinha um dos mais tristes conceitos no amor e na vida: às vezes o momento é errado e muitas vezes a gente só percebe o que é realmente importante tarde demais. Digo a ela que foi um grande erro me divorciar de Ben. Queria que minha vida transcorresse de certo modo e, quando ele não se encaixou nos meus planos, eu simplesmente desisti dele. E, agora, a pessoa a quem mais amo foi embora. Ben é de outra agora. Ele é de Tucker. *A garota-médica.*

Talvez Zoe compreenda o que estou tentando contar para ela. Pelo menos ela finge entender, com uma expressão quase filosófica. Sinto-me envergonhada por despejar tanta coisa em cima de uma criança com um machucado na cabeça e cujos pais estão à beira do desastre. Mas não consigo evitar. Tem algo reconfortante na companhia dela e em seus comentários inocentes.

— Seja feliz, tia Cláudia — ela diz a certa altura. Como se fosse a coisa mais fácil do mundo.

Sorrio e respondo:

— Vou tentar.

E, por dentro, estou pensando, "Nunca. Nunca serei feliz novamente". Jess e Michael voltam para casa pouco depois. Enquanto apresento Zoe para Michael e os dois apertam as mãos, posso ver Jess prestando atenção nos meus olhos vermelhos.

— O que aconteceu? — ela murmura por sobre a cabeça de Zoe, pensando que eu havia protegido minha sobrinha hoje.

— Imagine o pior.

Jess pensa por um segundo e vai direto ao ponto:

— Ben e Tucker se casaram.

— Quase — digo.

— Estão *noivos?* — ela diz, horrorizada.

Concordo com a cabeça.

Ela fica boquiaberta e Michael não se contém:

— Que foda! Você deve estar brincando.

Jess olha brava para ele e aponta Zoe. Sei que Maura vai receber um relatório dos palavrões, embora, a essa altura do campeonato, a palavra *foda* não pareça algo tão devastador.

— Desculpe — Michael diz, sorrindo sem graça.

— Já ouvi isso antes — Zoe declara, cruzando os braços. Sem sombra de dúvida, ela está imbuída em seu papel de adulta nessa situação tragicômica.

— Ele ligou para você? — Jess pergunta. — A Annie contou alguma coisa?

— Não — digo, soltando uma risada amarga. — Na verdade, nós a encontramos na emergência do hospital.

— Na *emergência*? — Jess indaga. Ela e Michael parecem atônitos enquanto Zoe e eu contamos todos os detalhes sangrentos do acidente dela e de sua visita ao hospital. Depois que Jess e Michael examinam os pontos e a elogiam por ter sido tão corajosa, Jess vai direto ao assunto:

— *Como era o anel? Eles já marcaram a data? Você acha que a Tucker está grávida?*

Dou de ombros em resposta às três perguntas e, quanto à sua última indagação, respondo:

— É um ponto final, enfim.

— Ah, *não*, não é um ponto final — Jess comenta. — Um jogo não termina até o juiz *apitar*.

— Ouviu isso, companheira? — Michael diz, colocando seus braços em volta dos ombros de Jess.

Olho o casal vivendo tranquilamente esse começo de paixão; um casal que não consegue sentir algo diferente do que sente agora, nesse momento da vida.

— Ah, está acabado, gente! — digo, olhando para minha parceira e esperando sua confirmação. — Certo, Zoe?

Ela concorda sombriamente e diz:

— Sim. O momento foi *completamente* errado.

Depois de Jess e Michael saírem para jantar, Zoe e eu nos aconchegamos no sofá para assistir à versão original do filme *Operação cupido*, com a Hayley Mills. Era um de meus filmes favoritos quando criança e, como a criança educada que ela é, Zoe finge gostar mais dessa versão "antiquada" do que da nova com a Lindsay Lohan.

Quando o telefone toca, olho no identificador de chamadas. É Maura. Meu coração dá um salto só de imaginar *mais* drama familiar. E, apesar do que ela tem para me contar, tremo só de pensar em contar sobre o acidente com Zoe.

— É sua mãe — digo, enquanto pego o controle remoto, aperto o botão de pausa e atendo o telefone.

— Oi, Maura — digo cautelosamente. Vou ter que tomar cuidado com as perguntas que fizer, já que Zoe está ao meu lado.

— Quero falar com a *mamãe*! — Zoe diz, e sua voz fica infantil e chorosa.

— Um momento, Zoe — digo, e pergunto à minha irmã como ela está.

— Estou bem — Maura responde, e parece mais forte do que eu esperava.

— O que está acontecendo? Como você está? — pergunto.

— Estou bem, mas realmente não posso falar agora. Ele está na cozinha — ela diz em voz baixa.

— Não pode fazer um resumo? — digo, enquanto Zoe tenta pegar o aparelho.

— Bom, resumindo, ele está realmente arrependido. Já suplicou por perdão e chorou. Ele não para de dizer que não sabe *por que* faz esse tipo de coisa. Diz que precisa de ajuda. Ele quer procurar minha terapeuta, Cheryl, algo que ele nunca se dispôs a fazer antes. Disse que fará *qualquer* coisa para manter nossa família unida — ela sussurra. — *Nunca* tinha visto esse lado dele. É diferente de antes. Acho que é porque... *Eu* estou diferente agora. Não chorei nem uma vez.

Olho de relance para Zoe e escolho minhas palavras com cuidado.

— Ele está tentando dizer que tem algum tipo de... vício?

— Bom, ele não falou isso *exatamente*... eu só acho que ele é... uma pessoa bem infeliz.

Isso pode ser verdade, eu acho, mas não lhe dá o direito de andar por Manhattan paquerando e também deixar sua família infeliz. Mas não cabe a mim fazer julgamentos ou tomar decisões pela minha irmã. Então, pergunto:

— Como você se sente?

— Não sei — ela diz. — Mas sei que a decisão está em minhas mãos agora. E é uma sensação muito boa.

Depois de uma longa pausa, ela pergunta como está Zoe.

— Ela está sentadinha aqui, pacientemente esperando sua vez de falar. Vou colocá-la na linha. — Respiro fundo e digo: — Mas primeiro tenho que lhe contar uma coisa.

Maura interrompe.

— Ah, meu Deus, o que aconteceu?

Fico impressionada com a intuição das mães e lhe asseguro que Zoe está bem. Então, lhe dou uma versão menos melodramática do acidente. Deixo de lado a parte sobre Tucker e termino dizendo:

— *Sinto muito* por ter deixado isso acontecer.

— Não seja tola — Maura diz, mas sua voz está tremendo um pouquinho. — Acidentes acontecem. Não é culpa sua. Deixe eu falar com ela.

— Claro — digo, entregando o aparelho para Zoe, que, previsivelmente, irrompeu em lágrimas ao ouvir a voz da mãe. Acho que é um reflexo natural ao falar com a pessoa a quem você mais ama no mundo. O que significa que não devo ir ao meu almoço com Ben na segunda. Estou até me vendo cair em prantos sentada no restaurante.

Depois de Zoe contar sua versão do acidente, da ida ao hospital, do Dr. Steve e de seus pontos, ela começa a falar sobre o noivado de Tucker e de Ben. Não tenho energia para interrompê-la ou intervir. Além do mais, seu relato é bem preciso, até nos detalhes do "rabo de cavalo louro" e do "enorme anel de brilhantes".

Quando pego o telefone de volta, Maura pergunta:

— É verdade?

— Receio que sim — digo. — A imaginação dela não é *tão* fértil assim.

— Ah, meu Deus! Sinto *tanto* — ela diz.

— Eu sei — digo. — Eu também sinto.

Por causa do acidente, Maura decide que Zoe deveria voltar para casa naquela mesma noite.

— Ela precisa estar aqui conosco. — Maura diz. A palavra *conosco* não passa despercebida, nem o fato de Maura e Scott chegarem juntos. Imagino se essa é a forma de Maura dar a ele "mais uma chance". Ou se é um modo de mostrar para Zoe que seus pais a amam demais, embora eles não se amem como antigamente.

A única coisa de que eu tenho certeza é que Maura está com uma aparência bem melhor do que estava quando deixou Zoe aqui, há menos de vinte e quatro horas. Ela parece forte, com a postura perfeita e o rosto rosado. Em contraste, Scott está pálido, assustado e boquiaberto.

Passa pela minha cabeça que as coisas poderiam ter acontecido de um outro jeito. Scott poderia ter respondido como um cavalheiro, "Tudo bem, você me pegou. Agora, vamos nos divorciar". Ou, pior ainda, ele poderia ter dito, "Estou apaixonado por essa mulher e quero me casar com ela".

Do jeito como as coisas aconteceram, cabe à Maura decidir o que fazer. E ser aquela que toma decisões é sempre revigorante. Fico feliz por minha irmã estar se sentindo assim. Bem que eu gostaria de sentir o mesmo.

Eu me despeço de Zoe com pelo menos uns quatro beijinhos, e digo a ela que tem que voltar aqui para a gente ir à FAO Schwarz e passear de carruagem no parque.

— E talvez tenha neve da próxima vez — falo, sentindo falta dela, mesmo antes de ela ir embora.

— Posso voltar logo, mamãe? — Zoe pergunta, olhando para Maura.

— Claro que sim — Maura responde.

Quando Scott levanta Zoe em seus braços, Maura segura a minha mão, a aperta e diz baixinho:

— Cuide-se.

— Você também — digo.

Quando a porta se fecha atrás de minha sobrinha e de seus pais, digo, em voz alta para mim mesma, com o máximo de ironia que consigo: "Hoje é o primeiro dia do resto de sua vida". É um clichê que sempre detestei, tanto pela sua obviedade quanto pela pressão que representa na obrigatoriedade de termos um dia produtivo e maravilhoso. Então, naturalmente, decido fazer o oposto. Desisto de tudo e caio na cama, sem nem mesmo me importar em tomar um banho antes para tirar os germes do hospital e de Tucker que ainda estão na minha pele.

CAPÍTULO 30

Nos três dias seguintes, vacilo entre a descrença entorpecida e o sofrimento puro e exagerado. O trabalho está devagar, como sempre acontece nas vésperas de feriado, então passo a maior parte do tempo editando — em casa e a maior parte do tempo na cama. Jess me avisa que dormir demais é sinal de depressão, como se isso fosse alguma novidade. Ela tenta me animar com conversas estimulantes. Impacientemente, me livro dela, dizendo que estou bem. Muito embora esteja convencida de que jamais estarei.

O ponto mais baixo acontece no meio da noite, quando acordo depois de sonhar com a cena final do filme *A primeira noite de um homem*. Tudo é igual ao filme, só que eu sou Dustin Hoffman e Ben não abandona Tucker grávida no altar. Em vez disso, ele e toda a família dele me olham como se eu fosse louca, até que Ray e Annie me agarram pelo braço, me levam para fora da igreja e me colocam dentro de um ônibus completamente sozinha. Eu acordo suada, coberta de lágrimas e tão furiosa que tenho medo de mim mesma.

Na manhã seguinte, encontro Jess no quarto dela fazendo os últimos arranjos em sua mala para a viagem com Michael para o Alabama. Contra minha própria vontade, acabo contando a ela sobre meu pesadelo. Ela diz:

— Bom. Felizmente, você vai atrás dele antes do dia do *casamento*.

Olho para ela sem entender, e ela responde:

— Na segunda-feira.

Discordo com a cabeça e digo:

— Não vou *atrás* de ninguém... E decidi que não vou almoçar com ele na segunda-feira.

— *O quê?* — ela pergunta, indignada.

— Vou cancelar — digo enfaticamente.

— Não vai, não — ela diz de maneira ainda mais enfática.

— Não faz sentido! — eu digo, levantando os ombros impacientemente.

— *Faz* sentido, sim — ela diz. — Olha, Cláudia. O fato de eles estarem noivos não muda sua decisão.

— Muda, sim — retruco.

— Não, não muda nada — ela argumenta. — Se Ben pôde se divorciar do grande amor da vida dele, ele certamente pode terminar um noivado.

— Como sabe que não é *ela* o grande amor da vida dele?

— Porque é *você* — ela diz. — E as pessoas só conseguem ter *um*.

— Desde quando acredita nessa baboseira?

— Desde que eu conheci o amor verdadeiro.

— Bom. Tenho novidades para você, Jess. O Ben ama Tucker — digo. — Se não, ele não a pediria em casamento. Ele quer um filho, mas não está tão desesperado assim.

— Tudo bem. Talvez ele a ame de certo modo. Mas ele ama você muito mais, e você sabe disso... Ele não sabe o que está acontecendo. Ele *precisa* saber. Assim que ele souber que você quer ter filhos, vai terminar com ela.

— Eu não *quero* filhos.

— Quer, sim.

— Não, não quero — declaro. — Eu estava *teoricamente* pensando em ter um filho dele.

— É a mesma coisa.

— Na verdade, não é.

Ela fecha o zíper de sua mala Tod com autoridade e replica:

— Bom. Vamos deixar o Ben decidir isso. Certo?

Enquanto isso, meus planos para o Dia de Ação de Graças estão suspensos no ar. Maura sempre oferece um jantar na casa dela, porém, por motivos óbvios, esse ano é exceção. Daphne é a segunda opção porque meu pai se recusa a ir à casa de minha mãe e Dwight; no entanto, quando contamos à minha mãe nosso plano, ela fica toda dengosa e diz:

— Vocês meninas nunca vêm à minha casa. — E começa a reclamar que nós nunca, de fato, aceitamos o Dwight. Não estou a fim de escutar essas baboseiras, então mudo rapidamente de assunto e digo:

— Olha, Vera. Nós estamos indo para a casa da Daphne. Você nem sabe cozinhar.

— Podemos encomendar a comida — ela emenda.

— Mamãe, pare com isso. Já tomamos a decisão.

— E quem decidiu isso? — ela pergunta, numa voz infantil.

— *Eu* decidi — digo. — Então, vai conosco ou não? A decisão é sua.

Desligo o telefone e chego à conclusão de que, quando estamos no fundo do poço, nada pode nos afundar ainda mais. Nem mesmo nossa própria mãe.

Alguns minutos depois, ela me liga e fala comigo num tom conciliador.

— Cláudia?

— Sim — respondo.

— Decidi.

— E?

— Eu vou — ela diz humildemente.

— Boa menina — respondo.

A manhã do Dia de Ação de Graças nasce sombria, cinza e chuvosa, mas também muito quente. Uma combinação deprimente para um feriado. Demoro um tempo enorme para sair da cama, tomar banho e me vestir. Um dos princípios de vida básicos de minha mãe passa pela minha cabeça: "Se você se vestir bem e estiver bonita, vai se sentir melhor". E, embora teoricamente eu concorde com ela, deixo esse conselho de lado e escolho um suéter de gola alta bem usado e uma calça jeans com os joelhos desfiados. Digo a mim mesma que é melhor isso do que usar moletom e tênis para o jantar de Ação de Graças, que aparece na lista do panfleto sobre *Sinais de Alerta de Suicídio*, motivo pelo qual desisti de usá-los hoje.

Tenho dificuldade em encontrar um táxi e tenho que caminhar até a estação de metrô mais próxima, a Penn Station, para pegar meu trem. Sento num banco em que fico de costas para a parte da frente, o que me deixa meio enjoada. Então, quando estou na metade do caminho para Huntington, percebo que esqueci minha sofisticada torta de abóbora de vinte e oito dólares do Balthazar em cima do balcão da cozinha. Falo *merda* em voz alta. Uma velha senhora sentada à minha frente me olha, desaprovando meu linguajar. Murmuro um *desculpe*, muito embora esteja pensando, "Preocupe-se consigo mesma, madame". Passo os próximos vinte minutos me preocupando com o fato de que vou virar uma daquelas velhas que não gostam de gente. Ou, pior ainda, vou virar uma velha amarga que não gosta de jovens.

Quando meu pai me pega na estação, digo a ele que tenho que passar no supermercado para comprar uma torta.

— Dane-se a torta — meu pai declara, e eu entendo que ele está querendo dizer *fiquei sabendo do noivado do Ben.*

— Não. De verdade, papai — digo. — Prometi para Daphne que levaria uma torta de abóbora.

Tradução: *Sou um fracasso total. Só me resta manter minha palavra.*

Meu pai dá de ombros e alguns minutos depois estamos na frente do estacionamento da Waldbaum. Corro lá dentro, pego duas tortinhas de abóbora mixurucas, já pela metade do preço, e corro até o caixa rápido de "compras de até doze itens".

Itens, digo a mim mesma, lembrando-me de como Ben se divertia quando eu corrigia a gramática ou o vocabulário nas placas públicas. Eu realmente espero que Tucker seja uma garota de ciências e matemática no estrito senso da palavra, e erre nos pronomes diariamente. Ela estudou em Harvard e sei que seus erros não são grosseiros, como o clássico "É para *mim* fazer isso?".

O melhor disso tudo é que Ben vai se lembrar de mim todas as vezes que isso acontecer. Então, um dia, talvez ele ensine para Tucker as regrinhas de colocação pronominal, do mesmo modo como ensinei a ele: "Não se diz: 'É para *mim* fazer'. O correto é dizer: 'É para *eu* fazer'". Talvez ela estranhe: "Sua ex-esposa ensinou tudo isso para você?", ela vai dizer com sarcasmo, motivada pelo ciúme e pela inveja. Porque ela pode curar as pessoas, mas nunca será capaz de construir uma frase como eu.

Então, quando estou pagando pelas minhas tortas de consolação e alguns refrigerantes, vejo Charlie, meu namoradinho do tempo da escola, entrar na fila atrás de mim. Geralmente, eu gosto de me encontrar com ele e com os outros colegas da época da escola, mas as coisas mudaram desde que me divorciei. Divórcio não é o tipo de assunto que gosto de mencionar ao bater papo com antigos colegas, mas, ao mesmo tempo, é impossível evitar isso. Além do que, já esgotei minha quantidade de encontros inesperados essa semana e não estou a fim de ser gentil. Mantenho a cabeça baixa e entrego uma nota de vinte dólares para a moça do caixa.

Justamente quando achei que ia conseguir escapar, Charlie diz:

— Cláudia, é você?

Cheguei a pensar em fingir não escutar e continuar andando, mas eu gosto de Charlie e não quero passar por esnobe, algo que ele havia me acusado de ser, então, eu me viro e o cumprimento como uma adulta equilibrada e feliz.

— Oi, Charlie! Feliz Dia de Ação de Graças!

— Para você também, Cláudia! — ele diz, empurrando suas compras de última hora: um galão de leite integral, três caixas de molho de mirtilo e uma caixa de absorventes. — Como vai?

— Tudo bem! — digo, enquanto observo o filho dele balançando uma caixinha laranja de Tic Tac. Ele é igualzinho à foto de Charlie no jardim da infância, que estava emoldurada na entrada da casa dele na época em que namorávamos. O menininho olha para o pai e diz:

— Podemos levar isso, papai?

Imagino que ele vá dizer "Não. Ponha de volta", que é o comportamento-padrão dos pais no supermercado, mas Charlie diz:

— Claro. Por que não? — e coloca o Tic Tac na esteira do caixa.

Sorrio, lembrando-me do que eu mais gostava no meu primeiro namorado. Sua primeira resposta para tudo era: "Por que não?". Ele era descomplicado, otimista e bem-humorado. Devo ter pensado, alguma vez, que essas características faziam dele um simplório, mas agora acho que elas representam a felicidade. Afinal, é ele quem tem hoje uma família. É ele quem está comprando produtos de higiene pessoal para sua esposa. E eu sou aquela que se divorciou, cujo pai está esperando por ela dentro do carro no estacionamento.

— Então, o que você anda fazendo? — Charlie pergunta, com um sorriso largo no rosto.

— Nada demais — digo e tento evitar qualquer pergunta a meu respeito, mudo o foco para o filho dele. — Esse é o mais velho?

— Não! — Charlie diz. — Esse é o mais novo, Jake... Jake, esta é a Cláudia.

Jake e eu apertamos as mãos e rezo para que a conversa fique nesse rumo, mas Charlie pergunta:

— Como está Ben?

— Na verdade, nos divorciamos — digo.

— Que pena, sinto muito!

— Não precisa — falo. — Ele vai se casar novamente.

E dou uma risada de minha própria piada. Charlie me acompanha, mas é aquela risada de pena, não de diversão. Trocamos mais algumas palavras e ambos prometemos dizer um alô para nossas famílias. Enquanto isso, posso garantir que ele está pensando: “Eu sabia. Sabia que ela não teria um final feliz, desde que me contou, na noite da formatura, que não queria ter filhos”.

Daphne tem tudo sob controle quando meu pai e eu chegamos à casa dela. Mas sob controle não é igual à perfeição de Maura. Ao contrário, a casa está uma grande confusão. A cozinha está bagunçada e a partida de futebol de Tony está competindo com o CD favorito do Enrique Iglesias de Daphne e os latidos de seus cachorrinhos Yorkshire. No entanto, o cheiro está maravilhoso e a atmosfera é aconchegante. Daphne está parada ao lado do fogão com todas as bocas acesas. Ela está usando um avental com os dizeres: "TEM CARBOIDRATO?", e está calma. Meu pai se junta a Tony na sala de estar, ponho minhas tortas e os refrigerantes na geladeira e digo:

— Espero que tenha outra sobremesa.

— Claro que tem — Daphne diz, sorrindo orgulhosa e apontando para uma torta fresquinha sobre o balcão.

— E então? — digo, me acomodando num banquinho. — Teve notícias de Maura? *Ele* está vindo?

Daphne sabe que estou me referindo a Scott. Ela começa a descascar uma maçã e me conta que, até hoje de manhã, Maura ainda não havia decidido se deixava ele vir ou ficar em casa. Ela ficou satisfeita em saber que os pais e a família da irmã dele já tinham feito reservas para uma viagem à Disneyworld no feriado; então, se ela decidisse excluí-lo, ele não teria para onde ir.

Um momento depois, ouço minha mãe e Dwight na porta da frente.

— Olá-*ááá*? — minha mãe cantarola ao entrar na cozinha, perfumada demais, usando um esvoaçante conjunto St. John com sapatos marinho combinando. Sua roupa lembra a expressão "roupa casual", que é sua definição favorita de roupas para suas próprias festas. Apesar de sua alergia a cachorros, ela pega os animaizinhos de Daphne e permite que eles lambam sua boca.

— Oiii, Gary! Oiiii, Ann! — ela cantarola, e eu fico pensando que falar com cachorros de modo infantilizado é ainda mais irritante do que falar com crianças assim.

Dwight também está vestido de modo casual. Está usando mocassins, óculos Ray-Ban e uma jaqueta com botões dourados brilhantes. Ele tira os óculos e dá duas garrafas de vinho merlot para Daphne. Então, esfrega as duas mãos vigorosamente, como se fosse acender fogo.

— E então, minhas senhoras, como estão as coisas? — ele pergunta, observando as panelas fumegantes. — O cheiro está ótimo, Daph!

Então, enquanto o observo caminhar pela cozinha, lembro-me de como Ben costumava imitar seu modo de andar e dizia:

— Já notaram como o quadril do Dwight entra numa sala cerca de cinco minutos depois de ele entrar?

Sempre gostava quando ele zombava do Dwight, porém, só de pensar que ele pode fazer comentários sobre minha família (mesmo se for sobre o marido de minha mãe) com sua futura noiva, sinto um efeito estranho de lealdade em mim, que nunca existiu antes. Dwight não é uma má pessoa, eu acho, e o cumprimento com um beijo pela primeira vez na minha vida. Espero minha mãe colocar os cachorros no chão, lavar as mãos, usar seu inalador. Então, lhe dou um abraço.

— Que bom que você teve o trabalho de se arrumar — ela sussurra em meu ouvido.

Sorrio e respondo:

— Sim. Mas você deve ficar feliz em saber que, se por acaso eu estiver envolvida num acidente e me despirem, estou usando minha melhor roupa de baixo.

Ela sorri, como se dissesse "Ensinei você bem".

A campainha da porta toca, todos nos olhamos nervosos, com uma pergunta pairando no ar: "Será que Scott virá com sua família?".

Até mesmo minha mãe está moderada.

— Você abre a porta — Daphne diz, enquanto, nervosa, amarra de novo seu avental.

Vou para a porta. Quando a abro, fico surpresa em ver Scott. Pensei que Maura fosse bani-lo da festa. Uma frase de Hillary Clinton sobre Bill veio à minha cabeça: "Ele é um cachorro difícil de se manter na varanda". Claramente pode-se dizer o mesmo de Scott. Embora ele esteja aqui, na varanda, com Maura.

— Oi, pessoal — digo, me curvando para abraçar as crianças primeiro. Zoe mostra seus pontos, ou, mais precisamente, o lugar onde eles estiveram.

— Eles desapareceram — ela diz. — Exatamente como o Dr. Steve disse que iria acontecer.

Dou uma risada e a abraço novamente.

Quando me levanto, olho direto nos olhos de Scott. Pela primeira vez, eles não parecem presunçosos ou brilhantes. Ao contrário, ele está mais mortificado e arrependido do que estava no sábado à noite. E Maura parece ainda mais vivaz. Penso comigo mesma: "A garota despreocupada, segura e popular está num encontro com o garoto agradecido de recuperação". É uma mudança de papéis para eles, e eu sinto uma sensação de saudade, lembrando-me de que minha irmã *costumava ser assim* antes de conhecer Scott. Imagino o que aconteceu. Será que o comportamento de Scott a transformou em vítima e a deixou num estado permanente de ansiedade? Ou as prioridades dela foram deixadas de lado, para que ela acomodasse alguém como Scott em sua vida?

Cumprimento-o com frieza e dou um beijo em minha irmã. Mais cumprimentos tensos são trocados na cozinha. Então, todos vão para a sala assistir ao jogo de futebol, mas só Tony gosta de verdade do esporte. Paro de pensar em Ben enquanto observo Scott e Maura. Ele a está paparicando, enchendo sua taça de vinho, massageando seus ombros, lidando com as crianças que fazem bagunça, e me vejo pensando em uma das teorias de Annie sobre relacionamentos que ela chama de "teoria do ditador benevolente". Segundo ela, um relacionamento ideal tem um equilíbrio de poder. Porém, se alguém tiver *mais* poder, esse alguém deve ser a *mulher*. Sua explicação é que, quando o homem tem mais poder, ele abusa disso e sucumbe aos seus instintos inatos de autointeresse e autoindulgência. Mulheres que têm o poder, ao contrário, tendem a governar a família tendo o interesse pela família em primeiro lugar, em vez de seu próprio interesse. E é por isso que as sociedades matriarcais são pacíficas, harmoniosas, e as sociedades governadas por homens são com frequência destruídas pela guerra.

Claro que quando Annie falou pela primeira vez de sua teoria, ainda na faculdade, tentei desacreditá-la com histórias dos meus próprios pais. Disse a ela que minha mãe tinha todo o poder, e todo ele voltado para seu próprio interesse, enquanto meu pai era o cara bem-intencionado. Ainda assim, olhando em volta, tive que concordar que a teoria de Annie fazia algum sentido, e que minha família parecia ser a exceção à regra. Meus amigos com pais divorciados, quase todos tinham mães que eram mártires; enquanto aqueles com pais com casamentos bem solidificados pareciam ter mães fortes e pais devotados.

Olhando Maura agora, vejo-a como uma ditadora benevolente. A soberana que poderia ter cruelmente deixado Scott em casa com um prato de comida congelada, depois de lhe usurpar o trono. Mas ela o trouxe para a celebração da família. Ela demonstrou graça e clemência. Alguns poderiam chamá-la de tola ou covarde. Talvez eu tivesse dito isso há uma semana. Porém, ao observá-la hoje, acho que sua atitude tem mais a ver com força de espírito, de querer o que é melhor para seus filhos e de lutar para encontrar a resposta. Apesar de tudo, independentemente dos filhos, sei também que ela chegou ao fim da linha. Se Scott tiver sorte de sobreviver a esse incidente, tenho certeza de que ela não vai tolerar outra traição, nem mesmo o rumor de uma. Essa é sua última chance, a *redenção final.* Percebo que Scott também entendeu isso.

Será que a pura força de vontade de perdoar é o suficiente para acertar as coisas para minha irmã e sua família? Porque, apesar de tudo, poder é uma coisa. Amor é algo completamente diferente.

Quando o peru está pronto, somos convidados a ir para a sala de jantar, apesar de Tony pedir para assistir ao final do jogo e comer seu jantar numa bandeja. Daphne nem se digna a lhe responder. Ela o ignora e diz:

— Cada um pegue uma bebida e venha!

Dwight lidera o caminho, com uma taça de vinho numa das mãos e uma lata de refrigerante diet na outra. Ao entrar na sala, ele dá um grito:

— Uau! Olhem só! Lugares marcados!

Daphne arrumou a mesa com pequenos cartões feitos de papel pardo e adesivos dos colonizadores. Ela colocou cartões menores na mesinha das crianças, com lugares para Zoe, Patrick e William.

Maura circula ansiosamente pela mesa, inspecionando os nomes, como as pessoas costumam fazer numa recepção de casamento. Ela rapidamente pega o cartão com o nome de Scott e o troca pelo de Dwight, para não ter de se sentar ao lado do marido. Enquanto isso, Scott franze a testa e fingimos não notar nada enquanto nos sentamos.

Tony faz as preces e depois Daphne insiste em manter nossa tradição de família; todos temos que dizer uma coisa pela qual somos gratos. Pessoalmente, acho essa atividade meio perigosa, se considerarmos as frágeis circunstâncias que circundam nossas vidas, em especial nessa quinta-feira. Mas não sou eu quem vai estragar a festa. Ao contrário, minha mente está fervilhando à procura de algo para agradecer.

Daphne dá as últimas instruções.

— Lembrem-se. Não vale repetir. Dwight, você começa.

Dwight sorri e diz:

— Muito bem, bem, bem. Estou contente pela comida nesta mesa, que Daphne preparou para nós com todo carinho. Tudo parece maravilhoso!

— Que droga, Dwight! — digo. — Você roubou minha fala.

Dwight dá uma risada e complementa:

— Também estou feliz por ser o primeiro a falar!

Zoe diz que quer ser a próxima. Ela fala que agradece que sua cabeça esteja melhor e que ela se divertiu muito com a tia Cláudia no último fim de semana. Sorrio para ela. Zoe diz que agradecerá em nome de seus irmãos Patrick e William. Ela diz que eles estão agradecidos por todos os seus brinquedos e livros.

Minha mãe continua na mesa dos adultos. Ela olha para o teto, como se estivesse contando suas bênçãos. Ela é sempre boa na hora de fazer um pequeno discurso de agradecimento no Dia de Ação de Graças. Um ano ela disse: "Estou feliz por Ross Perot ter ido tão bem na eleição desse ano". Num outro ano ela falou: "Agradeço que meu marido, Dwight, tenha aprendido que comprar presentes na Kohl's, ou em outras lojas do mesmo nível, apesar de bem-intencionados, não são bem-vindos".

Este ano ela resolve se valorizar e diz:

— Sou grata pela energia criativa que Deus me concedeu e que eu pude embarcar nessa maravilhosa e empolgante carreira na fotografia.

Eu me seguro para não cair na risada, pois é a vez de Scott falar. Seus olhos estão fechados, como se estivesse orando. Lembro-me de que, no ano passado, ele disse que estava agradecido pelo mercado de ações finalmente estar se recuperando e a economia estar voltando ao normal. Esse ano ele pigarreia e diz:

— Estou agradecido por estar aqui nesta mesa.

Sua fala simples é a declaração mais genuína e humilde que já ouvi dele, e não posso deixar de me emocionar. Estou longe de perdoá-lo, mas percebo que a empatia pode ser o primeiro passo. E eu *realmente* quase sinto por ele. Maura, ao contrário, parece completamente imperturbável quando emenda com a frase dita por ele:

— Sou grata pelos meus lindos filhos, meus pais que me apoiam e minhas *leais* irmãs.

"Ai!", penso.

— E o papai? — Zoe pergunta. Essa criança não deixa passar *nada*.

— Ah, sim, Zoe, obrigada! — Maura responde. — Sou grata por você ter um papai que ama você e seus irmãos.

Isso parece satisfazê-la, então passamos para o meu pai. Depois de ele agradecer, como de costume, pela saúde de todos à mesa, é a minha vez.

Sei que tenho muito pelo que ser grata, mas só consigo pensar em Ben. Em como minha vida parece *vazia* sem ele. Penso por alguns minutos, observando o rosto de todos à minha volta naquela mesa. Ben e eu costumávamos ser nossa própria e pequena família, mas agora essas pessoas são a única família que tenho. A única família que *terei*. Então, digo:

— Agradeço pelo amor de todos nesta sala. Por saber que não importa o problema que tivermos, estaremos sempre aqui um para o outro, até o final.

Todos ficam quietos por um minuto. Até mesmo Patrick e William parecem desolados.

— Tudo bem — digo. — Daph?

Todos olham para minha irmã. Ela e Tony dão as mãos e sorriem um para o outro, e eu percebo imediatamente que eles têm uma grande novidade para contar. Que todos nós teremos um motivo *real* para ficar feliz.

Sem dúvida, minha irmã sorri docemente e diz:

— Tony e eu queremos fazer nossa prece juntos este ano. — Ela olha em volta da mesa e diz: — Somos gratos pois Deus finalmente vai nos abençoar com um filho.

Minha mãe tem um sobressalto.

— Deus do céu! Você está grávida! É um milagre!

— Não, mãe — Daphne diz rapidamente. — Não estou grávida... Mas você está certa, *é* um milagre.

Sua voz soa entrecortada, como se Daphne estivesse prestes a cair no choro; então, Tony continua por ela.

— Estamos adotando uma criança. Um menino. Ele vai nascer no dia 22 de dezembro.

Por uns instantes, ficamos todos aturdidos e, então, nossa surpresa se transforma na mais pura alegria, daquela que se traduz com risos e lágrimas simultaneamente.

Daphne recupera a calma e diz para a gente comer antes que esfrie.

— Como se fôssemos conseguir comer! Conte todos os detalhes! — Maura diz ao se levantar para abraçar Daphne e dar um beijo em Tony.

Todos fazemos a mesma coisa logo depois e ficamos em fila para parabenizar os orgulhosos futuros pais. Até mesmo Scott esquece que está "de castigo" e vai cumprimentar Tony com um espalmar de mãos "Toca aqui!".

Então, nos sentamos todos de volta e partilhamos nossa refeição juntos. Daphne nos conta como se encontrou por acaso com a mãe biológica de seu filho numa loja Easy Spirit do Shopping Center de Huntington. Todos rimos, pois é a cara da Daphne fazer amizade assim com estranhos.

— Na Easy Spirit? — Maura diz e imita o slogan da loja: "É um scarpin, mas parece que está usando uma sapatilha!".

Daphne sorri e diz para Maura:

— Sei que você fica horrorizada com meu senso de moda, mas esses sapatos são *tão* confortáveis... E eu não estou tentando impressionar meus alunos do 5º ano com meus sapatos elegantes.

Meu pai levanta as mãos para o alto, fingindo estar exasperado, e diz:

— Chega de falar de sapatos! Conte-nos o que aconteceu!

— Tudo bem — Daphne continua. — Eu estava experimentando esses sapatos e então uma mocinha linda e grávida senta-se ao meu lado. Percebi que ela não estava usando aliança e comecei a imaginar que talvez seus dedos inchassem demais e a aliança não servisse mais, ou que ela não era casada e ficou grávida por acaso. E eu pensei que deve ter sido por acaso, pois ela parecia *tão* jovem. Tenho que admitir, senti uma pontada de amargura, do tipo, *isso* é justo? Como algumas pessoas têm filhos com tanta facilidade e ficam grávidas sem nem mesmo tentar e eu não consigo, mesmo querendo um bebê?

— Daphne! — Maura e eu dizemos ao mesmo tempo. Daphne é conhecida em nossa família por contar histórias longas e sem fim.

Daphne dá uma risada e resume a história. Ela diz que ela e a garota, cujo nome é Amber, começaram a conversar sobre como os calçados da Easy Spirit são confortáveis. Amber contou para Daphne que era garçonete à noite e seus pés doíam o tempo todo. Daphne contou à Amber que ela é professora e entende de pés doloridos. Acontece que Amber está na faculdade e vai se formar em educação. Daphne perguntou qual faculdade ela frequentava. Amber disse Hofstra, que é onde Daphne estudou. Discutiram sobre os professores que ambas conheciam e os cursos que Amber está fazendo e onde ela gostaria de lecionar algum dia.

Então, Daphne lhe perguntou sobre o bebê e, depois de alguns minutos de conversa informal sobre o sexo do bebê e a data do parto, Amber abriu o jogo e contou para Daphne o resto de sua história. Que ela ficou grávida por acaso (a camisinha estourou) e o namorado dela, agora ex-namorado, queria que ela fizesse um aborto. Assim como seus pais. Porém, Amber disse que não poderia fazer isso. Mas, ao mesmo tempo, ela tinha consciência de que não estava pronta para ser uma boa mãe para seu filho e que isso não seria justo com a criança. Ela desejava uma vida melhor para o bebê. Portanto, decidiu entregá-lo para adoção. Ela pesquisou várias agências e finalmente se registrou em uma em Westchester, do tipo que facilita adoções. Ela disse que encontrou vários casais, mas ainda não tinha encontrado um que combinasse. Amber disse que todos foram muito agradáveis, mas não houve uma sintonia entre eles. Agora, o bebê estava perto de nascer e ela já não tinha muito tempo.

Daphne faz uma pausa por alguns instantes, toma um gole de água e diz:

— A esta altura, irrompi em lágrimas enquanto o vendedor me fazia experimentar um par de sapatilhas chocolate... De repente, me vejo fazendo confidências para ela, contando de todas as nossas lutas. E, quando terminamos, nós simplesmente ficamos olhando uma para a outra. Diretamente nos olhos uma da outra. E foi como se, naquele instante, nós duas *soubéssemos* o que iria acontecer. Acabamos comprando o mesmo par de sapatos e fomos para a praça de alimentação para conversar um pouco mais. Naquela noite, a convidei para jantar comigo e com Tony, e eles também se deram muito bem. Não é, Tony?

Tony concorda com a cabeça.

— Sim. Eu realmente gosto dela... Ela tem a cabeça no lugar.

— E um grande, *enorme* coração — Daphne emenda.

— Como ela é? — Maura indaga.

Daphne diz:

— Ela é uma gracinha. Tem cabelo castanho, liso, olhos escuros e um sorriso meigo. É alta... Mede pelo menos um metro e setenta.

— É bom que ela seja alta — Tony diz. Tony não é muito alto e frequentemente reclama de sua altura na hora de praticar esportes. Daphne diz que ele era talentoso, mas não foi chamado para jogar na faculdade por causa de sua altura. Se pelo menos ele fosse um pouquinho mais alto...

— Vocês sabem alguma coisa sobre o... pai? — pergunto.

— Sim. Vimos uma foto do *pai biológico*. — Daphne explica, me corrigindo sutilmente, deixando claro para todo mundo que Tony será o *único* pai, não algum adolescente cheio de espinhas que engravidou Amber, a largou e a encorajou a abortar. Não repetirei esse erro. Ela continua: — Ele é um cara comum, normal. Também estuda na Hofstra...

— E ele tem um metro e *noventa* — Tony diz, rindo.

— E o que quer dizer uma adoção aberta? — pergunto.

Daphne explica que Amber fará parte da vida de seu filho. Ela diz:

— Queremos que ele conheça sua mãe biológica.

— Então, já está tudo acertado? — meu pai quer saber.

Daphne concorda com a cabeça e diz que ela e Tony já prepararam toda a papelada e pagaram as taxas. E completa:

— É uma loucura... E tudo aconteceu tão depressa... Temos tanto a fazer nas próximas semanas!

Minha mãe parece preocupada quando faz uma pergunta que eu também tinha vontade de fazer, mas me calei:

— Como vocês sabem que a Amber não vai mudar de ideia e ficar com o bebê?

A resposta de Daphne é paciente, mas persuasiva, como se ela também tivesse tido as mesmas preocupações, mas houvesse esclarecido suas dúvidas. Ela declara:

— Na verdade, mãe, os pais biológicos nas adoções abertas têm menos chance de mudar de ideia. Eles ficam mais tranquilos quanto à sua decisão, pois podem ver por si próprios que o bebê está feliz... E pode-se argumentar, também, que as adoções abertas são melhores para as crianças, pois não vão passar a vida toda imaginando quem é sua mãe biológica.

Minha mãe não parece convencida.

— Vocês vão colocar algum... *limite*?

Tony explica:

— Essa agência é realmente muito boa, Vera. Eles ajudam a gente a montar um plano individualizado, diretrizes para visitas, cartas e telefonemas. Estamos trabalhando nesses detalhes... Mas está claro que queremos o mesmo que Amber. Ela quer vê-lo algumas vezes ao ano, porém não vir aqui todos os dias ou coisa parecida. Ela quer seguir em frente com a vida dela.

— Sim, mas o que vocês vão dizer para o seu filho? — minha mãe pergunta. — Será que essa coisa toda não irá... confundi-lo?

Fico espantada pela ironia de uma mãe tão pouco ortodoxa ficar balançada por um acordo não tradicional. Aposto que Maura está pensando a mesma coisa que eu, posso dizer pela expressão de seu rosto. Mas Daphne continua calma. Ela diz:

— Pense um pouco, mãe. Se uma tia, ou tio, ou avô fazem parte da vida de uma criança, ela fica confusa?

— Não... — minha mãe responde, hesitante.

Tony a interrompe.

— Bom, essas pessoas são parentes consanguíneas, também... Porém, não há confusão, você percebe?

Minha mãe assente com a cabeça.

— Seus pais são *seus* pais. As crianças *sabem* quem são seus pais... e o mais importante de uma adoção aberta é que a mãe biológica apoia isso. *Ela* escolheu a *nós*. Amber não ia querer arruinar seu próprio plano interferindo na vida de seu filho.

Daphne termina dizendo:

— A família biológica de uma criança é parte de quem *ela* é. Não importa se conhecemos a Amber ou não, isso *não* importa. E queremos que nosso filho a conheça. Achamos que, desse modo, será melhor para todo mundo. Sei que parece esquisito na teoria, mas, quando você conhecer Amber, verá que isso é o certo para todos os envolvidos.

Sei o que Daphne quer dizer com essa declaração. Sobre como uma coisa parece ser na teoria e é bem diferente quando aplicada na prática de sua própria vida e das pessoas envolvidas nela. Penso em vários exemplos desse fenômeno, bem aqui nessa mesa. Talvez, na teoria, minhas irmãs e eu, e até mesmo meu pai, deveríamos odiar minha mãe, mas não a odiamos. Nós a toleramos, até mesmo a amamos, apesar de ela ser quem é. Talvez, na teoria, uma mulher deveria abandonar o homem que a traiu. Mas, no caso de Maura, essa pode não ser a opção certa. Talvez, na teoria, eu não quisesse filhos. Talvez eu *ainda* não queira. Mas ao ver minha irmã e Tony se olharem extasiados, penso em como seria bom estar com Ben *e* esperando um bebê. *Nosso* filho. E, pela primeira vez na minha vida, eu *quase* quero ter um.

CAPÍTULO 31

Daphne tenta me convencer a dormir em sua casa, mas digo que tenho muito trabalho a fazer. A verdade é que eu quero continuar minha festa de autopiedade sozinha. Então, nos três dias seguintes, faço exatamente isso. Mergulho numa imensidão de "E se..." e "O que teria acontecido..." e "O que nunca será...".

A certa hora de cada dia, eu tomava banho, escovava os dentes, mas era só isso que eu fazia para me arrumar. Pedia comida fora, quanto mais gordurosa melhor. Bebi muito vinho e abri as garrafas antes mesmo de escurecer. Fiquei ouvindo músicas tristes ou músicas alegres que me faziam lembrar dele e, portanto, poderiam ser consideradas músicas tristes também. Li jornais velhos. Mexi em todos os nossos álbuns de fotografia e em caixas cheias de contas velhas, ingressos de cinema e teatro e recados casuais que costumávamos deixar no balcão da cozinha um para o outro...

Coisas simples como: "Estarei de volta em uma hora. Amor, Ben". Revivo todas essas situações, me demorando mais tempo nas mais íntimas, nos momentos mais inconsequentes. O tipo de lembrança que parecia que não iria se esgotar nunca, para Ben e para mim.

Não atendo ao telefone e não saio do apartamento até o domingo à tarde. O jornal local e a paisagem vista da minha janela me informam que o tempo está gelado e úmido, mas, apesar disso, deixo de colocar as luvas, a echarpe ou um boné, e visto apenas uma jaqueta jeans com pelo na gola. Quando as portas antigas do pré-guerra do prédio se fecham às minhas costas, respiro o ar frio. O ar gelado até arde por dentro, mas me revigora. Não tenho um destino programado em minha cabeça, então, caminho pelas ruas vazias da cidade até encontrar um banco no Washington Square Park. Numa mesa ali perto, dois velhos jogam xadrez. Podem ser irmãos, mas talvez eu ache todos os velhos parecidos. De qualquer modo, eles são incrivelmente parecidos, um a cara do outro, ambos com as mãos grossas e manchadas, com quepes marrons, sapatos ortopédicos pretos aparecendo debaixo das cadeiras de montar. Sei apenas os princípios básicos do xadrez, como cada peça pode ser movida, mas finjo contemplar suas estratégias. Franzo as sobrancelhas como se quisesse dizer: "Ah! *Boa* jogada. Agora você o pegou!". Eles ignoram seu público de uma pessoa só, o que me faz sentir invisível como o ar e ainda mais desolada. A hora parece passar voando, até que um dos homens finalmente marca sua vitória com um giz branco, uma vitória silenciosa, sem nem mesmo pronunciar *xeque-mate*.

Levanto-me e caminho para casa na escuridão dos ventos. Só consigo pensar em Ben e Tucker rindo juntos em algum lugar quentinho e claro, curtindo seu noivado.

Naquela noite, pego o telefone para ligar para ele e cancelar nosso almoço. Preparei uma desculpa do tipo "surgiu algo no trabalho...". Talvez até use a expressão que Jess usa no seu mundo de finanças: "tenho que apagar um incêndio". Lembro-me de uma vez que Ben zombou dela dizendo: "isso é um insulto para os bravos homens e mulheres do nosso corpo de bombeiros". Ou então: "Não fique zombando do Charlie desse modo", se referindo ao meu namorado do tempo da escola.

Em meio à discagem, no entanto, eu desligo, decidindo esperar até de manhã para fazer a ligação final. Não posso arriscar, ele deve estar com Tucker essa noite. Só de pensar que ela pode estar perto dele, sentada a seu lado, perto o suficiente para ouvir minha voz na linha, é demais para suportar. Seria acrescentar insulto a uma injúria, se é que dá para chamar o que estou passando de simples injúria.

Depois de algumas horas sem saber o que fazer, estou na cama tentando dormir. Quando estava começando a cair no sono, escuto Jess e Michael voltando de viagem, rindo de um jeito gostoso, como só os novos amantes são capazes. Eles ainda estão naquela fase do relacionamento quando brincadeiras entre os dois surgem o tempo todo. Coloco um travesseiro sobre a cabeça e digo a mim mesma que Tucker não pode ser divertida, além de tudo o mais. A vida não é equitativa, mas descobri que Deus faz o possível para separar humor e cabelo bonito. Esse deve ter sido meu último pensamento antes de dormir, porque acordo depois de ter tido um sonho com Tucker. No sonho, eu procuro novamente o nome dela no Google e descubro que ela está fazendo uma apresentação de stand-up no Village, aos sábados à noite. De acordo com as críticas quatro estrelas, sua performance inclui piadas hilárias sobre maternidade e seu devotado marido.

Ainda está escuro, então, acho que devam ser umas 2 ou 3 horas da madrugada. Olho no relógio e vejo que já são 5 horas. Se ainda fossem 4 horas, eu ficaria um pouco mais na cama, mas às 5 já está na hora de começar o dia.

Levanto-me e tomo um banho quente e longo. Eu me visto como se não fosse cancelar meu almoço com Ben. Gosto de depilar minhas pernas antes de um primeiro encontro, apesar de saber que tirar a roupa está fora de cogitação. E se eu não conseguir falar com ele ao telefone? Não posso deixá-lo esperando no restaurante. Ou essa é uma parte de mim que quer vê-lo, não importa quais sejam as circunstâncias?

Então, visto meu melhor conjunto e saltos bem altos. Seco meu cabelo impecavelmente e passo maquiagem com o maior cuidado. Ponho batom vermelho, pois batom vermelho sempre faz a gente se sentir mais segura. Como toque final, coloco o anel do Richard em meu dedo. Sei que estou bonita, o que Jess e Michael confirmam assim que saio do meu quarto.

— Caramba, garota! — Michael comenta ao levantar os olhos de sua tigela de cereais. — Você está ótima!

Jess me abraça e diz:

— Sim. Pelo menos você está indo com todas as suas armas.

Seu comentário não me passou despercebido. Apesar da conversa de acabar com o noivado de Ben, parece que minha amiga está começando a pendurar a chuteira. Imagino o que mudou durante o feriado. Talvez tenha sido passar esse tempo junto de Michael e imaginar Ben fazendo a mesma coisa com a família de Tucker.

— Obrigada, Jess — digo.

Ela me lança um olhar pensativo e diz:

— Seja forte.

Michael concorda com a cabeça e faz eco às suas instruções. Eles estão de acordo em tudo. Penso que, com o tempo, os dois vão até começar a ficar parecidos um com o outro. Seria um acontecimento num casal birracial, mas não duvido de nada com relação a esses dois.

Vou direto para o trabalho e prometo ligar para Ben lá pelas 10 horas. No entanto, a manhã *foi* uma loucura e eu fiquei *realmente* apagando incêndios. Então, lá pelas 11 horas, eu ainda não tinha ligado para ele. Reconheço que cancelar em cima da hora é uma grosseria e que preciso ser superior e uma boa jogadora. Preciso chegar na hora, olhá-lo bem nos olhos e parabenizá-lo pelo seu noivado. É isso o que eu vou fazer.

Então, quarenta e cinco minutos mais tarde, estou num táxi indo para o Pete's Tavern na Irving com a Eighteenth, praticando o que vou dizer: "Parabéns pelo seu noivado, Ben. Estou feliz por você e pela Tucker, e desejo tudo de bom para os dois". Porém, quando entro no pub, já decorado para as festas de fim de ano, com luzinhas vermelhas, galhos brancos e uma abundância de Papais Noéis, vejo-o lendo um jornal e tudo o que havia ensaiado desaparece de minha cabeça.

Ainda é cedo para a multidão do almoço chegar, por isso, Ben conseguiu arrumar a mesa mais famosa de Nova York, onde O. Henry supostamente escreveu *O Presente dos Magos*. Enquanto caminho alguns passos até chegar perto de meu ex-marido, lembro-me de um verso da história de O. Henry dizendo que a vida consistia de "soluços, espirros e sorrisos, com os espirros predominando". Ele com certeza estava certo quanto a isso.

Ben levanta os olhos do jornal e fazemos contato visual, ambos balançamos a cabeça educadamente. Ele dobra o jornal, coloca-o de lado, e eu retiro meu casaco e me forço a me sentar e a dizer olá. Minhas mãos estão tremendo e minha voz não parece minha própria voz.

— Olá — ele diz, num tom que não posso compreender com precisão. Parece triste e feliz ao mesmo tempo. Parece mudado e, ainda assim, parece o mesmo. Seu cabelo está um pouco mais comprido do que jamais vi, mas propositalmente mais comprido, não do tipo que precisa de um corte. Não quero gostar desse seu novo estilo, mas eu gosto. Ele está usando um suéter verde-escuro com capuz, um que ele já tinha antes de me conhecer. Posso imaginar o toque macio do algodão e tenho uma vontade doida de estender a mão e tocar seu braço. De repente, me ocorre que ele não veio do trabalho; o guarda-roupa dele é casual, mas não tão casual assim. Ele está tomando café e sua xícara já está quase vazia. Então, pergunto:

— Há quanto tempo você está aqui?

— Há um tempinho — ele responde.

— Nós marcamos meio-dia, certo? — pergunto.

— Sim, foi isso mesmo.

— Você veio do trabalho?

— Não — ele diz. — Sem trabalho hoje.

Começo dizendo que poderíamos ter nos encontrado num outro lugar, assim ele não precisaria ter vindo do Upper West Side até aqui, mas paro imediatamente quando percebo que Tucker deve morar nessa vizinhança, em Gramercy. Fico calada e digo:

— Está tirando o dia livre!

— Sim — ele diz, enquanto abre um pouco o zíper do suéter, o suficiente para revelar uma camiseta antiga de um show do R.E.M. Sei que ele a comprou na noite em que quase pegou a gaita de Michael Stipe. Sei também que ela tem um furo na manga esquerda, em que eu costumava enfiar meu dedo.

A garçonete chega logo depois que me sento e pergunta se queremos fazer o pedido. Dizemos que sim, embora eu não consiga nem pensar em comida. Ben pede um sanduíche de peito de peru defumado.

— Vou querer o mesmo — digo, pois não escolher nada exige menos esforço do que qualquer outra coisa.

— Algo para beber? — ela pergunta.

— Uma coca, por favor — digo, embora não devesse ingerir cafeína nesse momento.

Ela concorda com a cabeça, pega nossos cardápios e caminha rapidamente, enquanto penso: "E agora?".

Ben interrompe o silêncio e diz:

— Olha. Eu sei por que você quis se encontrar comigo hoje, Cláudia.

— Sabe? — digo, pensando que nem *eu* mesma sei por que queria vê-lo hoje. Para dar os parabéns pelo noivado? Ou para convencê-lo a *terminar* o noivado? Olho ansiosa para ele, esperando que me diga alguma coisa.

— Sim — ele diz, passando a mão pelos cabelos, enquanto abaixa o olhar. — E acho que é muito nobre da sua parte.

— Você acha? — digo, pensando que deve ser a primeira hipótese. Que ele pensa que eu vim aqui para lhe dar minha bênção em pessoa. Que ele pensa que sua ex-esposa é uma pessoa madura e delicada. Digo a mim mesma que tenho que representar esse papel até o fim.

Ben concorda com a cabeça. Então, ele abre totalmente o zíper de seu suéter e o tira. Meu olhos se voltam para o buraco na manga da camiseta, meu conhecido. Consigo abrir um sorriso e digo:

— Bom, obrigada.

Sei que preciso dizer mais alguma coisa, as palavras que sei que ele está esperando que eu diga, mas não consigo dizer nada. Eu simplesmente não posso lhe dar minha bênção e dizer meu último adeus. Em vez disso, consigo balbuciar:

— Quero que você seja feliz.

Ele pode pegar ou largar. É o melhor que consigo fazer.

Um longo silêncio se segue, no qual Ben fica mexendo em um pacote de adoçante e eu coloco meu casaco na cadeira ao lado. Olhamos um para o outro por alguns segundos, e fico chocada por ver o sofrimento em seu olhar.

— Também quero que você seja feliz, Cláudia. De verdade. Mas não posso deixar você fazer isso.

Tento entender o que ele está dizendo, mas suas palavras não fazem sentido para mim.

— Fazer o quê? — pergunto.

— Casar com o Richard — ele diz, apontando o anel na minha mão esquerda.

— O *quê?* — digo, completamente confusa agora.

A voz dele é baixa e suas palavras saem rapidamente.

— Sei que você veio aqui para me contar que está noiva do Richard. E eu sei que você acha que encontrou algo que nós não tínhamos. A promessa de um tipo de vida que você quer... o tipo de vida que você merece... sei também que agora é tarde demais. Tarde *demais*. Que promessas foram feitas e muitos caminhos se cruzaram. Mas gostaria de lhe dizer, Cláudia... *devo* lhe dizer que te amo com todo o meu coração e faria qualquer coisa para tê-la de volta. Não preciso ter um filho. Nem quero um se não for com você... não quero ninguém nem coisa alguma se não tiver você ao meu lado.

Estou chocada e sem fala. Não acredito no que estou ouvindo! São as *minhas* palavras, as palavras que *eu* queria dizer a ele, tantas vezes, pelo menos até ver o anel de Tucker. É muita coisa para entender nesse momento, então, começo por uma pergunta simples.

— E a Tucker?

— O que tem ela? — ele demonstra estar tão confuso quanto eu.

— Você não vai se casar com ela?

Ele dá uma risada e diz que não.

— Mas eu vi o anel dela — afirmo.

— Cláudia, ela está noiva de um cara chamado Steve — ele diz. — Um médico que trabalha no mesmo hospital que ela... Por que *cargas d'água* você achou que *eu* tinha dado o anel para ela?

— Mas vocês... correram a maratona juntos — digo, me sentindo uma tola por causa de minhas pesquisas ridículas na internet.

— Bom, isso é o que a gente faz com parceiros de corrida — ele explica. — A gente corre maratonas juntos.

Sinto um alívio tão grande, que mais parece pura alegria. É como se eu estivesse sofrendo de uma doença terminal e tivesse descoberto que o diagnóstico estava errado. Eu, afinal de contas, vou viver uma vida longa. Algo escapa de minha garganta, mas não tenho certeza se é um sinal de choro ou de riso. Acho que são as duas coisas.

— Bom. Não vou me casar com o Richard, Ben. Nem mesmo estou *namorando* ele.

— Não está? — ele pergunta. — Mas a Annie me contou que ele lhe deu um anel.

— É verdade — digo, girando o anel e colocando-o dentro de minha bolsa. Enxugo as lágrimas e completo: — Mas não era um anel de *noivado*... não era... *nada*.

Ben abre um largo sorriso e diz:

— Então, espere... Você está *solteira*?

— Sim — digo. — E você?

Ele faz que sim com a cabeça, ainda sorrindo. Sua expressão fica séria ao tentar alcançar minhas mãos. Eu as entrego para ele. Uma sensação de calor e bem-estar toma conta de mim e me deixa sem palavras. Eu desejo desesperadamente contar a ele que havia chegado às mesmas conclusões que ele chegou sobre nós. Que eu faria de tudo para tê-lo de volta, até mesmo ter um filho. Que eu até mesmo cheguei a *querer* ter um filho com ele. Que tudo que eu mais quero é dividir minha vida com ele, não importa como.

E vou dizer tudo isso a ele. Logo. Agora, só quero apertar suas mãos e olhar bem dentro dos olhos do único homem que já amei.

Ficamos em silêncio por um longo tempo, até eu finalmente dizer:

— Não *acredito* que você esteja solteiro.

— Estou — ele diz. — Mas estou pensando em convidar alguém para sair.

— Ah, é mesmo? — digo, sorrindo. — Quem poderia ser?

— Minha ex-esposa — Ben responde. — Você acha que ela aceitaria?

— Acho que sim — digo. — Acho que ela faria *qualquer coisa* por você.

CAPÍTULO 32

É véspera de Natal, já está anoitecendo, acho que é meu momento preferido do ano.

Ben e eu estamos no carro, atravessando a ponte de Triborough a caminho da casa de Daphne e Tony. Vamos conhecer o filho deles, Lucas, que nasceu há três dias, na data marcada, o presente de Natal mais divino que alguém poderia imaginar.

A rádio toca baixinho e Nat King Cole está cantando "I'll Be Home for Christmas". As mãos de Ben estão firmes no volante, perfeitamente posicionadas. Geralmente, ele é mais relaxado ao dirigir, mesmo com o tráfego intenso, e me ocorre que talvez ele esteja nervoso por encontrar minha família de novo. Pergunto isso a ele e admito que esteja um pouco nervosa por visitar a família dele amanhã à tarde.

Como se pego no flagra, Ben muda a posição das mãos no volante e diz:

— Acho que estou um pouco nervoso... Mas estou empolgado por encontrar todos novamente.

Sorrio e pergunto:

— Até mesmo a louca da minha mãe?

— Até mesmo a maluca da Vera — ele diz, sacudindo a cabeça. — Amo *tudo* que faz parte de você.

Eu me aproximo dele e lhe dou um beijo no rosto. Só estamos juntos de novo há um mês, e as pequenas coisas ainda me deixam arrepiada. Coisas como sua barba que teima em crescer, até quando ele acaba de se barbear. Estar num carro com ele. Ouvir canções de Natal. Tudo com Ben parece novo, sagrado e intenso. Acho que vou sentir isso ainda por um longo tempo. Talvez para sempre.

Meia hora mais tarde, estamos saindo da Long Island Expressway e nos aproximamos de Huntington. Agora já está completamente escuro. Ben aponta para a lua e a imensidão de estrelas, que não são visíveis em Manhattan. "As estrelas são a melhor parte dos subúrbios", digo em voz alta. Ele diz que concorda, porém acrescenta, "No entanto, isso não é motivo para a gente se mudar da cidade".

Ele está sempre fazendo comentários conciliatórios desde o almoço de reencontro. Estamos ainda inseguros, pelos motivos que nos levaram a todo o sofrimento do divórcio. Não conversamos sobre esses assuntos de modo algum, a não ser para contar para nossos amigos e famílias a história daquele fatídico dia no Pete's Tavern. Provavelmente, teremos que contar essa história de novo esta noite. Tenho certeza de que vamos revirar os olhos e dizer "de novo?", apesar de, no fundo, estarmos adorando a ideia de poder contar essa parte da história, da *nossa* história. As horas angustiantes que antecederam nosso encontro, nossa demora em entender o que estava se passando, nossa volta eufórica dentro de um táxi para meu velho apartamento depois do almoço. Tenho certeza de que hoje à noite acrescentaremos mais algum detalhe, como fazemos todas as vezes. Talvez eu acrescente algum significado literário que nunca me passou despercebido: nós estávamos na mesa de O. Henry, fazendo nossa própria versão de *O Presente dos Magos*. Ambos dispostos a abrir mão de alguma coisa importante pelo outro, por amor. Parece um toque bem apropriado para a época do Natal.

Quando chegamos, Zoe está nos esperando na porta. Ela a escancara totalmente e grita:

— Tio Ben! — e sai correndo pela porta sem casaco nem sapatos.

Ben a levanta e diz:

— Zo-bot! É muito bom ver você de novo, garota!

— Senti tanto sua falta, tio Ben! — ela diz, olhando para ele com adoração.

— Também senti sua falta, querida — ele diz.

— Eu sabia que você ia voltar! — Zoe declara, e penso que algum dia ela vai aprender que nem todos os finais são felizes. Com sorte, seus pais não serão um desses exemplos. Até agora, eles parecem estar seguindo em frente, com uma paz bem frágil.

— Bom, você é uma menininha muito esperta — ele diz, colocando-a no chão perto da porta. — Agora, vamos entrar. Caso contrário, você vai morrer congelada.

Zoe está encantada e segura a mão dele:

— Sim! Vamos entrar e ver o bebê Lucas!

— Oi, Zoe, e eu, sou o quê? Um sapato velho? Não sou nada? — digo, fingindo estar brava por ela estar dando atenção só para Ben.

Zoe sorri por cima do ombro.

— Oi, tia Cláudia! Você pode vir com a gente, também!

A essa altura, a família inteira está reunida no saguão com sorrisos enormes estampados nos rostos, exceto Daphne e o pequeno Lucas.

— Oi, gente! — Ben diz, com um sorriso ingênuo.

Meu pai aparece como o patriarca e porta-voz oficial da família:

— Bem-vindo de volta, companheiro! — ele diz, estendendo a mão direita.

— É bom estar de volta, Larry — Ben afirma, e os dois apertam as mãos enquanto minha mãe tira uma foto. Ela tira outra quando meu pai diz a si mesmo:

— Ah, que diabos! — e dá um grande abraço em Ben, o tipo de abraço que você espera ver quando um homem acabou de chegar de uma guerra num lugar distante.

Os outros ficam em fila para cumprimentá-lo. Primeiro, Maura, Scott, e os meninos. Depois, Dwight. E, então, Tony.

— Parabéns! — Ben diz a ele.

— Para você também, cara! — Tony fala.

Enquanto isso, minha mãe está fotografando cada abraço. Deixo-a prosseguir com isso porque não quero estragar o espírito de Natal e tenho a sensação de que vou querer guardar essa noite por muitos anos na minha memória.

Minha mãe cerimoniosamente entrega sua câmera para Dwight, deixando si mesma para o fim.

— Ben, querido — ela diz, pausando para um efeito dramático. — Por que demorou tanto?

Ele dá uma risada e diz:

— Não sei, Vera. Fui um tolo.

— Sim, foi mesmo — minha mãe responde, com lágrimas nos olhos. Então, ela aponta para mim. — E minha filha também.

— Certo. Certo. *Já basta!* — digo, rindo do entusiasmo contagiante de minha família. — Temos que conhecer um bebezinho!

— Sim! Entrem aqui! — Daphne grita da sala de estar.

Lá está minha irmã, sob o brilho suave do fogo, segurando seu filho recém-nascido.

— Bem, Cláudia, esse é seu sobrinho, Lucas — Daphne o apresenta. — Lucas, conheça a tia Cláudia e o tio Ben! É assim que ele deve chamar você, não é, Ben?

Ele segura a minha mão e diz:

— Sim, Daph. É assim que ele deve me chamar.

— Bom, venham mais perto um pouquinho para poderem vê-lo melhor — Daphne diz com orgulho, enquanto abre a manta azul para mostrar o rostinho de Lucas.

É um momento no qual eu tenho pensado desde o Dia de Ação de Graças. Será que vou me sentir diferente de quando Maura deu à luz a seus filhos? Fico preocupada em sentir isso. Mas, assim que olho para Lucas, fico aliviada por perceber que sinto *exatamente* a mesma coisa. Cheia de orgulho, admiração, gratidão e expectativa por tudo que virá.

— Ele é lindo! — digo.

Bom demais para ser verdade. E, por incrível que pareça, ele é real.

— Eu sei — Daphne replica. — Nem eu consigo acreditar.

— Tia Daphne, posso segurar o nenê Lucas, por favor? — Zoe pede e parece um sinal para Patrick e William também quererem entrar na fila para segurar a criança.

— Agora não — Maura diz para as crianças. — Agora, o Lucas precisa da mamãezinha dele.

Daphne lhe lança um olhar agradecido. Posso sentir que ela não está pronta para deixar outras pessoas segurarem seu filho. Ela esperou tempo demais por esse momento.

Todos nós esperamos.

Mais tarde, naquela mesma noite, Ben e eu voltamos ao nosso velho apartamento. Estou começando a me sentir em casa novamente, o que é bom, pois Michael vai se mudar para o apartamento de Jess em janeiro. Eles estão chamando esse período de "treinamento", mas eu sei a verdade. Às vezes, é melhor fazer as coisas passo a passo.

Como Ben e eu estamos fazendo agora. Mudei metade das minhas coisas para nosso apartamento e agora estou mexendo em tudo à procura de meu pijama de flanela vermelho.

Ele dá uma risada e eu pergunto:

— O quê?

— Sabia que essa fase de usar lingerie chique não duraria para sempre.

— É noite de Natal! É um momento para ficar confortável. Não sexy.

— Bom, tenho novidades para você — ele diz.

— O que é? — digo, sorrindo.

— Você é as duas coisas.

Sorrio enquanto vou ao banheiro escovar meus dentes. Então, hesito por um instante na hora de tomar minha pílula anticoncepcional. Volto para o quarto onde Ben está esperando por mim usando sua calça de pijama de flanela verde. Apagamos as luzes e entramos debaixo das cobertas.

A princípio, nossos beijos são aconchegantes, como nossos pijamas, mas rapidamente se transformam em beijos urgentes e famintos.

— Como posso amá-la tanto assim? — ele pergunta, a certa altura.

É uma daquelas coisas que não têm resposta. Como tentar explicar a mágica ou os milagres da fé.

— Não sei — respiro, pensando que há tanta coisa que não sei. Não sei se vou conseguir superar meus medos da maternidade. Se algum dia vou conseguir ser mãe. Se serei capaz de ser uma boa mãe.

Mas, por enquanto, é Natal, e eu estou com Ben, e só isso importa. Eu o seguro com força e murmuro seu nome. Um desejo e uma promessa de coisas que virão.

Leia também

Laços Inseparáveis

1
Marian

Eu sei o que dizem sobre segredos. Sei tudo o que se diz a respeito. Que eles podem assombrar e perseguir você. Que podem envenenar relacionamentos e dividir famílias. Que, no final, somente a verdade pode libertar. Talvez este seja o caso para algumas pessoas e alguns segredos. No entanto, eu realmente acreditava que era a exceção para tais regras e nunca, nem uma vez sequer, deixei transparecer a menor menção deste segredo de duas décadas para ninguém. Nem para meus amigos mais próximos nos momentos de embriaguez, ou para meu namorado, Peter, nos nossos momentos mais íntimos. Meu pai não sabia nada sobre isso — e eu nem conversava sobre o assunto com minha mãe, a única pessoa que estava lá quando tudo aconteceu. Era quase como se nós tivéssemos feito um voto secreto de silêncio, nos forçando a deixar tudo para trás, a seguir em frente. Apesar de tudo, nunca esqueci aquilo, nem por um dia, e estava convencida de que, às vezes, o passado realmente era o passado.

Eu deveria ter imaginado. Deveria ter acreditado com o fundo do meu coração naquelas palavras que deram início a tudo, naquela noite sufocante há tanto tempo: *Você pode fugir, mas não pode se esconder.*

Mas aquelas palavras, tudo que aconteceu aquela noite, meu segredo, eram as coisas mais distantes a ocupar minha mente enquanto Peter e eu caminhávamos pela Bleecker Street logo após um prolongado jantar no Lupa, um de nossos restaurantes favoritos na cidade. Depois de várias tentativas, parecia que o inverno tinha acabado pra valer, e a noite perfumada de primavera estava ainda mais aquecida pela garrafa de vinho Barolo que Peter havia pedido. Esta é uma das muitas coisas que eu admiro nele — seu gosto refinado, juntamente com sua crença firme de que a vida é curta demais para um vinho não muito bom. Ou qualquer outra coisa que não fosse memorável. Ele é generoso e trabalhador demais para ser considerado um esnobe, se deixarmos de lado seus amigos preguiçosos, herdeiros de grandes fortunas, que não conseguiram nada "por conta própria". Mas ele, com certeza, é um esnobe, já que sempre estudou em escolas de elite e circulou nas altas rodas. Também me sinto à vontade neste mundo — mas eu sempre tinha vivido à beira dele, antes de Peter me levar para dentro deste turbilhão de jatinhos, iates e casas de veraneio em Nantucket e St. Bart.

— Ahh, finalmente. Não tem lama na calçada — digo satisfeita por estar usando saltos e um cardigã leve, depois de meses de botas de borracha horríveis e casacos de inverno sufocantes.

— Eu sei... *Quel soulagement* — Peter murmura, colocando seu braço nos meus ombros. Talvez ele seja o único cara que eu conheça que pode se sair bem murmurando em francês sem parecer terrivelmente pretensioso, talvez por ter passado grande parte de sua infância em Paris, filho de uma modelo francesa e um diplomata americano. Mesmo depois que se mudou para os Estados Unidos, aos 12 anos, ele só podia falar francês dentro de casa. Seu sotaque tão perfeito quanto seus modos.

Eu sorrio e encosto meu rosto em seus ombros largos, enquanto ele me dá um beijo leve no alto da minha cabeça e diz:

— Aonde vamos agora, Champ?

Ele me deu este apelido depois que eu o venci num jogo controverso de Scrabble em nosso terceiro encontro, então dobramos o jogo e eu o venci novamente, zombando dele o tempo todo. Dei risada e cometi o erro fatal de contar que "Champ" era o nome do meu cachorrinho de estimação quando criança, um labrador cego, cor de chocolate, que mancava bastante, marcando assim esta expressão de carinho. "Marian" ficava relegada a quando estávamos na companhia de terceiros, no auge da paixão e nas nossas raras discussões.

— Sobremesa? — sugiro enquanto viramos a esquina. Ficamos olhando os cupcakes da Magnólia e os canoles do Rocco, mas decidimos que estávamos satisfeitos demais para comer qualquer um deles e, em vez disso, continuamos a caminhar num silêncio confortável, passando por cafés e bares e multidões de satisfeitos moradores do Village. Então, inspirada pelo vinho e pelo tempo, e por um sopro da sua elegante colônia, deixei escapar: — E o nosso casamento?

Aos 36 e depois de quase dois anos de namoro, esta pergunta não saía da minha cabeça, era o assunto número 1 de especulação entre meus amigos. Mas esta noite marca a primeira vez que toquei diretamente no assunto com ele. Me arrependi imediatamente da minha falta de controle e me preparei para uma resposta insatisfatória. Claro que o espírito da noite mudou instantaneamente e sinto seus braços enrijecerem à minha volta. Digo a mim mesma que isso não é um mau sinal; talvez não tenha sido o momento certo. Chego até a pensar que ele já comprou o anel de noivado — e que sua reação tem mais a ver com o fato de as minhas palavras estragarem sua surpresa.

— Ah, esquece isso — digo com a voz esganiçada, com uma risada forçada que só torna as coisas mais embaraçosas. É como tentar desdizer "Eu te amo" ou desfazer a aventura de uma noite. Impossível.

— Champ — ele fala e pausa por alguns segundos. — A gente está tão feliz juntos.

As palavras são doces, até promissoras, mas nem se aproximam de uma resposta, e não consigo resistir e digo:

— *Tãooooo* significa... o que exatamente? Vamos ficar assim para sempre? Vamos para o cartório esta noite? Ou o meio-termo? — Meu tom é brincalhão e Peter aproveita a oportunidade para aliviar a tensão.

— Talvez fosse uma boa ideia se a gente comesse uns cupcakes — ele diz.

Eu não sorrio. A imagem de um anel de brilhantes em uma lapidação esmeralda guardado num de seus mocassins italianos começa a se desvanecer.

— Tô brincando — ele diz me apertando ao encontro dele. — Repete a pergunta?

— Casamento. Nós dois. O que você acha? — eu digo. — Você já pensou... alguma vez sobre isso?

— Sim. Claro que sim...

Sinto um "mas" chegando como a gente sente a chuva cair no rosto depois de um ensurdecedor barulho de trovões. Sem sombra de dúvida ele termina a frase:

— Mas meu divórcio acabou de sair. — Outra resposta descompromissada.

— Tudo bem — eu digo, me sentindo derrotada enquanto ele olha de relance para uma vitrine escurecida, parecendo encantado com papéis de carta e canetas Mont Blanc. Faço uma nota mental para não me esquecer de lhe comprar uma, já que esgotei todos os presentes da linha "o que comprar para alguém que tem tudo", especialmente para alguém tão meticuloso quanto Peter. Abotoaduras, aparelhos eletrônicos, fins de semana em pousadas rústicas em New England. Até mesmo a estátua de

Lego customizada de um alce, a mascote não oficial do seu adorado Dartmouth.

— Mas seu casamento já acabou há tanto tempo. Você não mora com Robin há mais de quatro anos — digo.

É algo que eu sempre comento, mas nunca neste contexto, geralmente quando estamos juntos com outros casais, para desfazer a ideia de alguém me ver como a culpada — a amante que arrebatou e roubou o marido de alguém. Ao contrário de algumas amigas que parecem se especializar em homens casados, nunca tive interesse em olhar ou tomar um drinque com um homem com aliança na mão esquerda. Do mesmo modo como, desde antes de conhecer Peter, sempre tive tolerância zero com desonestidade, joguinhos, fobias por compromisso, ou qualquer outro sintoma da síndrome de Peter Pan, uma aparente epidemia, pelo menos em Manhattan. Em parte era sobre princípios e amor próprio. Mas também uma questão de pragmatismo, de saber gerenciar a vida aos 30 anos.

Eu sabia exatamente o que queria — *quem* eu queria — e acreditava que poderia chegar lá através de puro esforço e determinação, do mesmo modo como tinha, obstinadamente, ido atrás da minha carreira na televisão.

Este caminho também não foi fácil. Logo depois que me formei na escola de cinema da New York University, me mudei para Los Angeles e trabalhei como uma humilde assistente de produção numa *sitcom* para adolescentes da Nickelodeon de curta duração. Depois de 18 meses tentando acertar os pedidos de almoço memorizados na minha cabeça, e não escrever uma frase sequer para o programa, consegui um emprego na equipe de escritores de uma série dramática de médicos. Foi um ótimo trabalho, já que aprendi bastante, fiz contatos incríveis e consegui chegar a editora de textos. Porém, não tinha vida própria e não gostava muito do programa. Então, chegou um momento em que resolvi arriscar. Deixei a segurança de um programa de sucesso e me mudei para Nova York, para um apartamento confortável em Park Slope. Para pagar as contas, vendi alguns anúncios e fiz trabalhos freelances para uns seriados em andamento. Meu lugar favorito para escrever era um barzinho simpático, administrado por uma família, chamado Aggie's, onde havia brigas constantes entre os quatro irmãos, muitas das quais eram motivadas pelas mulheres com as quais eram casados e sua mãe imigrante irlandesa. Deixei de lado outros projetos e comecei a delinear suas histórias, até que, de repente, *South Second Street* nasceu. (Mudei o bar moderno do Brooklin para a Filadélfia nos anos 1970.) Não era o conceito que estava dominando boa parte da televisão no momento, mas eu era tradicional e acreditava que poderia criar um mundo convincente com meu texto e personagens — em vez de usar artifícios. Meu agente também acreditou em mim, e depois de conseguir colocar meu episódio-piloto nas grandes redes de TV, uma guerra de lances se seguiu. Aceitei um acordo com um pouco menos de dinheiro (mas o suficiente para me mudar para Manhattan) e com mais liberdade de criação. E *voilà*. Meu sonho se tornou realidade. Finalmente eu me tornei uma produtora executiva. Uma produtora de programas.

Então, depois de um ano intenso, conheci Peter. Conheci seu nome bem antes de encontrá-lo, através de notícias da indústria da televisão e comentários no *Variety*: Peter Standish, o adorado executivo de televisão roubado de outra rede de TV, seria o salvador que iria transformar nossos índices globais deficientes e reconstruir nossa identidade. Como o novo CEO, ele era tecnicamente meu chefe, outra das minhas regras sobre quem não namorar. Entretanto, na manhã em que me deparei com ele na Starbucks do saguão do nosso prédio, me permiti uma exceção, racionalizando que eu não me reportava diretamente a ele — o diretor de programação ficava entre nós na cadeia de comando. Além do mais, eu já tinha um nome conhecido. Meu seriado era considerado um sucesso moderado, uma façanha difícil para um programa de meia temporada, portanto ninguém poderia me acusar de estar usando-o para subir ou alavancar uma carreira estagnada.

Claro que a essa altura, enquanto estava atrás dele na fila, escutando ele pedir um "cappuccino duplo extra-seco", a questão era completamente teórica. Ele não usava uma aliança (notei isso imediatamente), mas deixou transparecer um ar de indisponibilidade quando o toquei nos ombros, me apresentei e lhe dei as boas-vindas de um jeito alegre e profissional. Sabia a idade dele pelos comunicados que ainda estavam na minha caixa de entrada — 47 anos —, no entanto, com uma vasta cabeleira escura, ele parecia mais jovem do que eu esperava. Também era mais alto e com os ombros mais largos do que eu imaginava, tudo numa escala maior, incluindo a mão que segurava seu copo de cappuccino.

— Prazer em conhecê-la, Marian — ele disse curvando a cabeça de um jeito charmoso, porém sincero, fazendo uma pausa enquanto eu pedia meu próprio *latte*, esperando o barista preparar minha bebida e me dizendo que eu estava fazendo um grande sucesso com meu programa. — Tem uma sequência muito agradável, não é?

Acenei com a cabeça modestamente, tentando não olhar o corte elegante de seu terno e o furinho em seu queixo quadrado e bem escanhoado.

— Sim. Tivemos muita sorte até agora. Mas podemos fazer mais para expandir nossa audiência... Você já assistiu?

Fui corajosa em colocar o chefe do meu chefe numa posição dessas e soube a resposta pela sua hesitação. Percebi que ele estava em dúvida se admitia ou não nunca ter visto meu programa.

Ele timidamente confessou a verdade e então acrescentou:

— Mas vou assistir hoje à noite. E isso é uma promessa. — Senti no meu íntimo que ele *era* realmente um homem de palavra.

Uma reputação que ele tinha conquistado num negócio cheio de pessoas desonestas, egocêntricas e devassas.

— Bem, pelo menos você sabe que vai ao ar nas quintas à noite — replico sentindo uma onda de atração e percebendo repentinamente que era algo recíproco. Já fazia muito tempo que não sentia essa química com alguém, pelo menos não com alguém atraente.

Na manhã seguinte, para meu encanto, mais uma vez nós dois aparecemos na Starbucks às 07h50, e não pude deixar de pensar que talvez ele tivesse feito isso de propósito, assim como eu.

— Então, o que você achou? — perguntei com um toque de recato, que não era bem meu estilo costumeiro, especialmente no trabalho. — Você assistiu?

— Sim. E adorei — ele anunciou pedindo a mesma bebida, mas desta vez optando por chantili, provando que podia ser natural. Eu estava radiante quando lhe agradeci.

— Texto correto. E grande atuação. Aquela Ângela Rivers, com certeza, é um arraso, não é? — ele perguntou se referindo à nossa protagonista em ascensão, excêntrica e ruiva, e que frequentemente provocava comparações com a Lucille Ball. Durante a seleção do elenco, eu me arrisquei e a escolhi no lugar de uma atriz já estabelecida. Foi uma das melhores decisões que já fiz como produtora.

— Sim — respondi. — Posso ver o Emmy no futuro dela.

Ele concordou com a cabeça comentando:

— Ah, e a propósito — falou com um sorriso carinhoso nos olhos. — Eu não apenas assisti ao episódio de ontem, mas fui atrás e assisti o piloto on-line. E o restante da primeira temporada. Portanto, você é a responsável por eu ter dormido menos de quatro horas na noite passada.

Dei uma risada.

— Um café expresso à tarde — comentei enquanto caminhávamos em direção aos elevadores. — Funciona que é uma beleza.

Ele deu uma piscadinha e falou:

— Boa ideia. Lá pelas 16h30?

Meu coração bateu mais forte enquanto eu fazia que sim com a cabeça, contando os minutos para chegar as 16h30 daquele dia, e das várias semanas depois disso. Isso se tornou nosso ritual, embora, pelas aparências, nós sempre fingíamos que era uma coincidência.

Então, um dia, depois de eu ter mencionado meu amor por chapéus, um pacote da Barneys chegou por um mensageiro. Dentro da caixa estava uma alegre boina de gorgorão preto com um cartão que dizia: *Para Marian, a única garota que eu conheço que fica bem nisso.*

Rapidamente liguei no seu ramal e fiquei encantada quando ele mesmo atendeu ao telefone.

— Obrigada! — falei.

— De nada — ele respondeu, e dava para perceber que estava sorrindo.

— Adorei — falei sorrindo de volta para ele.

— E o cartão? Tudo bem usar a palavra "garota"? Fiquei em dúvida entre "garota" *versus* "mulher".

Isso sem dúvida confirmava que ele se importava, e que podia ser vulnerável. Senti que estava me apaixonando por ele um pouquinho mais.

— Gosto da palavra "garota" vindo de você — declarei. — E adorei a boina, fiquei feliz que não é cor de framboesa.

— Ou de um brechó — ele brincou. — Apesar de que eu adoraria ver você numa delas. E se fosse quente...

Eu ri, me sentindo corar. Meu estômago se contorceu imaginando quando, ou se, ele iria me convidar para um encontro oficial.

Três dias depois, voamos para Los Angeles no jato da empresa, para assistir à entrega dos Emmys. Embora meu programa não tivesse sido selecionado, estávamos recebendo muita atenção positiva da crítica e eu nunca tinha me sentido melhor em relação à minha carreira.

Enquanto isso, Peter e eu estávamos recebendo muita atenção, alguns boatos estavam circulando, claramente por causa de nossos encontros durante o café. Mas ficamos tranquilos no tapete vermelho e mais ainda nas festas que aconteceram em seguida. Até que nenhum de nós conseguia mais segurar a ansiedade, e ele me enviou um texto que ainda guardo no meu iPhone: *Este vestido é deslumbrante.*

Eu sorri, feliz não apenas por ter gastado uma fortuna num vestido de gala da Alberta Ferreti, mas também por ter optado por um verde-esmeralda em vez do meu costumeiro preto.

Me sentindo enrubescer, virei para olhar na direção dele quando outra mensagem de texto chegou: *Embora acho que ele ficaria melhor caído no chão.*

Fiquei corada e balancei a cabeça enquanto ele me enviava um texto final: *Prometo que não vou tentar descobrir se você me encontrar lá em cima. Apartamento 732.*

Menos de dez minutos depois estávamos no quarto dele, finalmente sozinhos, sorrindo um para o outro. Tinha certeza de que iria me beijar imediatamente, mas ele demonstrou um controle que achei irresistível, ainda mais depois de cada taça de champanhe que bebíamos. Ficamos cada vez mais embriagados à medida que o tempo passava e conversamos praticamente sobre tudo — a situação da televisão, a nossa rede de TV, meu seriado, fofoca sobre atores e mais dramas entre os executivos. Ele me contou sobre Aidan, seu filho de 13 anos, e seu processo de divórcio em andamento. Apesar do fato de que ele se referia jocosamente à sua ex como "A queixosa", ele não fez dela uma vilã, o que eu achei um ponto positivo, frente a outros divorciados que eu já havia namorado. Conversamos sobre lugares para onde tínhamos viajado, nossos hotéis e cidades favoritas e onde tínhamos vontade de ir algum dia. Tanto literalmente, quanto em nossas carreiras. Tínhamos algumas diferenças. Eu preferia o Caribe ou viagens tradicionais urbanas para lugares como Roma e Londres, enquanto ele amava aventuras exóticas. Uma vez ele pedalou pelo Golden Triangle, na Tailândia, outra vez fez trilha no vulcão Pacaya, na Guatemala. Também tinha feito negócios arriscados, que, é claro, deram certo, enquanto eu geralmente evitava conflitos e preferia me apegar a algo que já estivesse funcionando, mesmo se não muito bem. Ainda assim, bem lá no fundo, tínhamos um sentimento em comum — uma crença em buscar a excelência e nunca aceitar menos que isso, o amor por Nova York e tudo o que vinha junto com a cidade, um sentimento de conservadorismo, com uma filosofia central de que devíamos viver e deixar viver, sem importar quais fossem nossas crenças políticas ou religiosas. Ele era bonito, seguro, inteligente e atencioso — o mais perto que eu já encontrei da perfeição.

Então, enquanto o céu da Califórnia exibia seus primeiros traços de um rosa pálido, ele estendeu o braço e pegou minha mão, me puxou para seu colo e me beijou de um jeito que eu não era beijada há anos. Dissemos boa-noite alguns minutos depois, demos risadas e dissemos bom-dia.

Dentro de algumas semanas éramos considerados um casal, até mesmo tivemos uma conversa sobre não querer mais sair com outras pessoas. Uma noite, fomos fotografados jantando juntos, nossa foto apareceu numa nota na Page Six com o título: "Poderosa Conexão de Amor: O Executivo Peter Standish com a Produtora Marian Caldwell". Enquanto amigos e conhecidos que tinham visto a nota na imprensa não paravam de ligar, eu fingia estar meio irritada e divertida, mas no fundo estava adorando tudo isso, guardando os recortes de jornal para nossos futuros filhos. As coisas pareciam ser boas demais para ser verdade se eu não tivesse sempre acreditado que um dia conseguiria — e *iria* — encontrar alguém como ele.

Mas talvez tudo estivesse *mesmo* bom demais para ser verdade, penso nisso enquanto olho furtivamente para ele e viramos a esquina, de mãos dadas. Talvez tenhamos ficado estagnados. Talvez nunca fosse ficar melhor do que era naquele instante. Afinal de contas, talvez eu fosse uma daquelas garotas. Garotas que esperam ou se conformam com qualquer coisa — ou fazem as duas coisas. Frustração e uma raiva muda começaram a crescer dentro de mim. Raiva dele, porém, mais ainda raiva de mim mesma por não enfrentar o fato de que quando uma pessoa evita um assunto, geralmente existe uma razão.

— Acho que vou para casa — digo depois de um longo silêncio, esperando que minha declaração não pareça um gesto de autopiedade ou de manipulação, duas coisas que nunca funcionam num relacionamento, especialmente com alguém como Peter.

— Não acredito. É mesmo? — Peter pergunta. Há um traço de frustração na voz dele, quando o que eu esperava ouvir era um tom de desespero. Ele era sempre tão controlado, tão contido, e, embora eu geralmente gostasse desta sua qualidade, isso agora me deixou irritada. Ele para abruptamente, se vira e me olha fixamente, tomando minhas mãos entre as suas.

— Sim. Estou realmente cansada — minto, soltando as minhas mãos.

— Marian. Não faça assim — ele protesta debilmente.

— Não estou fazendo nada, Peter — eu declaro. — Estava apenas tentando ter uma conversa com você...

— Tudo bem — ele diz, expirando, só faltava revirar os olhos. — Vamos ter uma conversa.

Engulo em seco meu orgulho diminuto, me sentindo muito pequena, e digo: — OK. Bem... você se imagina casando novamente algum dia? Ou tendo outro filho?

Ele dá um suspiro, começa a falar, para e recomeça. — Não sinto falta de nada na minha vida neste momento, se é isso que você quer saber. Eu tenho Aidan. Tenho você. Tenho meu trabalho. Minha vida está boa. Muito boa. Mas eu amo você *de verdade*, Marian. Eu *adoro* você. Você sabe disso.

Espero por algo mais, pensando como seria fácil para ele me acalmar com uma promessa vaga: *Eu não sei o que eu quero exatamente, mas eu vejo você na minha vida.* Ou: *Eu quero fazer você feliz.* Ou até mesmo: *Não quero descartar nada.* Alguma coisa. Qualquer coisa.

Em vez disso, ele me olha de um jeito perdido quando dois táxis surgem à nossa frente, um depois do outro, uma coincidência para a qual eu atribuo todos os tipos de significado. Faço um sinal para o primeiro e me forço a dar um sorriso.

— Vamos conversar amanhã. Tudo bem? — digo, tentando salvar o que sobrou de minha imagem de mulher independente e forte, e fiquei pensando se não era apenas uma imagem.

Ele acena com a cabeça e eu aceito um beijo leve no rosto. Então, deslizo para dentro do táxi e fecho a porta, tomando cuidado para não batê-la com força. Também evito olhá-lo diretamente nos olhos enquanto o carro se afasta da calçada, em direção ao meu apartamento no Upper East Side.

Trinta minutos mais tarde, depois de eu ter trocado de roupa e vestido um dos meus pijamas de flanela mais velhos e confortáveis, de estar sentindo pena de mim mesma, o interfone de meu apartamento toca.

Peter.

Meu coração dá um salto com um alívio vergonhoso e frívolo, enquanto praticamente corro em disparada para o hall de entrada. Respiro fundo e aperto o botão para que ele suba, olhando para a porta como meu cachorrinho Champ costumava fazer quando esperava o carteiro. Fico imaginando que Peter e eu vamos fazer as pazes, fazer amor, talvez até fazer planos. Não preciso de uma aliança ou da promessa de um bebê, vou dizer isso assim que perceber que ele se sente do mesmo modo que eu. Que ele nos vê dividindo nossa vida. Que ele não consegue nos imaginar separados. Digo a mim mesma que isso não é acomodação — é bem o oposto —, é o que você faz por amor.

Porém, segundos depois abro a porta e não encontro Peter no umbral, e sim uma jovem com feições angulares, rosto estreito e um queixo pequeno e pontudo. Ela é esbelta, pálida e quase bonita — pelo menos eu acho que será em alguns anos. Está vestida como uma adolescente típica, até mesmo com uma mochila enorme nas costas e uma gargantilha com o símbolo da paz, mas tem um ar sério, alguma coisa me diz que ela tem personalidade.

— Oi — eu digo imaginando que ela está perdida ou no apartamento errado, ou está pedindo alguma coisa. — Posso lhe ajudar?

Ela pigarreia, joga o peso de um lado para o outro do corpo e pergunta numa voz rouca e baixa:

— Você é Marian Caldwell?

— Sim — eu respondo e fico esperando.

— Meu nome é Kirby Rose — ela finalmente se apresenta, colocando seu cabelo loiro e comprido atrás das orelhas, que são um pouco grandes ou talvez num ângulo não apropriado para sua cabeça, um traço que conheço bem demais. Então ela olha para baixo, para suas botas pretas arranhadas. Quando seus olhos me fitam novamente, percebo sua coloração diferente — azul-acinzentado e um círculo preto em volta — e, naquele instante, sei *exatamente* quem ela é e por que está aqui.

— Você é?... — Tento acabar a frase, mas não consigo nem respirar, quanto mais falar.

Seu queixo treme quando ela faz um pequeno aceno com a cabeça, e então limpa a palma das mãos no seu jeans puído.

Fico paralisada esperando as palavras que eu imaginava e temia, com as quais ficava apavorada e sonhava nos últimos 18 anos. Então, quando parecia que meu coração iria explodir, eu finalmente a ouço dizer: — Acho que você é minha mãe.

2
14 de julho de 1995

Foi o dia mais quente já registrado na história de Chicago, o termômetro atingindo 41 graus centígrados e a temperatura chegando a 48 graus, um recorde que até hoje não foi superado, quase duas décadas depois. A onda de calor era o assunto em todas as rodas e chegou a matar 750 pessoas, rendendo manchetes mais chamativas que a Crise do Desarmamento no Irã, a Guerra da Bósnia e o último show do Grateful Dead em Soldier Field — pelo menos no jornal *B96*, minha única fonte de informações quando eu tinha 18 anos.

Naquela manhã escaldante, enquanto me deitava à beira da nossa piscina num biquíni branco fio dental que tinha pedido em um catálogo da Victoria's Secret, sintonizei o programa do Kevin e Bob, ouvindo seu papo sobre como o calor incita as pessoas a fazerem coisas malucas: se apaixonarem, cometerem crimes, correrem peladas pelas ruas. É claro que eles estavam brincando, daquele jeito que os DJs costumam fazer, mas, pensando bem, eu realmente acredito que a alta temperatura foi responsável, pelo menos parcialmente, pelo que aconteceu mais tarde naquela noite na casa de minha amiga Janie. Teria sido uma história totalmente diferente em qualquer outra estação do ano, ou até mesmo num dia comum de verão.

Houve outros fatores também, é claro, como o álcool, o culpado favorito de todo mundo, especialmente as quatro doses de batida de morango que bebi de estômago vazio. Juntamente com a intensidade das emoções que se acumulavam naquele verão agridoce, espremido entre a formatura do colégio e o resto de nossa vida que se apresentava à nossa frente, o tédio supremo de minha cidade natal e um toque de má sorte — ou boa, dependendo de quem está falando. E é claro, o ingrediente final: Conrad Knight.

Para falar a verdade, Conrad não era o meu tipo de carinha, mas era de longe e nos sonhos o tipo de praticamente todo mundo, e eu certamente não ficava imune aos seus sedutores olhos azuis-acinzentados, o cabelo escuro levemente comprido e um rosto que minha amiga Janie chamava de "épico" antes de esta palavra ficar fora de moda. Ele parecia misterioso e um pouco perigoso, uma imagem que alguns garotos tentavam cultivar — mas apenas Conrad conseguia isso naturalmente. Ele tinha uma tatuagem no braço, diziam que eram as iniciais de sua mãe e a data do acidente de carro que a havia matado. Ele fumava cigarros enrolados à mão, dirigia um Mustang velho e preto e cantava numa banda de fundo de quintal no centro da cidade. Algumas garotas com documentos falsos tinham ido vê-lo e compararam sua voz à de Eddie Vedder, jurando que ele ficaria famoso um dia. Seu pai, que na verdade era um ator aposentado e tinha estrelado uma novela antiga e um comercial do Tums[1] que ainda passava na TV, retornava de vez em quando a Los Angeles para alguns testes e levava Conrad com ele por um bom tempo. Apesar de suas faltas na escola e de um histórico acadêmico irregular, ele parecia inteligente, e, de certo modo, mundano — ou pelo menos profundamente indiferente à ordem social da escola, o que lhe dava uma aura de sofisticação. Resumindo, ele era bem diferente dos atletas afáveis com quem eu tinha namorado no Ensino Médio. Nada parecido comigo. Na verdade, nossos caminhos nunca haviam se cruzado para valer.

---

[1]Antiácido para o estômago (N. T.).

Ocasionalmente nos cumprimentávamos nos corredores da escola, mas nunca tínhamos conversado desde a escola primária.

— Marian Caldwell — Conrad declarou quando esbarrei nele no quintal de Janie. Pelo menos metade de Glencoe tinha vindo para a festa quando se espalhou o boato de que seus pais estavam fora da cidade. Seu rosto estava inexpressivo, mas ainda assim seus olhos me diziam que iríamos ter uma conversa significativa.

— Oi, Conrad — falei meio envergonhada, me balançando sem perceber ao som da música de Sarah McLachlan, "*I Will Remember You*", que saía em alto volume das caixas de som vindas da janela do quarto de Janie no andar de cima.

Ele me deu um meio sorriso, e, então, como se estivesse dando continuação a uma conversa, disse aquelas palavras das quais eu me lembraria por anos.

— Você pode fugir, mas não pode se esconder.

Enquanto ele tomava um gole de uma latinha de refrigerante, eu observava o movimento de seu rosto e sentia o perfume de sua pele — uma mistura de cedro, sal e da colônia Eternity de Calvin Klein.

— Quem está fugindo? — perguntei. — E o que você está fazendo numa festa como essa?

Ainda estremeço quando me lembro da pergunta. Eu poderia simplesmente ter dito uma festa com os garotos e garotas mais "Populares da Escola", entre os quais, nós dois sabíamos, eu era uma das participantes.

— Procurando você — ele disse, seus olhos tão ardentes quanto um olhar poderia ser. Olhei em volta pensando que ele estava brincando, esperando ver seus colegas da banda ou sua namorada voltar do banheiro. Eu nunca a tinha visto — ela frequentava outra escola —, mas Janie tinha visto os dois juntos no shopping uma vez e disse que a garota era a cara da Kate Moss, até mesmo com a blusinha de cigana, a saia longa floral e sandálias rasteiras.

— Muito bem. Parece que você me encontrou. — Dei uma risada, me sentindo mais audaciosa que o normal enquanto tocava o braço dele, bem em cima dos números impressos em tinta preta, como se estivesse lendo Braille em sua pele, percebendo que não apenas ele estava sozinho, mas completamente sóbrio.

— Então, tudo bem com você? — Ele olhou de relance para seu pulso, onde estaria um relógio caso usasse um. — Nos últimos seis anos?

— Seis anos? — perguntei, e então o lembrei de que tínhamos estudado na mesma classe desde o quarto ano.

— Desde a última vez que conversamos — ele declarou, passando a mão pelos cabelos, mais ondulados que o de costume porque a umidade do ar estava tão alta que parecia que estávamos andando na água. — Quero dizer, *que realmente* conversamos. Estávamos no ônibus voltando de uma excursão da escola.

— Do Shedd — falei com um aceno de cabeça, relembrando o passeio ao aquário no sexto ano, e, especialmente, a viagem de volta no ônibus da escola.

Conrad sorriu e por um segundo deixou de lado sua postura fria. Ele parecia ter 12 anos novamente e eu lhe disse isso.

Seu sorriso se alargou quando ele disse: — Você me deu metade da sua barra de chocolate e me disse que queria ser uma bióloga marinha.

Eu ri e revirei os olhos. — Sim... só que não quero mais ser uma bióloga marinha.

— Eu sei — ele respondeu. — Você vai para Michigan, vai fazer a escola de cinema, e então vai para Los Angeles ou Nova York onde vai fazer coisas fantásticas e ficar importante. Vai ser a próxima Nora Ephron ou... bem, esta é a única diretora mulher que eu conheço.

Eu o olhei surpresa até que ele confessou sua fonte óbvia de informações. — O álbum de formatura. Lembra? Os planos para o futuro? — Ele fez sinal de aspas no ar, claramente zombando da coisa toda.

— Isso mesmo — afirmei, pensando que ele também devia estar ciente de que eu tinha sido votada como a que teria "Mais chance de sucesso", assim como eu estava ciente de que ele foi eleito os "olhos mais lindos".

— E quais são seus planos? — indaguei, e algo me dizia que ele havia deixado seu questionário em branco, até que me lembrei da sua resposta curta: *Me deixem fora disso.*

Perguntei o que ele queria dizer com isso e ele respondeu: — Só quero dar o fora daqui. Só isso.

— Então nada... mais específico? — perguntei, querendo saber, é claro, sobre a faculdade. O que na minha cabeça e no meu círculo de amigos era algo natural.

— Não — ele falou bebendo de uma vez só sua latinha Dr Pepper. Ele amassou a lata com uma mão e a jogou na lata de lixo mais próxima. — Com exceção de que eu quero beijar você hoje à noite. E provavelmente amanhã à noite também. E se você não tomar cuidado... talvez depois dessa também.

continua...